KB077041

엠마뉴엘 1

EMMANUELLE I : LA LEÇON D'HOMME

by Emmanuelle Arsan

에디션D 시리즈
07

엠 마 뉴 엘 1

육 체 에 눈 뜨 다

EMMANUELLE 1

La leçon d'homme

———

엠마뉴엘 아산 지음 · 문영훈 옮김

재출간에 부치는 글

1950년대 말 이후 에로티시즘의 상징처럼 여겨지던 『엠마뉴엘』은 다시 읽힐 가치가 충분히 있는 작품이다. '주부 포르노', '동성 결혼'의 시대인 오늘날 이 작품은 자유로우면서도 지적인, 그리고 행복한 성적 실체를 보여줌으로써 우리를 훨씬 더 열광케 할 것이다.

잠시 과거로 돌아가 보자.

태국에서 온 한 원고는 작가의 동의를 구하지도 않은 상태로 1959년과 1960년 두 차례 에릭 로스펠드 출판사에 의해 책으로 만들어졌다. 검열상의 문제 때문에 익명으로 출간된 이 소설의 표지는 '엠마뉴엘'이라는 오직 한 단어만 언급된, 간결함의 극치라 할 수 있는 모양으로 소개되었다. 그리고 이 작품은 에로티시즘의 모든 규범을 무너뜨리는 문학적 충격을 던지며 출간 즉시 성공을 거두었다.

그 후 1967년에 온전한 내용의 단행본이 출간되면서 작가 '엠마뉘엘 아산'의 정체가 드러났다. 하지만 그 이름은 당시 태국 주재 프랑스 외교관의 아내였던, 신비스럽고 격정적인 태국 여자로 추정되는 가명일 뿐이었다. 정말 엠마뉘엘 아산이 자신의 이름을 제목으로 한 소설 『엠마뉘엘』의 작가이면서 작중 인물일까? 아니면 『엠마뉘엘』의 실제 작가일지도 모를 프랑스 남편에게 영감을 준 뮤즈였을까? 우리를 매혹시키며 환상으로 이끄는 이 연작 소설 주변에는 여전히 여러 가지 설이 떠돌고 있다. 하지만 분명한 것은, 『엠마뉘엘』이 20세기 색정소설의 숭배적인 작품이 되었다는 사실이다. 공식적인 출간 당시의 판매 부수는 5만 7천 부에 달했다.

『엠마뉘엘』은 유난히도 경직돼 있던 1950년대 사회에, 그리고 문학사에, 처음으로 에로티시즘에 대한 혁명적인 개념을 제시했다. 이 작품은 모든 신앙과 종교로부터 자유로운, 그리고 모든 도덕적 의미로부터 해방된 여인을 전면으로 내세운다. 자신의 감성과 육체, 지성을 위해 존재하는 이 여인은 여성이라는 성(性)의 고유한 한계를 벗어나면서 남성과 여성 모두를 위한 성적 실체를 경험하는 새로운 방식을 만들어낸 것이다. 1999년 라 뮈자르딘 출판사에서 간행본으로 나온 책 서문에서 장 자크 포베르가 주지시키고 있는 바처럼, 1959년의 『엠마뉘엘』은 뜻하지 않게 당시의 사람들이 기다리고 있었던 그 무언가를 가져다주었다.

이 작품에 대해 매우 긍정적인 반응을 보인 작가와 예술가들을 우리는 많이 알고 있다. 예찬론자들 중에서 어떤 경우는 사드와 보들레르의 작품들이 과거에 일으킨 스캔들에 비유하기도 했다. 잡지 '아르(Arts)' 1면에 작품을 소개한 앙드레 브르통이 그 한 예이며, '라 누벨 르뷔 프랑세즈(La Nouvelle Revue Française)'에 발표한 평론을 통해 찬사를 아끼지 않았던 앙드레 피에르 드 망디아르그를 또 다른 예로 꼽을 수 있다. 망디아르그의 견해에 따르면, 이 작품은 단순히 색정소설로 치부할 수 없는 정신적 탐색을 한다. 그는 『엠마뉘엘』을 한 편의 진정한 문학작품으로 다루는데, 발자크와 로렌스 더럴 작품 속 선정적인 장면들을 상기시키며 『엠마뉘엘』의 삭가가 부부 관계의 한계라는 문제를 되짚는 영국 작가 더럴보다 더 앞서가고 있다는 주장을 했다. 특히 『O의 이야기』가 출간되고 5년 후, 『엠마뉘엘』은 당시 바타유가 제시한 우울하면서도 유해한 세계관에 영향을 받고 있던 색정소설의 전통을 무너뜨렸다. 그리하여 『엠마뉘엘』의 세계관은 오래된 속박과 틀로부터 벗어난 인간의 영예를 주장하는, 낙관적이면서 환하게 빛을 발하는 모습을 지니고 있다.

1967년에 온전한 단행본이 백일하에 드러났을 때 '르 마가진 리테레르(Le Magazine littéraire)'는 이 책을 육감을 필수 조건으로 하는 행복한 삶에 대한 예찬으로 받아들이면서 이렇게 평했다. "문학에서 보기 드문 특성을 지닌 『엠마뉘엘』은 반항적 경향에서 나오는 병적인 에로물과는 거리가 먼 작품이다. 외부적인 요소들로부터 전혀 위협을 받지 않는 개인의 만족감에 근거를 둔, 세계와 어우러진 울림 속에서 완벽하게 조화된 소리를 갖는 에로티시즘이다."

엠마뉴엘 효과는 수천만 관객의 마음을 사로잡게 될 영화로 이어졌다. 1974년에 개봉된, 쥐스트 자캥이 메가폰을 잡고 매혹적인 여인 실비아 크리스텔이 주연을 맡은 「엠마뉴엘」 1편은 영화사에 한 획을 그었다. 그리고 프랑스 국내 관객 9백만, 해외 관객 4천 5백만을 기록한, 프랑스 영화 중에서 가장 흥행에 성공한 예로 남았다. 샹젤리제의 한 극장은 이 영화를 10년 이상 장기 상영하면서 뭇 대중에게 선망의 대상이 된 여인 엠마뉴엘을 만나기 위해 오는 관광객들과 이제 막 성인의 꼬리표를 단 젊은이들을 맞이하지 않았던가.

요즘의 에로물들이 순풍에 돛을 단 듯 흥행에 성공하고 있긴 하지만 자유롭고 파격적인 형태도 그렇고 특히 문학적 묘미가 예전보다 훨씬 못한 듯싶다. 그런 연유로, 초기에 이미 엠마뉴엘 아산의 연작 여덟 편을 모두 출간하였던 벨퐁 (Belfond) 출판사에서는 이번에 재간행을 결정하게 되었다.

장에게,

또는 그대가 험담을 늘어놓는 여자들이

그대의 환상적인 육감을 탐하고 싶어한다면……

말라르메, 〈목신의 오후〉

우리는 아직 세상에 나와 있지 않다.

아직 그 세상은 없기 때문에

사물들은 아직 만들어지지 않았고

존재의 이유는 아직 찾지 못했다.

앙토냉 아르토

비상하는
일각수

천 가지 교태를 부리는 비너스의

가장 수월하면서도 간단한 자세는

오른편으로 비스듬히 누워 있는 모습이었다.

오비디우스, 〈연애술〉

엠마뉴엘은 런던에서 방콕으로 가는 비행기에 올랐다. 몇 년 탄 영국 자동차에서 나는 냄새처럼 산뜻한 새 가죽의자, 카펫의 부피감과 침묵, 또 다른 세계의 불빛……. 그녀는 처음으로 발을 들여놓는 배경 속에서 우선 이러한 느낌들을 발견할 수 있었다.

미소 지으며 자리를 안내하는 남자가 그녀에게 무슨 말인가를 건넸다. 언뜻 이해가 잘 안 되었지만 별로 개의치 않았다. 심장이 좀 더 빨리 뛰고 있는 건 아닐까? 그건 두려움 때문이라기보다는 약간 낯설어 그런 거겠지. 손님을 맞이하고 안내하는 승무원들의 파란 유니폼, 주의 깊은 표정, 권위, 이러한 모든 것들이 어우러져 엠마뉴엘을 편안하고 행복하게 해주었다. 묘한 분위기의 출국심사대 앞에서 치러야 했던 의식들은 결국 열두 시간 동안 자신만의 세계로 접어들게 해주기 위한 것이었다는 걸 그녀는 깨달았다. 이미 알고 있는 규정보다 더 강제적인 형태를 지닌 또 다른 법칙의 세계, 어쩌면 그래서 더 즐거울지도 모른다. 영국의 여름날, 이른 오후가 주는 투명한 느낌 위로 멈춰 있는 곡선의 날개. 금속성의 그 구조물은 일상적인 몸짓과 의지에 대한 경계선을 긋고 있었다. 자유의 긴장감, 그 뒤편으로 한가로움과 구속이 주는 편안함이 이어졌다.

그녀가 배정받은 자리는 비단 커튼으로 가려진 칸막이 바로 옆, 현창조차 없는 곳이었다. 커튼 너머로 뭘 보려는 생각은 아예 접어야 했다. 아무렴 어떤가. 그녀가 원하는 건 그저 푹신한 등받이에 기댄 채 세이렌 요정의 다리처럼 생긴 버팀대 위로 깊숙이 놓인, 안락의자의 매력에 몸을 맡기고 보송보송한 팔걸이 사이에서 몸이 마비될 때까지 앉아 있는 것이었다.

하지만 그녀는 등받이 레버의 작동 방법을 알려주는 남자 승무원의 지시에 따라 몸을 뒤로 젖힐 엄두를 아직 못 내고 있었다. 남자가 버튼 하나를 누르자 가느다란 빔이 그녀의 무릎 위로 밝은 타원을 그렸다.

곧이어 나타난 여승무원이 엠마뉴엘의 꿀색 가죽 파우치를 낚아채고는 좌석 위 선반 안으로 밀어 넣었다. 그녀는 여행 중 옷을 갈아입을 생각도 없었고, 글을 쓴다거나 책을 읽으려는 마음이 전혀 없었기에 기내 휴대품이라고는 그게 다였다. 불어를 구사하는 여승무원 덕분에 그녀는 어제부터 반쯤 어리둥절했던 기분에서 벗어나는 느낌이었다(엠마뉴엘이 런던에 도착한 건 전날이었다).

젊은 여승무원이 다가와 몸을 기울였을 때 그녀의 금발로 인해 엠마뉴엘의 검은 머리는 더욱 까맣게 보였다. 두 여자는 거의 비슷한 차림으로, 치마와 셔츠 혹은 블라우스를 입고 있었다. 그런데 영국 아가씨는 좀 얇기는 해도 움직일 때마다 가슴을 충분히 가려주는 브래지어를 하고 있는 반면, 블라우스 아래 엠마뉴엘의 젖가슴은 노브라 상태의 윤곽이 뚜렷했다. 항공사 규정상 목젖까지 셔츠 단추를 채워야 하는 여승무원에 비해, 엠마뉴엘을 눈여겨보는 사람은 그녀가 몸을 움직인다거나 바람이 불 때마다 여지없이 드러나는 젖가슴을 볼 수 있었다.

엠마뉴엘은 여승무원이 젊은 데다 자기처럼 금빛이 서린 가느다란 눈을 가졌다는 사실이 기뻤다.

그녀의 설명에 의하면, 지금 있는 곳은 꼬리날개 근처의 비행기 맨 뒷자리였다. 위치상으로 엠마뉴엘은 모든 다른 기체 부분의 동요를 느끼게 되겠지만(여기서 여승무원의 음성은 짐짓 자랑스러운 투로 바뀌었다), '비상하는 일각수' 기종에 오른 이상 안락함은 어디에 있든 마찬가지일 것이라고 했다. 적어도(다시 힘주어 말하기를) 일등석 내에서는. 왜냐하면 이코노미클래스 승객들은 당연히 이곳만큼의 넓은 공간이라든지 부드러운 의자, 배열된 좌석 사이에 드리워진 내밀한 비단 커튼 등의 혜택을 누릴 수 없었기 때문이다.

엠마뉴엘은 그러한 특권이나 특권을 위해 지불해야 했던 거액에 대해 부끄러워할 까닭이 없었다. 오히려 그녀는 지나친 주목 대상이 되었다는 생각에 거의 물리적인 만족감을 느끼고 있었다.

이제 여승무원은 화장실에 대해 자랑을 늘어놓았고, 비행기가 이륙하는 즉시 엠마뉴엘을 그곳으로 안내할 작정이었다. 기내에는 엠마뉴엘이 오가는 사람들에게 방해를 받지 않아도 될 만큼 충분히 다양한 공간이 갖추어져 있었다. 원하는 바에 따라 같은 칸의 세 사람과만 마주칠 수도 있었지만, 그녀는 적당한 사교를 선호하였기에 통로를 따라 거닌다거나 또는 바에 앉아서 다른 여행객들과 안면을 트고 싶어 했다.

여승무원이 물었다. "책 좀 드릴까요?"

"아뇨. 고맙지만 지금은 책 읽고 싶은 생각이 없어요."

엠마뉴엘이 대답했다.

여승무원은 엠마뉴엘이 질문하고 싶어 할 만한 게 뭐 없을까 애써 또 찾았다. 비행기라면 흥미로워할까? '지금 우린 시속 몇 킬로로 날아가고 있나요?'라고 묻고 싶진 않을까?

"이 비행기는 평균 시속이 천 킬로미터 이상이죠. 그리고 비행 반경 때문에 최소 여섯 시간마다 착륙을 해야 한답니다."

중간 경유지를 한 번 거쳐야 하는 엠마뉴엘의 여정은 하루의 반이 조금 넘게 소요되어야 하는 것이었다. 게다가 지구와 같은 방향으로 돌면서 잃어버리는 시간이 있으니 방콕에는 현지 시간으로 다음 날 오전 아홉 시가 지난 무렵 도착하게 될 예정이었다.

쌍둥이라고 여기지 않을 수 없을 만큼 닮은 여자아이와 남자아이 하나가 커튼을 열어젖혔다. 꼴사나운 영국 전통 교복을 입은 아이들은 거의 적갈색에 가까운 금발이었는데, 쌀쌀맞은 표정으로 항공사 남자 승무원에게 토막토막 짧게 내뱉는 말투가 아주 가관이었다. 기껏 열서너 살쯤 되어 보이는 아이들의 거만한 행세 앞에서 남자 승무원은 기를 못 펴고 있었다. 아이들은 통로를 중심으로 엠마뉴엘의 반대편에 자리를 잡았다. 녀석들을 좀 더 자세히 뜯어보려는 찰나, 일등석 네 명의 승객 중 맨 마지막 주인공이 등장하면서 그녀의 관심을 돌렸다.

엠마뉴엘보다 머리 하나 높이만큼 키가 더 큰 남자는 검은 모발, 검은 수염에 코와 턱이 반듯하였고, 짙은 색의 부드러운 가죽 가방을 선반에 올리기 위해 몸을 그녀 위로 약간 기울이며 미소를 지어 보였다. 가방에서 좋은 냄새가 났다. 엠마뉴엘은 그의 홍옥색 양복과 면 와이셔츠가 마음에 들었다. 품위와 교양을 갖춘 남자 같았다. 같은 칸 옆자리에 누가 앉게 될까 궁금해하며 내심 기다렸던, 기대에 부응하는 바로 그 모습이 아니던가?

그의 나이를 짐작해본다. 마흔? 쉰? 눈가의 너그러운 주름으로 미루어 볼 때 아마도 원만한 삶을 살았으리라. '아무렴, 거들먹거리는 아이들보다야 저런 남자와의 동행이 훨씬 더 기분 좋지.' 하지만 엠마뉴엘은 이내 그런 성급한 혐오감이나 호감 따위는 무시해버리기로 했다. '뭘 그런 걸 따져, 하룻저녁 여정일 뿐인걸!'

아이들과 남자에 대한 생각을 잊어버릴 즈음, 그녀는 아까부터 자꾸 의식의 저변을 떠돌며 출발의 설렘을 짜증스럽게 만드는 장면과 마주쳤다. 살짝 걷힌 커튼 사이로, 새로 도착하는 승객들의 부산함을 틈타 앞쪽 칸으로 간 여승무원의 엉덩이가 어느 한 남자 승객의 어깨를 누르고 있었다. 엠마뉴엘은 괜한 질투심을 스스로 나무라며 고개를 돌리려 애썼다. 문득 어디선가 들었던 한탄조의 노랫말 한 구절이 머릿속을 맴돌았다. '홀로 남겨진 고독 속에서…….' 그녀는 집착을 떨쳐버리려고 머리를 흔들었다. 까만 머릿결이 뺨에 부딪히며 얼굴 위로 흘러내렸다. 그때 몸을 일으켜 세운 영국 아가씨가 걸음을 뒤쪽으로 다시 옮겼다. 커튼 사이로 나타난 그녀는 두 손으로 나른한 천 자락을 걷어내더니 엠마뉴엘 곁으로 와 섰다.

"손님, 동행하시는 분들을 소개해 드릴까요?" 질문을 던진 여승무원은 대답을 기다리지도 않고 대뜸 남자의 이름을 알려주었다.

'아이젠하워'라고 알아들은 이름은 엠마뉴엘의 기분을 유쾌하게 만들어주었고, 이제 쌍둥이 남매의 이름만 알면 될 터였다. 그때 남자가 말을 건넸다.

'저 남자가 시방 뭐라는 거야?' 엠마뉴엘이 난처해하는 걸 본 여승무원은 영국인들에게 뭔가 질문을 던지더니 깔깔 웃었다.

'딱하기도 해라. 저 셋 중에 불어를 할 줄 아는 사람이 한 명도 없단 말이야? 하긴 새삼스럽게 그 잘난 영어라도 다시 써먹을 수 있으니 그나마 다행이잖아!'라고 빈정거리며 엠마뉴엘은 항의를 하고 싶었다. 그러나 여승무원은 영국 승객들을 향해 손가락을 들어 우아하면서도 난해한 신호를 보내며 이미 발걸음을 팽그르르 돌린 후였다. 엠마뉴엘은 다시 버림받은 느낌을 받았다. 괜히 심술이 나면서 모든 게 다 귀찮아졌다.

옆 좌석 남자는 계속해서 또박또박 정성껏 말을 건넸고, 그런 순진한 노력이 엠마뉴엘을 웃게 만들었다. 그녀는 겸연쩍은 표정을 지으며 소녀 같은 목소리로 대꾸했다.

"못 알아듣겠어요!"

그제야 남자는 말을 그쳤다.

게다가 기내 벽 어딘가에 감춰진 스피커에서는 안내 방송이 나오고 있었다. 남자 목소리의 영어 방송이 끝난 다음 엠마뉴엘은 불어로 안내를 하는 일등석 담당 여승무원의, 증폭기에 의해 약간 변조된 목소리를 들었다. '비상하는 일각수'기(機) 탑승객들에 대한 환영 인사와 함께 현재 시각, 승무원 명단을 소개한 뒤, 곧 시작될 이륙에 앞서 안전띠 착용을 부탁하였고(바로 그 순간, 어디선가 튀어나온 남자 승무원이 엠마뉴엘의 좌석 띠를 알맞게 조정해 주었다), 기내에서의 금연과 빨간 경고등이 켜져 있는 동안에는 좌석 이탈을 삼가기 바란다는 등의 내용이 이어졌다.

방음벽의 진동이 엔진의 가동을 느끼게 해주었다. 엠마뉴엘은 비행기가 활주로를 미끄러져 가는 것조차 의식하지 못하고 있었다. 자신이 비상하고 있다는 걸 깨달을 때까지는 상당한 시간이 흘러야 했다. 빨간 경고등이 꺼지고, 자리에서 일어나 있던 남자가 엠마뉴엘이 무의식적으로 계속 무릎 위에 놔두고 있던 정장 상의를 대신 걸어줘도 괜찮겠느냐는 제의를 손짓으로 했다. 그녀는 남자가 상의를 걸도록 놔두었다. 다시 한 번 미소를 건넨 다음 남자는 책을 펴더니 더 이상 엠마뉘엘 쪽으로 눈길을 주지 않았다. 음료 담당 승무원이 벌써 쟁반을 들고 나타났고, 엠마뉘엘은 색깔로 알아볼 수 있을 것 같은 칵테일을 선택했다. 그러나 예상보다 도수가 더 높은 술이었다.

비단 커튼으로 가려진 칸막이 너머로 이어지고 있을 오후 내내 엠마뉘엘은 과자 종류로 군것질을 하며 차를 마시거나 여승무원이 가져다준 잡지를 건성으로 뒤적거리고 있었다. '비상(飛上)'이라는 새로운 흥밋거리를 소홀히 하지 않으려고 두 번째 잡지는 아예 거절했다.

얼마 후 그녀의 좌석 앞에 작은 식탁이 차려졌고, 괴상한 모양의 그릇과 함께 잘 알지도 못하는 여러 음식들이 나왔다. 엠마뉘엘은 식탁 한쪽 오목한 부분에 놓여 있는 기내 샴페인 한 병을 가느다란 잔에 따라 홀짝거리며 마셨다. 새로운 맛을 발견하는 재미에 빠진 그녀는 몇 시간에 걸쳐 이어지고 있는 듯한 이 식사 서비스가 별로 지루하지 않았다. 다양한 디저트, 갖가지 인형 모양의 잔에 따라진 커피, 그리고 거대한 유리잔에 부어진 술이 마지막을 장식했다. 승무원이 식탁을 치우러 왔을 때쯤엔 자신이 미각 탐험을 즐겼고, 인생의 달콤한 맛을 만끽했다는 확신이 들었다.

얼근한 기분에 잠깐 잠이 들었다가 깬 그녀는 자신이 쌍

등이 남매에 대한 경계심마저 이미 잊고 있었다는 사실을 깨달았다. 여승무원은 오고 가며 명랑한 말을 한두 마디씩 던지곤 했다. 이제 그녀가 자리를 비워도 엠마뉴엘은 조바심이 나지 않았다.

몇 시쯤 됐을까 궁금해하며 그녀는 어쩌면 취침 시간이 되지 않았을까 짐작했다. '지표면에서 이미 한참 멀리 떨어진, 바람도 구름도 없는 이 허공 어딘가의 날개 달린 요람 속에서는 언제 잠을 자든 상관없잖아? 더욱이 지금이 낮인지 밤인지 구분조차 안 되는 곳에서 말이야.'

독서 조명등이 내리쬐는 금빛에 엠마뉴엘의 무릎이 그대로 드러났다. 치마에서 비껴 나온 살결로부터 남자의 눈이 떠날 줄을 몰랐다. 남자가 쾌감을 느낄 만큼 자기의 무릎이 그의 시선 쪽으로 들려 있다는 걸 그녀는 알아차렸다. '그렇다고 무릎을 다시 가리는 것도 우습잖아? 가린다면 뭘로, 어떻게? 짧은 치마는 늘어날 리가 없고, 또 다리를 드러내놓고 다니는 게 좋아서 맨날 이런 차림인데 새삼 쑥스러워해야 할 까닭이 뭐람?' 투명한 나일론의 오목한 구멍들이 그을린 빵 빛깔의 살결 위로 그림자처럼 드리워 어른거리고 있었다. 이런 착시가 유발시키는 혼란스러움이 어떤 것인지 그녀는 알고 있었다. 한참 보고 있노라면 마치 야간 해수욕을 하고 나오면서 조명등 빔에 비친 나신(裸身)처럼 훨씬 더 자극적인 인상을 불러일으킬 것이다. 바로 그 순간, 그녀 자신도 관자놀이가 더 빨리 뛰면서 입술이 달아오르는 걸 느꼈다. 이내 눈썹이 감기고, 엠마뉘엘은 나르시시즘적인 유혹에 빠져 무릎뿐만 아니라 완전히 알몸이 된 자신의 모습을 탐미하기 시작했다. 그리고 또다시 무방비 상태에 놓일 것이라는 걸, 알았다.

저항해본다. 하지만 그 노력은 단계적으로 내맡김의 환희를 더 잘 맛보기 위한 것일 뿐이다. 온몸이 데워져오는 나른한 느낌, 또는 그 느낌에 대한 일종의 자각, 몸을 내맡기고 몸을 열고 가득 채워지고 싶은 욕망……. 내맡김이란 그처럼 어렴풋이 시작되는 것이다. 뚜렷한 모양의 공상이나 식별될 수 있는 감성까지 아직 이르지 못한 그 상태는, 아마도 뜨거운 모래사장의 햇살 아래 몸을 누인 채 그녀가 느꼈을 신체적 만족감과 그리 다를 바 없으리라. 입술 표면이 더욱 반짝거리고, 유방이 부풀어 오르고, 스치기만 해도 반응할 만큼 다리의 긴장감이 더해갈 즈음 그녀의 두뇌는 여러 가상적 장면을 시도하고 있었다. 막연한 형태의, 관계성이 거의 없이 이루어지는 첫 장면들은 이미 그녀의 질을 적시고 허리가 뒤로 꺾이도록 만들기에 충분했다.

쉽게 파악되지 않으면서도 명확히 전해져오는 금속 동체의 완만한 진동, 그것은 몸속에서 고조되어 가는 엠마뉘엘의 본능적 리듬에 어울리는 주파수를 제공해주고 있었다. 감각의 노골적인 반응을 야기한 진원지…… 무릎에서 시작된 한 줄기 파동은 다리를 타고 올라 허벅지를 맹렬히 자극하고, 이어 더 깊은 곳으로 오르며 그녀를 전율에 휩싸이게 했다.

이제 환상은 더욱 집요하게 펼쳐졌다. 그녀의 살결을 탐하는 입술, 아직 얼굴이 불분명한 두 남녀의 성기…… 그녀의 골짜기로 성급히 다가오는 음경은, 그녀의 다리를 힘껏 젖히며 무릎 사이로 길을 내고, 음부를 열어 마침내 안으로 들어가 그녀를 가득 채운다. 진행의 연속, 그들의 몸짓은 물러서는 법이 없다. 두 사람은 모두 엠마뉘엘의 몸속에 있는 미지의 세계로 빠져들고 있는 중이다. 아무리 겪어도 지루하지 않은 좁다란 길을 통해 가는 그들의 행진에는 경계가 없고, 한없이 그녀의 내부로 들어가며 육체를 만끽하게 해주는 남자, 그리고 여자는 서로의 진액을 다 비워낸다.

엠마뉘엘이 잠든 줄로 여긴 여승무원이 등받이를 뒤로 뉘어 좌석을 간이침대로 만들어주었다. 그러고는 의자가 뒤로 미끄러지면서 허벅지의 반쯤까지 드러난, 그녀의 늘씬한 다리를 캐시미어 담요로 덮어주었다. 그때 남자가 일어서더니 자신의 의자를 옆의 여자와 똑같은 위치로 맞추었다.

아이들은 잠들어 있었다. 여승무원은 노래조로 취침 인사를 건네고는 대꾸가 없자 내부 조명을 꺼버렸다. 오직 두 개의 보라색 비상등만이 물체와 사람의 윤곽을 희미하게 비추고 있었다.

엠마뉘엘은 눈을 뜨지 않고 승무원이 보살펴주는 대로 가만히 있었다. 그렇다고 환상의 강도나 다급한 정도가 줄어든 건 아니었다. 이제 그녀의 오른손은 복부를 따라 아주 천천히 내려갔다. 가다가 멈추고, 또 그러다가 마침내 음부에 이르렀다. 손길이 지나가는 방향으로 얇은 담요가 물결치고 있었다. 희미한 어둠 속에서 누가 그 손길을 볼 수 있겠는가? 손끝으로 주변 탐색을 계속하던 그녀는 비단 치마의 보드라운 천을 움켜잡았다. 좁은 폭 때문에 다리가 잘 벌려지지 않았다. 얼마간 다리에 힘을 주며 천을 바깥쪽으로 당기자 적당한 여유가 생겼다. 그녀는 손가락으로 얇은 천 아래에 발기된 음핵을 느끼며 그 위를 부드럽게 어루만지기 시작했다.

뜨겁게 달아오른 몸을 삼산 식히며 엠마뉘엘은 흥분을 늦춰보려고 노력했다. 하지만 그것도 잠시, 더 이상 참을 수 없는 그녀는 신음 소리를 삼키며 중지를 질 속으로 집어넣었다. 손가락 끝으로 전달하는, 세심하고 애틋한 충동을 오른 가슴으로 몰아갔다. 그때, 남자의 손이 그녀의 손 위로 포개어졌다.

숨을 멈춘 엠마뉘엘은 근육과 신경이 얼어붙는 것 같았다. 마치 차가운 물줄기가 복부 한가운데를 후려친 듯이. 물론 몸도 움직이지 않고 있었지만, 그녀의 모든 감각과 생각이 화면을 어둡게 하지 않은 채 한 장면을 중지시켜놓은 영화처럼 그렇게 멈춰 있었다. 무섭거나 충격을 받은 건 아니었고,

잘못을 들켰다는 감정은 더욱이 없었다. 사실 그 순간 그녀는 남자의 행동이나 자신의 행위에 대한 어떠한 판단도 내릴 수 없는 상태였다. 그냥 사태를 파악한 채로 의식이 굳어 있을 뿐이었다. 분명한 건, 지금까지 이어진 공상의 다음 장면이 어떻게 전개될 것인지를 기다리고 있는 중이라는 거였다.

남자의 손은 움직이지 않고 있었다. 그렇다고 동작이 전혀 없는 것도 아니었다. 무게만으로도 이미 엠마뉴엘의 손이 누르고 있는 음핵에 압력을 가하고 있었다. 한참 동안, 다른 상황은 일어나지 않았다.

남자의 다른 손이 엠마뉴엘의 다리를 수월하게 잡기 위해 담요를 걷어내 던져버렸다. 무릎 안팎을 쓰다듬기 시작하던 손은 이윽고 허벅지를 따라 천천히 올라, 스타킹 테두리에 다다랐다. 그의 손이 맨살에 닿자 엠마뉴엘은 처음으로 소스라쳤다. 그리고 유혹으로부터 벗어나보려고 애썼다. 하지만 전적인 의도는 아니었다. 왜냐하면 아직 그 남자의 손이 뭘 시도하려는지 정확히 알 수 없는 데다가, 두 손의 장악력으로부터 벗어나기 힘들 것 같았기 때문이었다. 그저 상체만 어색하게 들어 올리며 그녀는 한 손을 배 위로 가져와 감쌌고, 몸을 옆으로 반쯤 돌렸다. 두 다리를 오므리는 게 훨씬 더 간단하고 효과적이라는 걸 알고 있었지만, 왠지 그런 반응은 아주 우습고 안 어울리는 것 같다는 판단이 들어 그만 두었다. 자신을 혼란스럽게 만드는 상황을 주도해보려는 생각을 포기한 채 그녀는 잠깐이나마 벗어날 수 있었던 마비 상태에 다시 몸을 맡겼다.

엠마뉘엘의 부질없는 저항에 대해 무슨 교훈이라도 주려는 듯 별안간 남자의 손이 그녀의 몸을 벗어났다. 하지만 그 갑작스런 반전이 무엇을 의미하는 건지 자문해볼 겨를도 없이, 남자의 손이 이번에는 엠마뉘엘의 허리 쪽으로 다가왔다. 신속하면서도 자신에 찬 동작으로 치마의 고리단추를 풀고, 지퍼를 내리고, 치맛자락을 엉덩이에서 무릎까지 끌어 내렸다. 그러고는 다시 위쪽으로 올라온 손 하나가 얇고 투명한 그녀의 슬립 안으로 들어왔다(별로 많진 않지만 그녀가 주로 하고 다니는 속옷 종류는 밴드 스타킹이나 풍성한 치마에 받쳐 입는 페티코트 등이고 브래지어나 거들은 아예 하지 않는다. 물론 속옷을 사러 가는 생—토노레 거리의 단골 상점에서 시험 삼아 착용해볼 때도 있다. 금발 또는 갈색 머리의, 요정같이 아름답게 생긴 여점원들은 코르셋, 팬티, 음부가리개, 끈 없는 브래지어 등 각종 제품을 추천하면서 엠마뉘엘의 발 앞에 무릎을 꿇고 그녀의 늘씬한 다리를 감상하거나 아니면 고운 손가락으로 그녀의 젖가슴, 엉덩이 선을 짚어가다가 때로 아련히 반복되는 애무로 변하기도 했다. 엠마뉘엘의 두 눈이 감기고 다리가 접혀 무릎을 꿇을 때까지……. 바닥에 흩어져 있는 나일론 천 자락들은 마치 범선의 돛처럼, 욕망으로 열린 그녀의 뜨거운 몸을 완벽히 채워주는 능란한 손길과 입술을 향해 실어다주곤 했다).

엠마뉘엘의 몸은 저항의 기미를 보인 시점에서 순간적으로 흐트러졌던 자세를 다시 찾았다. 남자는 손바닥으로 마치 순종 말의 목을 쓰다듬듯 음부 윗부분의 늘씬하고 탄력 있는 배를 훑었다. 사타구니 골을 타고 내려가던 손가락이 음모 위로 오르며 삼각형을 그렸다. 마치 영역 탐구를 하듯이. 매우 드문 신체 구성으로, 하부의 각도가 넓게 열려 있었다. 그리스 조각상에는 지속적으로 표현되고 있던 형태가 아닌가.

엠마뉘엘의 배를 가로지르던 손이 어느 정도 만족스러워지자, 남자는 허벅지 사이를 더 넓게 벌리려고 시도했다. 무릎 부분에 말려 있는 치마로 인해 의도한 대로 잘 되지 않자, 그녀는 가능한 한 넓어지도록 도와주었다. 남자는 뜨겁게 젖은 그녀의 성기를 손바닥으로 오목하게 감싸며 마치 달래듯 천천히 어루만졌다. 이어 음순의 골 사이사이를 가볍게 돌며 자극하던 손길은 발기된 음핵을 찾아 머물렀고, 그러다가 또 음부의 두툼한 언덕 위로 돌아와 잠시 호흡을 가다듬었다. 다시, 치마를 밀어내면서 넓어지는 다리 사이로 새로운 길을 열 때마다 남자의 손가락은 출발점이 더욱 더 안쪽으로 올라갔고, 축축한 점막 속으로 더욱 깊이 들어갔다. 하지만 때로는 변덕스럽게 때로는 계산적으로, 엠마뉘엘의 흥분이 더해갈수록 남자는 머뭇거리는 시늉과 함께 진행을 늦추고 있었다. 허리를 꺾어 올린 채 목으로 치솟는 오열을 막기 위해 입술을 깨물며 그녀는 오르가슴에 이르고 싶어 몸부림을 쳤지만, 남자는 그녀를 절정으로 이끌면서도 결코 도달하도록 내버려두지 않을 작정인 것 같았다.

한 손으로만, 남자는 자기 마음에 드는 박자와 어조에 맞춰 그녀의 육체를 다루었다. 포옹이나 키스는 별로 관심이 없는 듯 젖가슴이나 입술은 무시하고, 손아귀에 든 불완전한 육체를 지켜보며 태연하게 거리를 두고 있었다. 엠마뉘엘은 좌우로 머리를 흔들며 억눌린 신음 소리를 연신 내뱉었다. 그 소리는 마치 기도처럼 들렸다. 그녀가 눈을 뜨며 남자의 얼굴을 찾았다. 눈물이 반짝이고 있었다.

그러자 엠마뉘엘의 몸에 불을 붙여놓았던 손이 그 모든 흔적을 거머쥔 채로 동작을 멈추었다. 남자는 몸을 약간 기울이며 다른 한 손으로 그녀의 손을 잡았다. 그러고는 손을 끌어당겨 자기 바지 속으로 집어넣었다. 그 손이 딱딱한 음경을 잘 감싸도록 도와준 다음, 자기 기분에 맞게 손놀림의 박자와 폭을 맞추도록, 그리고 흥분의 정도에 따라 완급 조절을 할 수 있도록 움직임을 유도했다. 엠마뉘엘의 직관과 자발적인 욕구에 맡겨도 될 것 같다는 판단이 설 때까지. 그녀는 아이처럼 온순하게 또 열심히 주의를 기울이며 감각을 익힌 손동작을 나름대로 완성시켜갔다. 손동작은 예상보다 더 빠르게 완벽해져갔다.

엠마뉘엘은 손동작을 더 알맞게 하기 위해 상체를 앞으

로 내밀었다. 남자 역시 귀두 아래쪽에서 솟구쳐 나오려는 정액이 그녀에게 잘 뿌려질 수 있도록 가까이 다가섰다. 하지만 그는 아직도 한참 더 버틸 수 있었고, 성기를 움켜쥔 엠마뉘엘의 손은 시간이 길어질수록 더욱 대담하게 위아래를 오가고 있었다. 그녀는 능숙해진 손을 갑자기 벌려, 잘 다듬어진 손톱으로 아주 가볍게 음경의 포피를 할퀴면서 확장된 동맥을 따라 가능한 한 가장 낮은 곳까지 미끄러져 내려갔다. 고환 근처까지 내려갔던 그녀의 손이 남자의 좁은 바지로 인해 멈추었다. 그러고는 음탕한 놀림으로 손을 꼬아가며 거꾸로 오르기 시작했다. 축축이 젖은 손바닥이 살갗의 주름을 훑으며 귀두를 향해 올랐다. 남자의 음경은 계속 커지고 있었고, 이러다가는 결코 끝부분에 닿지 못할 것 같았다. 맨 위에서, 성기를 다시 힘껏 감싼 손이 포피를 당기며 아래로 내려갔다. 그러면서 부어 오른 살갗을 비껴 쥐었다 놓았다가, 손가락으로 귀두의 점막을 스쳐보다가, 팔목을 크게 놀리며 귀두를 휘감아 문지르고 가볍게 툭툭 치기도 하면서 신경을 자극했다. 귀두가 두 배로 커지며 타오르고 있었다. 어느 순간에라도 이내 터져버릴 것이라는 걸 그녀는 감지했다.

엠마뉘엘은 만족감에 찬 남자의 성기가 뿜어내는, 냄새 나는 하얀 액체를 팔목과 복부, 목과 얼굴, 입, 머리로 받아들이며 묘한 희열을 느꼈다. 분출은 언제까지고 멈추지 않을 것 같았다. 그녀는 마치 목 안으로 흘러내리는 액체를 마시고 있는 듯한 기분이었다. 이전에는 알지 못했던 도취감이 밀려왔다. 엠마뉴엘이 팔을 내렸을 때 남자는 그녀의 음핵으로 손가락을 가져갔고, 그녀를 절정으로 이끌었다.

스피커에서 지지직거리는 소리가 안내방송을 예고하고 있었다. 승객들을 갑자기 깨우지 않으려고 일부러 억양을 낮춘 여승무원의 목소리가 약 이십 분 뒤 바레인에 착륙하게 될 것이라는 사실을 알렸다. 비행기는 현지 시각 자정에 다시 이륙할 예정이며, 승객들은 공항에서 음료를 무료로 제공받게 될 것이었다.

일출이 시작되는 것처럼 객실 안 조명이 차츰 다시 밝아지고 있었다. 엠마뉴엘은 발치에 떨어져 있던 담요를 집어 자기 몸에 흩뿌려져 있는 정액을 닦아냈다. 그리고 내려가 있던 치마를 올려 엉덩이를 덮었다. 여승무원이 들어왔을 때 엠마뉴엘은 등받이를 그대로 눕혀놓은 채 의자에 앉아 옷매무새를 고치고 있었다.

"편히 주무셨어요?" 여승무원이 명랑하게 인사를 했다.

"블라우스가 다 구겨져버렸어요." 고리단추를 채우며 엠마뉴엘이 대답했다.

여기저기 블라우스 깃 주변으로 젖은 얼룩이 눈에 띄자 그녀는 옷감 안쪽을 바깥쪽으로 말아 접었다. 진홍색 젖꼭지가 비어져 나왔다. 그녀의 상체는 그렇게 드러나 있었고, 영국인 네 명의 시선이 맨살의 불룩한 가슴으로 모아졌다.

"갈아입을 게 없으신가 봐요?" 여승무원이 물었다.

"네, 없어요." 대답하며 엠마뉴엘은 입을 삐쭉 내밀었다. 웃음이 나려는 걸 참는 모습이었다. 두 여자는 서로 마주 보며 공모의 눈빛을 나누었다. 남자는 곁에서 그녀들을 살피고 있었다. 그의 양복은 주름 하나 없는 데다, 와이셔츠는 물론 넥타이조차 말끔했다.

"저랑 같이 가세요." 여승무원이 결단을 내린 듯 말했다.

자리에서 일어난 엠마뉴엘은 옆 남자와 마주치지 않게 조심하며 그녀를 따라갔다. 사방이 거울로 된 화장실은 쿠션이 있는 하얀 가죽의자, 세탁 세제와 로션 등을 구비해놓은 선반을 갖추고 있었다.

"잠깐만 기다리세요!"

외침과 함께 사라진 여승무원이 잠시 후 조그만 여행 가방을 들고 나타나 뚜껑을 열었다. 그리고 안쪽의 작은 칸에서 양모와 올론, 비단실을 섞어 짠 낙엽색 스웨터 하나를 꺼냈다. 얼마나 가벼운지 한 주먹에 쏙 들어가는 뭉치를 펴고 좌우로 흔들자 고무풍선처럼 부풀어 올랐다.

"빌려주시는 거예요?"

경이로운 표정으로 엠마뉴엘이 물었다.

"아뇨. 선물로 드리는 거예요. 손님한테 아주 잘 어울릴 것 같은데, 이런 취향이시잖아요."

"그렇지만……"

여승무원은 동그랗게 오므리는 엠마뉴엘의 입술에 손가락을 갖다 댔다. 엠마뉴엘은 부드럽게 반짝이는 그녀의 눈을 뚫어지게 바라보다 무의식적으로 얼굴을 가까이 가져갔다. 하지만 이미 몸을 홱 돌린 여승무원이 병 하나를 건넸다.

"이것 좀 뿌려보실래요? 남자용 향수예요."

엠마뉴엘은 사향 냄새가 나는 액체를 얼굴과 목, 팔에 뿌려보더니 화장용 솜에 적셔 가슴골을 따라 발랐다. 그러다가 문득 생각을 바꾸어 블라우스의 남은 단추들을 재빨리 끌러버렸고, 두 팔을 뒤로 뻗어 올려 옷을 하얀 카펫 위로 떨어뜨렸다. 그녀는 반나체가 된 자신의 모습에 반해서 갑자기 숨을 크게 내쉬었다. 몸을 돌린 엠마뉴엘이 천진스런 눈으로 여승무원을 환하게 바라보자 여승무원은 몸을 숙여 구겨진 블라우스를 집어 들고는 자기 얼굴에 갖다 대보았다.

"어머나, 냄새도 좋아라!"

여승무원이 소리치며 짓궂게 웃었다.

엠마뉴엘은 침착성을 잃고 있었다. 현재로서는 불과 얼마 전의 믿기지 않는 장면을 털어놓기가 어려웠다. 오직 이 아름다운 아가씨를 위해 치마와 스타킹을 벗고 완전히 알몸이 되고 싶은 생각만이 마치 새장에 갇힌 새의 몸짓처럼 머릿속을 맴돌았다. 그녀의 손이 고리단추를 만지작거렸다.

"어쩜 이렇게 까맣고 숱이 많을까!" 등까지 내려오는 엠마뉴엘의 머릿결을 따라 빗질을 하며 여승무원이 열광했다.

"이 윤기 좀 봐! 세상에 부드럽기도 해라. 저도 이런 머릿결을 가졌으면 좋겠어요."

"난 아가씨 머릿결이 더 좋은데요." 엠마뉴엘이 말했다.

'아, 이 여자도 옷을 벗고 싶어 한다면 얼마나 좋을까!' 너무나 간절한 나머지 엠마뉴엘은 쉰 목소리를 냈다.

"이 비행기 안에서는 목욕할 수가 없겠지요?"

"물론 할 수 있죠. 하지만 좀 기다리시는 게 더 나을 거예요. 경유할 공항의 욕실이 더 쾌적하거든요. 게다가 우리는 오 분 뒤에 착륙할 거니까 시간도 넉넉지 않고요."

엠마뉴엘은 그대로 단념할 수가 없었다. 입술이 떨리고 있었다. 그녀는 치마의 지퍼를 내렸다.

"어서 이 스웨터 입으셔야죠."

여승무원이 나무라듯 말하며 옷을 건넸다.

엠마뉴엘은 그녀의 도움을 받아 좁은 스웨터 목을 벌려 입었다. 뛰어난 탄력성에 아주 얇은 그 뜨개질 옷은 몸에 착 감겼고, 젖꼭지가 또렷하게 불거져 나왔다. 마치 아무 옷도 안 입은 상태에서 그 부분만 적갈색 칠을 해놓은 것 같았다. 여승무원에게는 그런 광경이 처음인 듯한 모양이었다.

"정말 매혹적이세요!"

그녀는 웃으며 마치 초인종 단추를 누르듯이 검지로 뾰족한 젖꼭지를 눌렀다. 엠마뉴엘의 눈이 더욱 빛을 발했다.

"스튜어디스들은 다 숫처녀라던데, 정말 그래요?"

젊은 아가씨는 꾀꼬리 같은 웃음을 터뜨렸다. 그러고는 엠마뉴엘이 말을 잇기도 전에 문을 활짝 열었다.

"얼른 자리로 돌아가세요. 착륙을 알리는 경고등이 켜졌잖아요."

엠마뉴엘은 못마땅해서 얼굴을 찌푸렸다. 게다가 옆자리 남자하고 다시 나란히 앉고 싶은 마음이 하나도 없었다.

경유지는 지루하게 느껴졌다. 아무것도 보러 갈 수가 없는데 아랍의 어느 섬에 와 있는 게 무슨 소용이람? 무균 처리된 공항은 크롬강을 골재로 사용하여 매우 견고한 데다 지나치게 강렬한 조명, 냉방 시설과 방음장치까지 보면, 때마침 승객 대기실에서 보여주고 있던 시사뉴스의 인공위성 내부와 꼭 닮은 꼴이었다. 엠마뉴엘은 목욕을 한 뒤 서너 명의 승객과 어울려 차를 마시며 케이크를 먹었다. 물론 '그 남자'도 함께 있었다.

그녀는 어이없는 눈으로 남자를 바라보며 불과 한 시간 전 두 사람 사이에 벌어졌던 사태를 이해해보려고 애썼다. 그 장면은 엠마뉴엘의 전력과 전혀 맞지 않는 것이었다. 그런 일이 실제로 일어나긴 했던 것일까? 생각만 해도 너무 위험한 상황이지 않은가! 가장 간단하면서도 신중한 태도는 그 문제에 대한 생각을 그만둬버리는 것이다.

그녀는 끈질기게 질문을 늘어놓는 머릿속을 완전히 비

워버리려고 애썼다. 그러나 스피커에서 알아들을 수 없는 소리가 나오고 주위 사람들의 움직임으로 미루어 탑승 시간이 되었다는 걸 짐작할 즈음에는, 그녀는 애써 지우려고 했던 게 무엇인지조차 기억하지 못했다.

승객들이 비행기로 돌아왔을 때, 내부는 깨끗하게 정돈되고 환기까지 시켜놓은 상태였다. 그리고 객실마다 방향제가 뿌려져 있었다. 간이침대의 담요는 새것으로 바뀌었고, 깃털이 풍성하게 들어간 새하얀 베개는 사람들이 몸을 뉘였던 푸른 벨벳 빛의 밤을 더욱 유혹적으로 만들어주고 있었다. 남자 승무원이 다가와 음료를 권했다. "괜찮으세요? 그럼 좋은 밤 보내시기 바랍니다!" 이번에는 여승무원이 나타나 편안한 잠자리가 되기 바란다는 인사를 남기고 갔다. 그러한 의식들은 엠마뉘엘을 들뜨게 만들었고, 그녀는 다시 긍정적인 감각에 몸을 맡긴 채 날아갈 듯 행복한 느낌을 되찾았다. 그녀는 세상이 이대로 남아 있기를 바랐다. 지상 위의 삶은 결국 모두가 좋은 것들이었다.

그녀는 천천히 누웠다. 이제 그녀는 다리를 드러내놓는 게 하나도 두렵지 않았다. 갑자기 다리를 흔들어보고 싶은 마음이 들었다. 그녀는 두 다리를 들어 올려 무릎을 차례로 굽혔다 폈다 하면서 엉덩이 근육을 움직였다. 양쪽 발목을 스쳐 맞대는 동안 치마가 사각거리는 소리를 냈다. 엠마뉘엘은 신체 부위들의 움직임이 그녀에게 전해주는 물리적 쾌감을 세심하게 맛보았다. 좀 더 몸을 잘 움직여보려고 두 손으로 치맛자락을 스스럼없이 더 위쪽으로 끌어 올렸다. 그러고는 생각했다.

'생각해보면 말이지, 남들의 눈길을 끌 만한 건 무릎이 아니라 다리 전체잖아? 내 다리가 정말 예쁘다는 건 누구나 다 인정해야 돼. 마치 마른 낙엽들로 뒤덮인 작은 강물 같아. 위아래 서로 자리다툼을 해가며 장난을 치는 심술궂은 정령들로 가득한 강 말이야. 어디 그뿐이야? 살결은 어떻고? 빨개지는 법 없이 마치 옥수수 알처럼 태양에 황금빛으로 익은 이 피부 좀 봐. 엉덩이는 또 얼마나 예쁘다고! 그리고 솜사탕 털로 덮인 진홍빛 젖꼭지들은? 나는 이것들을 핥아볼 수 있었으면 좋겠어.'

기내 조명등이 꺼지자 그녀는 평온하고 깊은 숨을 내쉬며 담요를 끌어 올려 덮었다. 마치 그녀의 꿈을 감싸주기 위해 마련된 듯한 담요에는 솔잎 향기가 배어 있었다.

비상등 불빛만 남아 있게 되었을 때 엠마뉴엘은 몸을 옆으로 돌려 비행기를 다시 탄 이후 감히 쳐다볼 생각을 못했던 남자의 윤곽을 바라보았다. 놀랍게도 그녀는 자신에게로 향해 있던 남자의 시선과 마주쳤다. 거의 온전한 어둠 속에서도 그 시선이 그녀를 기다리고 있었다는 걸 알 수 있었다. 한동안 두 사람은 그렇게 눈을 마주한 채 그야말로 고요함 그 자체로 있었다. 엠마뉴엘은 그와 처음으로 만났을 때 느겼던, 남자의 장난스러우면서도 듬직한 느낌의 애정 어린 눈빛을 알아보았다. 그가 아주 마음에 들었던 건 바로 그 부분이었다고 그녀는 생각했다.

그처럼 예기치 않은 동행이 편안하게 전해져 오자 그녀는 눈을 감으며 미소를 지었다. 잘은 모르겠지만 그녀는 뭔가에 대한 욕구를 느꼈다. 그 막연함을 대신해 엠마뉴엘은 스스로의 아름다움을 다시 탐닉하기 시작했다. 마치 좋아하는 노래의 후렴구처럼 자신의 모습이 머릿속에서 맴돌았다. 두근거리는 마음으로 그녀는 두 강줄기가 합류하는 곳의 검은 수풀 아래 내밀히 파인 샘터를 생각으로 더듬었다. 물결이 가장자리를 핥으러 오는 게 느껴졌다. 남자가 팔꿈치를 짚고 일어나 그녀에게로 몸을 기울였을 때 엠마뉴엘은 눈을 뜨고 그가 입을 맞추도록 내버려두었다. 그녀의 입술로 겹쳐진 남자의 입술에서 바다의 신선한 향기와 짠 소금 맛이 났다.

남자가 엠마뉴엘의 꼭 끼는 스웨터를 벗기려 하자 그녀는 상체를 일으켜 두 팔을 올려주었다. 낙엽색 양털 스웨터 아래로 젖가슴이 불거져 나오는 걸 보며 마음의 동요를 즐겼다. 희미한 불빛에 비친 젖무덤은 대낮의 모습보다 더 둥글고 풍만해 보였다. 남자가 열심히 치마의 고리단추를 찾을 때 그녀는 그가 옷을 벗기는 즐거움을 온전히 느끼도록 일부러 가만히 있었다. 하지만 치마를 끌어 내릴 때는 엉덩이를 들어 올려 주었다. 이번에는 좁은 치마가 무릎에 말려 있지 않고 완전히 내려갔다.

남자의 부지런한 손이 얇은 팬티를 걷어낸 다음 고무 밴드를 풀자 엠마뉘엘은 스스로 스타킹을 돌돌 말아 간이침대 밑의 치마와 스웨터가 있는 곳으로 던졌다.

엠마뉘엘의 옷이 완전히 벗겨지자 남자는 그녀를 끌어안고 애무를 시작했다. 머리부터 발목까지 하나도 남김없이. 엠마뉘엘은 남자가 삽입해주기를 바라는 마음이 너무 간절해져 가슴이 아리고 목이 메었다. 더 이상 숨을 못 쉬고 곧 죽을 것만 같았다. 두려움마저 들어 남자에게 호소를 하고 싶었지만 그는 엠마뉘엘을 너무 세게 휘어 감고 있었다. 항문의 골에 놓인 남자의 손이 작은 틈을 확장시키며 그녀를 전율하게 만들었고, 이어 손가락 하나가 완전히 안으로 잠겨 들어갔다. 그와 동시에 남자는 그녀의 혀를 빨며, 그녀의 침을 삼키며 입을 탐했다.

그녀는 왜 이런 고통을 받아야 하는지 정확히 알지 못한 채 작은 신음 소리를 내고 있었다. 그녀의 허리 깊숙이 저 먼 곳에서 온 몸을 휘젓고 있는 것은 손가락일까? 아니면 그녀의 숨결과 오열을 빨아들이며 생기를 더해가는 입일까? 욕망의 고뇌, 아니면 색욕에 대한 수치심 때문일까? 그녀가 손으로 꽉 거머쥐고 있던, 길게 휘어진 음경에 대한 추억이 뇌리를 사로잡았다. 멋지게 솟아오른, 붉은 빛의 단단하면서도 거만한 그 성기는 아마도 지금 견뎌내지 못할 정도로 뜨

거울 것이다. 엠마뉴엘이 신음 소리를 너무 크게 내자 남자
는 측은한 생각마저 들었다. 마침내 그녀는 기다리고 있던
것처럼 강렬한, 남자의 물건이 자신의 복부 위로 놓이는 걸
느꼈다. 그녀는 혼신의 힘을 다해 부드럽게, 그를 향해 바싹
다가갔다.

두 사람은 꽤 오랫동안 그 상태에서 움직이지 않고 있었
다. 그러다 남자는 갑자기 엠마뉴엘을 번쩍 들어 올려 복도
쪽에 있는 간이침대에 눕혔다. 영국 아이들과는 일 미터도
안 되는 거리였다.

그녀는 아이들의 존재조차 잊고 있었다. 그런데 순간 그
녀는 아이들이 잠들지 않고 자기를 바라보고 있다는 걸 눈치
챘다. 남자아이가 더 가까운 자리에 있었고 여자아이는 그
장면을 더 자세히 보기 위해 그의 옆에 몸을 웅크리고 있었
다. 가만히 숨을 죽인 두 아이는 동그래진 눈으로 엠마뉴엘
을 뚫어져라 쳐다보았다. 그녀는 아이들에게서 신기해하는
표정을 읽었다. 지나친 방탕에 빠진 모습을 아이들에게 들켰
다는 생각이 들자 그녀는 현기증을 느꼈지만 동시에 그녀는
사태가 그렇게 벌어지도록, 또 아이들이 죄다 볼 수 있도록
서둘러 몸을 움직였다.

허벅지와 무릎이 접힌 채 오른쪽으로 누워 있는 그녀는
허리가 내맡겨진 상태였다. 남자가 뒤에서 그녀의 엉덩이를
움켜쥐었다. 그러고는 한쪽 다리를 엠마뉴엘의 두 다리 사이

로 끼워 넣은 다음 그녀의 몸 안으로 주저 없이 곧바로 들어 갔다. 남자의 단단한 음경과 엠마뉴엘의 젖은 몸은 별 어려움 없이 하나가 되었다. 그녀의 질 가장 깊은 곳에 이르러 그는 잠시 동작을 멈추며 숨을 돌리는가 싶더니, 곧이어 음경의 규칙적이고 격렬한 놀림을 시작했다.

불안감에서 벗어난 그녀는 음경이 몸 안으로 파고들 때마다 더 뜨겁고 끈적한 헐떡임을 뱉어냈다. 마치 엠마뉴엘에게서 양분을 빨아들이고 있는 것처럼 그의 성기는 더욱 커졌고, 움직임은 더욱 넓은 폭으로 활기를 띠고 있었다. 희열의 아득한 광경 속에서 엠마뉴엘은 그의 음경이 자신의 복부 안에서 그렇게 긴 행로를 이룰 수 있다는 사실에 경이로워했다. 그녀는 지난 몇 달 동안 성적인 자극을 받은 적이 없음에도 불구하고 아직 무뎌지지 않은 자신의 감각기관들을 지켜보며 재미있어했다. 그리고 그녀는 다시 되찾은 육감을 가장 완벽하게, 또 가장 오랫동안 즐길 수 있기를 바라고 있었다.

영국 남자는 지칠 줄 모르고 엠마뉴엘의 몸속으로 들어왔다. 한순간 그녀는 언제부터 그가 자기 몸속에 있었는지 알고 싶어졌다. 하지만 그녀의 판단을 도와줄 기준점은 하나도 없었다.

어릴 때부터 기다림의 즐거움을 연장시키는 데 익숙해져 있던 그녀는 굳이 애를 쓰거나 불만스러워하지 않으면서 오르가슴을 늦추고 있었다. 엠마뉴엘이 즐겼던 것은 오히려 그렇게 점점 증폭하는 초감각적 상태였다. 마치 악기의 활이 현을 연주하듯, 그녀가 몇 시간에 걸쳐 손가락으로 떨리는 음핵을 가볍게 스치며 느끼는 존재의 극단적 긴장감은 자신의 몸이 희구하는 것을 때로 거부하면서 혼자서도 충분히 얻을 줄 아는 것이었고, 마침내 육감의 압력이 마치 죽음의 경련처럼 엄청난 회오리바람을 일으키며 정상에 이를 때까지 이어지던, 바로 그것이었다. 그러면 엠마뉘엘은 그 즉시 차분하고 예민한 상태로 죽음에서 다시 태어나곤 했다.

그녀는 아이들을 쳐다보았다. 그들의 얼굴에는 교만한 기색이 모두 사라져 있었다. 그리고 인간적인 모습으로 변해 있었다. 들떠 있거나 비웃는 기색은커녕 주의 깊고 공손한 표정이었다. 그녀는 아이들의 머릿속에서 일어나고 있는, 그들이 눈앞에서 벌어지고 있는 사건을 목격하면서 겪고 있을 당혹감을 상상해보려고 애썼다. 하지만 그러한 상상들은 이내 풀어헤쳐져버렸고, 그녀의 생각을 가로지르는 눈부신 느낌으로 아득해졌다. 지금 그녀는 더할 나위 없이 행복했고, 다른 사람을 염려할 겨를이 없었다.

남자의 움직임이 빨라지면서 그녀의 엉덩이를 두 손으로 움켜잡았을 때, 그리고 그녀의 몸을 가로지르는 성기의 갑작스런 팽창과 박동을 느끼면서 엠마뉘엘은 그가 곧 사정하리라는 것을 알았다. 그리고 그녀 자신도 서둘러 속도를 맞추었다. 정액의 분출을 받아들이며, 그녀는 쾌감의 절정에 이르렀다. 남자가 절정을 마무리 지을 즈음 엠마뉴엘 또한 진정을 되찾았다. 미끄러져 물러나는 남자의 성기, 그가 덮어주는 담요의 감촉, 침대의 안락감, 그녀를 포근하게 감싸며 올라오는 잠결의 반투명함, 그 모든 것들이 엠마뉴엘에게 아무런 회한도 없는 편안하고 아늑한 느낌을 만들어주었다.

비행기는 다리를 건너듯 밤을 가로질렀다. 인도의 사막, 해역, 삼각주, 논 들이 눈에 보이지 않는 사이에 지나갔다. 엠마뉴엘이 눈을 떴을 때 예전에는 볼 수 없었던 새벽이 미얀마 산맥의 능선들에 무지갯빛을 뿌리고 있었다. 하지만 아직 보라색 비상등 불빛에 잠겨 있는 기내에는 바깥의 정취나 시간을 짐작하게 해줄 수 있는 게 하나도 없었다.

흰 담요는 바닥에 떨어져 있었고, 엠마뉴엘은 발가벗은 채 마치 추위에 떠는 아이처럼 왼쪽으로 몸을 웅크리고 있었다. 그녀의 정복자는 아직 잠에서 깨어날 기미가 보이지 않았다.

차츰 의식을 회복하면서 엠마뉴엘은 꼼짝도 하지 않았다. 남자의 얼굴에서 읽을 수 있는 건, 그녀 생각의 범위 내에서는 아무것도 없었다. 꽤 오랜 시간이 지난 후 엠마뉴엘은 천천히 다리를 뻗으며 허리를 펴고 몸을 돌려 똑바로 누웠다. 그러고 나서 담요를 덮으려고 주변을 더듬던 그녀의 손이 순간 멈추었다. 어떤 남자가 복도에 선 채 그녀를 바라보고 있었던 것이다.

그녀가 누워 있는 각도에서 보이는 그 남자의 모습은 마치 거대한 조각상처럼 보였다. 믿기지 않을 정도로 잘생겼다고 그녀는 생각했다. 아마도 그 아름다움 때문에 그녀는 자신이 발가벗고 있다는 사실을 잊었을지도 몰랐다. 적어도 그녀는 아무런 거리낌이 없었다. 그녀는 생각했다. '저건 그리스 조각상이야. 저런 걸작이 살아 있을 리 없어.' 시 한 구절이 그녀의 머릿속을 스쳤다. '폐허가 된 신전의 신이여……' 그리스 작가의 시는 아니었다. 그녀는 앵초꽃과 노랗게 색이 바랜 풀을 한 무더기 신의 발 앞에 바친 다음, 받침대 주위를 덩굴잎사귀로 둘러놓고 싶어졌다. 그때 한줄기 바람이 불어와 그의 이마와 귓가에 고슬고슬 짧게 말린 양털 머리를 살짝 흔들어주면 얼마나 좋을까 하고 바랐다. 엠마뉴엘의 눈길이 남자의 곧은 콧등을 타고 내려가 약간 젖혀 올라간 입술 위로 머무르다 대리석으로 빚은 듯한 턱으로 이어졌다. 두 개의 견고한 힘줄이 털이 없는 그의 가슴 위로 헤쳐진 셔츠 부분까지 목선을 그려내고 있었다. 아래쪽을 향해 계속되던 그녀의 탐색이 멈췄다. 엠마뉴엘의 얼굴 근처에서 지나치게 돌출된 남자의 성기가 바지를 팽팽하게 당기고 있었다.

그는 몸을 굽혀 바닥에 떨어진 그녀의 치마와 스웨터를 집고 나서 주변에 흩어져 있는 팬티, 고무 밴드, 무도화를 차례로 집었다. 그러고는 몸을 일으키며 말했다.

"오세요."

그녀는 침대에서 몸을 일으켜 발을 카펫에 내려놓고 남자가 내미는 손을 잡았다. 그리고 가뿐하게 일어나 마치 밤사이 높은 하늘에서 세계를 바꿔버린 것처럼 벌거숭이인 채로 걸어갔다.

미지의 남자는 그녀가 여승무원하고 이미 왔었던 화장실 안으로 앞장서 들어갔다. 칸막이벽에 등을 기댄 다음 그는 엠마뉴엘이 정면으로 서 있도록 자리를 잡아주었다. 남자의 금빛 관목 숲에서 거대하게 솟아나오는 물건을 보자마자 그녀는 하마터면 소리를 지를 뻔했다. 그녀는 남자에 비해 훨씬 왜소했고, 삼각꼴의 커다란 그의 음경은 엠마뉴엘의 가슴골에 서의 낮을 거리에 있었다.

남자는 엠마뉴엘의 허리를 잡아 단번에 위로 들어올렸다. 그녀는 손깍지를 끼고 두 팔을 남자의 목에 둘렀다. 이어 손바닥 아래로 단단해지는 그의 근육을 느꼈다. 그녀는 그의 진홍빛 음경 위로 몸이 알맞게 놓이도록 다리를 벌려주었고, 마침내 남자가 몸속을 뚫고 들어왔다. 눈물이 그녀의 뺨 위로 흘러내렸고, 남자는 조심스럽게 그녀를 갈라놓고 있었다. 엠마뉴엘은 무릎을 벽에 맞대고 두 발을 남자의 둔부 위에 올린 채 그의 엄청난 뿌리가 자신의 몸속 깊숙한 곳까지 뻗어 내리도록 도왔다. 그녀는 감고 있던 남자의 목을 할퀴며 오열과 함께 헐떡였고, 알아듣지 못할 말을 뱉어내며 몸부림을 쳤다. 혼미한 정신 속에서 그녀는 남자가 벌써 쾌감의 절정에 이르고 있다는 것조차 깨닫지 못했다. 그는 마치 그녀의 몸속에 심장까지 이르는 길이라도 열리기를 바라는 것처럼 골반을 밀어붙이며 야성적으로 파고들었다. 환한 얼굴로 남자는 몸을 빼내었고, 그녀를 서 있는 그대로 가슴에 끌어안았다. 남자의 축축이 젖은 음경이 그녀의 생채기 난 살결을 시원하게 해주었다.

"좋았어요?" 남자가 물었다.

엠마뉘엘은 그리스 조각상의 가슴에 얼굴을 기댔다. 그의 정액이 몸 안에서 움직이고 있는 게 느껴졌다.

"사랑해요." 그녀는 중얼거리며 다시 말을 이었다.

"한 번 더 하고 싶으세요?"

남자가 웃으며 대답했다.

"좀 이따 다시 올게요. 이제 그만 옷 입어요."

그는 몸을 기울여 그녀의 머리 한가운데에 입을 맞췄다. 그 행위가 너무나 경건하여 엠마뉘엘은 더 이상 아무 말도 하지 못했다. 남자가 자리를 떠났다는 걸 미처 깨닫기도 전에 그녀는 다시 혼자 남아 있었다.

마치 무슨 의식을 치르는 것처럼, 아니면 아직 현실감을 되찾지 못한 사람처럼, 그녀는 아주 느린 동작으로 샤워기 물에 몸을 적신 다음 거품비누를 칠하고 꼼꼼히 씻어냈다. 그리고 자동 배포기에서 따뜻하고 향내가 나는 수건을 꺼내 물기를 닦았다. 비치되어 있는 향수를 목 앞뒤와 겨드랑이, 음부에 뿌렸다. 푸른 숲을 떠올리는 냄새였다. 그녀는 세 벽면을 잇는 기다란 거울에 비친 자신의 나체를 바라보았다. 지금까지 이토록 상큼하고 아름답게 빛나는 모습을 본 적은 없는 것 같았다. '그 남자는 약속한 대로 다시 돌아올까?'

스피커에서 방콕에 다다랐다는 안내를 할 때까지 기다리던 그녀는 심란한 마음으로 입을 삐죽거리며 옷을 챙겨 입은 다음, 객실로 돌아갔다. 그리고 선반에서 손가방을 꺼내 앉으며 무릎 위에 올려놓았다. 누군가의 세심한 손길에 의해 다시 정돈된 좌석에 차 한 잔과 브리오슈를 담은 쟁반이 마련돼 있었다. 그녀를 물끄러미 바라보던 이웃 남자가 당황스러움이 역력한 말투로 물었다.

"저…… 동경까지 가는 게 아니었어요?"

엠마뉴엘은 그가 말하려는 뜻을 쉽게 짐작할 수 있었고, 부정적으로 고개를 끄덕였다. 남자의 얼굴이 어두워졌다. 그가 또 다른 질문들을 던졌지만 그녀는 이해하지 못했고, 게다가 그의 질문에 대답할 정신이 아니었다. 그녀는 울적한 표정으로 앞을 똑바로 쳐다보았다.

영국 남자는 수첩을 꺼내 엠마뉴엘에게 건네며 뭔가를 적는 시늉을 해 보였다. 아마도 그녀를 다시 만나볼 수 있도록 주소나 이름을 알고 싶어 하는 모양이었다. 하지만 그녀는 다시 고개를 흔들며 단호한 뜻을 비쳤다. '폐허가 된 신전의, 아이비 덩굴로 뒤덮인 얼굴에 뜨거운 돌 냄새를 풍기는 근사한 신—그 미지의 남자—도 방콕에서 내릴까? 아니면 일본까지 날아갈까?' 그녀는 궁금했다. '어쨌거나 방콕을 경유해야 하니까 그를 다시 볼 수도 있을 텐데…….'

열대의 아침, 그녀는 비행기에서 내려 날개 아래 무리 지어 서 있는 여행객들을 눈으로 살피며 그 남자를 찾았다. 시멘트와 유리로 된 건물이 이미 열기로 달궈져 하얗게 빛나는 하늘 위로 뚜렷이 윤곽을 드러내고 있었다. 하지만 그 남자만 한 키와 가을빛 머리를 한 사람은 어디에도 보이지 않았다. 여승무원이 미소를 보냈지만 그녀는 얼핏 알아챘을 뿐이었다. 그녀는 벌써 세관검사대 앞까지 떠밀려 와 있었다. 누군가 허가증을 내밀며 통제선을 넘어오더니 그녀의 이름을 불렀다. 그녀는 즐거운 비명을 지르며 앞으로 달려 나가 남편이 내민 두 팔에 안겼다.

푸른 낙원

내가 여러분들에게 육감을 죽이라고 말합니까?
나는 육감의 무고함에 대해 말하고 있는 것입니다.

니체, 「짜라투스트라는 이렇게 말했다」

엠마뉘엘이 발을 담그고 물장구를 치고 있는 수영장은 검은색 모자이크 타일에 분홍빛 물이 채워진, 로얄 방콕 스포츠클럽이었다. 남성 전용인 이곳의 출입이 허가된 부녀자와 처녀들은 자신들의 다리와 가슴을 과시하기 위해 토요일과 일요일 오후에는 속살이 비치는 외출복 차림으로, 주중에는 노출이 있는 차림으로 나타나곤 했다.

두 팔을 모아 턱을 고이고 엠마뉘엘 곁에 누운 젊은 여자는 구릿빛 피부와 마치 조각가의 소묘처럼 황적색을 띠는 어린 망아지 같은 근육질 몸매를 가지고 있었다. 때로 그녀의 짧은 머리카락이 엠마뉴엘의 허벅지를 스쳤고, 주절주절 말을 이어가며 터뜨리는 그녀의 행복한 웃음이 수면으로 울려 퍼졌다. 아름다운 목소리는 그녀의 고백을 더욱 실감나게 해주고 있었다.

"질베르는 '플리뷔스티에(Flibustier)'호(號)가 지나간 다음부터 정말 무슨 모욕을 당한 사람처럼 군다니까, 글쎄. 내가 사흘 동안 가출한 걸 가지고 얼마나 비난을 해대는지. 아니, 그 배가 떠나고 난 다음 나흘째 되는 날 얌전하게 집으로 들어왔으면 됐잖아!"

엠마뉴엘은 이 여자가 아리안느라는 걸 알았다. 프랑스 대사관에 참사관으로 와 있는 센느 백작의 부인으로, 스물여섯 살이었다.

"왜 갑자기 그렇게 화를 내는 거야, 네 남편은? 원칙을 바꾸기라도 했대?" 붉은 천으로 된 해변의자에 앉아 'O'라고 불리는 바람둥이의 머리를 빗고 있던 다른 한 여자가 물었다.

"그 사람이 맘에 안 들었던 건, 내가 사흘 밤을 함장의 선실에서 보냈다는 사실이 아니라 미리 자기한테 알리지 않았다는 거야, 글쎄. 나를 찾느라 사방에 수소문하고 다니면서 완전히 우스갯감이 돼버렸다나. 경찰에까지 알렸다던데, 그치가."

달궈진 타일 바닥에 거의 정신을 잃을 정도로 나른해진 몸을 맡긴 젊은 여자들이 쑥덕거리기 시작했다. 그 정도 열기에는 이미 습관이 된 여자들은 엠마뉘엘과 배를 깔고 누운 아리안느의 주변에서 불타는 육신을 가진 별 모양을 이루고 있었다. 등을 돌리고 앉아 이야기를 듣기만 하고 있던 엠마뉘엘은 햇볕에 그을린 그녀들의 몸매보다 미지근한 수면 위로 어른거리는 문양이 더 흥미로웠다.

"그럼 네가 어디에 있길 바랐대? 그건 무당이 아니라도 짐작할 수 있는 거 아냐?"

"이 나라가 처음으로 우리한테 즐길 기회를 준 거잖아!"

"게다가 함선축제가 끝나갈 무렵에 내 살을 나눠 가지려고 작정한 두 해군장교에 둘러싸여 무방비 상태로 있는 나를 봤다잖아, 그이가."

"그래서, 그 사람들이 나눠가졌어?"

"그건 아무도 모르지."

여자가 엠마뉘엘에게 말을 걸려고 상체를 일으켰다. 엠마뉘엘은 수영장에서 스스럼없이 브래지어 끈을 풀어버리는 이 여자들에게 새삼 감탄의 눈길을 보내지 않을 수 없었다. 그을린 피부에 하얀 자국이 생길까 봐? 실은 눈에 익은 남자들이 근처로 지나갈 때마다 순진한 표정으로 팔꿈치를 짚고 일어나 자신들의 몸매를 중력의 법칙처럼 써먹으려는 것이었다.

"부인, 그거 아세요? 당신은 세기의 기회를 놓치신 거예요. 슈피가 방금 말했듯이, 방콕 같은 곳에서는 그런 기회가 한 세기에 두 번씩이나 생길 리 없거든요. 지난주에 아주 귀여운 함선이 정박하러 이곳 강으로 왔었잖아요. 태국 해군에게 무슨 예의를 갖추러 왔다나 어쩐다나. 부인께서 그걸 보셨어야 하는데. 숲의 정령 사티로스 같은 선원들을 말예요! 사흘 동안 칵테일에, 만찬에, 춤에…… 어디 그뿐이었겠어요?"

엠마뉘엘을 둘러싸고 있는 프랑스 여자들의 경솔함, 당돌한 말투, 날카로운 웃음이 그녀의 기를 죽이고 있었다. 자신이 겪은 파리에서의 경험은 지금 이 과도한 사교계와 어울리기에 턱도 없이 모자란다는 사실에 그녀는 놀랐다. 고삐가 풀린 이 여자들의 한가로움과 사치는 파리의 오테이유, 파시 지역에 살며 그녀가 잃어버린 시간과 씀씀이에 비해 훨씬 정도가 지나쳐 보였다(엠마뉘엘의 씀씀이는 차라리 검소한 편에 속했다). 그 여자들은 한가로운 가운데서도 내내 의도적인 과시를 위해 열뜬 시간을 보내고 있었다. 장소가 어디든 나이가 어떻든, 또 외모와 환경을 막론하고 그녀들의 주된 관심사는 어떻게 하면 유혹하고 유혹당하는 가에 있었다.

그중 한 여자가 무기력하게 몸을 일으키더니 수영장 가로 다가와 섰다. 믿기지 않을 정도로 풍성하고 야성적인 머릿결이 어깨는 물론 엉덩이 위까지 뒤덮고 있었다. 다리를 V자로 벌린 채 두 팔을 뻗어 올리며 하품을 하는 그녀의 사타구니에는 끈처럼 얇은 하얀 줄 비키니가 햇살에 비친 음부의 털 뭉치를 적나라하게 드러내고 있었다. 엠마뉴엘의 주의 깊은 시선이 성기의 돌출부를 읽어나갔다. 강한 느낌의 훈련이 잘된 성기는 맑은 얼굴과 우아한 몸매를 한 그녀의 외설스러움을 한층 더 돋보이게 만들었다.

"글쎄, 장은 바보가 아니라니까. 플리뷔스티에의 도착 일정을 미리 알고 마누라를 일찌감치 불러들인 거잖아." 엠마뉴엘 옆에서 그녀는 대놓고 독설을 던졌다.

"어머나, 유감스러워라." 아리안느가 정말 아쉬워하는 투로 말했다. "아주 멋지게 성공을 거뒀을 텐데 말이야."

"그런데 있잖아, 어떻게 그분은 엠마뉴엘이 파리에 있는 게 더 안전할 거라고 여길 수 있었는지 이해가 안 돼." 반나체로 있는 여자들 중 한 명이 빈정거리고 나섰다. "그렇게 혼자 내버려두지 말았어야지."

아리안느는 더욱 흥미로워진 눈빛으로 엠마뉴엘을 바라보았다. 같은 패의 다른 여자가 태연하게 말을 이었다.

"정말이지 남편은 질투를 모르는 사람일 거야. 그렇게 일 년 동안이나 혼자 내버려둔 걸 보면."

"일 년이 아니고 육 개월이에요!"

엠마뉴엘이 말을 고쳐주었다.

그러고 나서 그녀는 도드라진 음부를 관찰했다. 너무 가까운 거리에 있어서 조금만 몸을 기울이면 음순을 만질 수도 있을 정도였다.

"내 생각에는 그분이 같은 시기에 부인을 이곳에 오지 않게 한 건 참 잘한 것 같아요." 이번에는 O의 정부가 끼어든다. "지난 여러 달 내내 그는 거의 북쪽지방에서 지냈거든요. 아직 거처가 마련돼 있지 않았기 때문에 방콕에 올 때마다 호텔 신세를 져야 했죠. 부인에게 제대로 된 생활이 있었겠어요?" 그리고 이내 말을 덧붙였다. "아 참, 그 빌라는 마음에 드세요? 사람들이 아주 멋지다고들 하던데."

"이제 막 공사가 끝난걸요. 아직 가구도 안 들여놨고요. 저는 특히 큰 나무들이 있는 정원이 마음에 들어요. 한번 보러 오셔야 할 텐데." 엠마뉴엘은 예의를 갖춰 대답했다.

"그래도 일 년 중 3의 4분의 3을 방콕에서 부인 혼자 지낼 생각은 아니겠죠?" 아리안느 패에 속한 여자가 은근히 부추겼다.

"물론 아니죠." 엠마뉴엘은 약간 성가신 듯 대답했다. "이제 기술자들이 자리를 잡았으니 장은 더 이상 얀희에 갈 필요가 없거든요. 이곳 집무실에도 할 일이 쌓여 있으니까 계속 저랑 남아 있을 거예요."

"흥! 방콕 시가 얼마나 넓은데." 백작 부인이 자신만만하게 웃으며 말했다.

엠마뉴엘이 도시의 넓이가 무슨 용도로 쓰일 수 있을 것인지 이해가 잘 안 되는 표정을 짓자 아리안느가 곧 말을 덧붙였다.

"업무에 시달려서 남편은 눈코 뜰 새가 없을 거예요, 분명히. 그럼 부인은 쫓아다니는 남자들을 마음대로 다룰 수 있는 여유와 공간을 갖게 될걸요. 우리 남편들만큼 바쁘지 않은 이 나라 남자들이 있다는 게 참 다행이잖아요! 운전은 하세요?"

"네. 근데 길이 너무 복잡해서 엄두를 못 내고 있어요. 제가 길에 익숙해질 때까지 남편이 운전수를 딸려 보내기로 했어요."

"중요한 건 금방 알게 되는 법이랍니다. 제가 안내해드릴게요."

"다시 말해, 아리안느가 부인을 방탕의 길로 인도해드리겠답니다."

"말도 안 되는 소리를! 엠마뉴엘이 그런 일에 나를 필요로 할 것 같아? 난 그저 부인의 탈선 행각을 직접 듣고 싶은 것뿐이야. 미누트가 말한 대로 방탕한 생활을 마음껏 할 수 있는 곳은 파리밖에 없거든."

"난 아무것도 얘기할 게 없어요."

엠마뉴엘이 힘없이 대꾸했다. 아리안느의 쾌활한 말투가 엠마뉴엘의 기분을 돋우어주었기에 망정이지 아니었으면 아주 초라한 느낌을 받았을 것이다.

"걱정할 것 하나도 없어요." 이번에는 엠마뉴엘의 비밀에 가장 호기심이 많아 보이는 여자가 끼어들었다. "아무리 음란한 고백이라도 그냥 하시면 돼요. 입이 무겁기로 치자면 우린 무덤이랍니다."

"무슨 말을 하라는 거예요, 도대체? 저는 프랑스에서 사는 동안 한 번도 남편을 속인 적이 없어요." 엠마뉴엘이 침착하고 당당하게 맞받아쳤다.

잠시 침묵이 흘렀다. 여자들은 엠마뉴엘이 주장하는 말의 진의를 가늠하고 있는 모양이었다. 그리고 그녀의 진솔한 말투에 다들 깊은 인상을 받은 것처럼 보였다. 백작 부인이 신참 회원을 아니꼬운 눈으로 뜯어보았다. '저 조그만 애가 착실하다고? 근데 저 옷차림을 보아하니…….'

"결혼한 지는 얼마나 되셨는데?"

"거의 일 년 됐어요." 엠마뉴엘이 대답했다. 그리고 여자들을 좀 질투나게 만들어보려고 말을 덧붙였다.

"그때 제 나이가 열여덟 살이었어요."

순간, 엠마뉴엘은 자신을 얕잡아 볼까 봐 재빨리 말을 다시 이었다.

"결혼한 후 일 년 동안 절반은 떨어져서 혼자 지냈잖아요! 그러니 제가 그 사람을 다시 만나서 얼마나 행복하겠는지 생각 좀 해보세요."

놀랍게도, 고개를 돌려버리기도 전에 그녀의 눈동자는 촉촉이 젖어 있었다.

젊은 여자들은 머리를 끄덕이며 공감의 뜻을 나타냈지만 마음속 생각은 달랐다. '우리하고는 안 어울려.'

"저희 집에 와서 밀크셰이크라도 한잔 하실래요?"

그때까지 엠마뉴엘의 눈에 띄지 않았던 한 여자가 성큼 일어나며 말을 건넸다. 단호한 표정의, 편안한 느낌을 주는 새로운 얼굴은 대번에 엠마뉴엘의 호감을 끌었다. 게다가 그녀는 소녀의 얼굴을 하고 있었다.

'그렇게 어려 보이진 않는데.' 엠마뉴엘이 생각을 고치는 사이에 여자는 곁으로 와 자리를 잡았다. 마치 엠마뉴엘을 보호해주려는 듯이. 아마도 열서너 살 정도이지 않을까 싶은 그녀의 체격은 엠마뉴엘만 했다. 하지만 육체의 성숙도에 있어서 그녀는 아직은 천연스러운 느낌의, 무르익지 않은 채 가녀린 모습이었다. 어쩌면 유아를 연상시키는 주근깨 때문인시도 모른다. 아리안느의 우아하면서도 세련된, 뜨겁게 길들여진 피부와는 사뭇 달랐다. 첫눈에 봤을 땐 약간 거친 듯 보였지만 사실은 마치 암탉의 아주 민감한 살갗처럼 잔잔하게 얼룩이 진 피부였다. 특히 팔 부분이 그랬다. 팔보다 훨씬 매끈하게 보이는 그녀의 다리는 불거진 근육의 발목과 무릎, 단단한 종아리, 그리고 순발력이 느껴지는 허벅지로 인해 남성적인 매력을 풍겼다. 가뿐한 힘과 잘 잡힌 균형이 느껴지는, 일반적인 여자들의 다리가 유발시키는 혼란스러움보다는 오히려 기분 좋게 해주는 몸이었다. 엠마뉴엘은 그녀의 다리를 보면서, 달아오른 몸의 문을 순순히 열게 만드는 거친 손에 맡겨진 모습이 아닌 모래사장을 달리거나 다이빙대 위에서 긴장을 풀고 있는 장면을 떠올렸다.

오목하게 들어간 그녀의 복부 또한 훈련으로 층층이 잘 다듬어져 근육이 심장처럼 불끈거리는 운동선수를 연상시켰고, 좁은 삼각팬티조차 저속하다는 느낌을 불러일으키지 않았다.

줄 비키니로 겨우 가린 흉내만 낸 작고 뾰족한 그녀의 젖가슴도 마찬가지였다. '정말 예쁜데 왜 상체를 드러내놓고 다니지 않을까? 내가 보기엔 훨씬 더 나을 텐데 말이야. 그렇다고 해서 나쁘게 여길 사람은 하나도 없을 거야.' 그런데 또 막상 생각해 보면 그렇지 않을 수도 있을 것이다. 엠마뉘엘은 그처럼 어린 젖가슴이 빚어낼 수 있는 육감이란 어떤 것일까 짐작해보다가, 이제 막 불거져 나온 자신의 젖봉우리를 살피며 느끼던 즐거움을 회상했다. 하지만 자세히 보면 그 여자의 젖무덤은 그리 작지 않았다. 아마도 아리안느의 가슴과 비교하다 보니 그런 판단이 나온 것이리라. 아니면 그녀의 좁은 엉덩이나 여학생처럼 자그마한 키 때문에 그랬을지도······.

아니면 또 그녀의 분홍빛 가슴 위로 길게 늘어진, 굵게 땋은 머리 때문인지도 몰랐다. 엠마뉘엘을 특히 매혹시키는 건 바로 그 땋은 머리였다. 여태까지 본 적이 없는 그녀의 머리는 짙은 금발에다 너무 가늘어 거의 눈에 보이지 않을 정도였다. 그 느낌으로 치자면, 지푸라기도 아니고 모시도 아니고, 모래나 황금, 백금, 은도 아니고, 재 부스러기 같은 것도 아니었다. 무엇에 비교하면 알맞을까? 고치에서 그대로 뽑아 낸 자수용 생사 타래? 하지만 완전히 하얀색은 아닌? 아니면 아침노을에 물든 하늘? 하얀 눈 위의 스라소니 털? ……그런데 엠마뉴엘은 그녀의 초록색 눈과 마주치자 나머지 것들은 다 잊어버렸다. 매우 보기 드문 모양으로 관자놀이 쪽을 향해 비스듬히 올라가는 형색이 유럽 여자의 맑은 뺨 위에서 마치 길을 잃은 듯한 느낌을 주고 있었다. 하지만 그 짙게 빛나는 초록이란! 엠마뉴엘은 그녀의 눈에서 등댓불 같은 빛이 솟아나 한 바퀴 원을 그리며 사라지는 것을 보았다. 그것은 차례차례로 역설과 진지함, 이성, 놀라운 권위, 그리고 느닷없이 이는 간절함과 자비, 천진스러움을 내비치면서도 사악한 비웃음과 공모의 위험을 품고 있는 내혹스런 불빛이었다.

　'릴리트(유대 신화에서 이브 이전에 창조되었다는 음탕하고 사악한 여자. 낙원에서 추방된 뒤 사탄과 관계하여 많은 악마를 낳았다고 전해진다―옮긴이)의 눈이야!'

　하지만 엠마뉴엘에게 있어 이 젊은 여자는 아름다운 악마, 타락한 밤의 새와 같은 상징적인 존재가 아니라 창세기의 이브 이전에 있었던, 창조되자마자 사라져버린 여자였다. 온순하고 헌신적이며 허튼 관심을 갖지 않던 아담은 결국 그녀를 실망시키지 않았던가. 그 시대 이후 릴리트는 뭇사람들의 가슴에 계속 되살아나고 있는 것이다. 바로 지금, 엠마뉴엘은 어린 시절 공상이 빚어낸 그 모습을 다시 만났다. 천사 같은 웃음을 띤 채 어깨를 으쓱해 보이는, 그녀에게 필요한 언니처럼, 본보기처럼, 정당한 스캔들처럼 말이다. 엠마뉘엘 의 머리 위에서 샴(태국의 옛 명칭―옮긴이)의 하늘은 날갯짓 의 은밀한 기척으로 부산해졌다. 이제 막 돋아난 나뭇잎 같 은 눈빛의, 그 은총으로 말미암아 경이로운 여인은 눈부신 대기 속에 투명한 모습을 다시 드러낸 걸까? 그처럼 태양의 첫 아침나절, 선악과는 초록빛을 틔우고 금기는 깨어져 버렸 던 것일까? 남녀 양성의 가느다란 몸매와 순종하지 않는 목 소리가 지상의 낙원을 뒤흔들어놓게 된 것일까? 결코 지켜 진 적이 없는 약속이 마침내 욕망들에 대한 무죄를 선고하 는 계기로 쓰일 수 있을까?

"저는 마리안느라고 해요."

자신에게 홀려 아무 반응도 안 보이는 엠마뉘엘에게 그 녀는 다시 한 번 초대의 말을 건넸다.

"저희 집에 같이 가실래요?"

그제야 엠마뉘엘은 그녀에게 웃음을 지어 보이며 몸을 일으켰다. 엠마뉘엘은 남편이 자기를 데리러 올 것이고, 함 께 어디를 가야 하며, 귀가 시간도 꽤 늦을 거라고 설명했다. 하지만 다음 날 자기 집으로 와줄 수 있다면 정말 좋겠다는 뜻을 전했다. 그러나 엠마뉘엘이 어디에 사는지 그녀가 알고 있을까?

"네, 그럼 내일 오후에!" 마리안느가 짧게 대답했다.

엠마뉘엘은 어수선한 틈을 타서 여자들 무리에서 빠져나왔다. 남편을 기다리게 하고 싶지 않다는 핑계를 둘러대며 탈의실 쪽으로 걸음을 총총히 옮겼다.

"며칠 내로 손님방 마무리가 다 될까?"

남편이 저녁식탁에 앉아 엠마뉘엘에게 물었다.

양쪽으로 밀쳐놓은 이동식 벽이 네모난 연못을 향해 열려 있었다. 아침에 분홍, 보라, 하얀색, 파란색을 펼치던 연꽃줄기가 저녁나절이 되자 초록 꽃받침을 가볍게 흔들고 있었다.

"그 방은 지금이라도 쓸 수 있는 걸요. 제가 아직 장만하지 못한 커튼과 알록달록한 쿠션만 없다 뿐이지. 참, 전등도 없어요."

"8일, 일요일까지는 완전히 꾸며지면 좋겠는데."

"물론 다 되죠. 그 정도 준비하는 데 열흘씩이나 필요하진 않아요. 근데 누가 와요?"

"응, 크리스토퍼. 왜 있잖아, 말레이시아에 있는. 한 달 전, 당신이 오기 전에 미리 초대를 했는데 올 거라고 오늘 연락이 왔어. 일이 잘 풀리려고 그런 건지 회사에서 그 친구에게 태국 전역을 한번 둘러보고 오라고 했다는군. 우리하고 몇 주간 같이 지낼 것 같아. 그 친구 못 본 지가 삼 년이 다 돼

가네. 좋은 사람이지. 당신도 알게 될 거야."

"댐 건설이 끝나고 아스완에서 당신하고 같이 있던 사람 아니에요?"

"맞아. 그때 마음이 들떠 있지 않던 사람은 그 친구 한 명뿐이었어."

"아, 생각나요. 당신이 엄숙한 사람이라고 말했던⋯⋯."

"엄숙하지. 그렇지만 음산하진 않을걸! 내가 좋아하는 친구야. 당신도 틀림없이 마음에 들어할 거야."

"몇 살이에요?"

"나보다 여섯 살인가 일곱 살 적어. 그때 막 옥스퍼드를 졸업하고 왔으니까."

"영국 사람이에요?"

"아니. 아 참, 반쪽은 그렇지. 모친이 그 나라 출신이니까. 근데 부친은 회사 설립인 중의 한 분이었어. 그렇다고 아버지하고 똑같은 사람이려니 생각하면 안 돼. 영 딴판으로 그 친구는 나무꾼 같아. 믿어도 될 만한 인물이야."

엠마뉴엘은 겨우 되찾은 내밀한 분위기를 누군가와 나눠야 한다는 사실에 약간 실망감을 느꼈다. 하지만 남편에게 귀한 손님이니까 잘 맞아들여야겠다고 마음을 고쳐먹었다. 그녀는 사진에서 편안하게 웃으며 햇볕에 그을린 건장한 탐험가 모습으로 서 있는 크리스토퍼를 상상했다. 하긴 배가 불룩한 사장을 손님으로 맞이해서 시내 관광도 시켜줘야 하고, 무례한 일이 안 벌어지도록 애써야 하고, 또 모기가 안 달라 들도록 신경 써야 하는 것보다야 그 사람이 오는 게 훨씬 낫지 않을까 하는 생각도 들었다.

엠마뉴엘은 남편을 몰랐던 시절, 위험을 무릅쓰며 다니던 두 사람의 다른 사진들까지도 머릿속에서 하나하나 뒤적였다. 그때 장이 사고로 죽어버렸다면 그녀는 지금처럼 그의 아내가 못 되었을 게 아닌가. 그 생각을 하자 갑자기 가슴이 아려와서 그녀는 더 이상 밥이 먹히질 않았다.

남자 하인이, 불그스레한 치아의 나이 많은 여자 주방장이 새로운 여주인을 맞이하느라 사흘 동안 준비해 만든 아이스 라이스케이크를 비롯해 꽃잎튀김을 내온 다음, 달걀크림과 캐러멜로 속을 채운 코코넛을 들고 와 식탁 주위를 맴돌고 있었다. 그는 발 앞쪽을 교대로 조심조심 디뎌가며 매 걸음마다 마치 뛰어오르는 듯한 동작을 연발했다. 엠마뉴엘은 그의 기척이 적잖이 무섭게 느껴졌다. 소리가 너무 없는데다 너무 강하기도 하면서 너무 유연했고, 너무 단정하면서 또 너무 자주 곁에 있었고, 너무 고양이 같았다.

마리안느는 머리에 터번을 한 검은 수염의 인도 운전수가 모는, 미국제 하얀 자동차를 타고 왔다. 차는 그녀를 내려준 다음 곧바로 돌아갔다.

"갈 때는 네가 태워다줄 거지?" 마리안느가 물었다.

엠마뉴엘은 갑작스런 반말에 당황스러웠다. 그녀의 목소리는 어제보다 훨씬 더 땋은 머리와 피부에 어울리는 어조였다. 그녀는 충동적으로 소녀의 뺨에 입을 맞추고 싶었으나 뭔가 마음에 걸렸다. 파란 블라우스 밑의 뾰족한 젖가슴 때문이었을까? 아니면 초록색 눈 때문에? 마리안느는 엠마뉴엘 곁에 바짝 붙어 있었다.

"그 바보 같은 여자들이 하는 말에 신경 쓸 거 하나도 없어." 그녀가 말했다. "순 허풍쟁이들이라니까. 제대로 된 말이 10분의 1이나 될까 몰라."

"물론이죠!" 잠시 무슨 말인지 이해를 못하다가 수영장의 여자들을 두고 하는 말이라는 걸 알아챈 엠마뉴엘이 맞장구를 쳤다. "테라스로 나가볼래요?"

그리고 나서 그녀는 습관적으로 존칭을 사용한 걸 금방 후회했다. 마리안느는 고개를 끄덕였다. 두 여자는 위층으로 자리를 옮겼다.

침실 앞을 지나면서 엠마뉴엘은 불현듯 장이 침대 머리맡에 걸어 논 자신의 큰 나체 사진을 떠올렸다. 그녀는 서둘러 지나갔지만 마리안느는 이미 입구에 설치해놓은 모기장 앞에 멈춰서 있었다.

"여기가 네 방이야? 들어가봐도 돼?"

대답을 기다리지도 않고 그녀는 모기장을 밀고 들어갔다. 엠마뉴엘이 뒤따랐다. 순간 마리안느가 웃음을 터뜨렸다.

"무슨 침대가 이렇게 커? 도대체 몇 명이 저 위에서 자는데?"

엠마뉴엘이 얼굴을 붉혔다.

"실은 침대가 두 개야. 나란히 붙여놓았거든."

마리안느는 사진을 바라보았다.

"참 예쁘다. 누가 찍은 거야?"

엠마뉴엘은 장이 찍은 거라고 거짓말을 하고 싶었지만 마음이 허락하지 않았다.

"남편 친구인 어떤 작가가."

"다른 사진은 없어? 이것만 찍었을 리가 없을 것 같은데. 연애하면서 찍은 것도 있지 않아?"

엠마뉴엘은 머리가 약간 어지러웠다. '정말 희한한 아이잖아? 입가에는 신선한 미소를 머금은 채 맑고 커다란 눈망울로 똑바로 쳐다보면서, 담담한 표정에 격의 없는 말투로 이렇게 놀라운 질문을 서슴없이 던지다니!' 그런데 최악은, 아마도 저 시선으로 말미암아 사실 그대로를 말하지 않을 수 없을 거라는 엠마뉴엘의 예감이었다. 원하기만 한다면 자신의 가장 비밀스러운 고백까지 털어놓게 만드는 능력을 가진 아이 같았다. 엠마뉴엘은 갑작스럽게 테라스 문을 열었다. 마치 그 행위가 자신을 보호해주기라도 하는 듯이.

"가실래요?"

그녀는 반말 대신 또다시 존칭을 쓰고 있었다. 마리안느가 살며시 웃었다. 두 사람은 노란색과 하얀색 줄이 그어진 천막이 햇볕을 가려주고 있는 테라스로 나갔다. 근처의 강물이 미지근한 바람을 일으키고 있었다. 마리안느가 감탄사를 늘어놓았다.

"넌 참 운도 좋아! 방콕에서 이런 터에 자리 잡은 집은 아무 데도 없어. 전망도 멋지고. 마음이 이렇게 편안할 수가!"

마리안느는 코코넛 나무와 울긋불긋한 경치를 앞에 두고 한동안 움직일 생각을 하지 않았다. 그러다가 아주 자연스럽게 허리를 두르고 있던 라피아 섬유로 만든 넓은 띠를 풀어 등나무 의자 위로 던져버렸다. 연이어 얼룩무늬 치마의 지퍼를 내린 다음, 타일 위에 원형을 이루며 떨어져 있는 치마를 훌쩍 뛰어넘었다. 팬티 바로 아래까지 내려와 있는 블라우스로 인해 하체에는 자수가 달린 붉은색 좁은 띠만 남아 있었다. 그녀는 긴 안락의자에 털썩 주저앉으며 잡지 한 권을 잽싸게 집어 들었다.

"프랑스 잡지 안 본 지가 까마득해. 이거 어디서 났어?"

마음 내키는 대로 자리를 잡으며 마리안느는 두 다리를 나란히 쭉 뻗었다. 엠마뉘엘은 한숨을 내쉬며 머릿속에 이는 착잡한 생각들을 떨쳐내려고 했다. 그녀는 마리안느를 마주 보고 앉았다. 그때 소녀가 깔깔거리며 웃음을 터뜨렸다.

"무슨 이야긴데 제목이 이래? 『부엉이의 기름』? 지금 좀 읽어봐도 될까?"

"물론 읽어도 되지."

마리안느는 독서에 빠져들었다. 펼쳐진 잡지에 얼굴이 가려졌다. 하지만 그렇게 차분한 모습은 오래가지 않았다. 벌써 그녀의 몸이 어미 말 옆의 망아지처럼 움찔거리기 시작했다. 소녀는 바짝 붙이고 있던 허벅지를 벌리며 한쪽 무릎을 세운 다음 왼쪽 허벅지를 의자 팔걸이에 나른하게 기댔다. 엠마뉴엘은 팬티의 벌어진 틈을 훔쳐보았다. 책을 잡고 있던 마리안느의 한쪽 손이 벌려진 다리 사이로 주저 없이 들어가 나일론 천을 들추었고, 그 아래쪽으로 내려가 구멍을 찾는가 싶더니 한순간 동작을 고정시켰다. 그러고는 가장자리 살 사이로 깊게 패인 골을 확인하면서 서서히 올라왔다. 불룩하게 나온 천 위에서 한참 손을 놀리다가 다시 내려가 엉덩이 아래로 미끄러져 들어갔다. 그렇게 손놀림을 반복하더니 이번에는 가운뎃손가락만 아래쪽으로 위치시켰다. 우아하게 치켜세운 나머지 손가락들은 마치 곤충의 앞날개처럼 펼쳐져 중지를 에워싸고 있었다. 손가락은 살결을 헤치며 쓰다듬고, 또 쓰다듬었다. 갑자기 튀어 오른 팔목이 제자리에 놓일 때까지. 엠마뉴엘은 자신의 심장이 고동치는 걸 느꼈다. 너무 세게 뛰는 바람에 혹시 누군가에게 들키지 않을까 걱정스러울 정도였다. 그리고 입술 사이로 혀가 뾰족하게 닿아 있었다.

마리안느는 손을 계속 움직였다. 가운뎃손가락이 살을

밀치며 더 깊숙이 들어갔다. 다시 동작을 멈추며 원을 그리다가 잠깐 머뭇거리고, 또 가볍게 두드리다가 거의 눈에 뜨이지 않을 정도로 전율했다. 엠마뉴엘의 입에서 억누를 수 없는 소리가 새어 나왔다. 마리안느는 잡지를 아래로 내리며 웃음을 지어 보였다.

"넌 안 하고 뭐 해?" 의아한 표정으로 질문을 던진 다음, 그녀는 교활한 눈빛을 지어 보이며 고개를 엠마뉴엘의 어깨에 기댔다. "나는 있잖아, 책을 읽을 때마다 애무를 해."

말문을 잊은 채 엠마뉴엘은 고개를 끄덕이며 수긍의 뜻을 나타냈다. 마리안느는 잡지를 내려놓고 허리를 꺾어 올리며 두 손을 엉덩이로 가져간 다음 재빨리 빨간 팬티를 허벅지 위로 끌어 내렸다. 허공으로 뻗은 다리를 움직여 팬티를 완전히 걷어내고는 긴장을 풀면서 눈을 내려 감고, 두 손가락으로 분홍빛 점막을 벌렸다.

"여기가 딱 좋아. 넌 안 그래?"

엠마뉴엘은 또다시 동의하는 시늉을 했다. 마리안느는 평범한 어조로 말하고 있었다.

"나는 여기서 오래 있는 게 좋아. 그래서 위쪽은 별로 많이 안 만져. 이 안으로 계속 넣었다 뺐다 하는 거지."

그렇게 말하면서 동시에 동작을 해 보였다. 그러다가 마침내 허리가 활처럼 휘어지자 약한 신음을 토해냈다.

"아, 더 이상 못 참겠어!"

그녀의 손가락이 음핵 위에서 마치 잠자리처럼 떨렸다. 신음 소리가 외침으로 변하고, 몸 안쪽에 갇힌 손을 중심으로 허벅지가 격렬하게 열렸다 다시 닫혔다. 거의 처절하다시피 오랫동안 외치며 헐떡이던 그녀의 허리가 다시 아래로 떨어졌다. 잠시 후 호흡을 가다듬은 그녀가 눈을 뜨며 흥얼거렸다.

"정말 너무 좋아!"

다시 머리를 기울이며 그녀는 중지를 조심스럽게 음부 속으로 살짝 집어넣었다. 엠마뉴엘은 옆에서 입술을 깨문 채 그녀를 바라보았다. 손가락이 끝까지 들어가자 마리안느는 긴 한숨을 내쉬었다. 건강하게 빛나는 그녀의 표정에서 뚜렷한 의식과 의무를 다한 만족감이 읽혀졌다.

"너도 해봐."

엠마뉴엘은 빠져나올 구실을 찾는 사람처럼 망설였다. 하지만 그 망설임은 오래가지 않았다. 그녀는 몸을 일으켜서 반바지의 단추를 풀고, 옷을 발 아래로 떨어뜨렸다. 그녀는 속옷을 입지 않은 상태였다. 귤색 스웨터가 까만 음부의 윤기를 돋보이게 하고 있었다.

엠마뉴엘이 다시 몸을 누이고, 마리안느는 그녀의 발 앞으로 와 빽빽한 플러시 천으로 채워진 쿠션의자에 앉았다. 두 여자는 윗도리만 입은 채 맨살의 엉덩이와 음부를 드러내고 있는, 똑같은 차림이었다. 마리안느가 엠마뉴엘의 성기를 곁에서 쳐다보며 말했다.

"너는 어떻게 애무하는 게 좋아?"

"다른 사람들과 똑같아."

그녀는 마리안느의 가벼운 숨결이 허벅지 위로 와 닿는 걸 느꼈다. 소녀의 손이 이 위에 놓여 있다면 그녀는 긴장과 어색함으로부터 벗어날 수 있을 텐데. 하지만 마리안느는 가만히 보고만 있었다.

"한번 해 봐."

적어도 엠마뉴엘에게 있어서 자위는 즉각적으로 기분을 완화시켜주는 수단이었다. 손가락이 다리 사이로 들어와 익숙한 임무를 수행하기 시작하면서 그녀는 자신과 세상 사이에 커튼이 드리워지는 걸 느꼈다. 몸 안에서 평온함이 자리를 잡았다. 하지만 이번에는 기다림의 즐거움을 연장시킬 마음이 들지 않았다. 그녀는 이미 익숙해진 세계의 편안한 느낌에 빨리 도달하고 싶었다. 오르가슴은 그녀가 알고 있는 가장 황홀한 피난처였다.

"자위는 어떻게 배웠어?"

엠마뉴엘이 제정신을 차렸을 때 마리안느가 물었다.

"그냥 혼자서. 손이 알아서 방법을 찾아내던 걸." 엠마뉴엘이 웃으며 대답했다.

이제 그녀는 수다를 떨 정도로 경쾌한 기분이었다.

"열네 살 때도 이미 그걸 할 줄 알았어?"

마리안느가 의심쩍은 투로 물었다.

"물론이지. 아주 오래전부터! 넌?"

마리안느는 대답을 회피하고 심문을 계속했다.

"어디를 애무하는 게 제일 좋아?"

"뭐, 여러 곳. 어떤 지점이나, 줄기 부분이나 더 아랫부분이나 느낌이 다 다르니까. 너도 마찬가질 텐데?"

마리안느는 여전히 질문에는 개의치 않고 다시 물었다.

"클리토리스만 애무해?"

"무슨 소릴! 바로 그 아래 작은 입구가 있잖아, 요도. 거기도 얼마나 민감한데! 손끝으로 살짝 건드리기만 해도 나는 금방 쾌감을 느껴."

"그리고 또 뭘 하는데?"

"음순 안쪽으로 제일 축축한 곳, 거길 애무하는 것도 좋아해."

"손가락으로?"

"바나나 가지고도 해(엠마뉴엘의 목소리가 자랑스러운 투로 바뀌었다). 그걸 끝까지 집어넣거든. 먼저 껍질을 벗긴 다음에 말이야. 너무 익은 건 안 돼. 초록색의 기다란 바나나. 수상 시장에 가면 많이 있잖아. 얼마나 기분 좋은지 몰라."

그 육감적인 느낌을 떠올리기만 해도 그녀는 기절할 것만 같았다. 혼자 쾌감을 즐기는 장면에 너무 빠져든 나머지 그녀는 옆에 마리안느가 있다는 사실조차 거의 잊어버렸다.

그녀의 손이 음부를 문질렀다. 지금 이 순간 그녀는 무엇인가가 그 속으로 들어와주었으면 하고 바랐다. 눈을 감은 채 다리를 크게 벌리며 마리안느 곁으로 돌아누웠다. 다시 한 번 절정에 이르고 싶은 마음이 간절했다. 그녀는 손가락을 모아 빠르고 폭넓게, 규칙적인 놀림으로 몇 분 동안 음순 안쪽의 경사진 면을 문질렀다. 쾌감의 절정에 이를 때까지.

"난 하루에도 몇 번씩 연이어 이렇게 할 수 있어."

"자주 그렇게 하는 거야?"

"응."

"하루에 몇 번이나 하는데?"

"경우에 따라 달라. 내가 파리에 있을 때 날씨가 좋으면 거의 밖에서 시간을 보냈거든. 학교에도 가고, 상점도 돌아다니고. 그럴 때는 아침에 한두 번 정도밖에 즐기지 못해. 잠에서 깰 때 혹은 목욕하면서. 그리고 저녁에는 잠들기 전에 두세 번 정도. 잠을 자다가 한밤중에 깨면 그때도 하고. 방학 때는 별달리 할 게 아무것도 없잖아? 그럼 훨씬 더 많이 즐겨. 여기 방콕에서는 줄곧 방학 때나 다름없을 것 같아."

두 여자는 한동안 아무 말이 없었다. 그녀들은 솔직한 고백을 통해 생겨나기 시작하는 우정을 맛보고 있었다. 엠마뉴엘은 그런 얘기들을 하며 수줍음을 극복할 수 있어서 행복했다. 감히 털어놓지는 않았지만, 쾌감을 즐길 줄 알고, 또 바라보길 좋아하는 여자아이 앞에서 자위를 했다는 사실이 특히 행복했다. 그녀는 벌써 마리안느를 모든 장점을 가진 친구로 가슴에 담고 있었다. 그리고 지금 그녀가 너무 예뻤다. 저 요정 같은 눈…… 찌푸린 얼굴 아래 볼록하게 내민, 멀리 있는 듯하면서도 의미심장한 입을 그려내는 공상적인 침묵, 그리고 또 아무 거리낌 없이 벌린 맨살의 허벅지…….

"마리안느, 뭘 생각해? 뭔가 심각해 보여."

그렇게 묻고는 장난으로 땋은 머리 한쪽을 잡아당겼다.

"바나나를 생각해."

대답과 함께 마리안느는 코를 찡긋했다. 두 여자는 함께 숨이 넘어갈 듯 웃었다.

"이제 숫처녀가 아니라는 사실은 참 편리해." 엠마뉘엘이 말했다. "옛날에는 바나나도 몰랐고, 나한테 뭐가 부족한지도 모르고 있었거든."

"어떤 식으로 남자를 알게 됐는데?"

"내 순결을 가진 사람이 바로 장이야."

"그 전에는 아무도 없었다는 거야?" 마리안느가 놀라서 외쳤다. 그 외침이 너무 비난조로 들리는 바람에 엠마뉘엘은 유감스러운 말투로 대답했다.

"아니, 꼭 그런 건 아니야. 물론 내 몸을 애무하던 아이들이 있었지. 그런데 그 아이들도 그땐 아직 뭘 어떻게 해야 할지 몰랐던 거야."

엠마뉘엘은 다시 자신감을 되찾은 다음 말을 이었다.

"장은 나하고 곧바로 섹스를 했어. 그래서 난 그 남자를 사랑하게 된 거야."

"곧바로?"

"응, 그 사람을 만난 다음 날. 첫날은 우리 집으로 왔는데, 부모님하고 친구 사이였거든. 재미있다는 표정으로 계속해서 날 쳐다보는데, 이 사람이 내 화를 돋우려고 작정을 했나 싶었다니까. 근데 용하게도 나하고 혼자 있는 자리를 마련하더니 온갖 질문을 다 하는 거야. 내가 몇 번이나 불장난을 했냐는 둥, 섹스하는 걸 좋아하느냐는 둥. 얼마나 난처했다고. 근데 사실대로 말하지 않을 수 없었어. 너한테처럼 말이야! 그 사람도 뭐든지 분명한 걸 원했어. 그러고 나서 다음 날 오후에 멋진 차로 드라이브를 시켜준다며 나를 꼬여냈어. 그러고는 어쨌는지 알아? 글쎄 차 안에서 자기 무릎 위에 나를 마주 보게 앉으라고 해놓고 어깨를 쓰다듬고 가슴을 만지고 그러면서 운전을 하는 거야. 결국 퐁텐블로 숲의 외진 길에 차를 세우더니 입을 맞추더라고. 그게 나한테는 첫 키스야. 그런 다음에 있지, 왜 그런지는 잘 모르겠지만 나를 완전히 안심시키는 말투로 앞으로 일어날 사태에 대해 얘기를 하는데, '너는 숫처녀니까, 내가 가질게.' 이렇게 말하는 거야. 그런 다음에 우린 그냥 꼭 껴안고 아무 말 없이 한참을 있었어. 쿵쿵 뛰던 내 심장이 좀 가라앉기 시작하면서 참 행복한 기분이 들었어. 그건 아마 내가 꿈꾸고 있었는지도 모를(실은 그런 꿈을 꾼 적은 없지만) 그런 상황으로 일어났어. 장은 나더러 팬티를 벗으라고 말했고, 나는 서둘러 그의 말대로 했어. 왜냐하면 나는 내가 숫처녀 딱지를 떼는 데 수동적으로 당하기보다는 협조를 하고 싶었으니까. 그는 나를 뒷좌석에 눕게 했어. 근데 자동차 지붕 덮개가 열려 있었거든. 저 위로 나무의 파란 꼭대기가 눈에 들어오는 거야. 뒷문 입구에 서 있던 그 사람은 애무부터 시작하는 게 아니라 바로 내 속으로 들어왔어. 너무 갑작스러워서 아팠는지 어쨌는지도 모르겠어. 근데 있잖아, 얼마나 쾌감을 즐겼는지 그만 내가 기절해버렸어. 아니면 잠이 들어버렸는지도 모르고. 암튼 숲 근처에 있는 어느 식당에서 저녁을 먹기 전까지 기억나는 게 아무것도 없는 거야. 거긴 또 얼마나 멋진 식당이었는데! 그러고는 장이 호텔방을 하나 얻었어. 거기서 우리는 자정까지 계속 섹스를 했어. 난 금방 배웠다니까!"

"부모님은 뭐라고 했어?"

"뭐, 아무 말도! 그 다음 날 나는 사방에다 난 이제 숫처녀가 아니야, 사랑에 빠졌어, 하고 외치고 다녔지. 그런 나를 모두들 정상으로 여기는 것 같던데."

"그리고 장이 결혼하자고 했어?"

"천만에! 그 사람도 나도 결혼할 생각은 안 했는걸. 막 수능 시험을 치르고 난 즈음이었으니 난 열여덟도 안 되었잖아. 그런데 나는 애인이 생겼고, 한 남자의 정부가 되었다는 사실이 얼마나 기뻤는지 몰라."

"그런데 왜 결혼식을 올렸어?"

"어느 날 장이 여느 때처럼 차분하게 말하기를, 회사에서 태국으로 발령을 내렸다는 거야. 나는 슬퍼서 쓰러지는 줄 알았다니까. 근데 그럴 틈도 없이 대뜸 덧붙이는 말이 '떠나기 전에 너하고 결혼할 거야. 넌 나중에 집이 마련되면 그때 오도록 해.' 이거였어."

"그래서 무슨 생각이 들었는데?"

"꼭 무슨 동화 같다는 생각을 했어. 현실이기에는 너무 아름다운 이야기 말이야. 한 달 후 우리는 식을 올렸어. 부모님들이 내가 장의 정부라는 사실은 그러려니 여기고 있었는데, 그 사람이 나랑 결혼하겠다고 말을 하니까 얼마나 반대하고 나섰는지 알아? 그 사람은 너무 나이가 많은데 나는 너무 어리니까. 아니 '너무 순진'하니까! 너는 어떻게 생각해? 하지만 결국 장은 부모님을 설득했어. 그가 부모님들에게 무슨 말을 했는지 정말 궁금해. 근데 우리 아버지가 얼마나 고집이 센지, 내가 수학을 포기하는 건 절대 눈뜨고 못 본다고 하셨다니까."

"뭘 포기한다고?"

"내가 대학에서 막 시작한 물리수학 말이야."

마리안느가 웃음을 터뜨리며 말했다.

"어떻게 그런 공부를!"

엠마뉴엘은 약간 거북한 표정을 지었다.

"뭐가 그렇게 우스운지 난 잘 모르겠네. 난 천문학자가 되고 싶었거든."

한순간 그녀의 생각은 예기치 않은 매혹에 끌려 다니느라 중단하였던, 물리수학의 세계로 되돌아갔다. 그리고 다시 말을 이어가기 시작했을 때 그녀의 목소리에는 아직 다가가지 못한 공간에 대한 향수와 아울러 언제까지고 포기 상태로 있지 않으리라는 각오가 스며들어 있었다.

"난 아직도 그 꿈을 포기하지 않았어. 자리가 잡히는 대로 나는 학업을 다시 시작할 거야. 이 나라에도 천문학을 가르치는 대학교는 있을 거고, 내게 파섹(천체의 거리를 나타내는 단위로 3.259광년에 해당한다—옮긴이)을 어떻게 다루어야 하는지 가르쳐줄 교수가 있을 테니까."

마리안느는 손짓으로 그런 주제는 자신의 학습 일정에 들어있지도 않다며 단호히 뿌리쳤다. 그리고 다시 엠마뉴엘을 지상의 학급으로 끌어들였다.

"그래서 새색시의 신혼 생활은 어땠어?"

"장은 결혼 후 바로 떠날 예정이었는데, 다행히도 출발이 6개월 미뤄졌지 뭐야. 덕분에 결혼하자마자 겪을 뻔했던 생이별을 면했어. 그래서 나는 그 사람의 정부로 있었던 기간만큼 합법적인 부인 자격으로 함께 지낼 수 있었던 거지. 그리고 나는 부정한 여자로 지낼 때와 마찬가지로 결혼한 상태의 내 처지를 참 재미있게 여겼어. 어쨌든 결혼 초기에 밤마다 섹스를 하는 게 나한테는 좀 웃겼어."

"그 다음에는? 남편이 없는 동안에는 어디 있었는데? 부모님 집에?"

"무슨 소릴! 그 사람 아파트, 아니 우리 아파트에 있었지. 닥터-블랑쉬 거리에 있는."

"그 사람이 너를 혼자 두면서 아무 걱정도 안 했어?"

"무슨 걱정을 해?"

"무슨 걱정이라니? 네가 바람이라도 피지 않을까 하는!"

엠마뉴엘은 그런 엉뚱한 추측을 잠시 가늠해봤다.

"안 한 것 같은데. 우린 그런 내용에 대해서 한 번도 말 안 해봤어. 남편은 그런 염려 해본 적 없을 거야. 나도 마찬가지고."

"하지만 넌 그 다음에라도 바람 핀 적이 있을 거 아냐, 안 그래?"

"왜? 없는데. 내 꽁무니를 쫓아다니던 남자들이 많기는 했지만, 나는 그 사람들이 참 웃겼거든……."

"그럼 여자들한테 한 말이 농담이 아니었던 거야?"

"여자들?"

"어제 말이야. 벌써 잊었어? 남편 외의 다른 남자하고는 한 번도 잔 적이 없다고 그 여자들한테 딱 잘라 말해놓고."

엠마뉴엘은 아주 잠깐 머뭇거렸다. 하지만 마리안느가

그 순간을 놓칠 리 없었다. 그녀는 몸을 돌리며 일어나 무릎을 꿇고 의자 팔걸이 너머로 몸을 기울였다. 그리고 의혹의 시선으로 쏘아붙였다.

"그 말 중에 진짜는 한마디도 없잖아. 얼굴만 봐도 다 알아. 솔직한 모습인지 아닌지 스스로 한번 쳐다봐!"

엠마뉴엘은 흐지부지 발뺌을 시도했다.

"나는 그런 식으로 얘기한 적이 없는데······."

"뭐라고? 아리안느한테 남편을 속이지 않았다고 말 안 했어? 내가 너하고 만나서 얘기하려고 했던 게 바로 그 부분이야. 나는 네 말을 믿지 않았거든, 다행히도 말이야!"

하지만 엠마뉴엘은 자신의 궤변을 밀고 나갔다.

"그린데! 네 생각이 들렸어. 다시 되풀이하지만 난 네가 얘기한 식으로 말하지 않았다고. 나는 내가 파리에 있는 내내 장에게 충실한 생활을 했다고 말했을 뿐이야, 일단은."

"일단은? 그건 또 뭘 의미하는 걸까?"

마리안느는 유쾌해지려고 애쓰는 엠마뉴엘의 얼굴을 유심히 살펴봤다. 그러고는 갑자기 전략을 바꿔서 목소리에 애교를 실었다.

"게다가 난 말이지, 왜 네가 충실해야 했을까? 그게 궁금하거든. 굳이 절제해야 될 이유가 없었잖아."

"난 절제한 게 아니야. 아무도 원하지 않았을 뿐이지."

마리안느는 입을 삐죽 내밀며 생각에 잠겼다가 다시 물

었다.

"그러니까, 만약 누군가 원하는 사람이 있으면 그 사람하고 섹스를 할 수도 있을 거라는 얘기네?"

"물론이지."

"그 말을 어떻게 믿어?" 마리안느는 마치 싸움을 거는 아이처럼 톡 쏘며 엠마뉴엘의 주장에 맞섰다.

엠마뉴엘은 애매한 표정으로 그녀를 바라보다가 선뜻 말했다.

"이미 했어."

갑자기 충격을 받은 마리안느가 벌떡 일어났다가 다시 앉으며 다리를 꼬더니 두 손을 무릎 위에 올려놓았다.

"그것 봐. 넌 안 그랬던 것으로 믿게 하려고 그랬잖아!"

모욕당한 표정을 지으며 비난하는 그녀의 말투로 보아 그녀는 기분이 몹시 상해 있었다.

"파리에서 한 게 아니야." 엠마뉴엘이 침착한 어조로 대꾸했다. "비행기에서. 여기로 오는 비행기 안에서 했어."

"누구랑?" 더 이상 믿을 수 없다는 눈빛을 내보이며 마리안느가 다그쳤다.

엠마뉴엘은 잠시 여유를 둔 다음 털어놓았다.

"두 남자하고, 이름은 몰라."

좀 더 충격을 주려고 생각했다면 엠마뉴엘은 다른 어조로 말해야 했을 것이다. 마리안느는 별로 동요하는 기색 없이 계속 캐물었다.

"그 남자들이 네 몸 안에서 즐겼단 말이야?"

"응."

"아주 깊이, 몸속으로 들어왔어?"

"그럼, 그랬다니까."

엠마뉴엘은 자신도 모르게 손을 배로 가져왔다.

"그 얘기 하면서 애무해봐." 마리안느가 명령했다.

엠마뉴엘은 안 되겠다며 고개를 흔들었다. 마치 실어증에 걸린 사람처럼. 그녀를 힐난하듯 바라보며 마리안느가 다시 쏘아붙였다.

"말해보라니까!"

엠마뉴엘은 난처한 표정을 지으며 마지못해 시키는 대로 했다. 하지만 머지않아 스스로 자기 이야기에 빠져들어 세세한 묘사까지 늘어놓으면서 흥분하기 시작했다. 그리스 조각상이 얼마나 자신을 매혹시켰는지 설명한 다음, 그녀는 말을 멈췄다. 마리안느는 자세를 여러 번 바꿔가며 그녀의 말을 열심히 들었다. 그러나 너무 놀란 표정은 내비치지 않으려고 애쓰는 모양새였다.

"장한테 말했어?"

"아니."

"그 두 사람하고는 다시 만났고?"

"물론 아니지!"

이제 마리안느는 더 이상 질문할 게 없는 것 같았다.

엠마뉴엘은 키가 자그마한 하녀를 불러 차를 끓여달라고 부탁했다. 까만 머리에 꽃을 꽂고 쏜살같이 나타난 여인은 황톳빛 피부에 사롱(동남아 지역에서 남녀 구분 없이 둘러입는 치마와 비슷한 옷—옮긴이)을 걸친, 화가 고갱이 꿈꾸던 그런 모습이었다. 엠마뉴엘과 마리안느는 반바지와 팬티를 주워 다시 입었다. 알록달록한 치마는 바닥에 내버려진 채 그냥 놓여 있었다. 소녀가 엠마뉴엘에게 나체로 찍은 사진을 모두 보여달라고 조르자 그녀는 필름까지 챙겨서 가져다줬다. 곧이어 소녀의 신랄한 억양이 다시 터져 나왔다.

"너 말이야, 이래도 사진작가랑 아무 일도 없었던 것처럼 말할 거야?"

"정말이야, 그 사람은 나한테 손도 대지 않았다니까!" 엠마뉴엘이 대들었다. 그러고는 짐짓 원통하다는 시늉을 하면서 말을 덧붙였다.

"게다가 운이 없었던 건, 그 사람 호모였어."

마리안느는 입을 삐죽거리며 여전히 의심스러워하는 얼굴이었다. 그녀는 다시 필름을 뒤적거렸다.

"난 말이야, 예술가들이 모델의 초상화를 만들기 전에 항상 그 모델과 섹스를 해야 된다고 생각해. 넌 어떻게 여자를 안 좋아하는 작가한테 사진 부탁을 할 그런 바보 같은 생각을 했을까 몰라."

"내가 선택한 게 아니라니까." 정말로 짜증이 나기 시작한 엠마뉴엘이 항의했다. "그 사람이 내 사진을 찍고 싶다며 먼저 제안을 했어. 그리고 내가 이미 말했듯이, 그 사람은 장의 친구야."

마리안느는 지나간 얘기는 됐다며 손사래를 쳤다.

"넌 정말 괜찮은 사람한테 초상화를 하나 그려달라고 부탁하는 게 좋을 것 같아. 나중에 늙어버린 다음에는 아무 소용없거든."

마리안느가 '괜찮은 사람'이라는 말을 통해 암시하려는 모습과, 머지않아 현실이 될 자신의 늙어빠진 모습이 엠마뉴엘을 박장대소하게 만들었다.

"난 사진기 앞에 서는 것도 안 좋아하는데, 하물며 그림을 위해 포즈를 취하라니!"

"그럼 여기 온 이후론 남자하고 아무 짓도 안 했어?"

"얘가 미쳤나 봐!" 엠마뉴엘이 화를 냈다.

마리안느는 걱정스러워하는 얼굴을 넘어서 거의 풀이 죽어 있었다.

"하지만 언젠간 너도 애인을 하나 사귀는 게 좋을 거야." 그녀가 한숨을 쉬며 말했다.

"그게 그렇게 꼭 필요해?"

엠마뉴엘이 재미있다는 듯이 물었다. 그러나 상대방은 전혀 농담할 기분이 아닌 것 같았다. 그녀는 짜증스럽게 어깨를 으쓱거렸다.

"엠마뉴엘 너, 참 웃겨." 마리안느가 말을 툭 던졌다.

그러고선 잠시 침묵을 지키더니 다시 입을 열었다.

"하지만 너 언제까지고 그렇게 다 늙은 여자처럼 살려는
건 아니겠지?"

그러다가 갑자기 화가 난 듯이 했던 말을 되풀이했다.

"너 정말 웃겨!"

"난 남편이 있잖아!"

엠마뉴엘이 쭈뼛거리며 변명을 했다.

하지만 마리안느는 대꾸하는 대신 쌀쌀맞은 눈초리로
엠마뉴엘을 쏘아봤다. 대화 방식이 영 마음에 안 드는 표정
이었다. 그리고 더 이상 옥신각신하고 싶지 않은 심정이 역
력해 보였다. 하지만 이제 엠마뉴엘이 대화의 주제를 바꾸고
싶지 않았다. 그녀는 다시 분위기를 만들어보려고 시도했다.

"마리안느, 너 다시 팬티를 벗고 싶은 생각 없어?"

마리안느는 땋은 머리를 좌우로 흔들었다.

"아니, 나 이제 가야겠어." 그녀가 몸을 일으키며 말했
다. "바래다줄래?"

"왜 그리 서둘러?" 엠마뉴엘이 당황스러워하며 말했다.

하지만 그녀는 마리안느의 결정은 번복되지 않을 거라
는 걸 이미 알고 있었다.

차 안에서 소녀는 엠마뉴엘을 향해 근심 어린 시선을 던

지며 말했다.

"있잖아, 난 네가 너의 삶을 잃어버리지 않았으면 좋겠어. 넌 너무 예쁘거든. 지금의 너처럼 그렇게 절제하며 지내는 건 정말 바보짓이야."

엠마뉴엘은 깔깔거리며 크게 웃었다. 마리안느는 엠마뉴엘이 반론을 제기할 틈을 주지 않고 말을 계속했다.

"네 나이에 말이야, 창문도 없는 비행기 객실 안에서의 그 아무것도 아닌 사소한 모험담 이외엔 겪은 게 없다니. 난 정말 믿어지지가 않아. 넌 얼간이처럼 행동해왔다니까."

마리안느는 슬픈 얼굴로 고개를 끄덕이며 말을 덧붙였다.

"내가 장담하는데, 넌 정상이 아냐."

"마리안느······."

"아니야, 생각해보면 지난 일 가지고 탓할 것도 없지 뭐."

그러다 순간 초록 등대 같은 눈에서 지고한 불빛이 뿜어져 나왔다.

"지금부터 말이야, 너 내가 하자는 대로 할래?"

"그게 뭔데, 정확히?"

"내가 너한테 제안할 모든 것."

"뭐?"

엠마뉴엘은 그녀의 제안이 같잖으면서도 매혹적이었다.

"맹세할 거야?"

"그래, 알았어. 네가 원한다면."

엠마뉘엘은 계속 웃음을 터뜨렸다. 하지만 마리안느는 자신의 책임을 곰곰이 짚어보고 있었다.

"충고 하나 해줄까?"

"아니, 고맙지만 괜찮아!"

요정의 눈은 상황의 심각성을 헤아리고 있었고, 엠마뉘엘은 요정에 맞설 수 있는 가능성을 배제해놓은 채 파격을 시도하고 있었다. 자동차가 마리안느의 아버지가 운영하는 은행 앞에 멈추었을 때 그녀가 말했다.

"오늘 밤, 정확히 자정에 다시 애무를 해. 나도 같은 시간에 할 거야."

엠마뉘엘은 동조의 표시로 눈썹을 깜박거렸다. 마리안느에게 키스를 불어 보내려고 몸을 창문 밖으로 기울였을 때 그녀가 멀리서 외쳤다.

"잊으면 안 돼!"

그녀가 사라지고 난 다음에야 엠마뉘엘은 자기가 여태까지 마리안느에게 아무런 질문도 하지 못했다는 걸 깨달았다. 땋은 머리의 소녀가 새로운 친구의 비밀을 모두 알게 된 반면, 정작 자신은 그녀의 삶을 파악할 만한 것에 대해 아무것도 모르고 있는 상태였다. 그녀가 숫처녀인지 물어보는 것조차도 잊어버렸던 것이다.

남편이 저녁에 집으로 돌아와 샤워를 마치고 방으로 들

어왔을 때, 엠마뉴엘은 넓고 나직한 침대 앞에 나체로 무릎을 꿇고 앉아 그를 기다리고 있었다. 그녀는 두 손으로 그의 엉덩이를 감싼 다음 성기를 입 안으로 삼켰다. 그녀가 애무를 시작한 지 얼마 되지 않아 음경은 부풀어 올랐다. 그녀는 그것의 몸통을 입술 사이에 머금고 아주 단단해질 때까지 입 안으로 밀어 넣었다가 내놓으며 놀림을 되풀이했다. 이윽고 완전히 커진 음경을 고개를 옆으로 기울인 채 아래위로 오가며 핥았다. 음경은 그 표면을 가로지르는 푸르스름한 혈관을 누르며 입을 맞추는 부위마다 점점 더 충혈되며 도드라졌다. 장이 엠마뉴엘에게 마치 옥수수를 뜯어먹는 것 같다고 말하자 엠마뉴엘은 더욱 실감이 나게끔 자그마한 이빨로 잘근잘근 뜯어먹었다. 다시 위치를 옮겨, 그녀는 고환의 매끄러운 살을 입 안으로 부드럽게 빨아들이며 이리저리 머뭇거리다가, 두 손으로 받쳐 든 다음 혀끝으로 두루 핥으며 다니다가, 입술이 닿을 때마다 박동이 한층 더 세게 느껴지는 혈맥을 찾아 뜨거운 피를 들이마시려고 애를 썼다. 그러다가 점점 더 내밀한 곳을 들추며 오고 가더니 순식간에 귀두 위로 올라 음경을 통째로 목구멍 깊숙한 곳까지 삼켰다. 숨이 막혀 죽을지도 모를 곳까지 삼켰다. 그곳에서 그녀는 남자의 성기를 온전히 머금은 채 혀로 감아 문지르면서 천천히 악착스럽게 빨아 마셨다.

더 규칙적으로 음경을 빨아들이며 혀와 입술을 통해 가

속되는 흥분이 허리와 음부를 자극할수록, 그녀의 팔은 남편의 허리를 더욱 격렬하게 껴안았다. 그녀는 지금 이 순간 혈관이 터져버릴 것 같은 성기를 축축하게 적시고 있는 침처럼, 흥건한 액체가 자신의 밀착된 허벅지 사이로 흐르는 것을 느꼈다. 엠마뉴엘은 일시적인 오르가슴을 즐기기 위해, 그리고 그 쾌락의 신음 소리를 마음껏 뱉어내기 위해 귀두의 끝을 혀로 부드럽게 핥으며 성기를 입 밖으로 끄집어냈다. 그러고는 다시 불끈거리는 살덩어리를 삼켰다.

장은 두 손으로 그녀의 관자놀이를 감싸고 있었다. 하지만 그녀의 동작이나 속도를 유도하기 위한 것은 아니었다. 그는 공동의 쾌락이 엠마뉴엘의 기분대로 이루어지도록 내버려두는 것이 가장 좋다는 것을 잘 알고 있었다. 오늘 밤, 엠마뉴엘이 주도해나갈 섹스는 여느 때와는 다른, 또 하나의 독특한 방식이 될 것이었다. 때로 엠마뉴엘은 남편을 애가 타게 만들기도 했다. 어느 한곳에 머물지 않고 예민한 부위를 계속 옮겨 다니며 육체의 포로가 된 남자의 간청과 하소연이 입에서 새어 나오게 만들었고, 때로는 몸이 튕겨 오르고 몸부림을 치고 헛소리를 지르게 만들면서 정확하고 날카로운 몸놀림으로 결국 작품을 완벽하게 마무리 짓곤 했다. 그런데 오늘은 비교적 잔잔한 쾌락으로 이끌어나가려는 모양이었다. 민감한 음경의 몸통을 약간 느슨하게 거머쥔 채 그녀는 펠라티오와 동시에 손가락으로 압력을 가하며 정액이 그녀의 몸과 조화를 이루며 가능한 한 완전히 비워지도록 손을 규칙적으로 놀렸다. 결국 장은 굴복했고, 그녀는 그의 몸 깊숙한 곳에서 끌어내고야 만 맛있는 액체를 한 입씩 천천히 삼켰다. 그러나 마지막 분출액은 혀 위에 머금은 채 응얼거리며 그대로 녹아들도록 두었다.

그보다 앞서 엠마뉴엘은 남편이 입술로 음핵을 조이며 애무를 해주었을 때 이미 오르가슴에 도달했던 터였다.

"좀 이따 내가 안아줄게." 장이 말했다.

"아니야! 난 한 번 더 당신을 마시고 싶어! 약속해줘요, 내 입 안으로 다시 들어와주겠다고. 한 번 더 내 입 안에서 당신이 흘러내리도록 해주세요, 네? 어서 그러겠다고 해요. 얼마나 좋은데, 그게 나한테는."

"내가 없을 때 당신 여자친구들이 나만큼 애무를 잘 해주던가요?" 두 사람이 자리에 누워 휴식을 취하고 있는데 엠마뉴엘이 말했다.

"무슨 소릴 하는 거야? 당신만큼 할 수 있는 여자 없어."

"태국여자들조차도요?"

"태국여자들조차도."

"괜히 기분 좋으라고 하는 말 아니죠?"

"아니라는 걸 잘 알잖아. 만약 당신이 내 여자친구들 중에 최고가 아니라면 솔직히 그렇다고 말하겠지. 그리고 내가 그렇게 되게끔 만들어줄 수 있어. 그런데 당신이 배울 게 아직 더 남아 있는지 모르겠네. 그래도 내 연애술에 한계가 있긴 하겠지?"

엠마뉴엘은 곰곰이 생각에 잠겼다.

"글쎄, 난 잘 모르겠어요."

그녀의 눈썹이 감겼다. 목소리의 울림으로 보아 그녀의 막연한 대답에는 꾸밈이 없었다.

"어쨌든 분명한 건, 난 아직 한참 멀었어요!"

장이 반발을 하고 나섰다.

"왜 그런 생각을 하지?"

엠마뉴엘이 가만히 있자 남자가 다시 말했다.

"내 판단이 옳지 않은 것 같아?"

"아니, 옳아요."

"그럼 내가 좋은 선생이 아니었나? 갑자기 당신은 내 연애수업이 불만스러워진 것 같은데. 하긴, 당신이 내 강의 수준에 머물러 있지 않았다면 더 좋았을는지도 모르지."

엠마뉴엘이 서둘러 남편을 안심시켰다.

"장, 이 세상에 당신만큼 날 잘 가르쳐줄 수 있는 사람이 어디 있다고 그러세요. 설명하긴 좀 어렵지만…… 사랑 속에는 단순히 잘할 줄 아는 어떤 행위보다 더 지적이고 중요한 뭔가가 있을 거라는 느낌이 들어요, 난."

"헌신, 호감, 다정스러움, 그런 것 말이야?"

"아니…… 내가 말하는 뭔가 중요한 것은 육체적인 사랑에서 나온 거예요. 이건 정말 확실해요. 하지만 어떤 보완적인 지식이라든지, 또는 더 능숙하다거나 더 열정적이거나 하는 문제와는 상관없는 거예요. 어쩌면 정신 상태, 사고방식 같은 게 아닐까 싶은데."

그녀는 호흡을 가다듬었다.

"사실 잘 모르겠어요. 그게 수준이나 한계에 관한 문제인지는. 근데 만약 그와 반대로 관점의 문제나 보는 방식의 문제라면?"

"사랑을 직시하는 다른 방식 말이야?"

"꼭 사랑만은 아니죠. 모든 것을!"

"좀 더 명확하게 설명해줄 수 없이?"

엠마뉴엘은 민망한 얼굴로 입술을 깨물며 자개 빛깔의 손톱으로 곱슬머리를 돌돌 감았다. 마치 생각을 일깨워보려는 듯이.

"못하겠어요. 머릿속이 뚜렷하지 않아요. 여기엔 분명히 내가 찾아내야 할, 그리고 개선해나가야 할 뭔가가 있어요. 진정한 여자가 되기에는, 진정한 당신의 아내가 되기에는 뭔가 부족한 게 나한테 있다는 말이요. 근데 그게 뭔지 모르겠어!"

그녀는 유감스러운 표정을 지었다.

"꽤 많은 걸 알고 있다고 생각했는데, 그 많은 것들이 내가 여태 모르고 있는 것에게 무슨 쓸모가 있는 거죠?"

초조한 기색으로 엠마뉴엘이 이마를 찡그렸다.

"무엇보다 난 더욱 지적인 사람이 되어야 할 것 같아요. 무슨 말인지 아시겠죠. 난 너무 순진한 데다 아직 순결해요. 오늘 밤, 나 스스로 순결하다고 느껴지는 그 자체가 아주 끔찍해요! 내가 순결투성이의, 창피할 정도로 온몸에서 순결이 느껴지는 그런 여자인 것 같아요."

"순수한 나의 천사!"

"순수하지 않아요. 하나도 안 순수해! 순결이 반드시 순수한 건 아니에요. 근데 바보 같다는 건 분명해요."

장은 엠마뉴엘이 예뻐서 끌어안았다.

"편견투성이에요, 난."

"당신 입으로 자기가 너무 순진하다고 투덜대는 소리를 들으니 얼마나 사랑스러운지 모르겠네. 그런데 나는 이제 막 당신의 그 정숙한 입술에 홀딱 반했단 말이지."

엠마뉴엘의 얼굴이 펴지며 명랑해졌다. 그러나 곧 다시 한숨을 쉬며 그녀가 말했다.

"정신이 그곳을 통해서 젊은 여자들한테 온다면 정말 좋겠어요. 그러면 당신한테서 그 정신을 계속 끄집어낼 수 있을 테니까요."

지난 장면에 대한 언급이 장에게 어떤 효과를 불러일으켰는지 엠마뉴엘은 금방 알았다. 그녀가 축축하게 젖은 치아 사이로 혀를 내밀며 마리안느와의 약속을 지키기 위해 일어나려고 했을 때 장은 그녀를 붙들었다.

"누가 당신한테 정신이 입을 통해서만 오는 거라고 얘기
했지? 정신이란 어디든 원하는 곳에서 일어난다는 걸 알아
야지."

그는 엠마뉴엘의 몸 위로 마주 누웠다. 그 즉시 그녀는
남자가 자기를 안고 싶어 하는 만큼 그에게 안기고 싶은 욕
망에 사로잡혔다. 그녀는 손을 가져가 자신의 음부를 스스
로 열었다. 그리고 남자의 음경을 이끌어 몸속으로 집어넣었
다. 두 무릎이 들리며 남자의 몸이 알맞게 자리 잡은 다음 다
시 벌어졌다. 딱딱한 음경이 조금 전 그녀의 목 안에서 그랬
던 것처럼 복부 안으로 깊숙이 박혔다. 그와 동시에 입 안 가
득히 돌이온 싱기를 느끼고 싶은 엠마뉴엘의 왕성한 상상력
은 현실을 대체시켰고, 그녀가 혀로 핥고 있는 자신의 입술
은 정액을 맛보고 있는 듯한 환상에 빠졌다. 그녀가 액체를
빨아 마시는 공상을 하는 동안 복부의 쾌락이 목구멍을 가
득 채워왔다. 그녀는 남자에게 간청했다.

"아, 제발 사정해줘!"

그녀는 자궁의 입구가 음경에 꽉 달라붙어 있는 느낌이
었다. 그녀는 그것을 흡입관처럼 빨아들였다. 그가 사정해주
길 바라며 그녀는 복부와 엉덩이의 모든 힘을 다해 그의 정
액을 뽑아내려고 애썼다. 그녀는 남자의 몸에 달라붙어 그
를 쾌락으로 전율하게 만드는 동물이 되기 위해 모든 근육

들을 동원했다. 하지만 장은 그녀를 먼저 굴복시켜 오르가슴에 이르게 하고 싶었다. 그는 재빠르고 격렬한 몸놀림으로 엠마뉘엘을 괴롭혔다. 음경의 모든 폭과 길이를 다해 서슴없이, 이를 악물고, 그녀가 헐떡이는 소리를 탐했다. 몸부림치고, 채찍질당한 몸처럼 튀어 오르며 등을 할퀴고, 마침내 악을 쓰는, 아주 큰 소리로 악을 쓰는 그녀의 모습과 뜨겁고 향기로운 몸을 탐했다. 남자는 머지않아 지금의 그 목소리와 숨결을 그리워하게 될 것이었다. 여자가 갑자기 소리를 멈추며 조용해졌다. 기진맥진한 그녀는 혼미한 정신으로 고요히 자신의 육신을 느꼈다. 하지만 벌써 의식 속에서는 다시 흥분이 일어나길 바랐고, 음부처럼 자신의 뇌가 다시 충혈되고 요동치길 원했다.

그녀는 남자가 움직이지 않았으면 했다. 남자는 그걸 알고 가만히 있었다. 두 사람은 얼마나 오랫동안 그렇게 있었을까. 그는 귓전에 대고 소곤거리는 엠마뉘엘의 목소리를 들었다.

"나 지금 죽은 거야?"

"아니, 나 때문에 살아 있어."

그가 여자를 꼭 안아주었다. 여자의 몸이 전율했다.

"아, 정말 우리는 하나야. 난 당신의 여체이고, 당신은 나의 몸으로 온 남자예요."

그녀는 입술을 남자의 입술에 포갰다. 그리고 온 힘을

다해 부드럽게 혀를 섞었다.

"다시 해줘요! 더 깊이! 내 몸을 열고…… 심장 속으로 들어와 사정해줘요!"

그녀는 간청을 하면서도 자신의 당찮은 행동에 웃음을 터뜨렸다.

"나의 순결을 좀 없애주세요! 장, 내 순결을 없애줘!"

그가 엠마뉴엘의 유희를 부추겼다.

"당신이 먼저 주도해봐. 내가 영악해지도록 가르쳐줘. 당신처럼 내가 쾌감을 즐기도록 배우면 되잖아."

"그럴게요."

엠마뉴엘이 웅얼거리며 대답하다가 말을 취소했다.

"아니, 나중에. 우선 당신이 하고 싶은 대로 마음껏 해봐요. 허가 받을 필요도 없고, 어떻게 할지 생각할 필요도 없고, 그냥 하세요."

그녀는 다시 한 번 몸을 내맡길 수 있었으면 하고 바랐다. 내맡겨진 몸을 더욱 철저히 의식하고 싶었고, 자신의 몸을 취하는 남자가 원하는 대로, 아무 생각 없이, 연약하고 헤픈 여자처럼 그저 적극적으로 순종하며 몸을 열어주고 싶었다. 은밀히 고조되어가는 흥분에 몸을 맡기는 것보다 더 큰 행복이 있을까? 그러한 생각만으로도 엠마뉴엘은 충분히 오르가슴에 이를 수 있었다.

그녀는 다시 제압당한 동물처럼, 허리가 꺾이고 다리가

풀린 채 쇠진할 운명을 맞이한, 정복자가 남겨둔 그림자처럼 쓰러졌다.

"당신은 나를, 당신이 원하는 여자라고 생각해요?"

남자는 대답 대신 여자에게 입을 맞췄다.

"난 더 그렇게 되고 싶어요!"

"당신은 매일 더 그렇게 되고 있어."

"정말이죠?"

그가 확신에 찬 얼굴로 그녀를 향해 웃자 엠마뉘엘은 걱정스러운 표정을 지웠다. 밤기운이 그녀의 혈관 속으로 스며들면서, 그녀는 몸이 무뎌지고 입술이 무거워지는 걸 느꼈다. 그녀는 정신을 흐려지게 만드는 쾌락에 맞서 버텼다.

"아무래도 마리안느 때문에 머릿속이 이렇게 어수선한 것 같아." 엠마뉘엘은 자신도 모르게 뱉은 말에 스스로도 놀랐다. 장에게 고백하려던 말은 전혀 다른 것이었다.

그 또한 당연히 놀랐다.

"마리안느가 왜?"

"그 친구, 정말 영악스러워요."

엠마뉘엘은 더 이상 말하고 싶지 않았다. 자신의 내부에서 어떤 생각보다도 더 신속하게 뿌리를 내리고 가지를 뻗어 수액을 끊임없이 빨아들여 성장하고 있는 이 화초에 대해⋯⋯. 하지만 남편은 계속 캐물었다. 그녀의 몸 안에서 다시 천천히 움직이며. 그리고 억눌러놓고 있던 액체를 내보낼 준비를 했다.

"갑자기 그 아이가 당신한테 생명의 비밀을 밝혀줄 것 같은 예감이라도 들었어?"

"그러지 못할 이유도 없잖아요?"

그녀의 생각은 장의 호기심을 끌었다.

"그 아이의 재능은 대략 파악한 거야?"

"아뇨."

약간 주저하던 엠마뉴엘은 장이 믿든 말든 일단은 다른 일로 너무 바빴다고 둘러댔다. 그리고 여전히 자신의 공상적 세계와 맞닿은 기슭에 머물러 있는 소녀의 모습을 떠올리며 미소를 지었다.

"그럴 수 있었으면 좋겠어요!"

"그렇군."

장이 너그러운 어조로 말을 받으며 그녀를 얼러주었다.

"나의 숫처녀가 마리안느와 사랑을 해 보고 싶은 것 같은데? 그래서 마음이 뒤숭숭한 거 아냐?"

엠마뉴엘은 차분히 고개를 끄덕였다. 그 모습은, 누군가에게 자신이 이해되어지길 바랄 때 눈을 지그시 감은 채 하는 것처럼 약간 과장돼 보였다.

"단지 그래서만은 아닌데, 아마 분명히 그 이유도 있을 거예요."

엠마뉴엘은 그의 말을 인정했다. 장은 슬그머니 비웃었다.

"그 조그마한 아이하고!"

그녀는 마리안느가 하듯이 응석받이처럼 입을 크게 삐죽거린다. 밤의 어딘가에서 얼굴을 드러내는 그녀의 목소리가, 마치 뒤로 물러나며 약해진 파도의 굽이처럼 멀리서 항의했다.

"나한테는 그러고 싶어 할 권리가 없나요?"

장은 그녀의 몸 안에 정액을 쏟아냈다. 그렇게 깊숙한 곳까지 들어가 한껏 쾌락을 누릴 수 있다는 사실과, 또 그토록 많은 양의 액체를 여자에게 줄 수 있다는 존재감을 경이로워하면서.

두 사람은 서로 어깨와 엉덩이를 만지며 나란히 누웠다. 엠마뉴엘은 그의 정액이 한 방울이라도 새어 나갈까 봐 꼼짝도 하지 않았다.

"이제 그만 자."

"잠깐……."

멀리 떨어진 방에서 가벼운 자명종 소리가 규칙적으로 울렸다. 천천히 엠마뉴엘의 손이 배 아래로 내려갔다. 음핵을 매만지던 손가락은, 남자의 정액으로 흥건한 질 속으로 들어갔다. 엠마뉴엘의 감긴 눈앞에서 마리안느의 허벅지가 벌어졌다. 머릿속에 떠오르는 그녀의 손놀림에 맞춰, 엠마뉴엘은 똑같이 자기 몸을 애무했다. 그러다 소녀가 절정에 이르려는 걸 느끼는 순간 그녀는 소리를 질렀다. 남편의 품에 안겨 내뱉던 신음보다 더 큰 소리로 외쳤다. 장은 팔꿈치에 턱을 괴고 그녀가 절정에 이르는 모습을 지켜보고 있었다. 한 손은 복부에 갇힌 채 다른 한 손으로 젖가슴을 번갈아 문지르는 그녀의 나신은 쾌감의 빛으로 환한 모습이었다. 전율에 휩싸여 오랫동안 떨리던 두 다리가 잠잠해질 즈음 그녀의 이마와 눈썹, 입술이 부드러운 잠으로 덮였다.

젖 가 슴 ,
여 신
그 리 고   장 미

나는 나의 두 팔 한가운데서 또 한 명의 다른 여인이 되었다.

폴 발레리, 〈젊은 파르크〉

여기서, 그리고 저녁때까지.
그늘의 장미가 벽 위에서 맴돌 즈음 한창 때인 장미는 소리 없이 시들고,
환한 포석들이 대낮에 반한 뭇 걸음들을 마음대로 데려갈 것이다.

이브 본느프와, 〈사막을 다스리는 어제〉

엠뮤엘은 클럽에 가고 싶었다. 험담을 듣기 위해서가
아니라 수영을 하려고. 그래서 아침 일찍 서둘러 그곳으로
갔다. 그녀는 시간이 얼마나 경과했는지 신경 쓰지도 않고,
그 무렵 드물게 입장한 남자들의 시선에도 아랑곳없이 유연
한 몸짓으로 풀을 열 바퀴 돌았다. 머리 위로 반복되는 두 팔
의 움직임 때문에 끈 없는 수영복 아래쪽으로 젖가슴이 자

꾸만 불거져 나왔다. 측면으로 몸을 기울이면 물의 흐름이 젖의 윤곽을 도드라지게 했고, 살결은 윤기로 반짝였다. 그리고 젖꼭지 주변으로 원형의 미묘한 고랑이 파이면서 드러나는 그 아래 붉은 테두리가 산호초 무리를 그려냈다. 여린 살의 육감이 입 안에 진한 즙 맛을 느끼게 만드는, 그런 세부적인 묘사를 무시한다면 그녀의 가슴 곡선은 조각상이 줄 수 있는 감동 이상으로 너무나도 완벽한 것이 아니었을까.

엠마뉴엘이 수영을 끝낸 뒤 가쁜 숨을 내쉬며 강철 사다리 위로 오르려고 손잡이를 잡았을 땐 출구가 막혀 있었다. 반짝이는 타일바닥 위에 서 있는 아리안느가 그녀를 향해 몸을 기울이며 깔깔 웃고 있었다.

"길이 봉쇄되었습니다! 하얀 발을 내밀어보세요(라 퐁텐느의 우화 중 〈늑대와 염소, 그리고 새끼 염소〉에 나오는 말. 엄마 염소가 집을 비우면서 새끼에게 모르는 누가 나타나면 "하얀 발을 내밀어보세요. 안 그러면 문을 열어주지 않을래요"라고 말하도록 당부를 한다—옮긴이)!" 장난기 섞인 투로 아리안느가 외쳤다.

엠마뉴엘은 '바보들' 중의 한 명에게 걸렸다는 사실이 당황스러웠다. 하지만 그녀는 최대한 미소를 지어 보였다.

아리안느는 계속 물고 늘어졌다.

"흠, 착한 부인들이 장 보러 갈 시간에 물의 요정 역할을 하고 있는 건 또 뭐지? 무슨 숨바꼭질을 하고 있는 걸까?"

"부인도 지금 여기 계시잖아요."

엠마뉴엘은 사다리 위로 올라가려고 시도했다. 그러나 이 귀찮은 여자는 길목을 열어주려고 하지 않았다.

"아, 저요, 난 또 경우가 다르답니다." 아리안느가 비밀스런 시늉을 해 보이며 맞받아쳤다.

엠마뉴엘은 굳이 설명을 요구하지 않았다.

그러나 이 백작 부인은 태연하게 포로의 매력을 조목조목 뜯어보았다.

"아주 여신처럼 수영장을 누비고 다니시던 걸요!"

감탄스러워하는 그녀의 어조는 확신에 차 있었다. '알고 보니 그리 악의 있는 사람은 아니었네.' 엠마뉴엘은 생각했다. 아마도 지난번에는 기분이 나빴던 모양이었다. 오히려 상대를 격려하고 용기를 북돋아줄 줄 아는 사람 같았다. 이제 엠마뉴엘은 굳이 상냥해 보이려고 애쓰지 않았다.

아리안느는 막고 있던 사다리 입구에서 비켜섰다. 엠마뉴엘은 타일 바닥으로 올라선 다음 손가락 끝으로 삐져나온 젖가슴을, 더 정확히 말해 꼭지가 거의 드러나 있는 아래쪽 젖가슴을 수영복 속으로 집어넣었다. 그리고 아리안느 곁에 앉았다. 그때 북유럽 계통의 건장한 두 청년이 다가와 영어로 말을 걸기 시작했다. 백작 부인은 쾌활하게 말을 주고받았다. 엠마뉴엘은 무슨 말을 하고 있는지 몰랐지만 별로 신경 쓰지 않았다. 아리안느가 갑자기 몸을 돌려 엠마뉴엘에게 물었다.

"이 두 녀석, 부인이 보기에 괜찮으세요?"

엠마뉴엘은 입을 삐죽 내밀어 보였고, 아리안느는 후보자들에게 실격처리 되었다는 사실을 통보했다. 두 남자가 별달리 원망스러워하는 기색 없이 큰소리로 웃었다. 그렇다고 해서 금방 물러날 것 같지도 않았다. 엠마뉴엘의 눈에는 둘다 기가 막히게 멍청해 보였다. 잠시 후 아리안느가 벌떡 일어나더니 엠마뉴엘의 팔을 잡아끌었다.

"녀석들이 아주 귀찮게 구네. 우리 다이빙대 위로 가요."

두 여자는 8미터 높이의 계단을 기어오른 다음, 밧줄로 바닥을 마무리해놓은 플랫폼 위에 배를 깔고 나란히 누웠다. 갑자기 아리안느가 신속하게 위아래 옷을 벗더니 이어 수영복미지 홀딱 걷어냈다.

"발가벗어도 돼요, 여기서는. 그리고 누가 오는지 천천히 살펴보는 거예요."

하지만 그때 엠마뉴엘은 아리안느 앞에서 나체가 되고 싶지 않았다. 그녀는 더듬거리며 별 설득력도 없는 변명을 늘어놓았다. 착 달라붙는 수영복이라서 벗었다 다시 입으려면 매우 불편한 데다, 햇볕이 너무 따갑고…….

"부인이 옳아요. 차차 적응하는 것이 순리에 더 맞죠."

곧이어 두 여자는 반 혼수상태에 몸을 맡겼다. 엠마뉴엘은 이제 백작 부인을 좋은 쪽으로 받아들이고 있었다. 엠마뉴엘은 아무 말이 없이도 함께 있을 수 있는 사람들을 좋아했다. 그런데 얼마 있다 엠마뉴엘이 먼저 침묵을 깼다.

"수영장 말고 이곳에서 할 수 있는 게 뭐가 있나요? 레스토랑 피에르나 폴 같은 곳에서 열리는 칵테일파티나 저녁 연회 같은 게 있을까요? 그런 건 기다리다 지쳐버리는 모임 아닌가요?"

아리안느는 마치 굉장한 상황이라도 마주한 것처럼 휘파람을 휙 불었다.

"그런 것 말고 오락거리는 얼마든지 있죠! 영화관이나 디스코텍, 그런 시시껄렁한 것들 말고. 예를 들어 승마, 골프, 테니스, 스쿼시, 강 위의 수상스키…… 그리고 운하에서 우울한 시간을 보낸다든지, 사원의 탑을 보러 갈 수도 있지 않겠어요? 그렇게 따지면 천 가지는 족히 될 텐데. 그런 것들을 하루에 한 가지씩만 해 보세요. 부인은 짧아도 삼 년 동안은 심심하지 않을 거예요! 유감인 건, 바다—진짜 수영을 할 수 있는 바다—가 150킬로미터나 떨어져 있다는 사실이죠. 그래도 거기까지 가볼 만하죠. 해변이 얼마나 근사한 줄 아세요? 줄줄이 늘어선 야자나무 너머 아주 넓은 모래사장이 끝없이 펼쳐지고, 여기저기 흩어진 조가비가 황량한 공간을 채우고 있죠. 밤이 되면, 무수히 많은 사물을 품은 바닷물이 형광빛으로 반짝이는데, 환상이에요 정말! 산호는 살을 간질이죠, 상어들은 부인의 팔을 뜯어먹으러 오죠……"

"가보고 싶어요!" 엠마뉴엘이 웃음을 터뜨리며 외쳤다.

"부인이 상어들의 영역에서 사랑을 나눈다면—햇볕 아래서 부인의 몸을 어루만지는 모래와, 아니면 그늘에서 달콤한 나무들과 함께 말이죠—그러면 글쎄, 상어들이 와서 세레나데를 불러주기도 한다구요! 그들이 부인을 명예롭게 해줄 동안 은화 한 닢에 부채질을 해줄 소년들이 도처에 있구요, 밤이 되면 파도 언저리 모래 위에 한번 누워 있어보세요. 물결은 등을 쓰다듬지, 부인에게 반한 얼굴은 별빛을 가려주지, 여자로 태어난 게 얼마나 행운인지 아시게 될 거예요!"

"제가 이해를 제대로 했다면, 또 그것이네요, 이 나라에서 제일 인기 있는 스포츠가?"

엠마뉴엘이 스스럼없이 없이 질문을 던졌다.

아리안느는 수수께끼 같은 미소를 지으며 엠마뉴엘을 뚫어지게 쳐다봤다.

"부인, 나한테 말하고 싶은 게 있으면……."

아리안느는 애매한 확률을 짚어보는 듯한 표정을 지으며 말을 중단했다. 엠마뉴엘이 그녀를 향해 몸을 돌리며 웃었다.

"무슨 말을 해주길 바라시는데요?"

아리안느가 침묵을 지키며 잠시 생각에 잠겼다가, 엠마뉴엘이 신뢰할 만한 신입회원이라는 판단을 내렸다. 이제 그녀의 목소리에서 지금까지 알고 있던 야유조의 말투는 찾아볼 수가 없었다. 그녀가 엠마뉴엘에게 우정 어린 표정을 지어 보이며 말했다.

"내가 보기에 부인은 관능적 욕구가 뚜렷한 분이세요. 정숙한 체하는 그런 사람이 아니라는 거죠. 다행이지 뭐예요. 솔직히 말하면, 난 대번에 부인에게 끌렸답니다."

엠마뉘엘은 그녀의 선언을 어떻게 받아들여야 할지 잘 몰랐다. 그리고 거의 무의식적으로 방어적인 태도를 취했다. 기분이 좋았다기보다 오히려 당황스러웠던 까닭은, 그녀는 누군가가 자신의 솔직함에 대해 의심하는 걸 좋아하지 않았기 때문이었다. 무엇 때문에 이 여자들이 자기를 정숙한 척하는 사람으로 여겼을까? 처음에는 피식 웃음이 나왔지만, 그 말이 짜증스러워지기 시작했다.

"부인은 이곳에서 삶을 즐기고 싶지 않으세요?"

그녀의 어조는 말의 내용보다 더 의미심장한 느낌을 주었다.

"그러고 싶어요."

엠마뉘엘은 자신이 위험한 길로 접어들고 있다는 걸 알았지만, 더욱 염려스러운 건 도덕적인 의심을 받게 되지 않을까 하는 부분이었다. 아리안느의 호의적인 미소가 엠마뉘엘을 안심시키기엔 역부족이었다.

"귀여우신 부인, 그럼 언제 한번 저녁시간에 나하고 같이 가세요. 남편한테는 여자들의 저녁모임이라고 말하시면 될 거예요. 작업실에 와본다 생각하고 부인을 위해 내가 마련해놓은 게 뭔지 한번 보세요. 50광년을 돌아다닌다 해도 이 아리안느의 기사들보다 더 정중하고 담대한 인물들은 찾지 못할 거예요. 젊고 재기가 넘치는 데다 늘씬하고 적당히 예리한 사람들이에요. 걱정할 건 하나도 없어요, 아시겠죠?"

"하지만, 부인은 저에 대해 아는 게 거의 없으시잖아요. 혹시라도 부인께서……."

아리안느가 어깨를 으쓱해 보이며 얼른 대답했다.

"충분히 알고 있죠! 부인이 남자든 여자든 정신을 못 차리게 만들 정도로 아름답다는 걸 알아차리기 위해 더 지켜봐야 할 필요가 있겠어요? 내가 말한 남자들도 이 점에 대해선 모두 인정할 거예요. 만약 내가 그 사람들과 부인에 대한 확신이 없었다면 만남을 주선하려는 생각이 안 들었겠죠. 자, 어떠세요?"

"그런데…… 부인의 남편은요? 그런 모임에 나가는 걸 기분 나빠하지 않으시겠어요?"

엠마뉴엘이 머뭇거리며 물었다.

아리안느는 솔직함이 그대로 드러나는 웃음을 터뜨리며 단언했다.

"자기 아내의 애인을 미워한다면 그 남편은 천박한 사람 아니겠어요?"

"저는, 장이 그런 사실을 정상으로 받아들일지 잘 모르겠어요."

"그럼 그 분한테 고백을 안 하면 되는 거잖아요."

아리안느가 친절하게 결론을 내주었다.

그녀는 몸을 껑충 옮겨 엠마뉴엘 가까이 다가갔다. 그러고는 팔로 그녀의 허리를 안으며 자기 쪽으로 바짝 당겼다.

"나한테 진실을 말하겠다고 맹세하실래요?"

엠마뉴엘은 경솔하게 반응하지 않으려고 눈썹을 깜박거렸다. 그녀의 어깨를 누르는 아리안느의 단단하고 뜨거운 젖가슴이 정신을 혼미하게 만들었다.

"사람들을 취하게 만드는 부인의 몸속에 남편 말고 다른 남자는 결코 들인 적이 없다고 믿게 하려는 건 아니겠죠? 그래서, 그때마다 남편한테 실토하셨나요?"

엠마뉴엘은 시험대에 올라와 있었다. 다시 끈질긴 추궁이 시작되었다!

'또 변명해봤자 무슨 소용이지? 지난번보다 더 순진한 척해야 하는 게 나을까?'

그녀는 고개를 흔들며 아리안느의 질문에 대한 부정의 뜻을 전했다. 아리안느가 유쾌한 표정으로 엠마뉴엘의 귀에 입을 맞추었다.

"그것 봐."

그녀는 의기양양해하며 엠마뉴엘을 흐뭇하게 바라봤다.

"네가 방콕에 온 걸 후회하지 않게 해줄게!"

아리안느의 어조로 보아서는 엠마뉴엘이 마치 무슨 계

약서에 서명이라도 한 듯한 분위기였다. 그 결과로 뭔가가 지체 없이 효력을 발휘할 것 같은 느낌에 엠마뉴엘은 저항을 시도했다.

"잠깐만요! 말씀이 어째 좀 거북해요." 엠마뉴엘은 갑자기 대담해지며 자기주장을 내세웠다.

"제가 새침한 척하느라 이러는 건 아니고, 도덕적인 이유 때문도 아니에요. 그런 게 아니라…… 적어도 제가 상황에 적응할 시간은 주셔야죠. 점차적으로 적응할 수 있게요."

"그야 물론이지. 급할 거 하나도 없잖아. 마치 태양을 위해 우리가……."

별안간 무슨 영감을 받은 듯 아리안느는 말하다 말고 입가에 얼핏 미소를 띠운 다음 제자리로 돌아갔다.

"우리, 마사지 받으러 가."

엄명을 내리듯 말하며 아리안느가 비키니를 주워 입었다. 그리고 어린아이를 대할 때처럼 약간 무시하는 투로 말을 덧붙였다.

"걱정 마, 숫처녀. 그곳엔 여자들밖에 없으니까."

엠마뉴엘은 자신의 승용차는 클럽에 두고 아리안느의 컨버터블로 동행했다. 중국어 간판들이 늘어선 거리를 매연으로 오염시키고 있는 자전거 리어카, 오토바이 택시 사이를 헤치며 한 삼십 분 정도를 달렸을까. 자동차는 비단 가게, 식당, 여행사들이 입주해 있는 단층 건물 앞에 멈춰 섰다. 외벽에는 엠마뉴엘이 알지 못하는 글자들이 나붙어 있었다. 두 여자는 두터운 유리문을 통해 유럽의 분위기와 별로 다를 바 없는 터키탕 입구로 들어갔다. 꽃무늬 장식의 기모노를 입은 일본 아가씨가 두 손을 가슴에 포갠 채 허리를 여러 번 굽히 며 환대했다. 그녀의 뒤에 펼쳐진 긴 복도는 증기와 오데 코롱 의 향기를 풍기고 있었다. 어떤 문 앞에 이르자 일본여자는 다시 허리를 반으로 접었다. '이 여자는 벙어린가?' 엠마뉴엘 은 속으로 생각했다.

"너는 여기로 들어가면 돼." 아리안느가 말했다.

"여기 마사지사들은 솜씨가 다 고만고만해. 나는 옆방에 가 있을게. 한 시간 후에 다시 봐."

엠마뉴엘이 마음의 준비를 하기도 전에 아리안느는 그 녀를 혼자 내버려두고 사라졌다. 그녀는 약간 당혹스러웠다. 일본 아가씨가 열어준 문 안쪽에는 낮은 천장 아래 작고 깨 끗한 욕실이 하나 마련돼 있었고, 욕조와 마사지 테이블 사 이에는 간호원 복장을 한 가느다란 몸매의 동양여자가 서 있 었다. 마치 오랜 여행 끝에 다시 돌아온 철새의 얼굴을 하고 있었다. 여자는 몸을 굽혀 인사를 한 다음 몇 마디 말을 건넸 다. 상대가 알아듣고 말고는 별로 중요하게 여기지 않는 것처 럼 보였다. 이윽고 엠마뉴엘에게 다가오더니 손가락으로 조 심스럽게 그녀의 블라우스 단추를 풀었다.

엠마뉴엘이 옷을 다 벗자, 여자는 그녀에게 푸르스름한

빛의 향긋하고 따뜻한 물로 채워진 욕조 안으로 들어가라고 손짓했다. 여자는 손님의 얼굴을 축축한 타월로 닦아준 다음 어깨와 등, 가슴, 배 부위를 꼼꼼하게 비누칠했다. 거품을 가득 먹은 스펀지가 다리 사이를 오고 갈 때 엠마뉘엘은 전율했다.

엠마뉘엘의 목욕이 끝났다. 여자는 더운 수건으로 몸을 닦아주었고, 속을 넣고 누빈 테이블 위로 그녀를 눕혔다. 먼저 손날로 엠마뉘엘의 온몸에 가벼운 타격을 가한 다음 근육을 꽉 잡아 올리다가, 종아리와 허리에 압박을 가하고, 발가락 관절을 잡아당기고, 뒷목을 오랫동안 주무르고, 마지막으로 손가락 끝으로 머리를 여기저기 두드려주었다. 반쯤 두들겨 맞은 기분이었지만 엠마뉘엘은 긴장이 풀려 편안했고 만족스러웠다.

그다음, 이 여자 마사지사는 벽장을 열어 담뱃갑만한 기구를 두 개 꺼내더니 손바닥에 하나씩 고정시켰다. 이윽고 팽이 돌아가는 소리가 나기 시작했다. 진동하는 여자의 손바닥이 천천히 엠마뉘엘의 발가벗은 몸을 훑었고, 주름지고 오목한 곳마다 파고들었다. 목선 위로 미끄러지다가는 겨드랑이 밑으로, 허리와 엉덩이 사이를, 능숙능란하게 자극하며 다녔다. 그리고 이제 허벅지 안쪽의 가장 민감한 지점을 찾아 돌아다녔다. 그녀의 온몸이 떨리고 있었다. 다리가 양쪽으로 벌어졌다. 그녀는 음부를 애교스럽게 들어 올리며 음순의 살을 내밀었다. 입맞춤하려는 아이의 앙증맞은 입술처럼. 그런데 여자의 손이 멀어지며 상체를 향해 오르더니 마치 사라사 무명천에 윤기가 나도록 다림질을 하듯 지나간 자리를 다시 오갔다. 엠마뉴엘이 겨우 들릴 정도로 신음 소리를 내기 시작했을 땐, 손길은 젖무덤까지 올라가 둘레를 맴돌고 있었다. 여자의 손은 상부를 스치며 이리저리 다니다가 유두를 누르고, 꼭지를 살 속으로 깊숙이 밀어 넣었다. 파동이 그녀의 몸을 가로질렀고, 허리를 핥았다. 엠마뉴엘은 허리를 꺾어 올리며 불평을 늘어놓듯 한참 동안 신음 소리를 냈다. 여자의 손은 집요하게 젖가슴의 민감한 부위들을 자극했고, 결국 엠마뉴엘은 휘몰아쳐 오는 오르가슴에 모든 기력을 다 바치고 말았다. 이윽고 고요함이 찾아왔고, 그녀는 힘없이 늘어졌다.

엠마뉴엘은 눈을 내리감은 채 자신의 심장소리를 들었다. 그 박동은, 성교를 할 때마다 팽팽한 가죽이 튕겨내는 아프리카의 북소리를 연상케 했다. 그런 생각을 하다 보니, 엠마뉴엘은 돌연 화가 치밀었다. '그런데, 어디에 성교를 한다는 거지? 내 온몸이 그곳을 다루듯 다루어졌는데 정작 내 그곳만 따돌리고 있어! 아무리 그게 예쁘게 생기고 감미로우면 뭐해? 아무리 그게 봉긋하게 도드라져 나와 있으면 뭐하냐고? 왜 저 젊은 여자는 내 아랫배의 털 밑으로는 손을 안 대는 거야? 내 그곳의 살로 치자면 내 입술만큼 길고 예쁜 데다 핥으면 또 얼마나 좋은데. 벙어리처럼 다물어진 저 여자의 입은 다가와서 내 살에 맞춰보고 싶은 욕망도 없단 말이지! 좋아, 저 여자가 내가 베풀어주는 기회를 마다한다면 내 스스로 애무를 하면 되지, 바로 저 여자 앞에서! 내가 똑똑히 보여줄 거야. 발가벗고 있는 여자가 눈을 지그시 감을 땐 그녀를 위해 해줘야 하는 게 뭔지 말이야!'

엠마뉴엘이 그런 계획을 실행에 옮기기도 전에, 점차 뚜렷해져 오는 뭔가 이상한 것이 그녀의 생각을 돌려놓기 시작했다. 그것은 자신의 쿵쾅거리는 심장의 박자에 맞춰 뒤쪽 어느 칸막이로부터 울려오는 소리였다. 뭘 두드리는 소리라기보다는 목소리 아니면 거친 숨소리, 또는 억눌린 탄식이나 헐떡임 같은 것이었다. 아리안느는 아니고 어떤 남자였다. 그의 외치는 소리가 너무 커서, 충동적인 쾌락에 빠진 손님들을 보호하기 위해 설치해놓은 마사지실 사이의 방음벽은 있으나 마나였다.

엠마뉴엘은 다시 유심히 귀를 기울였지만 그 소리가 외침에 속하는 것인지 확신이 서지 않았다. 자동차에 꽤 조예가 깊은 엠마뉴엘은 순간 푸시로드가 기름칠이 제대로 안된 밸브에 부딪히게 될 때 내는, 그 괴로운 소리가 이상하게 증폭되어 울리는 현상을 떠올렸다. '그럴 리가 없지!' 그녀는 생각을 다시 고쳤다. 칸막이가 저쪽 편에 있는 건 작동이 잘 안 되는 엔진이 아니었다. 아마도 어떤 남자가 질식하고 있는 모양이었다.

'누가 목을 조르고 있는 걸까? 누가 그런 범죄를 저지르는 거지? 희생자는 마사지실의 남자손님일까? 그 반대로, 손님이 남자 마사지사를 강간하고 있는 건지도 몰라. 그럼 이곳에 남자 마사지사들이 있다는 말인데? 그런데 아리안느가 이곳에는 여자들만 있다고 분명히 말했잖아. 하지만 그 여자의 말을 곧이곧대로 믿어야 하는 걸까?'

엠마뉴엘은 그런 의문점들을 젊은 태국여자에게 물어봤다. 물론 제대로 전달되리라고는 기대하지 않았다. 그러는 동안 그 태국여자의 손길은 젖가슴에서 어깨로, 허벅지에서 발목으로 옮겨가고 있었다. 그녀는 엠마뉴엘의 질문에 그저 수줍은 미소만 띠더니 자기 나라 말을 몇 마디 건넸다. 억양으로 보아 뭘 물어보는 것 같았다. 그와 동시에 여자의 가느다란 손가락이 엠마뉴엘의 아랫배 쪽으로 향하고 있었다. 눈썹을 치켜 올리고 그녀를 바라보면서 마치 무슨 허락을 기다리는 것 같았다. 엠마뉴엘은 다행스럽고 기쁜 마음에 서둘러 고개를 끄덕여 '네'라는 표시를 했다. 진동기 때문에 둔해진 손이 음부의 표면과 음순의 주름을 세심하게 파고들었다. 노련한 손놀림은 어떻게 극도의 쾌락을 유발시키는지 잘 알고 있었다. 그 결과를 충분히 헤아리고 있는 손은 조심스러워하는 기색이 전혀 없이 줄기차게 엠마뉴엘의 몸을 다루었고, 전기진동의 위력과 어우러져 손가락으로 성감대를 누르고 문지르고 할퀴는 솜씨가 일품이었다.

엠마뉴엘은 모든 힘을 다해 버텨보려 했으나 그 저항은 오래가지 못했다. 그녀는 다시 절정에 이르렀고, 그 외침이 너무 격렬하여 여자 마사지사의 얼굴에 한순간 두려움이 스쳤다. 그 여자의 두 손이 물러난 지 한참이 지난 후에도 엠마뉴엘은 몸을 뒤틀며 꿈틀거렸고, 경련이 이는 손가락으로 하얀 탁자모서리를 꽉 쥐고 있었다.

"방음시설을 해 놓으면 뭐해. 네가 소리를 지르기 시작하니까 벽도 뚫어버리잖아." 출구에서 엠마뉴엘을 다시 만난 아리안느가 말했다. "너, 이제 수학을 더 좋아한다고 나한테 말하면 안 되는 거다?"

마리안느는 나흘 연속으로 오후마다 엠마뉴엘의 집에 왔다. 매번 그녀는 엠마뉴엘이 일상적으로 즐기는 음란한 공상은 물론 남편과 나누고 있는 체위에 대해 새롭고 상세한 내용을 요구하며 결국 실토를 얻어내는 밀착취조를 했다.

"있잖아, 네가 만약 공상 속에서 육체관계를 가진 모든 남자들에게 실제 현실에서도 몸을 맡길 수 있다면, 넌 완성된 여자라 할 수 있을 거야."

"그 말은 곧, 난 이미 죽어 있을 거라는 말이지."

엠마뉴엘이 웃으며 말을 받았다.

"어째서 그런데?"

"넌 혼자서 자위를 하면서 떠올리는 남자들과 실제로 그만큼 많은 횟수의 섹스를 할 수 있을 거라고 생각해?"

"못할 것도 없잖아?"

"얘는. 남자한테 안기는 게 얼마나 피곤한데 그래!"

"그럼 넌 자위하면서는 하나도 안 피곤해?"

"난 안 피곤해."

"요즘 몇 번씩 하는데?"

엠마뉘엘은 얌전한 미소를 짓고 나서 대답했다.

"어제는 있잖아, 많이 했어. 적어도 열다섯 번은 했을걸."

"그 횟수로 남자들과 직접 하는 여자도 있어, 알아?"

엠마뉘엘이 고개를 끄덕이며 말했다.

"그럼, 알지."

하지만 썩 믿기지 않는 표정을 지었다. 그러더니 곧이어 이견을 내놓았다.

"사실 말이야, 남자들의 물건이 항상 우릴 흥분시키는 건 아니잖아? 때로는 무겁고 딱딱하고, 아프게 만들기조차 하거든. 그 물건이 여자들이 가장 좋아하는 쾌락의 방식을 어떻게 알 수 있겠느냐는 거지, 내 말은……."

지금까지 엠마뉘엘이 소녀에게 솔직하게 털어놓지 못하고 있는 속내가 하나 있었다. 때로 서투르게나마 그것에 대한 암시를 내비치긴 했지만 마리안느가 파악을 했는지에 대해서는 짐작이 가지 않았다. 그녀 스스로도 설명하기 힘들었던 것은, 집에 와 있는 동안 보여주는 행동거지에 비추어 볼 때 납득이 안 가는 소녀의 소심한, 또는 신중한 태도였다. 도착하자마자 마리안느는 옷부터 벗기 시작했고, 엠마뉘엘이 넌지시 제안만 하면 아무렇지도 않다는 듯이 블라우스를 걷어냈다. 이제 두 여자는 만나는 즉시 나무로 둘러싸인 테라스에서 발가벗고 시간을 함께 보내곤 한다. 그럼에도 불구하고 엠마뉘엘이 느끼는 육체적 만족감은 스스로 행하는 애무를 통해 얻는 것뿐이었다. 그녀는 소녀의 몸을 만져보거나 자신을 만져보게 하고 싶은 욕망에 잠을 못 잘 정도였지만, 감히 실행에 옮기지 못하고 있었다. 묘한 수줍음과 묘한 방탕이 그녀의 영혼을 두고 다투고 있었다. 엠마뉘엘은 너무 심각하게 받아들이지 않으면서도, 때로 자문해보곤 했다. 이 괴상한 절제가 사실은 관능적 직관에 의하여 자신도 모르게 새로 생겨난, 보다 더 세련된 감각이 아닐까. 그리고 본능적, 이성적 요구에 반해 자신이 마리안느의 육체 곁에서 견뎌나가는 감각적 욕구불만이 결국은 육체적인 접촉을 통해 얻을 수 있는 느낌보다 더 미묘하고 더 변태적인 매력으로 탈바꿈해 버린 것이 아닐까. 마리안느가 엠마뉘엘을 마음 내키는 대로 다루면서 상대의 취향들은 전혀 고려해주지 않기에 일반적인 경우라면 고통을 받아야 했겠지만, 엠마뉘엘은 예기치 않게 또 다른 쾌락의 원천을 발견하게 되었다.

엠마뉘엘이 가장 자연스럽게 여기면서도 가장 큰 가치를

부여하고 있었던 '육체'라는 것에 대한 실망감 속에서, 여태 알지 못하던 새로운 관능이 모습을 드러내고 있었다. 그리고 그녀의 어린 여자친구가 성생활에 관해 지키고 있는 알 수 없는 비밀로 인해 성적 욕구에 대한 새로운 가치가 엠마뉘엘의 눈앞에 나타났다. 그녀는 자신이 거의 아무것도 모르고 있는 마리안느의 비밀스런 세계를 아무렇지도 않게 받아들이면서도 방탕한 광경을 그녀에게 베풀어주는, 육체적이면서 정신적인 즐거움을 느끼고 있다는 사실을 깨달았다. 그것은 엠마뉘엘이 그저 바라보는 입장에 있었으면 불가능한 느낌이었다. 매일같이 엠마뉘엘이 소녀를 다시 만나고 싶어 몸이 달았던 이유는, 그녀의 나체를 바라보거나 그녀의 관능적 유희를 지켜보면서 느끼는 흥분 때문이 아니라 소녀의 주의 깊은 시선 아래 놓인 기다란 안락의자에 누워 스스로 자기 몸을 애무하면서 느끼는, 훨씬 더 복잡한, 그래서 훨씬 더 감미로운 흥분이 기다려졌기 때문이었다. 마리안느가 떠난 다음에도 그녀의 매혹은 그대로 남아 있었다. 엠마뉘엘은 자신의 음부에 시선을 고정시키고 있는 초록색 눈을 머릿속에 다시 떠올렸고, 저녁때까지 자위를 계속했다.

첫 만남이 이루어지고 난 다음 수요일, 엠마뉘엘은 마리안느의 어머니 집에 초대를 받아 갔다. 보란 듯이 가구들을 진열해놓은 거실에 들어서자 한결같이 볼품없어 보이는 열

명 남짓한 '부인들'이 티타임에 와 있었다. 엠마뉘엘은 아주 모범적인 소녀의 의무에 충실한 모습으로 양탄자 위에 얌전히 앉아 있는, 그러나 속내를 나눈 이 친구와 단둘이 있을 수 없다고 생각하자 후회가 되었다. 그때 그녀의 시선에 생기를 불러일으키는 매우 젊고 우아한 여자 한 명이 도착했다. 엠마뉘엘은 대번에 그 여자 역시 자기와 마찬가지로 이 자리와 썩 어울리지 않다는 걸 느꼈다.

이 생기 있는 여자는 엠마뉘엘이 파리에 있을 때 좋아했던 모델들을 생각나게 했다. 키가 훤칠하고, 뭔가 권태로워 보이면서도 가공적인 거리를 느끼게 하는, 석조조각상의 주름을 지닌 모습이었다. '장미처럼' 약간 벌어진 입과 지나치게 커나란 눈 위쪽으로 올라간 호박색 눈썹과 속눈썹의 애교 있는 곡선이 얼굴 위로 빚어내는 수려함에는 오히려 허세가 느껴졌다.

엠마뉘엘은 갑자기 편협한 생각에 사로잡혀, 지금 이곳에서 너무나 절대적인 것을 추구하는 겸손함, '미(美)의 의무'라는 아주 까다로우면서도 칭송 받을 만한 개념의 가치, 그리고 자개 빛깔의 초연한 시선 아래 숨겨져 있는 매혹적인 실체를 소위 '경험'이라고 하는 것을 통해 이해할 수 있는 사람은 오직 자기 자신뿐이라고 여겼다. 그녀는 '가장 자랑스러운 기념물들로부터 빌려온' 친구들의 가면 위에서 보들레르가 '선(線)'을 옮겨놓는 행위'를 비난하며 말하고자 했던 바를 발견하지 않았던가(이는 보들레르의 시 〈아름다움〉에 나오는 표현으로, 시인은 여인의 육신을 통해 미를 구현시키고, 여인은 자신을 조각 작품에 비유하고 있다. 여기서 '기념물'은 아름다움 또는 시의 최상위적인 표현을, '선을 옮겨놓는 행위'는 본질을 왜곡시키는 인위적인 행태를 암시한다고 볼 수 있다——옮긴이). 흰 대리석의 여신들은 정작 살을 가진 몸으로 태어났지만, 이를 수 없는 낙원과 생기 없는 신들만을 믿는 인간은 조각상에 대한 욕구만 간직하였기에 숭배 받던 육신은 다시 돌덩이가 되어버렸던 것이다.

엠마뉴엘에게 이러한 회상은 어린 시절에 가졌던 열광적인 성향과 속옷가게 탈의실에서의 훨씬 더 어른스러운 현기증을 내포하는 모호한 감정을 일으켰다. 그녀는 자신도 예술 작품이 되었으면 좋겠다는 생각을 했고, 마치 진흙 덩어리처럼 방콕에 도착한 이상 이곳에서 형태를 찾아야 할 것이었다. 이 형태란, 그녀로서는 굳이 바꿔야 할 필요성을 느끼지 않는 육신이 아니라 정신에 관한 문제였다. 형태의 완성이 어떻게 이루어져야 할지 아직 구체적으로 파악되지 않았지만, 그녀는 언젠가 자신의 삶이 청동 조각상의 머릿결처럼 까다로운 마무리로 정교하게 완성된, 회색빛 눈처럼 의기양양하게 대중의 판단을 무시할 수 있는 무엇인가가 되고 싶었다.

마리안느의 어머니가 새로운 여자를 소개하기도 전에 마리안느가 자리에서 일어나더니 엠마뉴엘을 거실 한구석

조용한 곳으로 데려갔다.

"너를 위한 남자가 한 명 있어."

무슨 임무를 완수한 듯 만족한 표정으로 그녀가 말했다.

엠마뉴엘은 픕, 하고 웃음을 터뜨리지 않을 수 없었다.

"새로운 소식이네! 알리는 방식이 특이하기도 하지. '나를 위한 남자 한 명'은 누구야, 도대체?"

"이탈리아 남잔데 아주 미남이야. 오래전부터 알고 지낸 사람이지만 너한테 필요한 남잔지 아닌지는 확신이 없었거든. 많이 생각해봤어. 너한테 필요했던 남자가 바로 그 사람이야. 꾸물거리지 말고 한번 만나봐."

마리안느의 긴급한 통보는 다시 한 번 엠마뉴엘을 유쾌하게 만들었다. 그녀는 그 후보자가 누구든 간에 '그녀에게 필요했던' 사람이라고는 전혀 생각되지 않았다. 하지만 그녀는 자신의 후견인을 실망시키고 싶지 않았다. 소녀의 간청에 대해 감사를 표하는 뜻으로 그녀는 최대한 관심을 보이는 척했다.

"너의 그 미남은 어떤 사람인데?"

"완전히 플로렌스의 귀족이지. 너는 그렇게 멋진 사람은 만난 적이 없을 거야, 분명히. 키가 크고 호리호리한 데다 뾰족한 매부리코, 예리하고 깊은 검은색 눈동자, 얼굴빛은 좀 까맣고 광대뼈가 도드라진……."

"세상에!"

"왜? 원한다면 내 말을 안 믿어도 돼. 하지만 그 사람을 보게 되면 지금처럼 바보같이 웃지 않을걸. 그 사람도 사자자리야."

"누가 또 사자자린데?"

"아리안느하고 나."

"아! 그래서……."

"그런데 그 사람은 검고 윤기 나는 머릿결을 가졌어, 너처럼 말야. 군데군데 있는 희끗한 머리카락은 더 매력적이고."

"회색 머리라고? 그럼 늙은이잖아!"

"물론이지. 너와 어울리는 나이야. 정확히 너보다 두 배 많거든. 그래서 내가 너한테 서두르라고 하는 거지. 내년이 되면 넌 너무 늙어버릴 테니까. 게다가 그 사람 내년에는 여기 없어."

"방콕에선 뭘 하는데?"

"아무것도 안 해. 온 나라를 돌아다니는데, 모르는 게 없어. 폐허가 된 유적지를 뒤지고, 부처의 나이를 연구하고 그래. 박물관에서 책임자조차도 본 적이 없는 유물들의 비밀을 발견했대. 내 생각엔 그에 관한 책도 쓴 것 같아. 근데 내가 이미 말한 대로, 그 사람 아무것도 안 해."

엠마뉴엘이 갑자기 마리안느의 말을 끊었다.

"근데 저 굉장한 여자아이는 누구야?"

"굉장한 여자아이?"

"그래, 지금 막 도착한."

"어디에 도착했는데?"

"어디긴 어디야, 여기지! 바보같이 굴지 말고 저기 저 앞을 똑바로 봐!"

"'비'를 말하는 거야?"

"뭐라고?"

"'비'를 말하는 거냐고. 내가 보기엔 네 머리가 좀 어떻게 된 것 같은데?"

"이름이 '비'야? 참 이상한 이름도 다 있네!"

"그거, 이름에 쓰는 말은 아니거든. 영어로 꿀벌을 뜻하는 말이야. b 다음에 e가 두 개, 그렇게 써. 나는 그냥 b와 i, 그렇게 써버리지만. 그게 더 간단하니까."

"그럼 저 여자애 이름은 어떻게 써?

"내가 말하는 것처럼 쓰지."

"진짜를 알려줘 봐, 마리안느!"

"넌 이게 저 아이의 진짜 이름이 아니라고 생각하는 거지? 그래, 내가 이름을 만들어준 거야. 모든 사람들이 진짜 이름은 잊어버렸어."

"그래도 얘기해줘 봐."

"뭐하려고 그래? 넌 따라 읽지도 못할 거야. 완전히 웃기는 영국 이름인데, 발음도 할 수 없는 그런 모양이야."

"그렇다고 나도 저 애를 비라고 부를 순 없는 거잖아?"

"뭐, 굳이 부를 필요도 없어."

엠마뉴엘이 마리안느를 놀란 눈으로 쳐다봤다.

"영국인이야?"

"아니, 미국인. 그래도 걱정 마, 우리처럼 불어를 할 줄 알
거든. 미국식 억양조차도 없어. 대신 이국적인 맛은 꽝이지."

"네 마음에 썩 드는 여자아이는 아닌 것 같은데?"

"쟤? 나하고 가장 친한 친구야."

"세상에! 근데 왜 나한테 한 번도 말 안 했어?"

"내가 아는 모든 여자아이들을 너한테 다 말할 수는 없
잖아."

"하지만 네가 저 친구를 그만큼 많이 사랑한다면 적어도
나한테 한마디쯤은 말해줄 수 있잖아."

"그만큼 많이 사랑한다는 의미가 뭔데? 쟤는 그냥 내 친
구야. 반드시 내가 사랑하는 누군가일 필요는 없잖아."

"얘, 마리안느! 넌 그런 식으로 말하면서 누가 널 이해해
주길 바랄 수 있겠니? 사실 넌, 너에 대해 아무것도 나한테
말해주기가 싫은 거야. 그리고 내가 너의 여자친구들을 아는
걸 원하지 않아. 너 지금 질투하는 거야? 내가 그 친구들을
차지할까 봐 걱정이라도 되는 거야?"

"내가 보기엔, 그런 여자들 패거리하고 어울려 다녀봤자
너한테 이로울 게 하나도 없을 것 같은데?"

"너 정말 웃기는구나! 나한테 시간은 그리 소중하지 않거

든? 네 말만 들으면 내가 살날이 얼마 안 남은 줄 알겠어!"

"아니, 그게……."

엠마뉴엘은 마리안느가 정말 그렇게 생각하는 것 같아 충격을 받았다. 그러고는 곧 반박했다.

"난 내가 그다지 늙었다고 생각하지 않아."

"근데 있지, 생각보다 빨리 그렇게 돼."

"그리고 나는 비의 영어식 철자가 더 예쁘다고 생각해. 적어도 뭔가 의미를 느끼게 해주잖아. 너의 계산법에 의하면 저 친구도 다 늙어 죽어가는 중이겠네?"

"이십삼 년하고 여덟 달이 지났어."

"결혼은 했고?"

"한 적 없어."

"그러니까 나보다 더 늙은 여자란 말이지? 세상에, 여기 와서 우리 말 좀 들어보라고 하지 그래!"

마리안느는 아무 반응도 하지 않았다.

"지금까지 내가 제대로 이해했다면, 넌 저 여자를 내게 소개시켜줄 마음이 없는 거잖아, 아니야?"

"네가 가서 만나면 되잖아! 어리석은 소리만 그렇게 늘어놓지 말고."

마리안느가 손짓을 하자 비가 두 사람이 있는 쪽으로 왔다.

"얘가 바로 엠마뉴엘이야."

마리안느가 마치 나쁜 짓을 저지른 장본인을 폭로하듯

비에게 말했다.

가까이서 보는 비의 커다란 회색 눈은 지적이면서도 자유로운 인상을 주었다. 그녀에게서 남들을 지배하려는 욕심 같은 건 느껴지지 않았지만 그렇다고 호락호락 넘어가는 유형도 아닌 것 같았다. 마리안느가 이 친구 앞에서 곤란한 경우를 많이 당했을 거라고, 엠마뉴엘은 속으로 생각했다. 그러자 마치 앙갚음을 해준 기분이 들었다.

세 여자는 평범한 대화를 주고받았다. 이 새로운 여자의 목소리는 그녀의 눈빛과 잘 어울렸다. 차분한 음성으로 말하는 그녀는 주저함이 없었고, 친근한 분위기에 들떠 유쾌한 모습이었다. 엠마뉴엘은 그녀의 표정과 말투에서 행복을 읽었다.

엠마뉴엘은 비가 무슨 일을 하며 하루를 보내는지 알고 싶었다. '주로 시내를 돌아다니는 것 같은데, 혼자 방콕에 살고 있는 걸까?' 그녀는 일 년 전 미국대사관 해군 무관으로 와 있는 오빠를 방문하기 위해 이 나라에 왔다고 했다. 처음에는 한 달만 머물 예정이었지만 생각을 바꿔 계속 머물기로 했던 것이다. 지금도 서둘러 떠날 마음은 없어 보였다.

"이렇게 연장된 휴가가 지겨워질 때쯤 전 결혼하려고 해요. 그리고 미국으로 돌아가려고요. 일하고 싶은 마음은 하나도 없답니다. 전 아무것도 안 하는 걸 좋아하거든요."

"약혼자는 있어요?" 엠마뉴엘이 물었다.

그 질문에 비가 웃음을 터뜨렸다. 매우 솔직하고 예쁜 웃음이었다.

"우리나라에서는 결혼 전날 밤 약혼을 해요. 그러니까 그 전까지는 누구랑 결혼을 하게 될지 모르는 거죠. 마치 제가 물러나려고 마음먹게 될 날이 내일도 아니고 모레도 아닌 것처럼 말이에요. 어떤 선택을 할 건지 물어보신다면 전 참 난 감할 거예요."

"결혼한다고 해서 꼭 물러나야 하는 건 아니잖아요?" 엠 마뉴엘이 반박했다.

비가 너그러운 미소를 지으며 "오!" 하고 회의적인 억양 이 실린 감탄사를 보냈다. 그러고 나서 덧붙여 말했다.

"물러난다고 해서 나쁠 건 또 없잖아요?"

엠마뉴엘은 하마터면 "어디로부터 물러난다는 거죠?"라 고 물어볼 뻔했지만 경솔해 보일까 봐 가만히 있었다. 그러자 비가 다시 물음을 던졌다.

"그렇게 젊은 나이에 결혼한 것에 대해 만족하세요?"

"그럼요! 지금까지 살아오면서 제일 잘한 일일 거예요."

비가 다시 미소를 지었다. 엠마뉴엘은 그녀에게서 우러 나는 너그러운 심성에 사로잡혔다. 완벽함이 지나쳐 오히려 거북할 정도로 아름다운 그녀는, 마치 햇살이 스테인드글라 스를 통과하듯 쾌활함이 그녀의 몸을 스쳐갈 때마다 그녀는 이 세상 사람이 아닌 것 같았다. 화장기 없이 그저 순수하다고나 할까. 윤기 넘치는 얼굴의 아름다운 모습을 보며 엠마뉴엘은, 저렇게 자연의 흉내를 완벽하게 낼 수 있으려면 얼마나 오랜 시간 동안 인내심을 가지고 노련한 붓질을 하고 크림을 두들겨 발라야 할까 짐작해보았다. 엠마뉴엘은 여자가 참예쁘고 마음에 든다고 말하고 싶지는 않았지만, 무척 행복해 보인다는 생각을 했다. 그러한 생각 때문에, 자기도 역시 스스로가 행복하다고 여기고 있던 엠마뉴엘은 비가 더욱 가깝게 느껴졌다. 불행히도 그녀는 누구를 막론하고 자신의 어려움이나 불평을 습관적으로 늘어놓는 사람을 진심으로 좋아할 수 없었고, 그런 성격에 대해 부끄러워하기도 했다. 그렇다고 그녀의 마음이 냉담한 건 아니었다. 다만 미에 대한 열정이 남달리 까다롭고 집요할 뿐이었다.

마리안느가 부인들과 대화를 나누는 동안 엠마뉴엘은 비 곁에 머물러 있었다. 별로 중요한 대화를 주고받진 않았지만 분명한 건, 두 사람 모두 시간을 함께 보내는 즐거움에 빠져 있었다는 점이었다. 엠마뉴엘은 소녀가 비를 소홀히 대접하는 게 오히려 다행스러웠다. 장이 그녀를 데리러 왔을 때, 그녀는 떠나야 하는 게 너무 아쉬웠다. 뭐가 그리 바쁜지 마리안느는 쫓기는 말투로 짧게 작별 인사를 던졌다. "전화할게!" 시간이 한참 지난 다음에야 엠마뉴엘은 비의 전화번호라도 물어봤어야 하는 건데, 하고 후회했다. 그런 어이없는 실수를 멍하니 되새기느라 남편이 묻는 말에도 대꾸를 할 수 없었다.

왜 그런지 정확히 이유는 알 수 없었지만, 엠마뉴엘은 아리안느를 다시 만나봐야겠다는 생각이 들었다. 그런데 스포츠클럽에서 우연히 마주치고 싶지는 않아 아침 수영은 일단 그만두기로 했다. 엠마뉴엘이 남편에게 이 젊은 백작 부인을 어떻게 생각하느냐고 물었을 때, 그는 매우 아름다운 여자라고 말하면서 대담하고 격식을 차리지 않는 태도가 마음에 든다고 대답했다. 이 사람이 그 여자와 잤을까? 엠마뉴엘은 그 사실을 캐물어보고 싶었다. 물으나마나 그런 기회가 주어진다면 마다할 사람이 아니었다. 남편이 여자들한테 인기가 좋은 걸 오히려 자랑스럽게 여기던 그녀가 이번에는 평상시와 달리 심한 질투를 느꼈다. 그리고 남편에 대한 아리안느의 무덤덤한 태도가 이상하게 가슴을 찔렀다. 그에게 아무 내색도 안 하려고 애를 썼지만 엠마뉴엘은 하루 종일 기분이 엉망이었다.

그런 일이 있고 난 뒤 얼마 후, 엠마뉴엘은 아리안느의 전화를 받았다. 이틀 전부터 줄기차게 내리는 비에 대책 없이 있다가 좋은 생각이 하나 떠올랐다는 것이다.

"내가 스쿼시를 가르쳐주려고 하는데, 어때?"

"스쿼시가 뭐죠?"

"일종의 테니스 같은 거야. 실내에서 하는 거니까 비가 와도 상관없는 운동이거든. 아마 너도 좋아하게 될 거야."

아리안느는 자기가 라켓하고 공은 알아서 챙겨갈 테니까 엠마뉴엘에게 반바지에 천 운동화만 준비해서 삼십 분 후 클럽에서 만나자고 했다.

이 백작 부인은 엠마뉴엘이 거절할 구실을 만들어내기도 전에 전화를 끊어버렸다. 그런데 생각해보니 생전 들어본 적도 없는 그 운동이 재미있을 것 같기도 했다. 그래서 엠마뉴엘은 기꺼운 마음으로 나갈 채비를 했다.

클럽에서 만난 두 여자는 똑같이 까만 반바지에 노란 스웨터를 받쳐 입은 차림새였다. 서로가 서로를 바라보며 웃음을 터뜨렸다.

"브래지어는 하고 다녀?" 아리안느가 물었다.

"안 해요. 아예 사다 놓은 것도 없는걸요."

"멋진데!"

아리안느는 흡족해하면서 엠마뉴엘의 허리를 두 손으로 잡더니 공중으로 몸을 살짝 들어올렸다. 아리안느가 그렇게 힘이 셀 줄이라고는 예상치도 못했던 엠마뉴엘은 깜짝 놀랐다.

"괜히 하는 소리들은 한마디도 믿을 거 없어. 테니스나 승마를 할 때 유방을 끈으로 묶어두지 않으면 축 늘어진다고 들 하잖아? 오히려 그 반대야. 운동을 하면 젖가슴이 튼튼해져. 고된 일을 할수록 더 탄력 있어진단 말이야. 내 것을 한번 보면 알지."

아리안느는 충고하면서 여러 사람들이 오가는 코트 한 가운데서 스웨터를 젖가슴 위로 말아 올려 보였다. 엠마뉴 엘뿐만 아니라 모든 사람들이 여신의 상체를 감탄스럽게 바라봤다.

처음 와보는 스쿼시 코트는 마룻바닥과 네 측면의 나무 벽, 그리고 천장이 전부였다. 세상에서 가장 단순한 모양이었다. 상부의 회랑에서 내려다보면 마치 구덩이 같았다. 두 여자가 코트 안으로 타고 내려온 철제 회전계단사다리는 발이 바닥에 닿자마자 용수철 장치에 의해 자동으로 천장 위로 올라가도록 해놓은 것이었다. 그리고 이 구덩이에서 빠져나가려면 줄을 잡아당겨 다시 사다리를 밑으로 내려야 했다. 아리안느가 엠마뉴엘에게, 스쿼시는 반경이 짧고 손잡이가 긴 라켓을 가지고 상대방이 벽면으로 친 고무공을 되받아 치는 운동이라고 설명을 해주었다.

아리안느의 강타를 받은 검은색의 작은 공이 너무 빨리 날아다니는 바람에 엠마뉴엘은 이쪽 벽에서 저쪽 벽으로 미친 듯이 뛰어다녀야 했고, 풀어헤친 머리카락이 얼굴을 칠 때마다 깔깔대며 웃었다. 삼십여 분이 지난 후 엠마뉴엘은 제법 공을 받아 칠 수 있었지만 다리가 말을 안 들었고, 숨이 차 헉헉거렸다. 온몸이 땀으로 넘쳐흘렀다. 아리안느는 그만 휴식하자는 신호를 보낸 후 사다리 줄을 잡아당겼다. 그리고 철망에 매어두었던 가방에서 수건을 두 장 꺼냈다. 웃옷을 홀딱 벗어버린 그녀는 몸을 힘차게 문지른 엠마뉘엘에게 다가가 마른 수건으로 가슴과 등의 땀을 닦아주었다. 엠마뉘엘은 숨을 헐떡이며 그녀가 하는 대로 내버려두었다. 축축하게 젖은 스웨터가 겨드랑이까지 말려 올라가 있었지만 걷어낼 힘도 없었다. 아리안느는 엠마뉘엘의 몸을 비스듬히 놓인 사다리에 기대게 하였고, 장난기가 생긴 엠마뉘엘은 팔과 다리를 벌리며 십자가에 못이 박히는 장면을 떠올렸다.

엠마뉘엘의 젖가슴을 가볍게 문지르던 아리안느는 땀이 다 닦였는데도 동작을 멈추지 않았다. 엠마뉘엘은 그녀의 후두부를 괴롭히는 가쁜 숨과 피로감, 갈증에 이어 피가 몰리기 시작했다. 이 백작 부인은 갑자기 땀에 흥건히 젖은 수건을 놓아버리고 두 팔을 엠마뉘엘의 겨드랑이 사이로 넣으면서 몸과 몸을 맞댔다. 엠마뉘엘은 그녀의 젖꼭지가 자신의 유두를 찾으러 오는 걸 느꼈다. 이윽고 두 여자의 젖꼭지가 나란히 포개어지면서 밀려오는 쾌감에, 엠마뉘엘은 더 이상 버티지 못하고 몸을 내맡겼다. 도드라진 음부가 반바지의 천을 통해 엠마뉘엘의 아랫배를 눌렀다. 자기보다 조금 더 키가 큰 아리안느의 입과 자신의 입이 같은 위치에 놓이도록, 엠마뉘엘은 뒤로 누운 자세에서 몸을 옮겨주었다. 아리안느의 키스는 엠마뉘엘이 여태껏 경험하지 못한 맛이었다. 매우 깊으면서도 그녀의 입 어느 한 군데 빠짐없이 차례차례 들르는, 입술과 혀, 입 안의 굴곡지고 도드라진 모든 부위, 입천

장과 이빨을 오가며 아주 오랫동안 이어지는 키스였다. 너무 깊고 오래된 느낌 속에서 엠마뉘엘은 몇 분이 지났는지 몇 시간이 지났는지 짐작할 수조차 없었다. 조금 전까지만 해도 목을 괴롭히던 갈증은 더 이상 느껴지지 않았다. 그녀는 음핵이 열리고 단단해지도록, 그리고 다른 배의 견고한 느낌 속에 안주할 수 있도록 몸을 부드럽게 조절했다. 발기된 음핵은 너무나 강렬해졌고, 그녀의 몸이 곧 터져버릴 듯한 거대한 꽃봉오리 같은 상태가 되자 그녀는 자기도 모르게 두 다리로 아리안느의 한쪽 허벅지를 끌어들여 꽉 조였다. 그리고 골반의 모든 힘을 다해 유연하게 움직이며 음부를 허벅지에 대고 문지르기 시작했다. 엠마뉘엘은 지금 과도하게 긴장되어 있는 관능을 배출시킬 필요가 있었고, 그걸 잘 알고 있는 아리안느는 엠마뉘엘이 하고 싶은 대로 내버려두었다. 그러고는 입술을 뒤로 물린 채 어린 친구를 바라봤다. 입가에 띤 그녀의 미소는, 그녀를 보아온 사람은 쉽게 알아챌 만한, 신랄한 농담을 한 다음에 느끼는 그녀만의 기쁨을 드러내고 있었다. 엠마뉘엘은 그 시선을 거북해하는 한편 아리안느가 지금 두 사람의 정사에 어떤 감상적인 무게를 두지 않는다는 사실을 확인하며 안도감을 느꼈다. 그녀는 다시 한 번 아리안느의 키스를 받아들이고 싶었고, 또한 그녀의 젖가슴이 계속 맞닿아 있기를 바랐다. 순간 아리안느는 이곳에 도착한 직후 그랬듯이 엠마뉘엘의 엉덩이 위쪽을 두 손으로 잡은 다음, 운동선수처럼 허리의 힘을 이용하여 그녀의 몸을 번쩍 들어 사다리와 같은 방향으로 내려놓았다. 엠마뉘엘의 발뒤꿈치가 철망 위에 걸렸다. 그녀는 아리안느가 자기의 젖가슴을 애무하려 한다고 생각했지만 아리안느의 머리는 거리를 두고 있었고, 빈정대는 눈빛으로 먹잇감의 눈을 똑바로 쳐다봤다. 엠마뉘엘이 닥쳐올 상황에 대해 이렇다 할 만한 생각을 가지기도 전에 아리안느의 손은 반바지 속의 허벅지를 타고 들어왔고, 이미 축축한 엠마뉘엘의 음부에 이르렀다.

그녀의 손가락은 혀와 마찬가지로 교묘하면서도 노련했고 매우 효과적인 솜씨를 발휘했다. 음핵을 가볍게 어루만지던 손가락 중 두 개가 밀착된 상태로 가장 깊은 살 속까지 단숨에 들어갔다. 점막의 벽을 당기고, 자궁의 단단한 돌출부를 문지르며 세차게 파고드는 손길의 분별력은 감탄스러울 정도였다. 엠마뉘엘은 쾌락을 최대한으로 맛보기 위해, 자신의 몸을 헤집어놓는 손을 향해 온 힘을 다해서 더욱 가까이 다가가며 오르가슴 속으로 빠져들었다. 그녀는 자신의 몸에서 넘쳐나고 있는 뜨겁고 걸쭉한 용암이 아리안느의 손을 타고 흘러내리는 걸 느꼈다. 마침내 의식을 잃은 엠마뉘엘의 몸이 사다리를 따라 미끄러져 내렸고, 아리안느는 두 팔로 그녀의 몸을 받아 가슴에 꼭 품어주었다. 그 순간 엠마뉘엘이 아리안느의 눈을 볼 수 있었다면, 그녀에게서 경멸의 눈빛이 사라져 있는 걸 보고 놀랐을 것이다.

엠마뉴엘이 제정신을 차렸을 때 아리안느는 이미 평소와 마찬가지로 장난기와 활기를 띠고 있었다. 엠마뉴엘의 어깨를 팔로 감싸고 있던 아리안느가 웃음을 터뜨리며 점잖게 물었다.

"사다리를 올라갈 만큼 다리에 힘이 남아 있으려나 모르겠네?"

갑자기 혼란스러워진 엠마뉴엘은 뾰로통한 아이의 얼굴을 한 채 고개를 떨궜다. 아리안느는 그녀의 턱을 손가락으로 받쳐 올려 자기 쪽으로 당겼다. 다시 두 여자의 얼굴이 바짝 붙었다.

"있잖아, 다른 여자들하고도 이미 이렇게 해 봤어?"

숭얼거리듯이 묻는 아리안느의 음성은 엠마뉴엘이 지금껏 들어본 적이 없는, 거의 목이 졸린 상태에서 나오는 듯한 무거운 소리였다.

엠마뉴엘은 겉으로는 담담하게 있었지만, 자기 자신도 이해하기 힘들 정도로 혼란에 휩싸였다. 그녀는 못 들은 척했다. 하지만 아리안느는 포기하지 않고 단호하면서도 교묘한 말투로 다그쳤다.

"대답해! 아직 다른 여자들하고 섹스를 해본 적이 한 번도 없어?"

상대방을 존중해야 했지만 영 마음이 내키지 않는 엠마뉴엘은 시종일관 침묵을 지켰다. 아리안느가 몸을 기울여 그녀의 입술을 엠마뉴엘의 입에 포갰다. 그러고는 나직이 속삭였다.

"같이 우리 집에 가자. 어때?"

엠마뉴엘은 고개를 설레설레 흔들었다.

아리안느는 한참 동안 반항적인 턱을 손으로 받친 채 아무 말도 하지 않았다. 결국 소녀처럼 입을 삐죽거리며 물러서는 그녀의 눈빛이 쾌활함을 띠었다. 엠마뉴엘의 거절로 인해 그녀가 실망을 했는지, 아니면 원망을 하고 있는지, 짐작이 가지 않았다. 엠마뉴엘의 코를 살짝 쓰다듬은 다음 아리안느가 말했다.

"먼저 올라가."

엠마뉴엘은 몸을 돌려 사다리를 타고 올라갔고, 아리안느가 그 뒤를 따랐다. 엠마뉴엘은 아직도 축축한 스웨터를 허리까지 내리다가 문득 생각이 나서 외쳤다.

"참, 너 옷을 아래에 두고 왔잖아! 내가 가지러 갈까?"

그렇게 말을 하고 난 다음에서야 엠마뉴엘은 처음으로 아리안느에게 반말을 건넸다는 사실을 깨달았다.

"그냥 둬! 다 낡은 거니까. 그럴 필요 없어." 아리안느는 대수롭지 않다는 듯 말했다.

그녀는 가슴 부분은 맨살로 둔 채 어깨에 수건만 걸쳤다. 엠마뉴엘과 함께 차고로 가는 동안 한 손으로는 라켓과 점박이 천가방을 들고, 다른 한 손으로는 엠마뉴엘의 손을 잡았다. 지나는 길에 몇몇 무리들이 완전히 드러난 아리안느의 유방을 보며 인사를 건넸고, 그녀는 유쾌한 표정으로 답례를 했다. 엠마뉴엘은 갑자기 지구 전체가 자기와 아리안느 둘만을 바라보고 있는 듯한 느낌을 받았다. 수줍음과 경각심이 동시에 그녀를 사로잡았다. 서둘러 아리안느와 헤어질 준비를 하면서, 다시는 그녀를 만나지 말아야겠다고 작심했다.

승용차가 세워져 있는 곳까지 와서 아리안느는 엠마뉴엘의 손을 놓으며 똑바로 마주 섰다. 그제야 수건 자락으로 젖가슴을 둘러 묶은 다음, 질문과 기다림이 담긴 시선으로 엠마뉴엘을 쳐다봤다. 그녀의 빈정거리는 기색에는 말이 필요 없었다. 엠마뉴엘은 또다시 고개를 떨궜다. 그녀의 난처한 표정과 어수선한 생각은 꾸밈없이 있는 그대로였다. 아리안느는 더 이상 아무것도 요구하지 않았다. 잠시 후 그녀는 몸을 기울여 엠마뉴엘의 뺨에 가볍게 입을 맞췄다.

"귀여운 것, 곧 다시 보자."

그녀는 차에 올랐고, 시동을 걸면서 손을 흔들어 작별인사를 했다.

아리안느가 떠나자마자 엠마뉴엘은 그녀를 붙잡지 않은 걸 후회했다. 그녀는 아리안느의 젖가슴이 다시 보고 싶을 것이었다. 특히 자신의 몸 위에 포개진 그 가슴을 느끼고 싶을 것이었다. 엠마뉴엘은 갑자기 발가벗고 싶은 욕망에 사로잡혔다. 그리고 자신의 몸 위로 아리안느의 나체가 포개어오길 바랐다. 아주 발가벗은 채로, 여태까지보다 훨씬 더 발가벗은 모습으로 함께 있고 싶었다. 가슴에 가슴을 포개고, 음부에 음부를 포개었으면…… 그리고 여자의 손과 다리와 입술과 몸으로 자신을 애무해주면 정말 좋겠다고 생각했다. 만약에 아리안느가 다시 되돌아왔다면, 아! 엠마뉴엘은 아낌없이 그녀에게 몸을 바쳤을 것이다.

같은 날, 크리스토퍼가 도착했다. 그는 사진에서보다 훨씬 더 미남이었고, 앵글로색슨계 럭비선수 같은 체격에 활짝 웃는 모습이 인상적이었다. 거칠게 빗어 넘긴 머리는 마치 회오리바람에 맞서 싸우고 있는 듯했다. 엠마뉴엘은 아주 오래된 친구를 대하는 것처럼 마음이 든든했다. 그녀는 환영하는 뜻으로, 정원에서 집 안으로 들어가는 길에 남편의 팔짱을 끼면서 다른 팔로 크리스토퍼의 팔을 감아주었다. 그러고는 손님 접대에 관한 문제로 장과 논쟁을 벌였다.

"당신, 크리스토퍼를 쉴 새 없이 부려먹으려는 건 아니겠죠? 나는 클롱 수상시장에도 모셔가고, 도둑시장도 보여주고 싶은데……."

"하지만 전 휴가를 보내려고 여기 온 게 아닙니다." 크리스토퍼가 흡족한 표정으로 말했다. 장을 다시 만난 것, 그리고 그가 좋은 여자를 만나 결혼을 했다는 사실에 기쁨이 배가 된 크리스토퍼는 더할 나위 없이 밝은 모습이었다. 그는 엠마뉘엘이 불러일으키는 감정을 숨김없이 털어놓았다.

"저 불한당 같은 선배님은 어째 그리 운도 좋을까! 내가 보기엔 그럴 자격이 하나도 없는 것 같은데!" 그가 여주인을 감탄스럽게 바라보며 말했다.

"다행이지 뭐예요. 저는 자격 있는 남편은 딱 질색이거든요!" 엠마뉘엘이 농담으로 받아쳤다.

그들은 밤늦게까지 유쾌하게 떠들며 놀았고, 엠마뉘엘이 잠에 못 이겨 꾸벅꾸벅 졸자 그제야 각자의 방으로 돌아갔다. 그녀가 안락의자에 웅크려 잠이 든 일 층 테라스에는 부겐빌레아 분꽃이 흐드러지게 피어 있었다. 비는 그쳤고, 황소개구리들의 울음소리도 들리지 않았다. 하지만 이런 풍경, 8월 중순의 소강상태는 일시적인 현상에 불과했다.

엠마뉘엘은 발가벗고 자는 습관이 있다. 침실 발코니에서 아침식사를 할 때는 짧은 나이트가운을 걸치곤 했는데, 꽤 많은 수의 가운 중의 대부분은 파리를 떠나기 전에 그냥 입어보기 위해 구입해놓은 것들이었다. 오늘 아침 그녀가 입은 옷은 주름지고 투명한 것으로 색깔이 엠마뉘엘의 피부와 흡사했다. 길이는 그녀의 살을 겨우 가릴 정도였다. 단추 세 개로 잠그게 되어 있는 그 옷은 바람이 살짝 불기만 해도 들려 올라갔다. 엠마뉘엘이 별안간 웃기 시작했다.

"어머나! 손님이 와 있는 걸 깜박했네. 뭔가 좀 더 걸쳐 입어야겠어요."

그녀가 옷을 갈아입으려고 서두를 때 장이 참견을 하고
나섰다.

"무슨 소릴! 당신은 그렇게 입고 있는 게 훨씬 좋아."

오래전부터 사람들에게 맨살로 드러난 몸을 보여주는
습관이 든 엠마뉴엘로서는 사실 잠옷 차림을 거북해할 까닭
이 전혀 없었다. 그런 측면에서 남편의 관점은 엠마뉴엘이 어
린 시절 가지고 있던 생각과 맞닿아 있었다. 그녀가 갖추어
입은 나이트가운은 몸을 가리기 위해서가 아니라 애교용으
로 결혼 후 사놓은 것들이었다.

크리스토퍼는 주인집 부부에 비해 마음이 그리 편하진
않았다. 옷의 주름 사이로 비치는 햇살은 엠마뉴엘의 젖가
슴을 돋보이게 만들었고, 그녀의 젖꼭지는 마치 두 개의 동그
란 핏자국처럼 또렷이 드러나 있었다. 그녀가 몸을 일으켜 비
스킷과 과일, 꿀 등을 크리스토퍼 앞으로 갖다 나를 때 아침
바람은 그녀의 가운을 걷어 올리며 음부까지 드러나게 했다.
그리고 그 부분은 얼마나 그의 얼굴과 가까운 거리에 있었는
지 그녀의 음모에서 풍겨나는 은방울꽃 향기까지 맡을 수 있
을 정도였다.

그는 손이 떨릴까 봐 찻잔을 들어 입에 가져갈 엄두를 못
내고 있었다. 그리고 불안한 마음으로 생각했다. '지금 내가
일어나야 할 상황이라면 어떻게 되는 거지? 누군가가 내 무

룰 위의 냅킨을 걷어낸다면?'

다행히도 엠마뉴엘은 남자들이 빵 접시를 다 비우기 전에 방으로 돌아갔고, 그 틈에 크리스토퍼는 몸을 진정시킬 수 있었다.

두 남자는 저녁식사 시간쯤에야 돌아올 예정이었다. 하루 종일 집에 혼자 있고 싶지 않았던 엠마뉴엘은 차를 몰고 시내로 나갔다. 한 시간 동안 이렇다 할 목적지 없이 다니면서 길을 잃어버리기도 하고 상점 앞에 차를 세워놓고 안으로 들어가 둘러보기도 했다. 그러다가 한 나병 환자의 끔찍한 모습을 발견했다. 보행도로에 퍼질러 앉은 남자는 뭉툭한 손목에 의지해 한 토막 남은 허벅지를 지저분한 바닥 위로 질질 끌며 뒷걸음질로 움직이고 있었다. 너무 충격을 받은 엠마뉴엘은 다시 시동을 걸 수가 없었다. 그녀는 몸이 마비된 채 어디로 가려고 했었는지, 그녀의 건강하고 연약한 두 손과 두 다리로 뭘 작동시켜야 하는지 잊어버리고 말았다. 동시에 그녀의 의식은 그러한 마음의 동요를 부끄러워했다.

'저 사람을 무서워한다는 건 결국 내가 그를 배척하고 있다는 말이잖아. 옛날 우리나라 사람들이 나병 환자들을 시체처럼 취급하고, 잡아 가두고, 불명예스러운 표식을 달고 다니게 만든 것과 다를 게 뭐가 있어? 태국사람들은 훨씬 성숙해. 저런 환자를 죄인처럼 다루지 않고, 손가락질도 안 하고, 그러니까 달아날 필요도 없잖아. 길에서 마주쳐도 문제 삼기는커녕 먹을 것도 주고 마실 걸 주기도 하고, 얼마 남지 않은 생을 원하는 곳에서 지낼 수 있게 내버려두니까 얼마나 좋아.'

그때 엠마뉴엘은 그리 멀지 않은 중국가게에서 나오는, 눈에 익은 몸매의 여자를 발견했다. 그녀는 마치 구조 요청을 하듯 그녀를 향해 외쳤다.

"비!"

젊은 여자가 뒤로 돌아서며 놀란 표정과 함께 반가운 기색을 내비쳤다. 그녀가 자동차 가까이 오자 엠마뉴엘이 말했다.

"당신을 찾고 있었어요."

말을 던져놓고 보니 엠마뉴엘은 실제로 자기가 그랬다는 걸 깨달았다.

"그러셨군요. 참 운이 좋으시네요, 저를 여기서 찾으시다니. 왜냐하면 제가 이쪽으로는 잘 안 오거든요." 비가 농담으로 받았다.

'그럼 그렇지. 내 말을 안 믿고 있는 거야.' 엠마뉴엘은 슬픈 생각이 들었다.

"괜찮으시면 우리 점심이라도 함께 할래요?" 엠마뉴엘이 갑자기 너무 기도하는 목소리로 제안을 하는 바람에 비는 선뜻 대답하지 못하고 있었다. 엠마뉴엘이 다시 말을 이었다.

"좋은 생각이 났어요! 우리 집으로 같이 가요. 먹을 게 아직 가득 남아 있고, 우리 집이 어딘지 아직 모르시니까."

"그보다 이곳의 토속적인 명소를 제가 안내해드리는 건 어떠세요?" 비가 새로운 제안을 했다. "여기서 아주 가까운 곳에 정말 태국적인 분위기의 조그만 식당이 있는데. 제가 거기로 초대할게요."

"아니, 아니에요! 거긴 다음에 가고, 이렇게 만났으니 제가 집으로 모시고 싶어요."

"정 그러시다면……."

비는 할 수 없이 자동차 문을 열고 엠마뉴엘 옆자리에 앉았다. 얼굴이 환해진 엠마뉴엘은 갑자기 욕망에 대한 확신과 사랑하고 있는 대상에 대한 자부심이 남다른, 그러니까 자기 사신을 되찾은 느낌이었다. 그녀는 감정을 애써 숨기거나 그리운 것을 잠자코 기다리기만 하는 사람이 아니었다. 그래도 그녀는 기뻐서 목이 터져라 소리치고 싶은 걸 겨우 참았다. 그리고 교통이 혼잡하기 이를 데 없는 도심을 막무가내로 가로질렀다. 그녀의 머릿속에서 희망의 노래가 울려 퍼졌다.

'아, 나의 견고한 대지여! 날개를 단 외침으로 나를 부르는, 아, 그대 나의 아름답고 부드러운 대지여! 날개를 단 외침으로 나를 부르는, 아, 나의 아름답고 부드러운 대지! 나를 부르는 약속의 해안! 아, 나의 아름다운 사랑! 아름다운 나의 대지여, 나의 해안이여, 나의 날개여!' 그녀는 파도에 젖어 무거운 머리카락을 좌우로 흔들며 조난당한 여자의 나른한 몸짓으로 두 팔을 뻗었다. 그리고 행복에 겨운 오열을 토해내며 부드러운 대지에 입을 맞췄다. 결국, 결국에! 머리카락이 온통 젖은 그녀를 파도가 대지 위에 내려놓았고, 그녀를 품은 대지는 너무나 다정했다. 대지는 목이 마른 그녀의 가슴, 발가벗은 그녀의 다리에게 너무나 다정하였고, 내맡겨진 그녀의 육신을 너무나 상냥하게 맞이했다. 이 세계에서 저 세계로 가라앉아버린 이후, 배웠던 것과 잊어버린 모든 것들이 팔월 여름밤의 마법 속에서는 아무런 의미가 없었다. 영원한 새벽노을이 그녀의 입술을 금빛으로 물들였다.

비는 그녀를 감탄스럽게 바라보면서도 적잖이 당황스러워했다.

현대적이고 우아한 실내 장식이 비의 마음을 끌었다. 그녀는 엠마뉴엘이 파리에 있을 때 익힌 일본식 꽃꽂이들 앞에서 찬사를 아끼지 않았다. 도자기로 만든 가구들, 산호와 조가비들로 채워진 석조 소반과 함께, 거실 한가운데 매달아놓은 커다란 철제 풍경(風磬)이 나뭇잎 모양의 괴상한 쇳조각들을 부딪치며 달그랑거리고 있었다. 좀 거추장스러우면서도 도발적인 장식이었다. 두 사람이 간단하게 점심을 차려 먹는 동안, 기쁨으로 가득한 엠마뉴엘의 시선은 비에게서 떨어질 줄 몰랐다. 식사를 마치고 난 뒤, 햇살이 무척 뜨거웠음에도 그녀들은 정원을 둘러보았다. 엠마뉴엘은 비의 손을 잡고 꺾꽂이해놓은 화분들을 지나며, 나중에 관목들이 꽃을 피우고 난 다음의 아름다운 광경을 비가 짐작할 수 있도록 설명해주었다.

엠마뉴엘이 줄기가 긴 장미 한 송이를 꺾어 비에게 건네자 비는 손가락으로 붉은 꽃잎 한 장을 걷어내 자기 뺨에 붙였다. 엠마뉴엘은 입술을 가까이 가져가 장미 위에 포갰다.

집 안으로 들어왔을 때 두 사람의 얼굴과 목은 땀에 흥건히 젖어 있었다.

"우리 샤워 한번 할까요?" 엠마뉴엘이 제안했다.

비는 좋은 생각이라는 표정을 지어 보였다.

엠마뉴엘은 자기 방에 들어가자마자 마치 옷에 불이 붙기라도 한 듯 황급히 옷을 벗어던졌다. 엠마뉴엘이 마지막 속옷까지 다 걷어냈을 때 비도 옷을 따라 벗기 시작하면서 말했다.

"몸이 어쩜 그렇게 예쁘세요!"

그녀가 단추를 천천히 풀며 블라우스를 벗으니 속은 엠마뉴엘처럼 브래지어를 하지 않은 맨살이었다. 엠마뉴엘은 참지 못하고 감탄사를 터뜨렸다. 비의 상체는 남자의 가슴이나 다름없었다.

"보세요, 제 가슴은 이렇게 밋밋하답니다."

하지만 비의 표정엔 수치스러운 기색이 전혀 없었다. 오히려 그녀는 엠마뉴엘이 놀라워하는 모습을 즐기는 표정이었다. 엠마뉴엘은 아직 사춘기에도 이르지 않은 것 같은, 조그맣고 창백한 유두를 유심히 살펴보았다. 비가 별로 심각하지 않은 말투로 물었다.

"어떠세요, 미워 보여요?"

"천만에요! 오히려 근사한걸요!"

엠마뉴엘이 너무나 열렬한 어조로 외치자 비가 다정한 미소로 화답했다.

"엄격하게 봐주셔도 저는 괜찮은데. 부인은 정말 멋진 가슴을 하고 있잖아요. 저하고 너무 대조적이지 않아요?"

엠마뉴엘은 열광적이고 확신에 찬 언사를 늘어놓았다.

"가슴이 크다고 해서 뭐 그리 대단할 게 있나요? 잡지 표지에나 실리면 모를까. 그런데 당신은 다른 여자들하고 다르잖아요. 정말 예뻐요!"

그녀가 어조를 약간 줄여서 계속 말했다.

"이렇게 흥분하게 만드는 젖가슴은 난생 처음이에요. 괜히 웃으라고 하는 말 아니에요."

"사실 저도 참 재미있다고 생각해요." 단추를 끌러 치마가 바닥으로 흘러내리게 두면서 비가 말했다. "아마도 가슴이 그냥 작은 건 저도 원하지 않을 거예요. 그런데 가슴이 아예 하나도 없는 모양은 유머러스하게 보이잖아요(그녀는 갑자기 수다스러워졌다. 엠마뉴엘은 비가 그처럼 말을 길게 하는 모습을 본 기억이 없었다)? 가슴이 커지기 시작하는 걸 보면서 얼마나 오랫동안 조마조마하며 지냈는지, 전 마치 저의 모든 개성을 다 잃어버리는 줄 알았다니까요. 그래서 매일 기도를 했죠. '하나님, 제발 진짜 젖가슴이 나오지 않게 해주세요!' 제가 얼마나 얌전하게 굴었던지 그분께서 기도를 들어주셨지 뭐예요!"

"운이 좋으셨구나! 그 젖가슴이 커졌다면 얼마나 끔찍했겠어요. 전 지금 그대로가 너무 좋아요!"

엠마뉴엘이 보기에는 비의 다리 또한 놀라울 정도로 아름다웠다. 사실적이라고 하기에는 좀 어울리지 않는, 패션 디자이너의 밑그림에서 나온 듯 순수한 각선미였다. 그리고 좁은 엉덩이와 늘씬한 몸매는 그녀의 기품 있고 우아한 분위기를 더해주었다. 무엇보다도 엠마뉴엘을 놀라게 한 것은, 비가 팬티를 벗었을 때 드러난, 털을 깨끗이 밀어낸 음부의 모양이었다. 아랫배 부분에서 도드라져 나온 여성의 성적 징후가 그처럼 부피감 있게 잘 빚어져 있는 걸 여태까지 본 적이 없었다. '이 세상에서 이보다 더 고상하면서도 도발적인 음부가 있을까?' 엠마뉴엘은 생각했다. 음모의 부재로 드러난, 깊고 또렷하게 파인 성기의 틈새는 위쪽을 향해 높이 오르며 바라보는 시선과 솔직하게 마주하고 있었다. 온몸이 골고루 그을어 있는 것으로 보아 그녀가 선탠을 완전히 나체로 한다는 사실을 알 수 있었다. 여성성이 대담하게 드러난 하체와 미소년 같은 상체의 대비는 남녀 양성의 누드를 떠올리게 했다. 그것은 도전적인 느낌을 자아내는 육체였다. 비의 우아한 매력이 지닌 성적 거리감에도 불구하고 하복부의 매끈하게 솟은 음부는 매우 육감적이었다. 마치 상대방을 맞이하며 앞으로 달려 나가는 듯한 그 모습을 보며, 엠마뉴엘은 누군가의 손에 의해 자신의 음부가 파헤쳐진 느낌을 받았다. '지금 당장 그녀가 내게 몸을 줘야 하는데, 저 관능적인 구멍이 나를 향해 열려야 하는데, 아, 저 구멍!' 그녀의 구멍을 보며 엠마뉴엘은 전율에 휩싸였다. '살아 있는 산호로 감아 올린 저 구멍, 저 아름다운 구멍! 그것은 우주가 만들어낼 수 있었던 모든 육신 중에서 가장 아름다운 곳이야. 이 지상이 빚어낸 생명의 걸작…… 그보다 더 사랑받아야 할 것은 아무것도, 아무 데도 없어.'

그녀가 원하는 것을 말하려는 그 순간, 비가 욕실 쪽으로 몸을 돌리며 말했다.

"샤워하러 가자면서요?"

엠마뉴엘은 이제 괜히 아닌 척할 필요는 없겠다는 생각이 들어 단도직입적으로 비에게 명령을 내렸다.

"침대로 가요."

비가 문 앞에서 약간 머뭇거리다가 웃음을 터뜨렸다.

"아니, 저는 몸을 식히고 싶지 잠자고 싶지는 않은걸요."

엠마뉴엘은 그녀가 정말로 낮잠으로 받아들인 건지 아니면 순진한 체하는 건지 궁금했다. 비의 눈을 똑바로 쳐다보며 아무런 암시도 찾지 못한 엠마뉴엘은 실망한 표정을 지었다. 하지만 곧 비 곁으로 가 욕실 문을 열며 단호하게 말했다.

"우리 샤워하면서 사랑을 나눠요."

4

카바티나,
또는
비의 사랑

멈추어라 순간이여, 그대는 너무나 아름답구나!

괴테, 『파우스트』

그대 몸의 흔적이 내 곁에 남아 있도록,
구겨지고 흐트러진 침대와 뒤엉킨 이불을 나는 그대로 놔두리라.
내일까지 나는 몸을 씻지도, 옷을 걸치지도, 머리조차 감지 않으리라.
그대의 손길이 행여 지워질까 봐.
오늘 아침 나는 아무것도 먹지 않고,
저녁엔 립스틱도 분도 바르지 않으리니
행여 그대의 입맞춤이 지워질까 두려워라.
내려져 있는 덧문 그대로 창을 열지 않으리니
내 곁에 남은 추억이 행여 바람에 날아갈까 두려운 까닭이다.

피에르루이스, 『빌리티스의노래』 중 〈살아있는추억〉

욕실에는 세 종류의 샤워 시설이 있었다. 천장에 설치된 것과 벽에 설치된 것, 고리 모양의 긴 호스를 손에 쥐고 원하는 방향으로 사용할 수 있는 것 들이었다. 고정된 두 샤워기의 물이 교차하는 지점에 나란히 선 두 여자는 갑작스런 찬물에 소스라치며 소리를 질렀다. 엠마뉘엘은 머리가 물에 젖지 않게 하려고 위로 틀어 올려 당고머리를 했는데, 그러자 그녀는 비와 키가 같아 보였다.

그녀는 비에게 슬라이딩 행거 샤워기가 어디에 쓰이는지 보여주겠다고 제안했다. 오른손으로 호스를 잡은 엠마뉘엘은 왼팔로 비의 허리를 휘감은 다음 다리를 벌리라고 명령했다. 비는 그녀의 말을 순순히 따랐다. 엠마뉘엘은 아래에서 위로 비스듬히 미지근한 물을 뿌리며 점점 비의 음부 쪽으로 가까이 다가갔다. 그리고 가운데 부분을 향해 집중적으로 물을 뿌렸다. 규칙적인 동작이 때로는 손을 떨듯, 때로는 소용돌이치듯 했다. 그녀는 이미 그 유희를 잘 알고 있었다. 이제 물은 다리 사이로 폭포처럼 쏟아져 내리고 있었다. 엠마뉘엘이 눈을 들어 물었다.

"좋아요?"

비는 느닷없이 웬 질문이냐는 표정을 지으며 잠시 머뭇거리다가 고개를 끄덕였다. 그러다가 곧바로 실토했다.

"네, 정말 좋아요!"

자신에 찬 손놀림으로 계속 샤워기를 다루며 엠마뉘엘

은 상체를 기울여 그녀의 작은 젖꼭지 하나를 입으로 물었다. 그때 비가 한 손을 엠마뉴엘의 머리 위에 놓았다. 그녀를 밀어내려는 걸까? 아니면 더 가까이 끌어안으려는 걸까? 엠마뉴엘은 장난감 인형 같은 그녀의 젖꼭지를 입술로 꽉 조이며 동시에 혀끝으로 자극을 가했다. 금방 단단해진 젖꼭지가 두 배로 커졌다. 엠마뉴엘은 어깨를 바로 세우며 의기양양한 투로 말했다.

"거 봐요……."

그녀가 말을 하다가 말았다. 비의 얼굴에서 평온하던 표정이 사라져 있었던 것이다. 아름다운 그녀의 눈은 더욱 커졌고, 입술은 두께와 윤기를 더하고 있었다. 지금까지 엠마뉴엘이 알고 있던, 어린애처럼 순하게만 보였던 그녀의 얼굴은 놀라울 정도로 아름답고 강렬했다. 그녀는 한마디 소리도 없이, 한 치의 전율도 없이, 또 쾌락의 격렬한 자극으로 인한 어떠한 몸의 반응도 보이지 않은 채 오르가슴에 이르고 있었다.

비의 절정이 너무 오래 이어지자 엠마뉴엘은 그녀가 지금 옆에 누가 있는 걸 잊어버린 게 아닌지 의심스러웠다. 그러나 차츰 비의 경이로운 표정이 걷히기 시작했고, 엠마뉴엘은 그처럼 관능적인 모습이 지속될 수 없다는 사실이 슬펐다. 그녀는 비의 얼굴을 통해 목격한 신기한 변모에 주눅이 들어 감히 말을 꺼낼 생각을 못하고 있었다. 마침내 비가 그녀를 보며 웃음을 지었다.

엠마뉴엘이 두 팔로 비의 목을 감싸며 입술을 포갰다. 비의 몸이 그녀에게 바짝 달라붙었고, 그녀는 쾌락의 신음 소리를 냈다. 물기에 젖은 두 여자의 신선한 느낌, 그 자체가 애무였다. 엠마뉴엘은 비를 힘껏 껴안으며 자신의 음부를 그녀의 음부에 맞대고 천천히 문질렀다.

비는 엠마뉴엘이 어떤 쾌락을 찾고 있는지 짐작해 보았다. 그리고 그녀의 허리를 쓰다듬으며 엉덩이를 부드럽게 눌러주다가 자기 쪽으로 바짝 당겼다. 벌어지는 엠마뉴엘의 입 속으로 이국의 과일처럼 달콤하고 즙이 흥건한, 아주 독특한 맛이 밀려들었다. 그녀가 품고 있던 비의 아름다운 몸속으로 솟구치는 오르가슴을 느끼자, 엠마뉴엘은 온 힘을 다해 그녀를 도와주었다. 그리고 그녀의 입술 사이로 새어 나오는, 사랑의 속삭임을 들었다.

"엠마뉴엘은 지적인 데다 뭐든지 알고 싶어 하고, 항상 명랑한 여자야. 하지만 연유로 그 여자와 결혼한 건 아니지."

지프차 안에서 장이 크리스토퍼에게 말했다. 차는 붉은 바퀴 자국을 남기며 달리고 있었다. 땀이 두 사람의 살을 끈적거리게 했고, 후덥지근한 공기가 목을 타게 만들었다. 그들이 작은 다리를 지날 때 어린아이들이 깔깔거리며 물장구를 치고 있었다.

"저기 좀 봐. 영화 속에 나오는 동양의 풍경 같지 않아?"

장이 엔진을 껐다. 두 남자는 냇가로 내려가 찬물로 얼굴을 적셨다. 그들을 본 아이들이 깡총거리며 환성을 지르고 손가락을 겨누며 재잘거렸다.

"파랑! 파랑!"

"뭐라는 거예요?" 크리스토퍼가 궁금해서 물었다.

"그냥 '유럽사람! 유럽사람!' 하는 거야. 우리 아이들이 '동양사람! 동양사람!' 하는 것처럼."

그때 물에 젖은 까만 머리가 어깨까지 출렁이는 한 여자아이가 무리에서 벗어났다. 그러고는 땅에 떨어져 있던 감청색 사롱을 집더니 호박빛 허리에 질끈 동여맨 다음 그들이 있는 곳으로 왔다.

"단 약 수 솜―오 마이 짜?" 소녀가 매혹적인 미소를 이방인들에게 건네며 물었다.

"우리한테 뭘 원하는 건지 모르겠는데." 장이 크리스토퍼에게 말했다.

소녀는 손짓으로 빵나무 그늘 아래의 커다란 과일이 담긴 바구니를 가리켰다.

"아, 알겠어. 우리한테 포멜로를 하나 사 먹으라는 거군. 나쁘지 않은 생각인데."

장은 소녀를 향해 고개를 끄덕이며 태국말로 대답했다.

"아오 코 다이!"

바구니가 있는 곳으로 달려간 아이는 머리보다 더 큰 과

일을 하나 들고 왔다. 그러고는 손을 들어 다섯 손가락을 펴 보였다.

"하 바트."

"그래, 알았어. 귀여운 것."

아이는 장이 건네준 오 바트짜리 지폐를 열심히 살펴봤다.

"자, 우리 이제 계산은 분명하게 된 거지?" 장이 아이에게 물었다.

"카!"

여자아이는 서로 다른 언어로 나누는 대화를 전혀 어색해하지 않았다. 크리스토퍼가 옆에서 놀라는 표정을 지었다.

"저 애가 불어를 배운 걸까요?"

"꿈도 못 꿀 일이지. 그렇나고 간단한 대화 정도도 못할 건 없잖아."

아이가 과일을 자기 얼굴 높이로 들어 올리며 물었다.

"폭 하이 마이 짜?"

장이 팔을 벌리며 무슨 말인지 모르겠다는 시늉을 했다. 그러자 아이가 한 손으로 허공에 오돌토돌한 껍질을 동그랗게 그린 다음 자르는 흉내를 냈다.

"아, 그래 주면 정말 고맙겠구나."

아이는 바구니가 있는 곳으로 돌아가 곡선으로 날이 잘 선 청동 칼을 집더니 땅바닥에 앉았다. 그러고는 책상다리를 하느라 팽팽해진 치마폭 위에 자몽을 올려놓고 깎기 시작했다. 두 남자도 아이를 마주 보고 풀 위에 자리를 잡았다.

"선배님 말대로 엠마뉴엘의 지적인 매력 때문에 결혼한 것이 아니라면 아름다운 외모 때문인 것 같은데, 맞나요?"

"아마도. 하지만 그것만으로는 내 마음을 사로잡지 못했을걸?"

"그렇다면 도대체 무엇에 끌린 거죠? 살림하는 재주가 뛰어나나요?"

"아니. 육감적인 재능. 이 세상에서 그녀처럼 섹스를 좋아하는 사람을 본 적이 없어. 게다가 아주 잘하거든."

크리스토퍼는 충격을 받았다. 그런 유형의 경험 고백이 탐탁지는 않았지만 그다음 내용이 무척 듣고 싶었다.

"참 운이 좋으시네요." 그는 애써 태연하게 말을 받았다. "반면 감수해야 할 위험도 있지 않겠어요? 그…… 뭐라고 하셨더라? 그분이 가지고 있는 재능 말이에요. 다른 사람들이 그걸 눈치채면 마음이 혹해서 이용하려 들 수도 있죠. 선배님 대신 그분을 차지하려고."

"나한테 속하지 않는 것을 누군가 나 대신 차지하면 안 된다는 건 어폐가 있는 말이야." 장이 확신에 찬 어조로 반박했다. "그 여자는 내 재산이 아니잖아. 나한테 속한 아름다움도 아니고."

크리스토퍼가 제대로 이해 못하겠다는 표정을 짓자 장이 덧붙였다.

"난 그 여자를 가둬놓으려고 결혼한 게 아니야."

여자아이가 두 손바닥으로 자몽 조각을 받쳐 내밀었다. 장은 고개를 숙여 감사의 표시를 한 다음 한 조각을 집어 입으로 가져갔다.

"자넨 안 먹어?"

크리스토퍼는 무의식적으로 한 조각을 집기는 했으나 물끄러미 바라보고만 있었다. 장이 말을 이었다.

"엠마뉘엘과 나는 세상을 궁금해하는 사람들이야. 그래서 늘 더 많이 알고 싶어 하지."

제풀에 웃음을 터뜨린 그가 다시 힘찬 어투로 말했다.

"할 게 얼마나 많은지 몰라!"

그러고는 아이의 손에서 다른 한 조각을 집어 들며 결론을 내렸다.

"각자 나름대로 작업을 해야 할 구실이 충분한 거지."

장의 대답이 충분치 않다고 여긴 크리스토퍼가 따지고 들었다.

"애정의 자질을 언급하기 전에 엠마뉘엘의 지성에 대해 말하셨죠. 선배님께 그 지성이라는 의미는 어떤 건가요?"

장은 즉흥적인 대답을 위해 머릿속으로 여기저기 필요한 내용들을 끌어 모으고 있는 듯이 보였다.

"글쎄, 말하자면, 다른 사람들이 이미 찾은 것들과는 다른 뭔가를 찾는다든지, 독단적인 논지를 적절한 순간에 딱 잘라버릴 줄 안다든지 하는 능력이 아닐까? 판에 박힌 생각에 맞서고, 유행이나 규범을 지나치게 따르지 않는 태도 같은 것. 따라서 지성이란 우리를 획일적인 구호나 명령, 금지사항, 깃발, 행렬, 십자군운동, 그런 모양들로부터 벗어나게 해주는 것이지. 다시 말해 환호성이나 야유 같은 건 자제하며 지내라고 우리한테 조언하는 그런 것 아니겠어?"

"그 참, 죄다 경험주의적인 것들이네! 지적인 여자, 예를 들어 선배님의 부인 같은 여자를 과학적으로 어떻게 파악하는지 말해주시면 안 됩니까?"

"그녀는 내가 보는 것은 보지 않고, 내가 믿는 모든 걸 믿지는 않아."

크리스토퍼는 별로 달갑지 않다는 듯이 투덜거렸다.

"그만두는 게 낫겠어요! 선배님은 내가 객관적인 걸 요구하면 여성해방론자가 되니까 말입니다."

그는 자신의 '여성해방론자'라는 말이 장의 신경을 날카롭게 만든다는 걸 알고 있었다. 아니나 다를까, 장이 본격적인 변론에 나섰다.

"내가 아는 바로는, 남녀 간의 불평등 같은 건 진짜 문제가 아니야. 원래 성별에 관한 논쟁은, 집안에서 설거지 배분을 놓고 일어나는 상황보다 더 괴롭고 오래된 역사에서 기인하지만, 갈등의 부분적이면서도 지엽적인, 그리고 부차적인 양상에 불과해. 과거 어느 때보다 더 우리가 실감하고 있는,

오히려 열역학 법칙 쪽에서 우리 같은 패거리에 질려버릴 때까지 논란을 일으키는 그런 사소한 갈등 같은 거지."

"아, 그럼 당장에 진짜 문제를 다뤄보시죠."

"그건 바로, 두 발 달린 짐승이 두 가지 형태의 세계로 나눠지는 문제야. 어떤 상품의 매출액이 무한집합 이론하고는 한참 거리가 떨어져 있는 것처럼, 멀고도 양립 불가능한 두 세계. 한쪽에는 권위의 세계가 있고, 다른 한쪽에는 모험을 즐기는 남녀의 세계가 있어. 권위의 세계에선 사람들이 관습을 부과하고 또 미리 설정된 도덕적 질서를 그대로 유지하기 위해 케케묵은 권력을 사용하지. 누구에 의해서 미리 설정된 건지 아무도 모르니까 아주 잘됐지 뭐야. 지배계층의 현학적 무리들에게는 그것이 절대적이고 영원한 질서라고 우길 수 있게 해주거든. 그래서 교황들이 신의 역할을 대신 맡게 된 것 아니겠어?"

"제신(諸神)들은 유죄 선고를 받은 소수계층이었잖아요. 현대로 계승된 그들의 대리인도 마찬가지고요. 근데 그들의 숫자를 보면 무신론자들의 수에 비해 아무것도 아닙니다. 무한집합에 맞선 엡실론(수학에서 불특정한 거리를 나타내는 기호―옮긴이)이나 다름없죠."

"틀렸어!" 장이 강력히 반발했다. "왜냐하면 지배자들에게 복종하는 하층민들이 반동분자라 할 수 있는 사람들보다 훨씬 더 큰 무리를 이루고 있으니까. 기가 막힌 건, 기꺼이 복종하고, 행렬에 맞춰 걸어가는 걸 너무 좋아하고, 교리를 따르고 흉내 내고 보존해야 한다는 주장을 되풀이하는 군중이 존재한다는 사실이야. 적어도 그렇게 행렬을 따르고 있는 군중이 초상을 치르고 있는 중이라면 모를까! 게다가 다른 입장을 보이면서 자기들과 어울리지 않는 사람을 만나면 그치들은 아주 진저리를 치거든. 우두머리들의 권능이 규율이라는 서글픈 형색 위에 놓여 있는 거지. 그리고 순진한 민중들은 요즘보다 옛날이 모든 면에서 더 나았다는 말을 들으며 슬퍼한단 말이야. 자네는 왜 수억 명에 달하는 울보들이 직접 가서 눈으로 확인해보려고 하지 않고 그냥 믿어버리는 편을 택하는지 나한테 좀 설명해줄 수 있겠나?"

크리스토퍼는 멍한 표정으로 마지막 과일 한 조각을 깨물고 있었다. 그렇다고 해서 그의 명쾌한 사고가 흐트러진 건 아니었다.

"저는 알아보려고 하지 않는 사람들의 불행을 불쌍히 여기지 않습니다. 세상 누구도 태어났을 때보다 더 바보스럽게 죽어야 할 이유는 없으니까요."

"아니, 있어!" 장이 한숨을 내쉬었다. "우리, 시골까지 와서 정치 얘기는 하지 말자고. 그리고 자몽을 혼자 다 먹지 마."

하지만 크리스토퍼는 입 속의 과일을 다 삼킨 다음 다시 주제로 되돌아왔다.

"그러니까 엠마뉘엘은 이해하길 좋아하는 여자 부류에

속한다는 얘기죠? 다시 말해 선배님이나 저하고 다를 바 없는. 그럼 특별한 게 하나도 없군요."

"하나도 없지, 그럼." 빈정거리는 말투의 장은 갑자기 우위를 차지하려고 애쓰는 듯 보였다. "만약 그녀가 지식을 다른 세계에서 온 것으로, 아니면 다른 세계에서 오게 될 것으로 여기지 않는다면 말이지. 그리고 그녀는 지식이란 게 무슨 노숙자들을 위한 무료급식처럼 성직자나 선동가들, 아니면 군인들에 의해 무료로 자신에게 배급되어지길 바라는 사람이 아니야. 그리고 죽을 뻔했지만 좋았던 그 시절을 그리워하는 나와 자네와는 달리 추억에 연연하지 않아. 그녀는 자신이 애정 편력이 화려했던 선대의 할아버지들보다 더 부도덕하다고 여기지 않는 경향이 있어. 그리고 모든 면에서 자기가 더 행복하다고 생각하는 것 같아. 그렇지만 앞으로 맞이하게 될 남녀관계에 비해서는 훨씬 덜 행복할 거라는 확신을 가지고 있는 사람이야. 그녀는 적어도 앞으로 갖게 될 아이들한테서 뭔가를 배우기 위해 최선을 다하지 않을까 싶은데. 물론 거기에는 사랑이 포함돼 있겠지."

장은 잠시 호흡을 고른 다음 빈정거리는 투로 단언했다.

"이미 그녀가 알고 있는 주제이긴 하지만 빼놓을 수 없지!"

이상하게도 크리스토퍼는 계속 신경질적인 기색을 보였다.

"제가 보기엔, 만약 선배님이 아담이었더라도 처신을 더 잘하진 않았을 것 같은데요."

"아마 난 이브를 두둔하고 나섰을걸? 금단의 열매를 좋아하고 공공정원의 관리인들을 혐오하는 여자가 완전히 나쁠 수는 없는 거잖아."

아이들은 몸을 웅크린 채 둘러앉아 서로 팔꿈치를 쿡쿡 찌르며 두 사람의 대화를 조용히 듣고 있었다. 그러다 갑자기 뭐가 그리 우스운지 눈물이 날 정도로 깔깔대며 자리를 떴다.

"저 애들이 우릴 놀리는 것 같네요."

달콤한 과즙이 혀를 시원하게 만들어주었지만 크리스토퍼는 왠지 목이 갑갑했다. 그는 자신이 너무 소심했던 것에 대해 속으로 몹시 화를 냈다. '멍청한 녀석 같으니! 제일 중요한 건 물어보지도 않았잖아. 엠마뉴엘의 지적이고 철학적인 가치관만 실컷 들으면 뭐해. 난 그녀가 어떻게 섹스를 하는지, 그게 알고 싶었는데 말이야. 저 선배는 괜히 입에 군침만 돌게 만들고 오히려 갈증을 더 돋우어놓았군. 내가 좀 더 자세하게 말하도록 유도질문을 했어야 하는 건데. 엠마뉴엘이 어떤 식으로 선배를 만족시키는지, 그녀는 어떻게 쾌감을 즐기는지…… 자기 부인의 정신적인 아름다움을 나한테 늘어놓는 대신 그녀가 어떤 맛을 가지고 있는 사람인지 알려줬으면 좀 좋아! 그녀는 어떻게 자위를 할까? 선배가 보는 앞에서도 할까? 다른 사람들 앞에서도? 물론 펠라티오도 하겠지?

그녀는 정액을 받아먹을까? 일주일에 몇 번씩이나 할까? 하루에는 또 몇 번씩? 선배는 그녀에게 남자들의 정액 맛이 어떻게 다르냐고 물어봤을까? 지금까지 관계한 남자들 중 누구 것이 제일 좋았을까? 내 것도 한번 맛을 봐달라고 그녀에게 제안해봐야겠어. 내 것도 빨아달라고. 선배는 내가 그녀 몸에 손을 대지 않을 거라는 걸 알아. 어쨌거나 음부 속까지는, 아니면 완전히 들어가지는 않을 거라고 생각하겠지. 나는 그냥 살짝 열리게만 할 거야. 그러곤 아주 조금만 들어가지 뭐. 그저 귀두만. 안으로 쑥 들어가지는 않겠어. 즉시 그렇게 하진 않을 거라는 말이지. 입 속의 깊이보다 더 많이 들어가지 않는 게 좋겠어. 아주 조금씩만 점점 더 깊이 들어가볼 거야. 내 물건의 반 정도까시반. 3분의 2 이상은 아닐 거야. 아니면 그보다 아주 조금만 더? 내가 그녀의 후장으로 들어갈 때처럼 말이지. 내가 그녀와 섹스를 하게 되는 그날, 난 그녀의 후장 속으로도 들어갈 거야. 어쨌든 내 물건을 그녀 안으로 끝까지 집어넣더라도 그녀가 절정에 이르면 난 지체 없이 빼낼 거야. 그녀 안에 사정을 하지 않도록 조심해야 할 테니까. 그런데 또 안 될 건 뭐 있어? 엠마뉴엘이 장의 아이를 갖는 것하고 내 아이를 갖는 것하고 뭐가 다른데? 게다가 나하고 장이 매일 엠마뉴엘과 몸을 섞으면 조만간 임신을 하게 될 테고, 그럼 우리 셋 중에서 누구의 아이라는 걸 확신할 수 있는 사람은 아무도 없을 거잖아. 그게 중요한 문젠가? 물론 엠마뉴엘에게는 하나도 안 중요하지. 장은 훨씬 더 상관하지 않을 테고. 그럼 결국 나한테만 중요한 문제가 되겠군. 난 그녀가 내 정액으로 임신했으면 좋겠어. 그녀가 임신하게 된 걸 확실히 알기 전까지 장은 펠라티오만으로도 충분히 만족할 테고, 나는 아침저녁으로 그녀의 자궁 속에서 즐기면 되는 거잖아. 오늘부터 당장 그렇게 해야지. 조금 이따가, 집으로 돌아가자마자.'

그가 떠올리고 있는 다정한 장면들은 점점 더 확실해지면서 너무나 절박한 모습으로 다가왔고, 그걸 정신적으로나 물리적으로 거부하고 싶은 마음이 전혀 없었다. 그에게는 이제 더 이상 이전에 느꼈던 양심의 가책이나 죄책감에 대한 우려 같은 게 남아 있지 않았다. 오히려 반대로 그는 스스로를 격려했다. '이런 방식으로 선배의 아내를 생각하는 건 괜찮아.' 물론 또 다른 여자의 정부가 되는 자신의 입장을 상상한다는 게 그리 좋지만은 않을 거라는 사실을 크리스토퍼 자신도 알고 있었다.

장은 어떻게 생각할까? 그는 크리스토퍼가 엠마뉴엘과 성교하는 걸 좋아할지도 모른다. 자기보다 더 자주, 더 대담하게 해주길 바랄지도. '그는 엠마뉴엘하고 애널섹스를 하지 않을 게 분명해.' 크리스토퍼는 그런 확신을 가졌다. 다른 여자들하고 아주 가끔씩 애널섹스를 해봤던 크리스토퍼는 상대가 엠마뉴엘이라면 더 자주 하게 될 것 같았다. 장은 아내가 후배에게 가능한 한 최고의 쾌락을 주고, 또한 그녀가 쾌락을 엄청나게 많이 즐길 수 있도록 배려해주지 않을까? 그리고 그는 아마도 크리스토퍼가 엠마뉴엘의 아름다움과 육감과 사랑을 머리와 거기가 다 터질 정도로 즐기고 있다며 자랑스럽게 동네방네 소문을 퍼뜨리고 다닐 것이다.

그렇게 완벽한 조화는 지금까지 완벽하지 못했던 관계들을 완성시키게 될 것이라고, 크리스토퍼는 믿어 의심치 않았다. 장과의 동료애를 생각해보면 그동안 퍽 혼란스러웠다. 이제는 모든 게 정리되어 우정이라는 이름의, 훌륭하고 절대적인 질서를 갖추게 될 것이었다.

'자기 친구와 아내를 나누어 갖지 않으려는 남자는 정말 웃기는 친구잖아!' 자기논리에 사로잡힌 크리스토퍼는 결론을 내렸다. '그리고 자기 친구와 몸을 섞고 나서 임신한 아내에게서 아이들이 태어나는 걸 원하지 않는 남자가 있다면 그건 웃기는 아빠인 거라고! 장은 정말 멋진 사람이었지. 그와 만날 수 있었던 건 참으로 행운이었어.'

크리스토퍼가 지금 엠마뉴엘에 대해 느끼는 걷잡을 수 없는 욕망은 사실 그녀에 대한 애착 못지않게 가지고 있는 장에 대한 사랑에 기인하는 게 아닐까? 그런데 지금 크리스토퍼의 귓전으로 자몽 하나를 더 샀다는 장의 목소리는 얼핏 스쳐갈 뿐이었다. 그는 계속해서 운하의 수문과 킬로와트 같은 얘기를 늘어놓고 있었다. 크리스토퍼의 눈앞에서 소녀와 장의 모든 물리적인 형태와 존재, 그리고 정체성은 상실되어 버린 상태였다. 찌는 듯한 비탈 위에서 크리스토퍼의 눈에 보이는 것이라곤 엠마뉴엘의 탄력 있는 엉덩이와 복부의 매혹적인 맨살뿐이었다. 그리고 발기되고 있는 자신의 음경만 느끼고 있었다.

장은 다시 길을 떠나야 할 시간이 되었다며 풀쩍 일어섰고, 그제야 크리스토퍼의 흰색 아마포 반바지 안쪽에서 벌어진 광경을 알아챘다. 그는 입을 동그랗게 모으며 놀란 표정을 짓다가 웃음을 터뜨렸다.

"세상에! 난 자네가 이런 취향을 가진 친구인 줄 몰랐네. 앞으로 두 번 다신 소녀들이 있는 곳으로 데려가지 말아야겠는걸. 여기 증인도 있어, 이 사람아."

여자아이는 지금 상황이 어떻게 돌아가는지 도무지 감을 못 잡고 있는 표정이었다.

"아이들이 좀 더 익을 때까지 기다려야 하지 않겠어? 이 아이는 아직 여덟 살도 안 돼 보이잖아!"

엠마뉴엘은 손님의 몸에 비누칠을 했다. 숙련된 솜씨로 다리 사이로 손을 밀어 넣자 비가 흠칫 물러섰다.

"엠마뉴엘…… 쉴 새 없이 이러면…… 다시 기운 좀 차리게 내버려둬요."

할 수 없이 비가 혼자 몸을 헹구고 물기를 닦아내도록 내버려두고 있던 엠마뉴엘이 다시 그녀의 몸을 어루만졌다.

"침대로 가요, 우리."

엠마뉴엘은 혼자 흥분해서 정신을 못 차릴 지경이었다. 그러자 비가 그녀의 눈썹 위에 입을 맞추며 말했다.

"당신 방으로 함께 가요."

엠마뉴엘은 커다란 침대 위에 비를 비스듬히 쓰러뜨렸다. 그러고 나서 그녀의 몸 위로 엎드린 다음 이마와 광대뼈, 목에 입을 맞추었다. 곧이어 귓불과 가슴을 가볍게 물어뜯었고, 카펫 위로 미끄러져 내려와 무릎을 꿇고 비의 발가벗은 배 아래에 얼굴을 묻었다.

"포근해요."

그녀는 신음 소리를 내며 음부의 탄력적인 두덩에다 뺨과 코, 입술을 비벼댔다.

비가 아무 움직임도 없고 소리도 내지 않자 엠마뉴엘이 걱정스레 물었다.

"이렇게 하니까 좋아요?"

"네……."

"비, 이제는 내 애인이 되어줄 거죠?"

"아…… 엠마뉴엘……."

비는 말을 하다 말고 엠마뉴엘의 풀어헤친 머리를 쓰다듬으며 기다렸다. 엠마뉴엘이 비의 다리를 양쪽으로 벌린 다음 사타구니 입구를 가볍게 스치는 동안 비는 한숨을 토한 뒤 두 팔을 툭 내려놓으며 눈을 감았다. 엠마뉴엘은 혀끝으로 마치 처녀의 성기처럼 좁고 깔끔한 그녀의 구멍을 건드리다가 음순의 가장자리를 따라가며 침으로 적셨다. 안쪽을 훑고, 음핵을 찾아내 빨다가는 혀끝으로 빠르게 두드리며 자극을 가하고, 침을 묻혀 마치 미세한 음경을 다루듯 입술로 머금고는 들였다, 내놓았다 하는 움직임을 반복했다. 그와 동시에 중지를 구부려 자신의 질 속에 밀어 넣고 다른 손은 비의 질 속에 집어넣었다. 축축한 손가락이 비의 음경을 휘젓고 다녔다. 비는 그녀의 손가락이 자신의 가장 좁은 입구를 수월하게 열 수 있도록 엉덩이를 들었다. 그제야, 비가 소리를 내질렀다. 엠마뉘엘이 집요하게 그녀의 음핵을 훑고 빠는 동안, 그리고 한쪽 손이 그녀의 입구를 오가는 동안 비는 내내 소리를 질렀다. 아마도 엠마뉘엘이 먼저 지쳐 떨어졌을 것이다. 그녀는 다시 비의 몸 위에 엎드렸다. 두 여자 모두 말할 기운도 남아 있지 않은 것 같았다.

한참 뒤, 엠마뉘엘의 간절한 만류에도 불구하고 비가 옷을 챙겨 입었을 때 그녀는 두 팔로 비의 목을 감싸며 말했다.
"한 가지 물어볼 게 있어요. 그 전에 우선 나한테 맹세해요, 진실을 말하겠다고."
비는 그러겠다는 표정으로 미소만 지었다.
"사랑해요, 비."
금빛 눈의 저 깊은 곳에서 비는 대답해야 할 말을 찾고 있었다. 엠마뉴엘이 기다리고 있을 진실을. 그런데 귀엽게 삐죽거리던 엠마뉴엘의 얼굴은 이미 심각한, 거의 비장한 느낌으로 변해 있었다.

"내가 얼마만큼 맘에 들어요? 아니, 잠깐, 우선 말이에요. 내가 당신의 다른 여자친구들만큼인지, 아니면 그녀들보다 더 마음에 드는지 알고 싶어요. 내가 그런 친구들만큼 당신을 기쁘게 해주고 있는 건가요?"

비가 이번에는 아주 시원스럽게 웃었다. 그러자 화가 난 엠마뉴엘이 다그쳤다.

"지금 날 비웃는 거죠?"

"내 말 좀 들어봐요, 귀여운 엠마뉴엘." 비가 그녀의 입술 가까이로 얼굴을 가져가며 속삭였다. "진짜 비밀을 하나 알려줄게요. 난 아직까지 우리가 오늘 한 것을 해본 적이 없답니다."

"샤워랑 침……"

"모두 다요. 당신이 말하는 그 다른 여자들과의 정사를 한 번도 해본 적이 없어요."

"세상에! 믿을 수 없어요. 당신 말을 못 믿겠다고요!" 엠마뉴엘이 이마를 찌푸리며 대들었다.

"믿어야 해요, 사실이니까. 그리고 다른 고백 하나를 더 하죠. 오늘 오후 이전까지, 내가 부인을 만나기 전까지 난 그런 짓을 좀 우스꽝스럽게 여기고 있었어요."

"하지만……" 엠마뉴엘은 어이가 없어서 말을 더듬거렸다. "그럼, 이런 걸 좋아하지 않았다는 말이에요?"

"한 번도 시도해본 적이 없었을 뿐이에요."

"어떻게 그럴 수가!" 엠마뉴엘이 너무 센 억양으로 말하는 바람에 비가 웃음을 터뜨렸다.

"왜? 내가 너무 경험 있는 여자처럼 보였나?"

나직하게 묻는 비의 목소리는 마치 공모자를 향한 빈정거림에 가까운 것이었다. 비의 입에서 그런 말투가 나오리라고는 예상도 못 한 엠마뉴엘은 당황했다. 그리고 비가 자기에게 반말을 했다는 걸 알아차렸다.

"근데 당신은, 아니 넌, 놀라는 표정이 아니었잖아."

"그랬지. 왜냐하면 너였으니까."

"뭐?"

엠마뉴엘은 잠시 생각에 잠겼다. 그런 다음 마치 꿈에서 깨어난 것처럼, 마치 이전의 대화는 모두 잊어버린 사람처럼 다시 질문했다.

"비는 날 별로 좋아하지 않았어?"

"아니, 많이 좋아해."

엠마뉴엘은 중요해서라기보다는 침묵이 이어지지 않도록 다른 질문을 던졌다.

"그러면…… 우리가 같이 한 게 마음에 들었던 거야? 만족스러워?"

비는 갑자기 무슨 결단을 내린 것 같은 표정을 지었다.

"이번엔 내가 널 품을게."

엠마뉴엘은 무슨 반응을 나타낼 시간조차 없었다. 비가 엠마뉴엘의 허리를 순식간에 잡아채 강제로 침대에 눕혀 버렸기 때문이다. 그러고는 마치 입을 맞출 때처럼 그녀의 성기를 애무하기 시작했다. 자신의 입술이 음부의 입술 위에 나란히 놓이도록 머리를 비스듬히 기울인 다음 혀를 내밀어 얌전하게 고랑 속으로 들어갔다. 갈 수 있는 만큼 최대한 멀리. 엠마뉴엘은 단 한 번의 격렬한 상승을 타고 사랑과 관능이 넘치는 세계로 휘말려 들었다. 그녀의 갑작스런 오르가슴에 놀란 비가 잠시 물러섰다. 하지만 엠마뉴엘이 계속 전율에 떨고 있는 걸 확인한 비는 다시 입을 갖다 대고 연인의 몸에서 흘러나오는 즙을 세심하게 핥았다. 몸을 다시 일으켰을 때 비는 웃으면서 말했다.

"내가 이런 샘물을 마시고 싶어 하는 날이 오게 될 줄은 몰랐어. 그런데 봤지? 지금 내가 이렇게 좋아하는 걸 말야."

전화벨 소리가 그녀의 고백을 중단시켰다. 마리안느가 집에 들르겠다고 예고하는 전화였다. 보통 때 같으면 반가워했을 엠마뉴엘은 느닷없는 상황에 곤혹스러웠다. 하지만 비의 쾌활한 언변 덕분에 엠마뉴엘의 찌푸린 이마는 곧 펴졌다. 두 사람은 가능한 한 마리안느와 마주치지 않기로 하고, 다음 날 아침 일찍 비가 엠마뉴엘의 집으로 오기로 했다. 엠마뉴엘은 운전수를 불러 그녀를 바래다주라고 말했다.

엠마뉴엘은 옷을 입을 필요도 없이 손님을 기다렸다. 놀라운 것은, 그녀가 지금으로서는 마리안느를 타락으로 끌어들일 마음이 하나도 없다는 사실이었다. 그녀는 자신의 감정을 숨기는 데 너무 서툴렀고, 영리한 마리안느는 금방 눈치를 채고 다그쳤다.

"무슨 일이야? 지금 막 청혼을 받은 소녀의 얼굴을 하고 있잖아."

엠마뉴엘은 고백을 피해가려고 애를 썼지만 결국 오래 끌지 못하고 말했다.

"네가 흥미로워 할 중요한 소식이 하나 있어. 놀랄 준비를 하는 게 좋을걸."

"임신했어?"

"그런 바보 같은 소리 하지 말고. 한번 맞춰봐."

"싫어. 그냥 네가 말해. 무슨 일을 꾸미고 있는 거야?"

"천만에. 그게 뭐냐 하면, 내가 비하고 사랑을 나눴다는 사실이야."

엠마뉴엘은 이 사실이 마리안느에게 어떤 충격으로 받아들여질지 몰라 전혀 안심이 되지 않았지만 솔직하게 털어놓았다. 하지만 마리안느의 반응은 예상 외로 무척 실망스러웠다.

"나한테 말하려고 했던 게 그게 다야?" 그녀가 무덤덤하게 물었다. "그렇게 오래 뜸을 들일만한 얘기가 아니잖아. 뭐가 흥미롭다는 거야, 도대체?"

"그 여자가 얼마나 매혹적인데! 혹시 네 취향에도 잘 맞지 않을까?"

마리안느가 어깨를 으쓱해 보였다.

"어쩜 이렇게 어설플까. 불쌍한 엠마뉴엘, 여자하고 같이 섹스하는 게 뭐 그리 대단한 건지 난 정말 모르겠어. 근데 넌 마치 멋진 솜씨라도 부린 것처럼 말하니까 우습잖아."

엠마뉴엘은 기분이 언짢았다. 게다가 죄책감마저 들기 시작하려는 찰나에 마음을 다스렸다. 자신이 왜 죄책감을 가져야 하는 건지 분명한 이유를 알고 싶었다.

"근데 넌 왜 화를 내는 거야? 내가 비하고 사랑을 나눈 것에 대해 무슨 불만이라도 있어?"

이때 마리안느의 단언이 결정적인 역할을 했다.

"여자하고는 사랑을 나누는 게 아니야."

"뭐?"

"사랑은, 남자하고 나누는 거라고."

그렇게 설명하고 나서 마리안느는 권위적이면서도 약간 싫증난 듯한 어투로 말을 이었다. "아직도 감을 못 잡고 있는 모양인데, 전에 내가 너한테 사랑이 뭔지 가르쳐줄 사람이 있다고 말했었잖아. 말로만 아무리 떠들어봤자 소용이 없으니, 내가 널 지체 없이 마리오에게 데려다주는 게 제일 좋을 것 같아."

마리안느는 머릿속으로 날짜를 가늠해보았다.

"오늘이 16일이고, 18일에 너도 대사관에 초대받았을 거야. 좋아 그럼, 만찬을 기회 삼아 내가 널 그 사람한테 소개시켜줄게. 만약 너하고 그 사람이 그날 저녁 당장 사랑을 나눌 수 있는 자리를 마련하지 못한다면, 다음 날이라도 마련하는 게 좋을 거야."

그녀는 더 이상 기다릴 수가 없었다. 등나무 안락의자에 무릎을 꿇고 앉은 엠마뉴엘은 방 안쪽의 발코니 창문틀에 팔꿈치를 기댄 채 얼굴을 괴고, 정원의 나무들 사이로 보이는 거리를 살펴보고 있었다. 조바심에 그녀의 입술이 떨리고 있었다. 비가 다시 올까? 어쩌면 엠마뉴엘을 보러 올 수 없게 되어 미안하다는 말을 하려는 참일지도 모른다. 그녀는 전화벨이 울릴까 봐 두려웠다.

하지만 오랜 시간이 지나고, 기다림이 너무 고통스러워지자 엠마뉴엘은 먼저 전화를 걸어봐야겠다고 마음먹었다. 거의 열두 시가 다 된 시각이었다. 비가 남겨놓은 번호로 전화를 걸었을 때 어떤 남자의 목소리가 들려왔다. 아마도 하인이었을 것이다. 그제야 엠마뉴엘은 깨달았다. 현지어도 할 줄 모르고 비의 본명도 모르면서 어떻게 그녀에 대한 문의를 할 수 있단 말인가? 그래도 혹시 하인이 그녀의 별명을 알고 있지 않을까? 엠마뉴엘은 시험 삼아 전화를 걸어보았지만 상대 쪽에서 자기 말을 이해했는지조차 짐작할 수 없었다. 결국 포기하고 말았다.

'비가 직접 전화를 받지 않았다면 그건 지금 이곳으로 오는 중이라는 얘기일 수도 있잖아? 그럼 조만간 도착하게 될 거야.' 엠마뉴엘은 다시 보초의 위치로 돌아갔다.

'만약 비에게 무슨 사고라도 생겼다면?'

'어쩌면 집을 못 찾아서 몇 시간 전부터 주택가의 미로 같은 길을 헤매고 다니는 건 아닐까? 그 길이 그 길 같은 데다가 길 이름이 죄다 태국어로 적혀 있으니 읽을 수도 없고, 비가 길을 잃어버린다 해도 이상한 일은 아니지.'

그러자 엠마뉴엘 안에서 바람보다 더 큰 목소리가 반발하고 나섰다.

'비는 일 년 전부터 방콕에 살고 있는데, 아무리 미로 같다고 해도 길을 헤맬 리가 없어. 불과 일주일 전에 도착한 나도 이제는 익숙해지기 시작했잖아?'

사실 비가 길을 완전히 잃어버릴 가능성은 거의 없었다. 늦게 도착할 수는 있을지 몰라도. 그녀는 두 시간 전에 이곳에 도착해 있었어야 했다.

'집을 못 찾으면 전화를 걸어 알리거나 찾으러 와달라고 부탁하면 될 걸 왜 안 하는 거지?'

'비의 집으로 찾아가볼까? 아, 참······.'

그녀는 비에게 주소를 물어본다는 걸 그만 잊어버렸다는 사실을 깨달았다. 미국대사관 해군 무관의 여동생. 그것만으로는 좀 막연했다. 어쨌든 그런 걸 물어보려고 대사관에 전화할 마음은 없었다.

'하면 또 어때! 아······ 근데 누굴 찾는지 이름은 말해줘야 할 거 아냐. 해군 무관도 여러 명일 텐데. 그나저나 문의는 어느 나라 말로 해야 하지?'

그때 엠마뉴엘에게 좋은 생각이 떠올랐다. 어제 비를 집에 데려다준 운전수! 엠마뉴엘은 흥분에 떨면서 그를 불러오게 했지만 집 안 아무 데도 없었다. 아마 점심을 먹으러 갔거나 아니면 어디 가서 바둑을 두고 있을 것이다.

'정말 멍청해! 왜 진작 그 생각을 못했을까? 아니면 마리안느에게 전화로 물어보기만 해도 될 텐데.'

하지만 그 생각을 떠올려놓고 엠마뉴엘은 회의에 잠겼다. 툭하면 빈정거리기 좋아하는 그 여자한테 사랑의 열정에 대한 보답은커녕 비가 약속도 안 지키고, 어제만 해도 다정한 연인처럼 굴던 사람이 하루아침에 돌변했다는 사실을 굳이 눈치채게 만들어야 할 필요가 있을까?

엠마뉴엘은 이제 비가 오지 않을 거라는 확신이 들었다. 오후가 되어도, 내일이 되어도 오지 않을 것 같았다. 어제는 자신의 마음보다도 강력한 매혹에 넘어갔지만 막상 엠마뉴엘 곁을 떠나서 생각해보니 그게 아니었을 것이다. 비는 엠마뉴엘은 물론 다른 여자들도 좋아하지 않았다. 터무니없는 유희에 벌써 싫증이 났고, 그녀가 말한 대로 '우스꽝스럽게' 보였을 것이다. 아니면 어떤 종교적 믿음이나 도덕적 판단이 방탕에 몸을 내맡겼던 자신을 회개하게 만들었는지도. 어쨌거나 엠마뉴엘은 그녀에 대해서 아는 게 하나도 없었다. 오빠 집에 살고 있는 걸 보면 남자친구도 없이 혼자 지내고 있을 거라는 정도. 여자 애인도 없다. 그건 너무도 확실한 사실이었다.

'그래도 만약에……' 이번에는 정반대의 가정이 머릿속에 떠올랐다. '사실은 비한테 다른 여자가 있는 건 아닐까? 어제 거짓말을 했을 수도 있잖아? 아니, 그럴 리가 없어.'

엠마뉴엘은 머리를 설레설레 흔들었다. 아니면 사귀는 남자친구에게 자신의 '실수'를 고백하자 질투에 사로잡힌 그가 화를 내면서 두 번 다시 그 공모자를 만나지 말라고 요구를 했다면?

'바로 그거야!' 엠마뉴엘은 그 추측을 믿어 의심치 않았다. 하지만 얼마 후, 엠마뉴엘은 그 확신마저 사그라드는 걸 느끼며 자신에게 가장 자연스럽게 보이면서도 제일 마음에 드는 가설로 돌아갔다.

'비는 분명히 어떤 여자한테 붙잡혀 있는 거야.'

이제 엠마뉴엘은 수수께끼를 밝혀냈고, 더 이상 걱정할

이유가 없다고 생각했다. 그녀가 다른 여자와 사랑을 나누느라고 늦었다고 치자. 그럼 나타나서 엠마뉘엘한테 할 수 있는 가장 좋은 변명은 어떤 것일까? 만약 엠마뉘엘에게 그런 기회가 주어졌더라면 약속 시간을 어길까 봐 최소한 머뭇거리기라도 했을까? 자신의 그러한 상황 분석에 스스로 고무된 엠마뉘엘의 마음속에 비에 대한 무조건적인 관용이 다시 일었고, 바람난 애인을 다정하게 맞이할 준비를 했다. 그녀는 비의 일탈을 통해 발견하게 된 사실들을 공유할 것이었다.

'내가 아무런 요구를 하지 않아도 내 아름다운 여인, 나의 부드럽고 아름다운 여인은 내게 모든 걸 다 말해줄 거야!'

느닷없이 더욱 분명해진 생각 하나가 머릿속에 떠올랐다. 당혹스럽긴 해도 지극히 당연한 그 생각을 왜 미처 못했을까? 엠마뉘엘은 갑자기 웃음을 터뜨렸다.

'누구랑 같이 있는 줄 알겠어. 세상에! 저 두 고약한 여자들이 아주 뻔한 속셈으로 날 우습게 만들려고 한단 말이지!' 그녀는 부드럽고 환한 표정을 지으며 마치 배신자의 귀에 대고 말하듯 작은 소리로 중얼거렸다.

"그럼 그렇지! 나의 아마존 공주님, 넌 지금 마리안느한테 안겨 있는 거야."

별안간 그녀는 자신의 이해심이 깊어지는 걸 느꼈다. 왜냐하면 그녀는 두 사람을 사랑하고 있었고, 아무리 사악하게 자신을 괴롭힌다 하더라도 비와 마리안느에게는 모든 걸

허용할 수 있었기 때문이었다. 특히 엠마뉴엘의 마음을 달래주고 매혹시킨 것은, 여성 간의 정사에 대해 그 두 여자가 내비쳤던 경멸이 단지 농담에 불과했다는 사실이었다.

'두 사람은 지금 뭘 하고 있을까? 어쩌면 샤워 장면을 재현하기 시작했을지도 몰라. 나의 비법을 훔쳐서 말이지!'

저 비밀스런 두 여인의 솜씨가 아무리 좋더라도 아직 배워야 할 것들이 분명히 남아 있을 것이었다. 담임선생보다 뭘 좀 더 안다고 해서 우쭐대던 초등학교 아이가 머지않아 입술을 초조하게 깨물게 되는 경우처럼. 실망감으로 어두워져 있던 엠마뉴엘의 눈동자가 금빛으로 반짝였다. 그리고 눈앞에서 벌어지는, 샤워를 마치고 난 후 마리안느와 비가 주도해 엮어가는 몽환극을 바라보았다.

'제일 경이로운 것은, 열네 살의 마리안느가 스물네 살의 비보다 더 큰 가슴을 가지고 있다는 거야. 마리안느는 지금 한쪽 젖가슴을 비의 구멍 속에 집어넣고 있을 거야. 틀림없어. 모양이 얼마나 뾰족하고 단단한지 혀보다도 더 깊이 들어갈 수 있거든. 내 것은 너무 둥글어서 얼마 못 들어가겠지? 결국은 나만 먼저 오르가슴을 느낄 테고. 그건 참 불공평한데…… 그래도 난 비하고 그렇게 시도해볼 거야. 좀 이따, 그녀가 여기 오게 되면. 그럼 나하고 한 것과 마리안느와 한 것과의 느낌이 어떻게 다른지 알게 되겠지.'

엠마뉴엘의 공상은 어렴풋한 기억들이 더해지면서 더

풍성해져갔다.

'마리안느의 젖꼭지는 자위할 때 검붉은 색이 돼. 비의 신선한 음순처럼 뜨겁고 검붉은 색 말이야.'

엠마뉴엘은 장면을 구성하느라 눈썹을 찌푸리며 고심했다.

'마리안느는 한 손으로 자기 음핵을 애무하고 있어. 다른 한 손으로는 뭘 하지? 비의 검붉은 젖꼭지를 주무르는 중일까? 아니, 난 알아! 그 애는 자유로운 손을 자기 입 안에 넣어 빨고 있어. 바로 전에 그 손을 비의 질 속에 넣어 흠뻑 적신 다음 빼냈거든. 아마 한 시간 동안은 충분히 그 점액을 빨아먹을 수 있을 거야. 게다가 다른 손도 마찬가지로, 손가락이 하나씩 차례로 비의 몸 안에 들어갔다 나왔으니 마리안느는 지금 애인의 즙으로 자신의 음핵을 적실 수 있는 거잖아? 그래서 내가 짐작했던 대로 그녀의 두 손은 자기 몸을 보살피느라 아주 바빠. 만약 그 애가 비를 오르가슴에 이르게 해줄 수 있는 젖가슴이 없었다면 진작 나한테 도움을 청했을 거야.'

그런데 두 여자가 자기들의 유희에 합류하도록 엠마뉴엘을 초대하지 않았다는 생각이 들자, 공상 속에서 두 여자와 즐겁게 뒤엉켜 있던 엠마뉴엘의 기분이 약간 상했다. 그녀는 자기가 만들어낸 격언에 더욱 어울리는 장면 구상을 통해 그 유감스러운 느낌과 용감하게 맞섰다.

상상력을 가진 자들만이 행복한 방식으로 사랑할 수 있다.

그것은 그녀 자신을 위해서는 물론이고 그녀가 사랑하는 남자 또는 여자들을 위한 행복의 방식이었다.

엠마뉴엘이 상상으로 그려내는 세 여자의 합체 속에서 행복을 만들어내는 것은, 몸짓의 호환성뿐만 아니라 정사의 현장에서 동등하게 누리는 희열이 아니던가?

'비의 음부는 이미 마리안느가 차지했으니 나는 그녀의 입을 성기라 생각하고 핥을 거야. 그리고 목 안을 질 깊숙한 곳의 맛있는 살이라 여기며 혀로 휘젓고 다닐 거야. 입 안의 침을 이미 내가 마셔봤던 그녀의 즙처럼 마실 거야.'

엠마뉴엘은 불규칙한 자신의 심장 박동소리를 들었다. 뛰는 속도가 빨라지고 있었다. 창틀에 기대고 있던 팔을 내린 다음 두 손을 나란히 아랫배 쪽으로 향했다. 그녀의 입에서 새어 나오는 한숨은 이전의 짜증스러움과는 사뭇 다른 것이었다. 그런데 그녀가 지금 공상 속에서 만들어가는 정사 장면은 마리안느와 비의 몸이 구별되지 않는 상태였다.

'예쁜 것! 난 너의 입김을 마시고 너의 뺨을 들이킬 거야. 암말의 몸빛 같은 너의 댕기머리 속에 나의 외침을 묻으며 두 팔로 너의 목을 감싸줄게. 너의 아랫배에서 나는 냄새에 코를 파묻고, 발가벗은 네 음부의 살을 모두 먹어버릴 거야. 그리고 짠 내 나는 너의 털과 달콤한 너의 목덜미를 깨물어줄게. 입으로 너의 엉덩이를 빨아들이며 입 안에서 다 녹여 버려야지. 그러면 복숭아 같은 맛이 내 입술 사이로 흐르지 않겠어? 그리고 활처럼 꺾인 네 허리에서 스며나는 땀방울을 핥아 먹어줄게. 손톱으로 너의 등을 할퀴고, 팔목으로 너의 허리를 조이면서 너를 타고 마구 달릴 거야. 다리 안쪽으로 너의 다리를 껴안은 다음 허벅지에 나의 온몸을 문질러줄게. 아이의 살결처럼 부드러운 너의 피부 아래서 팽팽해지는 모든 근육을 아주 곱게, 오랫동안 빨아 먹을래. 내가 너의 몸에서 널 완전히 비워내고 나면, 널 나로 채워줄 거야. 그럼 난 이제 누구를 사랑하고 싶어 하는지, 누구와 함께 있었으면 좋겠는지 더 이상 알 필요가 없잖아!'

엠마뉴엘은 한순간 내면의 눈부신 느낌에 어리둥절했다. 그러다 눈을 뜨고 다시 마주하는 나뭇잎과 꽃을 보며 웃었다. 목이 말랐다. 그녀의 갈증을 채워줄 수 있는 것은 오직 그녀가 베풀고, 나누고, 얻게 되기를 기다리는 음료, 그것뿐이었다. 엠마뉴엘은 우선 자신의 관점을 보다 더 명확히 정리해야겠다고 생각했다. 그것은 각자의 고유한 정체성과 입장, 그리고 기본적인 역할에 대한 분배를 완벽히 함으로써 마지막 장면을 조화롭고 논리적으로 마무리 짓기 위한 묘수였다.

'내가 비의 육신을 모두 마시고 나면 이제 그녀가 나의 입과 음부를 마실 수 있게 해줘야지. 그녀의 음부가 마리안느의 유방을 빠는 것처럼 그녀는 입으로 내 음부를 빨아먹게 될 거야. 마리안느가 그녀의 음부 속에서 오르가슴을 느끼게 될 그 순간에 나도 똑같이 비의 입 속에서 오르가슴을 느낄 거야. 그녀의 음순 속에서 마리안느의 순결한 젖이 흐르게 될 그 순간, 비는 내가 뿜어내는 가상의 정액을 삼키게 될 테지. 그처럼 뒤섞인 우리의 액체는 초인간적인 칵테일을 만들어내게 되는 거라고. 앞으로 우리 세 사람은 서로 대조를 이루며 헤어질 수 없게 된 만큼 집이든 연회장이든 그 혼합 음료만 마시며 지낼 거야. 우리는 모든 손님들이 그 신비로운 맛을 볼 수 있을 만큼 충분히 만들어 낼 수 있단 말이야. 이제 방콕의 공식 만찬에서는 누구나 할 것 없이 이브와 릴리트, 펜테실레이아(그리스 신화에 나오는 여전사 부족 아마존의 여왕—옮긴이)가 몸을 함께 섞어 만들어낸 감로주로 술잔을 채워야 해.'

엠마뉴엘은 이러한 예견이 계속 이어지길 바랐다. 적어도 오늘 아침처럼, 아랫배로 내려가 있는 자기 손이 오르가슴에 이르고 싶은 욕구를 완벽하게 이루어주기 전까지는.

아침을 먹는 동안 내내 크리스토퍼는 전날과 마찬가지로 한마디 말도 없이, 그리고 아무런 동요도 없이 엠마뉴엘의 음부에서 눈을 떼지 않고 있었다. 그 시선은 입술의 감촉만큼이나 부드러운 느낌으로 그녀의 몸을 깨워주는 것이었다. 그러나 의자에 앉은 다음부터는 다리의 각도가 벌어지지 않도록 신경을 쓰고 있었다. 장에게 충실하면서 소심하기도 한 그 남자가 그녀의 음순을 훔쳐보면서 괜한 욕구가 들도록 하고 싶지 않았다. 두 남자가 일을 나간 후 그녀는 자신의 수

줌음과 크리스토퍼의 은근한 성격을 평소보다 더 열렬한 모습으로 상상해보았다.

가상의 장면에 취해 있는 동안 그녀는 지금 비가 옆에서 지켜보고 있으면 얼마나 좋을까, 계속 생각했다. 안락의자의 유연한 등받이에 몸을 젖힌 채 그녀의 두 손은 질 안의 검은 건반 위에서 욕망의 꿈을 연주하고 있었고, 발꿈치를 기대고 있는 테라스의 나무 난간 아래 화단에서는 젊은 정원사가 재스민과 부처꽃에 물을 주고 있었다. 저렇게 잘 정돈된 화초들 가운데서 문득 버려져 있는 나의 알몸을 발견한다면 정원사는 어떻게 할까?

'비는 올 가망이 없고, 정원사 대신 크리스토퍼가 지금 저기 있다면……' 그녀는 한숨을 내쉬었다. '정말 유감이야…… 다음에 기회가 있겠지. 오늘은 그냥 여자들 사이에 있는 게 좋겠어.'

이제 비가 그녀에게로 올 차례였다. 엠마뉴엘은 그녀가 마리안느의 맛을 실컷 보도록 내버려둘 의향이 있었지만, 그렇다고 하루 종일 두 사람만 붙어 있으면 그것도 곤란한 노릇이었다.

그녀는 다시 한 번, 오랫동안, 온 힘을 다해 기다리고 있었다. 하지만 그녀가 체념하지 않으려고 애쓰던 노력은 점점 사그라들고, 엠마뉴엘은 결국 무력감과 고통에 휩싸였다. 알 수 없는 회한이 그녀를 엄습해왔다. 여태까지 자신을 지탱해주던 신뢰가 완전히 무너져버리자 그녀는 불길한 예감과 현기증에 사로잡혔고, 수난의 구렁으로 빠져들었다.

'비는 이제 다시 오지 않을 거야. 날 다시 보고 싶어 하지 않는 게 분명해. 이유야 아무렴 어때!' 무엇보다 중요한 건 버림받은 엠마뉴엘의 고독이었다. '내가 얼마나 좋아했는데!'

그녀는 마치 이곳까지 온 이유가 오직 비를 만나기 위해서였던 것 같은 느낌이 들 정도였다. 그녀는 첫눈에 비가 아주 오래전부터 자신이 기다리고 있던 사람이라는 걸 알아챌 수 있었다. 그녀는 비가 데려가고 싶어 하는 곳이라면 어디든지 따라갔을 것이다. 정말 그녀가 원했다면, 엠마뉴엘은 모든 걸 다 버리고 떠날 각오도 하고 있었다. 하지만 비는 아무것도 요구하지 않을 거라는 걸 이젠 알게 되었다. 그리고 엠마뉴엘 또한 그녀에게 주려고 준비했던 것들을 결코 다시 주게 될 일이 없을 것이다. 이제 그녀는 비를 기억에서 지워버릴 것이다! 스테인드글라스 같은 얼굴과 불꽃같은 머릿결을 잊어버리리라. "많이 좋아해." 그렇게 말하던 그녀의 희미한 목소리를 이제는 잊으리라.

어린 시절 이후 처음으로 진짜 눈물다운 눈물이 엠마뉴엘의 얼굴 위로 흘러내렸다. 그녀는 입술을 적시고 혀를 짠맛으로 감아 돌며 테라스 난간 위로 떨어지는 눈물을 멈출 수가 없었다. 괜히 나뭇잎 사이로 뚫린 공간을 바라보다가 마치 누군가가 두 팔을 벌리고 서 있는 듯한 착각을 받으며 마구 울었다. '어쩌면 조금 이따 저녁에, 아니면 내일, 비가 마음이 내키면 언제라도 나타나 손을 흔들어줄 거야……'

저녁때 엠마뉘엘은 장, 크리스토퍼와 함께 연극을 보러 갔다. 그녀는 배우들이 뭘 하고 있는지 눈에 하나도 들어오지 않았고, 그녀의 얼굴은 고통을 그대로 드러내고 있었다. 남편은 아무 질문도 하지 않았다. 무슨 일이 있었는지 알 길이 없는 크리스토퍼는 거의 엠마뉘엘만큼 슬픈 표정을 하고 있었다. 집으로 돌아온 뒤 침대에서 남편 품에 안겼을 때, 그녀는 또다시 실컷 울었다. 그러고 나서야 마음이 약간 가라앉는 걸 느끼며 그녀는 자신의 불행을 남편에게 털어놓았다.

장은 그녀가 상황을 너무 비극적으로 받아들인다고 생각했다. 우선 오늘 있었던 비의 행동은 그다음 날이라도 정당화시킬 수 있을, 어떤 불가피한 사정으로 간주할 만한 여지가 전혀 없었다. 그런데 만약 비가 엠마뉘엘을 다시 보고 싶어 하지 않았다는 게 사실이라면, 그건 그녀에 대해 엠마뉘엘이 갖고 있는 애정에 어울릴 만한 감정이 없다는 증거였다. 따라서 두 사람의 관계는 즉시 끝을 맺는 편이 나을 것이었다. 비는 앞으로도 엠마뉘엘에게 더욱 큰 실망과 고통만 안겨줄 게 뻔하기 때문이다. 게다가 그녀는 사람들이 그녀에게 다가와 비위를 맞춰주면 몰라도, 남의 뒤를 쫓아다니는 유형의 여자는 아니었다. 비가 아무리 예쁜 여자라 해도 여태 들은 적도 본 적도 없는 장의 입장에서는 아내의 장점과 우아함에 반도 못 미치는 사람일 것이 분명했다. 따라서 그는 아내가 비에게 무시당하는 걸 더 이상 원치 않았다. 만약 그 불성실한 여자가 자신의 호의를 가지고 엠마뉴엘과 흥정을 할 수 있다고 생각하는 사람이라면, 엠마뉴엘은 다른 여자와의 충실한 관계를 통해 앙갚음을 하면 될 것이었다. 게다가 엠마뉴엘은 자신보다 더 품위 있는 상대를 만날 수 있는 여자였고, 그런 모습을 비에게 지체 없이 보여주어야 했다.

그녀는 남편의 말을 얌전히 듣고 있었다. 그의 생각이 옳다고 여겼지만 그녀의 아픔은 완전히 가시지 않았다. 누군가가 자신에게 마음을 다스리고 육체적인 앙갚음을 해주라는 말에 기를 기울이면시도 그녀는 징신이 맑지가 않았다. 그녀는 더욱 혼란스러웠다. 어쩌면 그냥 잠이 쏟아져서 그런 건지도 몰랐다. 그녀가 의식을 잃고 잠들기 전의 마지막 생각이 달아난 애인을 위한 것이었는지, 아니면 그 애인을 대신할 미지의 여인들을 위한 것이었는지는 알 수 없었다.

엠마뉴엘이 파리에서 맞춘 옷들은 자기 취향에 맞게 가슴이 깊이 파인 모양으로 장은 대부분 처음 보는 것들이었다.

"아무래도 내가 파리에서 가슴을 제일 많이 보여주는 여자일 것 같아요." 그녀가 웃으며 말했다.

"파리에서 가슴을 보여주는 정도는 방콕에서는 아직도

너무 가린 수준밖에 안 돼." 남편이 옆에서 반론을 제기했다. "당신이 세상에서 제일 아름다운 가슴을 가졌다는 사실을 모든 사람들이 알아야 해. 그 완벽한 모습을 사람들이 제대로 평가할 수 있게 하려면 눈앞에서 다 보여주는 거야."

엠마뉘엘이 대사관 만찬에 가기 위해 고른 것은 바로 그 기준에 딱 맞아떨어지는 것이었다. 어깨가 끈으로 된 드레스는 목덜미의 아름다움을 넓은 곡선으로 강조해주면서 내려오는 비대칭이었다. 왼쪽 가슴을 비스듬히 가르며 내려오는 직선이 젖꼭지는 겨우 가려주었지만 붉은 테두리의 일부가 그대로 보였다. 반달 형태로 파인 드레스의 오른쪽 가슴은 젖꼭지 부분만 가리고 나머지 유방을 다 드러낸 모양이었다. 물론 엠마뉘엘이 몸을 앞으로 조금 기울이거나 자리에 앉기만 하면 유방 전체가 한눈에 들어왔다.

게다가 금박으로 장식된 옷감은 너무 얇았고 몸에 착 달라붙어 속옷이 다 비치거나 도드라진 부위들이 그대로 노출되었다. 따라서 낮에 입고 있었던 투명하고 외설스러운 속바지조차 걸치지 않은 엠마뉘엘의 옷차림은 그냥 맨살이나 다름없었다. 그녀는 결혼 후 이미 파리에서부터 저녁에 외출하기 위해 '옷을 입을' 때 팬티를 착용하는 경우가 매우 드물었다. 그처럼 발가벗은 느낌은 그녀에게 애무와도 같은 신체적 쾌감을 주곤 했다. 특히 춤을 추거나 짤막하고 폭이 넓은 치마를 입고 있을 때 그러한 기분을 더욱 강렬하게 느낄 수 있었다.

　오늘 저녁 그녀가 입은 옷은 허리에서 사타구니까지 마치 장갑처럼 꽉 끼는 것이었다. 그런데 그 아래부터는 갑자기 풍성해지면서 짐짓 단정한 느낌을 살려보려고 재단된 치마 폭이 소용돌이 꼴을 이루고 있었다. 엠마뉴엘은 치마가 어떤 모양으로 보여질지 궁금해서 안락의자에 털썩 앉아보았다. 그녀의 황금빛 허벅지가 드러난 외설적인 광경에 홀린 장은 갑자기 몸을 기울여 그녀의 겨드랑이 아래 보이지 않는 나일론 지퍼를 찾더니 단숨에 허리 아래까지 내렸다. 그러고는 다른 한 손으로 비단 속에 간직된 아내의 나체를 끄집어내려고 애썼다.

　"이러지 말아요. 늦으면 어떡하려고요. 지금 바로 출발해야 하잖아요."

　장은 옷을 벗기는 걸 포기하고 대신 그녀를 번쩍 들어 식당 탁자 위에 눕혔다.

　"안 돼, 하지 마요! 옷이 다 구겨진단 말이야. 크리스토퍼도 곧 내려올 텐데, 하인들이 다 보겠어요!"

　그는 엠마뉴엘의 엉덩이가 탁자 가장자리에 걸쳐지도록 조절했다. 그러자 그녀는 가능한 한 아랫배가 잘 드러나도록 치맛자락을 바짝 걷어 올려주었다. 반쯤 접힌 그녀의 두 다리가 허공으로 오르자 장은 선 채로 대번에 그녀의 몸 안 깊숙이 들어갔다. 두 사람 모두 즉흥적인 장면을 벌여놓고 문득 함께 웃음을 터뜨렸다. 장의 다급한 몸놀림은 엠마뉘엘에게 새로운 쾌감을 주었다. 그것은, 오랫동안 달리기를 하고 난 뒤에 목 안이 타는 듯한 맛이었다. 그녀는 즙이라도 짜내려는 듯 자신의 유방을 힘껏 주물렀다. 남편의 과격한 몸놀림과 아울러 자신의 손놀림에 휘말려 든 그녀는 소리를 내지르기 시작했다. 그녀의 첫 외침을 들은 하인이 자기를 부르는 줄 알고 달려왔다. 공손하게 두 손을 가슴에 모은 채 문턱에 멈춰선 그의 얼굴 표정은 평소와 다름없이 차분했다. 아마 이웃집에서도 그녀의 외침을 들었을 것이다.

장이 그녀를 일으켜 세웠을 때, 하인이 들어와 탁자를 깨끗이 닦았다. 그리고 엠마뉘엘의 어린 하녀 에아는 여주인이 흐트러진 화장을 다시 고치는 것을 도왔다. 두 사람은 예정된 시간을 조금 넘겨 대사관에 도착했다.

이미 초대 손님들이 많이 와 있었다. 임기를 마치고 돌아가는 대사가 작별 인사를 나누기 위해 마련한 저녁이었다.

"참으로 매혹적이십니다!" 대사가 엠마뉘엘에게 찬사를 보내며 손에 입을 맞추었다. 그러고 나서 장에게 말을 건넸다. "축하드립니다. 요즘 공사 때문에 바쁘신 모양이던데, 여가도 좀 즐기셔야 할 텐데 말이죠."

언젠가 엠마뉘엘이 방문한 적이 있는 것 같은 흰색 머리의 한 여자가 만찬장으로 들어오는 그녀를 차마 눈뜨고 못 봐주겠다는 표정으로 뜯어보았다. 때마침 아리안느 드 센느 백작 부인이 끼어들며 사태를 가중시켰다.

"세상에, 내가 잘못 알고 있는 게 아니라면, 풍기문란 행위에 딱 어울리시겠군! 자, 어서 우리 선량한 논객들한테 좀 보여주셔야지!"

아리안느는 그렇게 비아냥거린 다음 주교와 얘기를 나누고 있는 어느 고상한 남자를 향해 소리쳤다.

"질베르, 여기 좀 봐요! 당신 보기에 이 부인 어때요?"

엠마뉘엘은 참사관과 주교의 심판을 동시에 견뎌야 할 처지에 놓였다. 아마도 주교보다는 참사관의 견해가 더 자신에게 유리할 것 같았다. 그녀는 내심 아리안느의 남편이 얼굴에 안경이나 걸치고 거드름을 피우는 얼간이가 아닐까 짐작하고 있던 참이었다. 그런데 예상과는 달리 백작의 입에서 나온 첫마디는 엠마뉘엘을 깔깔 웃게 만들었다. 신체적으로도 무척 매력 있어 보이는 사람이었다.

이미 다양한 나이의 남자들이 그녀 주변으로 몰려들어 감언이설과 농도 짙은 시선을 건네고 있었다. 그녀는 저만치 떨어져 있는 사람들을 살피며 비의 얼굴이 나타날까 봐 두려워하면서도 동시에 그렇게 되기를 바랐다. 지금 외교계 인사들은 대부분 참석해 있을 것이다. 그녀의 오빠도 초대되지 않았을까? 그럴 가능성이 컸다. 엠마뉘엘은 갑자기 비가 눈앞에 나타난다면 어떤 태도를 취해야 할지 막연했다. 어떻게든 그녀와 마주치지 않도록 하리라고 속으로 다짐했다. 군데

군데 모여 있는 사람들의 무리마다 무슨 음모를 꾸미고 있는 것 같았다.

'내가 여길 뭐하러 와 있는 거지? 언제 이 사람들로부터 벗어나 남편의 보호를 받을 수 있을까?'

그런데 남편은 인파 속에 묻혀 있었다. 아리안느는 또다시 엠마뉴엘을 차지하고는 온갖 사람들과 상견례를 시키며 그녀를 끌고 다녔다. 그녀에 대한 남자들의 찬사가 줄을 이었다. 각 경쟁자마다 상대를 패배시켜야 하는 단체경기장을 연상하며 엠마뉴엘은 자신이 누구를 승자로 지목하게 될지 뭇 남자들이 기다리고 있다는 걸 알게 되자 자신감이 일었다. 애써 태연한 표정을 지었지만 자신의 몸을 발가벗기고 있는 수많은 눈빛들이 마치 백작 부인이 건네준 칵테일처럼 몸을 달아오르게 했다. 엠마뉴엘에 대한 주도권을 행사하고 있던 아리안느가 한동안 그녀를 말없이 지켜보더니, 상체를 기울이며 다가와 갑자기 한쪽 구석으로 데려갔다.

"너 정말 멋지다(그녀는 눈을 반짝이며 엠마뉴엘의 암비둘기 같은 유방의 한쪽 꼭지를 손가락 두 개로 조심스레 잡았다)! 나하고 가자. 저 뒤쪽에 있는 방으로. 거긴 아무도 없어!"

"아니, 싫어요." 엠마뉴엘이 반항했다.

아리안느에게 붙들리기 전에 그녀는 재빨리 빠져나와 무리 지어 있는 손님들과 합류했다. 그때 한 신사가 머리를 숙여 인사를 한 뒤 돼지 오줌보에 채색을 해서 만든 중국제 등을 감상하러 가지 않겠냐며 엠마뉘엘을 테라스로 안내했다. 그녀는 그 신사 곁에 있는 게 왠지 안심이 되었다. 근처를 지나던 마리안느가 서로 마주 보고 있는 두 사람을 발견하고 다가오더니 특유의 차분한 어조로 말했다.

"선생님, 죄송하지만 제 친구와 할 얘기가 좀 있어서요."

그녀는 늙은이의 항의 같은 건 신경 쓰지도 않고 엠마뉘엘의 팔을 잡아끌었다. 몇 발자국이나 옮겼을까, 그녀가 화를 내며 다그쳤다.

"대체 넌 저 늙어빠진 얼간이랑 뭘 하고 있었어? 온 데를 다 찾아 다녔잖아. 마리오가 삼십 분 전부터 널 기다리고 있는데 말이야."

엠마뉘엘은 그 약속을 잊어버리고 있었다. 아니, 그 사람을 만날 의향이 전혀 없었다. 그래도 그 노신사가 입에 발린 소리를 하는 동안 엠마뉘엘은 가만히 딴 생각을 할 수 있었는데…… 그녀는 자유를 방해받지 않으려고 시도했다.

"그를 꼭 만나야 할 필요가 있어?"

"맙소사, 내 말 좀 들어봐(소녀의 목소리가 과장된 어조를 띠고 있었다)! 까다롭게 굴지 말고 한번 만나봐. 너한테 해줄 말이 뭔지 들어보라고."

그녀의 표현은 마치 장래를 보장이라도 하듯 우스꽝스럽게 들렸고, 엠마뉘엘의 기분을 유쾌하게 만들었다. 소녀가 그 남자를 영웅시하며 베풀고 있는 신뢰를 엠마뉘엘이 트집

잡을 겨를도 없이 그는 이미 앞에 나타나 있었다.

두 여자에게 차례로 날카로운 시선을 건네며 남자는 몸을 숙여 인사했다. 그러고 나서 마리안느의 마지막 말이 마치 엠마뉴엘의 입을 통해 나왔던 것처럼 그녀를 바라보며 말하기 시작했다. 그의 회의적인 혹은 겸손한 어조가 약간 쉰 소리를 내며 질풍이 몰아치듯 열정적인 음성을 완화시켜 주었다.

"한 남자, 아니면 한 여자가 다른 사람들보다 해야 할 말이 더 많을까요? 그걸 알려면 우선 우리가 모든 사람을 다 알고 있어야 하지 않겠습니까? 어떻게 그럴 수가 있냐고 반발하고 싶으시겠죠? 생각이란 게 출현함으로써 우리 인류는 무모한 의도를 수없이 저지르기도 했지만, 반면 훌륭한 소통력을 갖게 된 겁니다. 그건 바로 우리들 중의 누군가가 모든 사람들을 대신해서 말하는 언어죠. 모든 사람들이 표현하고 싶었던 의미를 찾게 해주는, 소리와 형태와 청각, 시각, 촉각의 언어, 그것을 아주 짧고 멋진 하나의 단어로 지칭합니다. 예술. 단어가 너무 짧으니까 우리는 각자의 정신적 능력과 욕구에 따라 길게 늘려야 하는 겁니다. 이처럼 때로는 은밀하게 때로는 공개적으로 무한히 추가된 모양이 수천, 수백만 년에 걸쳐 우리의 우연한 세계를 창조된 세계로 만들어주는 것이죠."

주제로 들어가는 그 남자의 비범한 방식은 순간적으로 엠마뉴엘을 어리둥절하게 만들었다. 그렇다고 그의 논리를 완전히 받아들인 건 아니었다. 마리안느의 존재를 의식한 탓인지 그의 태도에서 쾌활함과 장난기가 묻어났다. 엠마뉴엘의 밝은 눈빛과 기쁨에 찬 입술을 살피던 남자가 자신의 견해를 털어놓았다.

"참 아름다운 미소네요. 옛 그림의 모델로 삼을 수 있었더라면 좋았을 텐데 말입니다. 플로렌스 식의 암시적이고 절제된 미소는 결국 찡그리고 있는 모습이라고 생각하지 않으세요? 저는 뭐든지 절제된 건 반대합니다. 우리에게 쉽게 호의를 베풀지 않는 조각품보다 환한 표정의 얼굴이 더 예술적이죠."

엠마뉴엘은 이야기를 구체적으로 이어가려고 했다.

"사실 마리안느가 저를 누군가에게 그려보도록 하고 싶어 했는데, 그 작업에 어울릴 거라고 생각한 작가가 바로 선생님인가요?"

마리오가 웃었다. 엠마뉴엘이 보기에는 그의 미소 또한 독특한 매력을 지니고 있었다.

"제가 남들에게 감히 주장할 수 있는 재능의 100분의 1만이라도 가졌다면 기꺼이 부인을 위해 바쳤을 겁니다. 불행하게도 저는 그 정도마저도 없습니다. 그저 다른 사람들의 예술만 잔뜩 쌓아놓고 있죠."

이때 마리안느가 끼어들었다.

"이분은 작품 수집가야. 너도 보게 될 거야. 그냥 조각품 몇 개 정도가 아니고 멕시코나 아프리카, 그리스 같은 데서 가져온 옛날 작품부터 그림들이랑……"

"그런 것들은 움직이지 못하는 기억에 불과합니다. 위험을 감수하며 살아 움직이는 진정한 예술, 다시 말해 죽은 형상들과 맞서는 예술을 위해 쓰이는 것이죠. 우리 마리안느는 선악과 나무에서 떨어진 껍데기들을 믿지 않습니다. 내게 그런 작품들은, 나무의 둥치와 가지를 현기증을 일게 하는 높이까지 미친 듯이 자라나게 하느라 고통받고 몸을 망가뜨린 사람들에 대한 추억일 뿐입니다. 작품을 위해 자신의 숨결, 이성, 명예, 피를 비워낸, 뭐 화가가 될 수도 있겠지만, 주로 화가가 그리던 대상물을 생각하는 편입니다, 저는. 예술은 존재의 소모를 통해 이루어지는 것이죠. 중요한 건, 계란형 얼굴의 초상화가 아니라, 화가의 모델이 된 여자죠."

"죽은 다음에 말인가요?"

"아니죠. 죽어가는 동안의."

"작품은 살아남게 된 실체가 아닌가요?"

"무슨 그런 소릴! 호기심이나 끄는 시시한 물건이죠. 오히려 기계나 정신의 유희가 더 아름다운 겁니다. 예술은 상실되어 가는 것 속에 있는 형태였을 뿐입니다. 예를 들어 쇠퇴해가는 여자처럼 말이죠. 예술은 육신의 실추였던 겁니다. 존속하는 것을 통해 아름다움을 찾으려고 하지 마세요. 창작된 모든 작품들은 죽은 상태로 태어나는 것입니다."

"저는 그 반대로 배웠어요. '오직 견고한 예술만이 영원성을 지닌다'고."

"세상에 누가 영원성을 걱정하고 있는지 말씀 좀 해주시 겠습니까?" 마리오가 완강한 어조로 말을 끊었다. "영원성 은 예술이 아닙니다. 예술적인 게 아니라 추한 거죠. 전몰장 병 기념물의 얼굴 같은 겁니다. 흉상은 어느 집단의 주검이 아니겠습니까?"

그는 얇은 손수건으로 관자놀이 위의 땀을 닦은 다음 다시 말을 이었다.

"괴테가 외친 말 아시죠? '순간이여, 멈추어라. 너는 너무 나 아름답구나!' 그런데 순간이 멈추면 어떻게 되겠습니까? 아름다움도 끝나게 되죠. 부인이 아름다움을 영원한 것으로 만들려고 할 때 그 아름다움은 죽어버립니다. 아름다운 것 은 옷을 벗은 나체가 아니라, 옷을 벗으며 나체가 되어가는 과정의 몸입니다. 웃음소리가 아니라 웃음을 터뜨리는 목청, 종이 위에 적힌 글씨가 아니라 예술가의 가슴이 찢겨진 그 순간이란 말입니다."

"근데 좀 전에는 예술가가 모델보다 덜 중요하다고 말씀 하셨잖아요."

"내가 예술가라고 부르는 사람은 조각가나 화가뿐만이 아닙니다. 그런 사람들은 때로 표현 대상을 파악하고 해체시 키는 예술에 손을 빌려줄 수는 있죠. 하지만 대부분의 경우 모델은 스스로 그 운명을 완성시키고, 화가는 그저 증인에 불과한 겁니다."

"그럼 걸작은 어디 있죠?" 엠마뉴엘이 갑자기 걱정스러운 얼굴로 물었다.

"걸작은 눈앞에서 벌어지고 있는 것이죠. 아니지! 내가 말을 잘못했습니다. 걸작이란, 눈앞에서 벌어진 것입니다."

마리오가 느닷없이 엠마뉴엘의 손을 잡으며 말을 계속했다.

"좀 전에 부인이 인용한 격언 대신 제가 다른 걸 하나 말씀드려도 될까요? 미겔 데 우나무노가 한 말입니다. '가장 위대한 예술 작품도 가장 사소한 인간의 삶에 견줄 만한 것이 못 된다', 하찮게 여길 수 없는 유일한 예술은 바로 부인의, 육체의 역사입니다."

"그러니까 중요한 것은, 어떻게 스스로 이루어내느냐 하는 방식이란 말씀인가요? 아니면 살아남기를 바란다면 예술 작품이 되어야 한다는?"

"아닙니다. 나는 그런 것들에 대해서는 하나도 믿지 않습니다. 스스로를 어떻게 만들려고 하든지 간에 꿈처럼 연약한 재료가 아니라 강인한 모습을 만들려고 한다면, 결국 헛수고를 하게 되는 거란 말이죠." 그는 엠마뉴엘의 손을 놓으며 정중한, 하지만 약간 싫증이 난 듯한 어조로 생각을 이어갔다. "만약 내가 부인에게 조언을 할 수 있는 권리가 조금이라도 있다면, 살아남으려고 하지 말고 내가 부인에게 권고하는 대로 살아가셨으면 합니다."

그러고는 마리오는 돌아섰다. 그로서는 이제 대화가 끝
났다고 여기는 모양이었다. 엠마뉴엘은 그와 함께한 시간이
생각보다 짧게 느껴졌다. 상당히 불쾌한 느낌이었다. 하지만
명랑한 기색으로 마리안느에게 물었다.

"혹시 우리 남편 못 봤어? 여기 도착한 이후로 도대체 보
이질 않네."

다른 여자들이 이태리 남자를 에워싸는 틈을 타 엠마뉴
엘은 자리를 빠져나왔다. 하지만 마리안느가 금방 따라잡았다.

"그래서, 비를 너네 집에 가둬놓은 거야?" 별로 중요한
일이 아니라는 듯한 얼굴로 마리안느가 물었다. "집으로 전
화를 걸 때마다 너희 집에 있다는 음성 메세지만 나온다니
까." 마리안느는 귀여운 웃음을 살짝 터뜨린 뒤 다시 말했다.
"그래서 난 괜히 두 사람의 연애놀이를 방해할까 봐⋯⋯."

엠마뉴엘은 어이가 없었다. 마리안느가 자기를 놀리고
있는 걸까? 아니, 표정으로 봐서 이 소녀가 거짓말을 하는 것
같지는 않았다. 이런 못마땅한 상황에 휘둘려 그녀는 하마터
면 소리를 지를 뻔했지만 체면을 생각해서 마음을 가라앉혔
다. 마리안느한테 사실은 하루 동안의 애인으로부터 버림을
받았다고 털어놓아야 할지 잠깐 고민했다. 하지만 댕기머리
소녀가 언니의 능력이 더 뛰어난 줄로 여기도록 그냥 내버려
두는 게 아무래도 더 나을 것 같았다. 불행하게도 엠마뉴엘

은 비를 다시 찾을 수 있는 방편을 포기해야 했다. 그 대신 아리안느에게 물어보리라고 속으로 생각했다. 그러나 짧은 머리의 백작 부인은 아무 데도 보이지 않았고, 그녀의 웃음소리도 들을 수가 없었다. 뒤쪽 방이 어디 있는지 보여줄 여자를 찾은 걸까?

마리안느가 행방이 묘연한 백작 부인에 대해 얘기했다.

"작별 인사를 하려고 했는데, 할 수 없지. 만나면 대신 인사해줘."

"작별 인사? 그 여자가 떠난대?"

"아니, 내가."

"너? 나한테 아무 말도 안 했잖아. 어디로 떠나는데?"

"안심해. 멀리 가는 건 아냐. 한 달 동안 바닷가에서 지내려고. 엄마가 파타야에 방갈로를 빌려놨어. 우리한테 한번 놀러 와. 길이 좀 막히긴 하겠지만 별로 문제될 거 없어. 백오십 킬로밖에 안 되니까. 해변이 어떤지 한번 와서 봐야 돼. 정말 일품이거든."

"알아. 축복받은 그 어느 곳에 가면 상어들이 사람 손을 뜯어먹으러 온다지? 다시는 널 못 보겠구나?"

"그런 헛소리는 어디서 주워들은 거야?"

"거기 가면 혼자 심심할 텐데."

엠마뉴엘은 가슴이 찡해지는 걸 느끼며 스스로 놀랐다. 때로 아주 질리게 만드는 아이였지만 보고 싶어질 것 같았다.

하지만 슬픈 감정을 그 애 앞에 드러내놓고 싶지 않아 억지로 웃었다.

"난 어딜 가더라도 심심해한 적은 없어. 몇 시간이고 일 광욕을 할 거야. 수상스키도 타고 말이야. 여행 가방에 책도 가득 채워갈 거야. 새 학기 준비도 해야 하니까."

"참 그렇지. 네가 학교에 다시 들어가야 한다는 걸 잊고 있었네." 엠마뉴엘이 짓궂게 쏘아붙였다.

"너처럼 진하게 우려낸 지식을 가지고 있는 사람은 드물 겠지."

"파타야에는 친구로 지낼 만한 아이들이 없어?"

"괜찮아. 난 혼자 조용히 있고 싶거든."

"작하기도 해라! 그곳 어부의 아들들 뒤꽁무니를 너무 쫓아다니지 않도록 네 엄마가 감시 잘하시겠지 뭐."

"그러는 넌, 나 없는 동안 뭘 할 거야? 원래대로 다시 멍 청하게 지내는 건 아니겠지?"

"물론 아니지. 내가 마리오와 자게 될 거라는 걸 잘 알면 서 그래?"

순간 마리안느는 농담할 기분을 완전히 잃어버린 것 같 았다.

"경고하는데, 그 문제에 대해서는 딴소리할 생각 마. 나 한테 약속했잖아. 잊었어? 넌 더 이상 자유로운 몸이 아니란 말이야!"

"너, 뭔가 잘못 생각하고 있는 모양인데, 난 내가 하고 싶은 대로 할 거야."

"좋아. 대신 마리오를 잘 보살펴주도록 해. 너 설마 지금 패션쇼를 하러 가려는 건 아니겠지?"

마리안느가 너무 역겨운 표정을 짓는 바람에 엠마뉴엘은 스스로에게 창피할 정도였다. 하지만 그대로 굴복할 수는 없는 노릇이었다.

"그 남자, 네가 주장했던 것만큼 매력적인 사람은 아니야. 내가 보기엔 너무 현학적이야. 말을 늘어놓기 좋아하고, 제 말에 스스로 취하는 사람이지. 굳이 청중이 없어도 문제될 거 하나도 없을 거야."

"그렇게 삐치지 말고, 그 남자 같은 사람이 너한테 관심을 갖는 것만 해도 행복한 줄 알아야 돼. 생각보다 아주 까다로운 사람이야."

"그 남자가 나한테 관심 있대? 그것 참, 큰 영광이네."

"그렇고말고. 네가 그 사람한테 좋은 느낌을 주는 걸 보면서 내 마음이 얼마나 흐뭇했는지 알아? 이제야 하는 말이지만, 그동안 안심이 안 됐었거든."

"그렇담 다행이고. 근데 그 남잔 내가 자기한테 어떤 느낌을 주었다고 생각하는 걸까? 내가 보기엔 그 남자, 자기를 내세우는 데만 신경 쓰는 것 같던데."

"그래도 내가 너보다는 그 사람을 좀 더 잘 알잖아. 적어도 그 사실은 인정하지, 너도?"

"아무렴. 게다가 내 추측으로는, 네가 그 남자한테 마지막 호의를 베푼 지 꽤 오래되었을 것 같은데? 네가 점수를 얼마나 받았는지 내게 좀 알려줘. 그래야 나도 제단에 바쳐질 때 좀 덜 어색해 보이도록 준비할 수 있을 것 같아서 말이야."

"너, 그 남자한테 차이지 않으려면 너무 바보처럼 굴지마. 멍청한 짓이라면 아주 질색을 하거든." 이 말을 하고 나서 마리안느는 화해를 하자는 식으로 어조를 바꾸었다. "내가 보기에는 두 사람이 아주 잘 통할 것 같아. 넌 행복해질 거야. 그리고 내가 너를 다시 만날 때쯤 더 아름다워져 있을 거라고 생각해. 난 네가 언제나 점점 더 아름다워졌으면 좋겠어."

나뭇잎 빛깔의 눈동자기 너무니 부드러운 눈길로 번해 엠마뉴엘의 마음을 흔들어놓았다.

"마리안느, 네가 떠난다니까 너무 섭섭해." 엠마뉴엘이 중얼거리듯 말을 건넸다.

"곧 다시 만날 텐데 뭐. 널 잊지 않을게!"

두 여자는 거의 수줍어하는 듯한 얼굴로 우정의 미소를 주고받았다. 그러고 나서 마리안느는 마치 자신의 영역을 되찾으려는 사람처럼 본래의 의무로 되돌아갔다. 그렇다고 부드러운 태도가 달라진 건 아니었다.

"마리오와는 내가 너한테 말한 대로 행동할 거라고 약속할 거지?"

"그래, 알았어. 그게 네가 원하는 거라면."

처음으로 마리안느의 얼굴이 엠마뉘엘의 얼굴 가까이로 다가오더니 재빨리 뺨에 입을 맞추었다. 엠마뉘엘은 그녀의 윤기 흐르는 머리를 끌어안으려고 손을 뻗었지만 그녀는 이미 물러나 있었다.

"곧 다시 만나! 내일 떠나기 전에 전화할게. 그리고 나 만나러 꼭 오는 거다!"

"그래, 너에게로 날아갈게." 엠마뉘엘이 맥 빠진 목소리로 대답했다.

"이제 우리, 다른 사람들과도 인사해야지!"

두 여자는 각자 다른 곳으로 가 무리 지어 있는 사람들 속에 섞였다. 엠마뉘엘은 한곳에 붙들려 있지 않으려고 애를 쓰며 여기저기 미국 여자를 찾아다니고 있었다. 그런데 백작 부인이 먼저 엠마뉘엘을 발견했다.

"여기 계셨네, 우리 숫처녀님! 저는 부인이 어딘가 속죄양의 안식처에서 고행을 하고 계신 줄 알았지 뭐예요." 그녀가 일부러 남들이 듣도록 큰 소리로 외쳤다.

"어머, 그 반대인 걸요. 어떤 암흑의 왕자님께서 날더러 글쎄 스트립쇼 예술계로 나가보라는 조언을 주시지 않았겠어요?"

"그 선수가 누군가요?"

"성은 모르고 이름만 들었는데, 마리오라는 사람이에요."

"세르기니 후작? 그 사랑스러운 남자! 아무리 대단한 연애 사건도 그분을 끌어들이진 못하죠. 부인이 미소년이었더라면 아마 정조를 지키기가 더 힘들었을 걸요."

"어머, 그럼 그분이……."

"그 사실을 본인이 숨기고 싶어 한다면 제가 함부로 말을 하지 않겠죠. 아직 그분이 자기가 좋아하는 이론을 부인에게 소개하지 않았나 봐요? 그렇다면 아직 부인에게 신뢰가 가지 않았다는 뜻일 거예요. 저한테야 비밀이 별로 없거든요. 게다가 아주 세련된 사람이라 제가 무척 좋아한답니다."

"어쩌면 제가 그분한테 뭔가 다른 감정을 불러일으켜서 그런 취향을 감추고 싶어 하는지도 모르죠!" 화가 난 엠마뉴엘이 상하게 받아쳤다.

엠마뉴엘은 그런 마리오의 특성에 대해 일언반구도 없이 그냥 넘어간 마리안느가 원망스러웠다. 뭐든지 모르는 게 없는 그 애가 그 사실을 모르고 있었다니, 말이 되는가?

"이곳에 들어오는 자들이여, 모든 희망을 포기할지어다(단테의 『신곡』 중 '지옥' 편에 나오는 시 구절―옮긴이)!" 아리안느가 시구 하나를 인용하면서 태연하게 넘겼다. "우리 미학자는 원칙주의를 고수하기 때문에, 자신의 도덕과 노선을 절대 벗어나지 않을 거예요."

"잘 모르시는 모양인데, 제가 타락시킨 사람이 한둘이 아니랍니다!" 엠마뉴엘이 허풍을 떨었다. 그녀는 화가 머리끝까지 치밀었다. 아리안느는 그녀의 공격적인 모습을 재미있어 하면서 더욱 부추겼다.

"근데 저 사람은 너무 꼿꼿해서 넘어갈까 모르겠네?"

"두고 보면 알게 되겠죠."

"아주 멋져! 마리오를 전향시키는 여자는 황금 프리아포스(그리스 고대종교에서 동식물의 다산을 주관하는 신. 거대한 남근을 지닌 기형적이고 우스꽝스러운 형상으로 묘사되며, 욕정의 신으로 간주되기도 함—옮긴이) 상을 받게 될 거예요(그녀는 목소리를 낮추었다). 내가 너라면 절망적인 목표를 위해 시간을 낭비하지 않을 거야. 불장난을 편리하게 하는 방법은 얼마든지 있으니까. 다시 말하지만, 나는 그 사람만큼 매력적이지만 까다롭지 않고 그냥 넘어가 주는 남자들을 백 명 정도 알고 있어. 너한테 몇 명쯤은 소개해줄 수 있는데, 어때?"

"아니, 괜찮아. 난 까다로운 승리를 좋아하거든."

"그렇다면 행운을 빌어!" 아리안느가 빈정대는 말투로 결론을 내렸다. 그러고는 스쿼시클럽에서 그랬던 것처럼 엠마뉘엘을 쳐다보며 중얼거리듯이 물었다.

"최근에 즐긴 적 있어?"

"있어."

아리안느는 한동안 말없이 그녀를 뜯어보았다.

"누구랑?"

"말 안 해."

아리안느가 다정하게 웃으며 말했다.

"오늘 저녁, 너한테 줄 선물이 하나 있어."

"뭔데?"

엠마뉴엘은 호기심이 생겨 자기도 모르게 물었다. 엠마뉴엘이 토라진 표정을 짓자 그녀의 마음이 한결 부드러워졌다. "오늘 하루 일정으로 파리에서 온 남자 세 명. 우선 너한테 셋 다 양보할게. 아주 적당한 숫자잖아."

"그럼 넌?"

"나에겐 먹다 남은 디저트만 조금 남겨주면 돼."

기분이 좋아진 엠마뉴엘이 웃었다. 그러자 아리안느가 다시 물었다.

"지금 속에 아무것노 안 입었어?"

"안 입었어."

"보여줘 봐."

엠마뉴엘은 이미 흥분 상태가 되어 그녀를 거절할 수 없었다. 두 여자는 사람들의 무리로부터 빠져 나와 외딴곳으로 갔다. 엠마뉴엘이 손가락으로 치맛단을 잡아 위로 들추었다.

"좋아." 아리안느가 황갈색을 품은 검은 두덩을 노려보며 말했다.

엠마뉴엘은 아랫부분이 부드러워지는 걸 느꼈다. 아리안느의 시선이 마치 손가락이나 혀처럼 몸을 어루만지는 것 같았다. 그녀는 아리안느의 눈이 음부를 더 잘 음미할 수 있도록 몸을 앞으로 내밀었다.

"더 보여줘!" 아리안느가 명령을 내렸다.

엠마뉴엘은 그녀가 시키는 대로 하려고 했지만 옷이 몸에 꽉 끼어 움직이지 않았다.

"그냥 벗어버려!"

엠마뉴엘이 고개를 끄덕이며 서둘러 발가벗었다. 그녀의 젖꼭지는 음부의 알맹이와 마찬가지로 누군가에게 내맡겨지길 원하고 있었다. 그녀는 어깨끈을 내려뜨린 다음 겨드랑이 아래의 지퍼를 내렸다.

"거참, 쓸데없이 거추장스러운 것들이네!" 아리안느가 투덜거렸다.

순간 매혹의 위력이 멈추었다. 엠마뉴엘은 꿈에서 깨어난 사람처럼 지퍼를 다시 채웠다. 그러자 아리안느가 그녀의 팔을 잡고 더 먼 곳으로 끌고 갔다. 그때 어디선가 웨이터가 쟁반을 들고 나타났고, 두 여자는 샴페인을 단숨에 한 잔씩 마셨다.

아리안느가 웨이터를 다시 불러 빈 잔에 샴페인을 따르게 했다. 두 사람은 딱히 무슨 말을 해야 할지 몰라 앞쪽으로 시선을 고정시키고 있었다. 어렴풋이 보이는 손님들이 연신 몸을 굽실거리며 왁자지껄하게 떠들었다. 기온이 높아진 것 같았다.

"소나기가 내릴 것 같지 않아?"

"아무래도 그럴 것 같은데."

"아휴, 더워. 목이 점점 더 마르네."

'뭐 이렇게 더운 옷이 다 있어!' 엠마뉴엘이 속으로 생각했다.

누군가가 아리안느를 향해 손짓했다. 엠마뉴엘은 문득 그녀에게 물어보려고 했던 말이 생각났다.

"있잖아." 엠마뉴엘이 아리안느의 옷자락을 잡으며 말했다. "약간 짙은 적갈색 머리에 청동빛으로 그을린 피부의 미국 여자에 대해 들은 적 있어? 그 여자, 대사관 해군 무관의 동생이라던데……."

"비 말이야?" 아리안느가 말을 가로챘다.

엠마뉴엘의 가슴이 궁쾅거렸다. 그녀로서는 비에 대해 아는 사람이 하나도 없는 게 더 정상으로 여겨졌을 것이다. 비를 찾아보려고 무척 애를 썼기에 지금 혼란스러워하는 것 자체가 모순이었지만, 아리안느의 입에서 비의 이름이 나오자 엠마뉴엘은 당황스러웠다.

"응." 그녀가 인정했다. "그 여자도 오늘 여기 왔어?"

"그렇겠지? 근데 난 못 봤어."

"하긴…… 초대받았다면 오지 않을 이유가 없으니까, 그치?"

"그건 나도 모르지."

아리안느가 갑자기 얼버무리는 게 주제를 바꾸고 싶어

하는 것 같았다. 그녀가 평소와 다른 태도를 보이자 엠마뉴엘이 물고 늘어졌다.

"네가 보기엔 어떤 부류의 여자야?"

"넌 어떻게 해서 그 여자한테 관심을 갖게 된 건데?"

"마리안느네 티타임에 갔다가 알게 됐어."

"아, 그래? 놀랄 것도 없네 뭐. 마리안느의 여자친구들 중 한 명이야."

"그럼 넌, 그 여자랑 자주 만나?"

"그런대로 자주."

"그 여잔 방콕에서 뭘 하는데?"

"너나 나처럼 욕망을 건드리고 다니지!"

"그 여자 오빠는 왜 아무 일도 안 하는 동생을 보살펴주고 있는 거야?"

"보살펴주고 있는 게 아닐 거야. 그 여잔 돈이 많거든. 아무도 필요 없는 사람이야."

그녀의 말이 엠마뉴엘의 가슴속에 불길한 여운을 남겼다. 아무도 필요 없는 사람…… 엠마뉴엘도 짐작하고 있던 바였다.

그녀는 무슨 다른 질문을 해야 할지 몰라서 머뭇거렸다. 왜 그런지 이유는 설명할 수 없지만, 선뜻 비의 주소조차 물어보지 못하고 있었다. 마치 적절하지 못한 질문이라도 되는 것처럼.

"근데 왜?" 아리안느가 물었다.

엠마뉴엘은 그녀가 뭘 생각하고 있는지 알고 있었다. 하지만 모르는 척했다. 아리안느가 다시 질문을 던졌다.

"오늘 저녁, 나하고 같이 갈 거야?"

"힘들겠는데, 남편이……."

아리안느는 유혹의 순간이 이미 지나갔다는 걸 깨달았다.

"좋아, 그럼 케이크 세 조각은 내가 다 먹어버리지 뭐!"

아리안느의 쾌활한 기분은 짐짓 꾸민 느낌을 주고 있었다. 그녀 또한 음탕한 욕구가 시들해져버린 것 같았다. 엠마뉴엘은 만찬이 끝나는 대로 아리안느가 집으로 돌아가 잠자리에 들 것이라는 직감이 들었다. 하지만 아리안느는 아무 내색 없이 큰 소리로 외쳤다.

"너의 마리오! 저기서 누군가를 찾고 다니는 모양이야. 물론 너겠지! 너무 그 사람 애타게 하진 마."

그녀가 엠마뉴엘의 팔목을 잡고 슬쩍 밀었다.

하지만 이 이태리 남자는 매우 반가운 기색을 하고 있는, 나이 많은 태국남자 쪽으로 갔다. 아리안느가 비난조로 투덜거렸다.

"너의 후작께서 말이야, 만약 저 다나 왕자하고 같이 옛 수코타이 왕국에 대해 얘기하기 시작한다면, 저 두 사람 궁합이 맞아서 한 시간 동안은 저질스런 말을 할 걸? 다른 데서 찾아보는 게 낫겠어. 난 마실 것 좀 가져올게."

그녀는 잡고 있던 팔목을 놓더니 엠마뉴엘을 덩그러니 혼자 남겨둔 채 어디론가 사라졌다. 엠마뉴엘은 아무래도 그만 집으로 가는 게 좋겠다는 생각이 다시 한 번 들었다. 도대체 장은 어디 있는 걸까. 그녀는 남편을 찾아다녔다. 그때, 미모는 물론 외설적인 옷차림이 엄청나게 도발적인 한 젊은 여자를 발견했다.

'저 여자는 나보다 더 발가벗었잖아(하지만 그 비교로 인해 질투심이 생기기는커녕 오히려 반대였다)! 이제 막 도착했을 거야. 그렇지 않다면 진작 눈에 띄었을 테니까.'

저렇게 흥미로운 대상을 실수로 놓쳐버렸다면 엠마뉴엘은 후회했을 것이다. 그 여자의 등장 하나만으로 파티의 권태로움을 보상받고도 남을 듯했다.

미지의 여인은 마리안느처럼 금발이었으나 더 길고 굵게 웨이브 진 파마머리를 하고 있었고, 얼굴과 어깨, 목, 상체를 뒤덮은 형태가 마치 황금빛 크리스털 숄을 걸치고 있는 것처럼 보였다. 게다가 그녀의 차림새 중에서 그 부분만 유일하게 불투명했다. 거미줄 모양으로 만들어진 그녀의 옷은 신체 부위를 다 드러내고 있었는데, 여전사 혹은 성녀를 연상시키는 그 머릿결만으로 가리기에는 역부족이었다.

엠마뉴엘은 공식적인 자리에 나타난 그처럼 놀라운 그림을 좀 더 감상하기 위해 가까이 다가갔다. 그런데 왜 참석자들이 그녀의 누드에 대해 별로 따가운 눈총을 주지 않는지

금방 알게 되었다. 그녀의 나체는 눈속임에 불과했다. 그녀는 아주 얇은 살색의 전신 타이츠를 입고 나서 그 위에 젖꼭지와 배꼽, 음부를 무늬로 묘사한, 실제와 거의 분간이 안 되게 달라붙는 옷을 걸치고 있었던 것이다. 따라서 실제로 맨살을 드러낸 곳은 하나도 없었다.

엠마뉴엘의 흥분이 시들해졌다. 그녀는 가식이나 화장 같은 건 딱 질색이었고, 발레 공연을 보면서 하품을 하는 여자였다. 무용수들의 거짓 누드는 물론 백조의 오르가슴은 그녀를 짜증나게 만들었다. 엠마뉴엘은 그들이 깃털로 몸을 장식하거나 정말로 발가벗지 않는 것을 속으로 비난하곤 했었다. 그녀는 실망해서 사기꾼 여자로부터 돌아서려다가, 맞은편 다른 무리의 중심으로 금발 여자가 보내는 시선을 무의식적으로 좇았다. 바로 거기서, 키가 크고 늘씬한 갈색머리의 한 여자가 자신을 둘러싸고 있는 남녀 손님들의 관심은 무시한 채 시선을 마주 보내고 있었다.

엠마뉴엘은 두 여자가 나누고 있는 욕망의 눈빛과 육감적인 공모를 확인하며 흥분했다. 그녀는 대번에 금발의 가식적인 옷차림을 용서했다. 옷 입는 건 서툴렀지만, 그 요정의 애인 고르는 안목은 탁월했던 것이다! 갈색머리 여자의 보라색 눈과 붉은 입술이 엠마뉴엘의 마음을 너무 강렬하게 끄는 바람에, 하마터면 가까이 다가가 그 사실을 털어놓을 뻔했다. 그녀가 그 순간 절제할 수 있었던 건, 행여 마리안느가 갑자기 현장을 덮치러 오거나 아리안느가 나타나 빈정대는 말투로 쏘아붙일까 봐 두려웠기 때문이었다.

그러한 우려는 그녀가 갈색머리에게 감탄의 심정을 고백할 수 있는 기회를 놓치게 만들었다. 그런데 갑자기 갈색머리가 추종자들의 집단으로부터 벗어나 금발 여자 쪽으로 미끄러지듯 다가갔다(엠마뉴엘은 속으로 그녀의 유연하고 재빠른 몸짓을 그렇게 표현하고 있었다). 갈색머리는 금발 여자의 손을 낚아채더니 사람들이 모여 있는 곳을 순식간에 빠져나갔다. 그처럼 전격적으로 펼쳐지는 장면 속에서 금발의 머리채는 눈부신 구름이 되어 올라가는 것 같았고, 엠마뉴엘은 마치 아름다움에 넋을 잃은 천문학자처럼 높은 곳에서 수많은 별무리가 타닥거리며 빛나는 모습을 보고 있는 느낌이었다.

모든 상황이 서로 한마디 말도 나누지 않은 상태에서 벌어졌다. 격렬한 기쁨이 두 주인공의 얼굴을 환하게 만들었고, 그 분위기와 어우러진 침묵은, 가장 노골적인 음담이 유발시킬 수 있는 자극보다 더 엠마뉴엘의 마음을 흘렸다. 두 여자를 결합시킨 이 조화는 오래전부터 있었던 걸까? 아니면 그저 두 사람 사이에 순간적으로 일어난 유혹에 불과한 걸까? 물론 엠마뉴엘은 억누르지 못할 애정의 충동으로 해석하고 싶었다. 하지만 곰곰이 짚어보면, 열정에 사로잡힌 사람들이 서로를 이해할 수 있게 되기까지 걸리는 어느 정도의 시간은 결국 그리 중요한 게 아니었다. 어쨌거나 지금 막 그녀가 목격한 의사소통의 완벽한 형태는 마리오가 정의를 내렸던 그 예술에 속하는 것이었다. 진술된 어떤 언어보다 더 표현적인 예술. 갈색머리의 손이 행한 언어는 그 사실을 충분히 보여 주었고, 그녀는 금발 여자의 손을 통해 필요한 모든 것을 말할 수 있었다. 손이 가진 재능에 비해 사랑의 말은 빈약한 의미를 지닌 것이다.

엠마뉴엘은 아름다운 두 행동주의자들을 눈에서 놓치고 싶지 않았다. 그러나 두 여자가 정원으로 향하는 계단을 뛰어 내려갈 때는 더 이상 쫓아갈 엄두가 안 났다. 혹시라도 미행 현장을 누구에게 들킬까 봐 테라스 가장자리에 시무룩하게 멈춰 섰다. 하지만 달아나는 두 미인의 마지막 모습이라도 보려고 그녀는 대리석 난간 너머로 몸을 기울였다. 멀리 찾을 필요도 없이 두 여자는 엠마뉴엘 바로 아래에서 가로등 불빛을 받으며 서 있었다. 보아하니 예기치 않게 누군가와 마주치는 바람에 걸음을 멈추고 서 있는 모양이었다. 그녀들은 지금 자신들의 도주로를 가로막으며 나타난 젊은 남자를 신기하게 살펴보았다. 엠마뉴엘은 그녀들 중 한 명이(누군지는 구분이 안 되었다) 질문하는 소리를 들었다. "누구세요?" 남자의 대답은 제대로 들을 수가 없었다. 두 여자는 계속 호기심 어린 수작을 부렸다. 금발 여자가 청년의 이마로 손을 뻗어 흘러내린 가을빛 머리카락을 걷어 올렸다.

'비행기에서 나를 매혹시킨 조각상을 닮았어.' 엠마뉴엘은 생각했다. 거리상으로 볼 때, 그녀가 떠올리고 있는 남자의 이목구비는 실제 모습이 아니라 짐작으로 유추하는 것임을 엠마뉴엘은 스스로 인지하고 있었다. 하지만 그 모습은 계속 그녀의 마음을 사로잡고 있었다. 그럼에도 그녀는 실제로 눈앞에서 벌어지고 있는 장면을 하나도 놓치지 않으려고 애썼다.

높은 하늘에서의 영웅과는 달리 지금의 남자는 상황을 주도하고 있지 않았다. 그는 마주하고 있는 젊은 여자들을 그저 바라보고만 있었다. 두 여자 역시 한동안은 주의 깊은 시선으로 남자의 장단점을 가늠해 볼뿐 별다른 시도는 하지 않았다. 손을 맞잡은 이후부터 그녀들은 줄곧 서로가 생각하고 느끼는 것을 알고 있다고 엠마뉴엘은 생각했다. 정신적 회로의 감응을 표현하기 위한 어떠한 소리나 눈짓도 필요 없었다.

그런데 컴퓨터가 검색 대상을 끌어안는 경우는 없을까? 금발 여자가 남자의 얼굴 가까이로 다가가더니 입술을 포갠 다음 마음껏 즐겼다. 그리고 거의 동시에 청년의 손을 가슴으로 이끌었다.

엠마뉴엘은 여자의 돌출부가 더 뾰족해져 있는 걸 볼 수 있었다. 이제는 두 젖꼭지의 분홍빛과 주름까지도 뚜렷이 구별되었다.

'타이츠가 너무 달라붙어서 젖꼭지들을 더욱 두드러지게 만드는 걸까? 아니면 젖꼭지가 갑자기 옷을 뚫고 나온 걸까? 이도 저도 아니라면 옷의 재료가 너무나 예민한 재질이어서 적당한 때가 되면 욕망에 의해 녹아버리는 건 아닐까? 어쨌든 잘됐어. 아까부터 계속 가슴이 조마조마했거든!'

금발 여자가 보기 흉한 동작으로 옷을 걷어내야 했다든지, 아니면 저리도 아름다운 몸 안으로 들어가고 싶은 욕망이 타이츠 때문에 지체되어야 하는 상황이었다면 엠마뉴엘은 몹시 실망스러웠을 것이다.

그녀는 이제 남자의 몸이 금발 여자의 몸속으로 삽입되는 장면을 확인하고 싶어 안달이 났다. 모든 예비 동작은 이로울 게 하나도 없을 것 같았다.

"기다릴 거 없어!" 그녀가 낮은 목소리로 조급하게 외쳤나. "뭘 기다려? 빨리 안으로 들어가지 않고. 내가 남자였더라도 그렇게 할 거야, 정말!"

그러고는 언젠가는 자기도 남자로서 어떤 여자, 더 정확히 말해 저 금발 여자와 정사를 나누리라고 굳게 마음먹었다. 현재로서는 그 육체적 개혁을 이룰 수 있는 가능성이나 방법에 대해 세부적으로 따지고 싶지 않았다. 금발의 경이로운 여인이 그러한 유혹을 불러일으켰을 뿐이었다! 그것만으로도 순간의 강렬한 느낌은 충분했다. 엠마뉴엘에게 갈색머리 여자의 존재는 거의 잊히고 있었다. 그때 갑자기 그녀가 남자의 넥타이를 풀고 상의와 와이셔츠의 단추를 하나씩 끄른 다음 드러난 가슴을 어루만지는 걸 보았다. 어느 정도의 시간이 흐른 뒤, 금발 여자는 남자의 입술과 합쳐져 있던 자기 입술을 떼어내 갈색머리의 입술에 포갰다. 엠마뉘엘은 목덜미의 진행과 몸의 뒤틀림, 엉덩이의 움직임으로 미루어 혀의 행로와 거리, 그리고 순서를 바꿔가며 입과 입 속에서 만나는 모양을 짐작할 수 있었다. 그 장면들은 또 다른 열림과 또 다른 행위가 시작됐다는 걸 예고하고 있었다. 이제 엠마뉘엘에게 잊히고 있는 사람은 젊은 남자였다.

그런데 금발 여자는 그 남자를 기억하고 있었다. 그녀는 갈색머리 애인과의 키스를 멈추더니 한 손으로 그녀의 머리를 움켜잡은 뒤 방향을 틀어 남자의 입술이 있는 곳으로 이끌어주었다. 그리고 자기 가슴에 있던 남자의 손을 끌어내 애인의 음부 아래에 갖다 놓았다. 금발의 사주를 받은 남자의 손가락은 이제 갈색머리 여자의 몸을 파고들어 치맛자락에 덮여 있던 음순을 헤집어놓았다.

남자의 손가락들이 그만하면 충분히 의무를 수행했다고 여겨질 때쯤, 그리고 그의 손이 구겨진 무명천과 엉킨 채로 반쯤 정도만 드러났을 때(엠마뉘엘은 그 손가락들이 천과 함께 질 속으로 들어간 사실을 알아채며 아주 색다른 흥분을 느꼈다. 그리고 변태적인 욕구에 끌려 자신의 옷자락으로도 세심하게 손가락을 감싼 다음, 남자의 손이 여자의 점막 사이를 드나드는 속도에 맞추어 스스로 몸을 축축이 적시고 있었다), 금발 여자는 무릎을 꿇고 침착하게 남자의 허리띠를 끄른 뒤 바지를 벗겼다. 발레리나가 보여줄 수 있는 것보다 훨씬 더 낭만적인(편파적인 관점에서 엠마뉘엘은 그렇게 확신했다) 맵시로 그녀의 손은 자신이 열어둔 바지 틈새로 들어갔고, 비행기 안에서 엠마뉘엘을 세워 놓은 상태로 관통하였던 남자의 그것처럼 단단하고 불끈한 음경을 밖으로 끌어냈다.

　　손 안에 든 작품을 가장 좋은 각도에서 평가하기 위해 여자는 상체를 뒤로 물리면서 동시에 목덜미를 흔들어 머리채를 뒤로 젖혔다. 그때의 머리 빛깔은 달빛과 같은 느낌이었다. 엠마뉘엘에게는 그 두 빛의 원천이 각기 환상적인 기질과 애무의 위력을 사용해 하늘로 들려진 음경을 빚기 위해 협력하고 있는 것처럼 보였다. 그 창백하면서도 열렬한 빛은 성기의 갑작스런 출현을 때로는 완화시키고, 때로는 강조하고 있었다. 마치 몇몇 남녀 나체의 유연한 낯빛이 사랑의 유액을 쏟아내고 싶어 하는 그들의 초조함을 드러내거나 변호하고 있는, 레오노르 피니(Leonor Fini)의 수채화처럼.

　　금발 여자는 계속 음경을 장악하고 있었다. 그녀는 저항력과 절제를 시험해보고 있는 듯했다. 지금 행하고 있는 유연하고 격렬한 손놀림의 규칙적인 움직임과 폭을 감안해 볼 때, 그녀는 이미 자신의 머리채와, 곧 일어날 경이로움을 골똘히 기다리고 있는 눈 위로 세차게 뿜어져 나오는 정액 세례를 받아야 할 즈음이었다. 그녀는 기다리고 있는 것 같았다.

　　결국 그녀는 별 효과도 없는 자극에 싫증이 난 것일까?

아니면 반대로 영웅의 인내심을 보상해주고 싶었을까? 별안간 여자가 머리를 앞으로 내밀며 밤으로부터 깨어나게 만든 남자의 성기를 마치 환상의 새벽과도 같은 머리채로 가렸다. 엠마뉴엘은 저 넘볼 수 없는 광채의 베일 아래에서 일어나는 일을 더 이상 볼 수 없었다.

어쩌면 그러한 비밀을 부적절하게 여겼는지도 모른다. 헌신적으로 영웅의 입술을 일깨워주고 있었던 갈색머리 여자가 남자의 상의를 벗겨 풀밭으로 던져버렸다. 한편, 금발 여자 역시 이전의 동작을 계속하면서 머리채 아래 두고 있던 자신의 신비로운 손으로 남자의 나머지 옷을 벗겨냈다. 느닷없이 새로 벌어진 광경은, 고대의 연못가에 세워진 살아 있는 석조상처럼 세워진 청년의 육체였다. 그것은 바로 엠마뉴엘이 원하던 모습이었다. 발기된 성기의 타액으로 빛나는 형상처럼 아름답지 않은 곳이 없는 전신은 그림자와 야성적인 빛으로 조각되어 있었다. 마치 여기저기 삿대질에 의해 파여지고 뱃사공의 그물에 의해 들려진 근처의 강물처럼 말이다.

금발 여자는 몸을 일으켜 다시 똑바로 섰다. 더할 나위 없이 당당하고 빠른 동작으로, 그녀는 입고 있던 거미줄 옷을 걷어내 물소리가 나는 곳으로 던졌다. 거미줄은 잠시 허공에 머문 뒤 미지의 먹잇감 위로 떨어졌다. 어디선가 보이지 않는 어부들이 보내오는 환호성이 그녀의 위업에 경의를 표하고 있었다.

하지만 엠마뉘엘이 감탄해 마지않는 세 주인공들은 아무도 그 목소리를 듣지 못하고 있는 것 같았다. 갈색머리는 두 연인의 상체를 팔로 감싸며 자기 몸 쪽으로 끌어당겼고, 달빛으로 빛나는 두 나신의 일부가 그녀의 구겨진 긴 속옷으로 덮였다. 남자와 그의 정복녀들은 그렇게 헤아릴 수 없는 시간 속에 머물러 있었다. 두 여자가 음경을 공유하면서 몸을 밀어붙이는 허리 동작의 난잡함을 읽어내기 위해 엠마뉘엘은 민첩하게 시선을 움직여야 했다.

지금 그 장면에서 엠마뉘엘이 유일한 결점으로 여기는 것은, 갈색머리가 나체가 아니라는 사실이었다. '왜 저 여자는 트로이에서 너무 멀리 떨어진 이곳에서 어울리지도 않는 아마존 부족의 옷으로 악착같이 봄을 가리고 있는 걸까?'

엠마뉘엘은 고대 그리스의 검처럼 예리하게 스치는 생각에 가슴이 찔린 것 같았고, 하마터면 소리를 지를 뻔했다. '혹시 저 분간할 수 없는 미인이 비라면?'

늘씬한 몸매와 밋밋한 상체, 품위 있고 침착한 몸가짐 모두가 그녀의 모습과 같았다. 눈 색깔과 머리 모양만 달랐을 뿐이다. 하지만 자줏빛 눈동자는 렌즈 때문일지도 모른다. 그리고 아프리카에서 전해진 형태의, 거꾸로 빗어 올려 둥글게 부풀려놓은 머리는 가발일 수도 있었다.

'아무리 그래도 도처에서 그 여자의 모습을 발견하는 건 곤란해. 이미 한 번 데었으면서 말이야. 비는 대사의 초청을 받은 자리에 변장을 하고 올 사람이 아니야. 그 여자라면 지금 내가 목격한 것처럼 저렇게 금발을 유혹하지 않았을 거야. 우연히 마주친 남자한테 불쑥 반하고 그러지 않는다고. 그리고 세 사람의 정사, 그런 건 내가 알고 있는 그녀의 취향과는 안 맞아.'

실제로 그녀가 비의 취향을 알고 있었을까? 엠마뉘엘은 그녀에 대해서 아무것도, 절대적으로 아무것도 모르고 있다는 사실을 인정해야 했다. 그렇다면 어떻게 그녀를 알아본 것처럼 여길 수 있었을까? 게다가 어떤 여자라도 비로 변장할 수 있을 거라는 가능성을 왜 악착같이 부정하려 들었을까?

엠마뉘엘이 맴돌고 있었던 논리와 강박관념은 애정 행각을 오랫동안 숨어서 지켜보는 것보다 더 그녀를 피곤하게 만들었다. 그녀는 둘 다 포기하는 길을 택했다. 그런데 걸음을 되돌리려는 찰나 세 사람의 움직임이 다시 분주해졌다. 이번에도 여자들이 먼저 행동을 취했다. 갑자기 두 여자는 발가벗은 영웅을 의혹의 시간 속에 홀로 남겨둔 채 양쪽으로 물러났다. 그러고는 이제 막 발견한 것처럼 놀란 눈으로 남자를 바라보았다. 이곳 세상 끝의 정원에 조각상으로 세워진 프리아포스는 우상숭배자 아니면 우상파괴자를 기다리고 있는 형색이었다. 여자들은 즐거운 표정을 지으며 주저하고 있었다. 저 남성다운 모습을 가지고 뭘 하려는 걸까?

선택은 동일했다. 두 여자는 조각 같은 남자를 함께 차지

한 다음 생포한 노획물을 조명등이 환하게 비치고 있는 높은 줄기의 붉은 꽃밭으로 데려갔다. 그리고 꽃대자루를 헤치고 나가며 점점 무성한 다발 속으로 파묻혔다. 갈색머리가 남자의 성기를 손으로 잡은 채 앞서 나갔고, 금발 여자는 뒤쪽에서 두 사람의 등을 어루만지며 따라가고 있었다.

　　방금 전의 결심은 안중에도 없이 엠마뉴엘은 테라스 끝자락에 서서 움직이지 않았다. 그녀는 이전에는 가능성조차 생각해보지 않았던 새로운 언어를 발견했던 것이다. 식물 언어의 솔직한 형태는 말을 하는 손의 언어보다 더 관능적이었다. 그처럼 엠마뉴엘은 물결치는 꽃부리가 아래에서부터 올라오는 쾌락의 숨결을 암시하고 있다는 걸 읽을 수 있게 되었다. 빨이 들이고 마시며 수술의 꽃가루를 앗아가고, 또 긴 줄기 위의 꽃부리들을 대화하게 만드는 대기는 몸을 숨기고 있는 연인들의 대담한 육식성을 은근히 외설적인 형태로 표현하고 있었다. 모든 수풀이 인체의 성적 행운을 가늠하는 하나의 거대한 꽃이 되어 있었다. 그리고 엠마뉴엘은 한계를 모르는 창조적 유희 속에서 끝과 끝을 맞대고, 갈라지고, 나뉘지며, 끝없이 재구성되는 육체들을 보고 있었다.

　　'그만하면 됐어……' 그녀는 자리를 뜰 참이었다. 삼총사를 자유롭게 내버려두기 위해서, 그리고 그녀에게 삼각연애의 비결을 전수해주지 않아도 되도록 말이다. 이제 저 신비스런 현상들의 흔적을 기억에서 지워버리리라. 그녀는 더 이상 육체도 머릿결도 붉은색도 꽃가루도 되새기지 않을 것이다.

'나는 입술 위 키스의 흔적이 바람에 날려가도록 내버려 둘 거야. 다시는 쓸데없는 질문을 하지 않을 거야…… 그런데 갈색머리는 비가 아니라고 쳐. 금발 여자는 누구지?'

전망대에서 꿈쩍도 않고 서 있는 엠마뉴엘을 멀리서 발견한 마리오가 가까이 다가왔다.

"마리안느로부터 부인에 대한 말씀 많이 들었습니다."

그의 말은 엠마뉴엘에게 전혀 위안이 되지 않았다.

"무슨 말을 그렇게 많이 했나요?"

"제가 부인을 더 알고 싶게 만들 만큼은 했습니다. 이렇게 법석거리는 곳에서 편안히 얘기를 나누긴 힘들죠. 조만간 저희 집에서 조용하게 식사를 나눌 수 있도록 해주신다면 저로서는 영광이겠습니다."

"고마운 말씀이지만, 요즘 저희 집에 손님이 와 계셔서 움직이기가 좀……."

"안 될 것도 없잖습니까? 하루저녁쯤 남편에게 그분을 부탁하시죠. 혼자 외출하는 건 아무 문제 없으실 것 같은데요?"

"물론 없죠."

그렇게 대답해놓고 엠마뉴엘은 남편이 어떻게 생각할까 추측해보았다. 그녀는 약간 꾀를 내 말을 덧붙였다.

"남편하고 같이 가는 게 선생님께 더 낫지 않겠어요?"

"아닙니다. 부인 혼자만 초대하겠습니다."

솔직한 제안이었다. 하지만 엠마뉘엘은 약간 놀랐다. 초대하는 말의 어조가 아리안느가 마리오에 대해 말했던 평판하고는 별로 어울리지 않았다. 심정을 좀 더 분명히 밝혔으면 좋았을 것이다.

"결혼한 여자가 남자 혼자 사는 집에서 저녁식사를 하는 건 별로 적절하지 않은 것 같은데, 어떻게 생각하세요?"

그녀는 부담 없이 들리도록 말했다.

"적절?" 마리오는 마치 그 말을 처음 듣는 사람처럼, 게다가 발음하기도 어렵다는 듯이 또박또박 되뇌었다. "적절해야 한다는 말씀이죠? 그게 부인의 규칙 중에 하나입니까?"

"아니, 아니에요." 엠마뉘엘은 낭황해서 자신을 변호했다. 하지만 곧 다시 새로운 주장을 내놓았다. "그런데 여자로서는, 감수해야 할 위험을 미리 알고 있으면 더 짜릿한 맛을 느끼게 되죠."

"그건 위험이란 말을 부인께서 어떻게 이해하고 있느냐에 따라 다르겠죠. 기왕 말이 나온 김에, 위험에 대한 부인의 견해는 어떤 종류의 것입니까?"

엠마뉘엘은 미묘한 입장에 놓였다. 결혼의 의무, 세상의 관습, 바른 품행, 그녀가 무엇을 근거로 하든지 간에 마리오가 반박하고 나올 논리는 쉽게 예측할 수 있는 것이었다. 다른 한편으로, 그녀는 자신의 마음을 쓰게 만드는 것에 대해

직설적으로 털어놓는 습관도 용기도 없었다. 결국 민망스러울 정도의 대답으로 비껴나갔다.

"겁쟁이는 아니에요."

"그럼 더 이상 묻지 않겠습니다. 내일 저녁 괜찮으세요?"

"어디 사시는지도 모르는걸요."

"부인의 주소를 남겨주세요. 택시를 보내도록 하겠습니다(이 말을 하며 그가 매력적으로 웃었다). 저는 차가 없습니다."

"그냥 제 차로 갈 수도 있는데요?"

"길을 잃어버리실 겁니다. 여덟 시에 택시가 도착하도록 해놓겠습니다. 아셨죠?"

"알았어요."

그녀는 지역과 거리, 번지수를 적어주었다.

한참 동안 엠마뉴엘을 지켜보던 마리오가 말했다.

"아름다우십니다."

아무런 과장도 없었다.

"사실 그건 별것 아니잖아요."

엠마뉴엘이 정중하게 맞받았다.

법

오라, 친구들이여, 신세계를 찾기엔 아직 늦지 않았으니.

알프레드 테니슨, 〈율리시스〉

그대는 밤을 창조하였고 나는 등불을 만든다.
그대는 진흙을 만들었고 나는 컵을 만든다.
그대는 사막과 산, 그리고 숲을 만들었고
나는 과수원과 정원, 관목 숲을 만들었다.
나는 돌을 바위로 바꿔놓는다.
그리고 독을 해독제로 바꿔놓는다.

모하메드 이크발

마리오는 엠마뉴엘을 일본식 전등 사이에 있는, 비단처럼 보드라운 붉은 가죽소파 위에 앉게 했다. 음료수를 가지고 나타난 하인은 양쪽 허벅지 부분이 갈라진 짙은 청색 반바지만 입고 있었다. 그는 무릎을 꿇고 역시 가죽으로 된 좁고 긴 탁자 위에 쟁반을 놓았다.

반사광으로 어른거리는, 검은 운하의 돌출부에 세워진 마리오의 집은 통나무로 만들어져 있었다. 단층으로 된 그 집은 바깥쪽에서 보면 마치 숲 속의 회합 장소 같았다. 그리고 통유리를 가로로 배치한 거실은 운하를 향해 열려 있었다. 엠마뉴엘이 앉아 있는 자리에서 과당 음료, 두리안, 코코넛, 대나무 밥 등을 실은 나룻배들과 조류에 떠내려온 칡덩굴과 나뭇잎 더미를 볼 수 있었다. 뱃고물에 자리 잡은 남자와 여자가 열심히 노를 저으며 지나가는 길에 거실 안으로 온화한 미소를 건넸다. 근처 사원의 지붕 모서리에서 무화과 나뭇잎 모양의 방울이 바람에 흔들리며 작은 동종을 울리고 있었다. 두 음계의 울림이 가냘프면서도 마치 부상당한 것처럼 장중했다. 어느 여인의 목소리가 아이의 머리맡에서 날카로운 느낌의 자장가를 부르기 시작하려는 듯 들렸다.

"친구가 한 명 올 겁니다." 마리오가 말을 꺼냈다.

그의 희미한 어조는 등불의 간결한 빛이 벽 위로 그려내는 불상의 그림자들과 잘 어울렸다. 엠마뉴엘은 일종의 물리적 두려움 같은 걸 느끼는 바람에 하인이 따라준 아주 독한 칵테일을 한입에 털어 넣었다. 그러나 알코올의 충격은 가슴 안에 엉켜 있는 무언가를 풀어버리기엔 충분치 않았다. 그녀는 정체 모를 그 두려움에 스스로 창피한 마음이 들어 터무니없는 마법에서 벗어나보려고 애썼다.

"제가 아는 사람인가요?"

그런데 그 말을 하고 나서야 그녀는 비로소 실망감에 사로잡혔다. 마리오는 그녀와 단둘이 있어보려는 마음조차 먹지 않았던 것이다! 그녀는 마리오가 자기를 마음대로 해 보려고 남편과의 동행을 못마땅해한 줄로 여기고 있었다. 그런데 어떤 다른 상대를 초대해 놓았다니, 세상에.

"아닙니다. 저도 그저께 저녁 파티에서 만났는데, 매력적인 영국인입니다. 피부가 아주 희한하죠! 이곳 동남아 지역의 태양에 골고루 그을린 그 살빛은 뭐랄까…… 좋은 향기가 나는 색깔이라고나 할까…… 아마 부인도 좋아하실 겁니다."

순간 질투와 모멸감이 엠마뉴엘의 가슴을 할퀴었다. 그는 매 단어마다 문장을 끊어야 할 정도로 탐욕스럽게 그 남자에 대해 말하고 있었다. 마치 엠마뉴엘이 제과점 진열창 앞에서 쟁반을 손에 든 채 고민 끝에 빵을 선택하는 것처럼. 그렇다면 앞으로 그의 취향을 어떻게 받아들여야 할까? 아리안느가 미리 예고해준 게 옳았던 것이다! 그런 생각과 동시에 엠마뉴엘은 곧 도착할 손님의 장점을 늘어놓으며 즐거워하는 마리오의 칭찬이 꼭 그녀 자신을 대상으로 하고 있는 것 같다는 엉뚱한 느낌을 받았다.

그녀는 혼란에 빠졌다. 만약 마리오가 그녀를 갖고 싶어한다면, 그녀는 별다른 이의가 없을 것이다. 오히려 기다리고 있는 중이었다. 그녀는 마리안느의 마음에 들기 위해 비행을 저지를 각오를 하고 지금 여기 와 있지 않은가. 아니면 단지 자신이 인정하고 싶지 않은 마음보다는 유혹이 더 큰 까닭인지도 모른다. 그 유혹에 빠졌다는 확신이 엠마뉘엘에게 이미 신체적인 쾌감을 주고 있었다. 그리고 그녀는 잠시 후에 느끼게 될, 스스로 옷 단추를 끄른 다음 다리를 벌리고, 아직 알지 못하는 몸을 만지며 뜨거운 열기가 자신의 내부로 들어오는 기쁨을 상상하고 있었다. 그 삽입이 강간의 짜릿한 자극처럼 즉각적이든 아니면 그와 반대로 열려 있는 그녀를 애가 타도록 간절하게, 그리고 막연하게 젖어 있게 만드는 기다림 속에, 그 아련한 긴박감 속에 내버려둔 채 한 치씩 천천히 들어오다간 물러나고, 물러났다가 다시 되돌아오는, 아, 그 경이로운 존재의, 너무나 단단하게 부풀어 오른, 날카로운 그 느낌이 음부를 깊숙이 채우고, 서슴없이 애무하면서 마지막 한 방울까지 달콤하게 즙을 비워낼 것이다. 온통 파헤쳐져 길이 나고, 물을 대고, 알맞게 손질이 된 진흙 속에 씨를 뿌리고 나서야 그녀의 몸을 떠나게 되리라. 엠마뉘엘은 입술을 깨물었다. 이토록 누군가가 자신의 육체를 탐하는 걸 좋아하는 그녀는 이제 준비가 되었다. 하지만 너무 복잡한 유희는 피하고 싶었다. 그건 생각만 해도 벌써 진력이 날 지경이었다. 이태리식의 기교는 조심하는 게 나을 것이다!

그녀는 마리오에게 하고 싶은 말이 입 안에 맴돌았다. '주어진 기회를 선생님이 차지하는 건 옳아요. 그런데 저한테는 있는 그대로의 제 모습에 만족하셔야 할 거예요. 지금 섹스를 해주세요. 그리고 남편 곁에서 잠들 수 있도록 보내주세요. 제가 돌아간 다음에 선생님은 그 영국인과 원하는 대로 즐기실 수 있잖아요.' 하지만 그녀가 이미 보았던 대로 만약 마리오가 정중하면서도 냉담한, 그리고 멸시감마저 묻어나는 표정으로 바라보며 이렇게 말을 한다면……

'부인, 뭔가 오해를 하신 모양인데, 전 부인이 정말 마음에 듭니다. 그런데……'

엠마뉴엘이 상상 속에서 추측한 목소리와 똑같은 어조로 마리오가 그녀의 혼미한 정신을 깨웠다.

"저는 부인께서 가능한 한 다리를 높이 올려 보여주셨으면 합니다. 캉탱이 도착해서 여기 앉게 되면 무릎이 그 친구를 향하도록 몸을 이쪽으로 좀 돌려주시겠어요? 그의 시선이 부인의 치마 속을 들여다볼 수 있도록 말입니다."

엠마뉴엘은 현기증이 났다. 마리오가 한 손을 맨살의 그녀 어깨 위에 얹었다. 그의 긴 손가락이 젖무덤이 시작되는 곳까지 내려와 있었다. 그 손을 천천히 오른편으로 돌려 옮기면서 왼손과 함께 검은색 치마 양쪽의 허릿단을 비스듬히 잡아 올려 길이를 조절했다. 왼 다리는 허벅지 중간까지, 오른 다리는 거의 사타구니 높이까지 드러내놓았다.

"아니, 다리를 꼬지 마세요. 그대로 아주 멋집니다. 절대 움직이시면 안 됩니다. 자, 이렇게."

마리오의 손이 물러났다. 그녀는 마치 모래사장의 물결처럼 자신의 몸으로부터 미끄러져나가는 그 손을 느꼈다.

그는 새로 도착한 손님을 자리에 앉히면서 동시에 마치 긴장하고 있는 후보자를 앞에 둔 시험관처럼 엠마뉘엘에게 미소를 지어 보였다. 그런데 제일 주눅이 든 것처럼 보이는 사람은 영국인이었다.

'저 남자는 내 다리를 쳐다보지도 않잖아!' 그 사실을 확인한 엠마뉘엘은 실패로 돌아간 마리오의 획책 앞에서 분노보다는 오히려 복수의 즐거움을 느꼈다. '그것 참 쌤통이군!' 그녀는 갑자기 캉탱이 적군이 아니라 아군처럼 여겨졌다. 그녀는 남자에게 그윽한 표정을 건넸다. '정말 괜찮은 사람 같은걸.' 하지만 어이없게도 그는 전혀 호모처럼 보이지 않았다.

불행하게도 새 손님은 불어를 한마디도 못하는 것 같았다. '그러고 보니 난 참 운이 좋아.' 엠마뉘엘은 스스로 자신을 비꼬아서 생각했다. '나는 아무래도 언어에 재능에 없는 이국의 나그네 같은 사람들한테만 떨어져야 하는 운명인가봐.' 그런 생각이 그녀의 기분을 은근히 전환시키면서 음탕한 마음을 강하게 자극했다. 그녀는 캉탱의 혀가 그녀의 혀를 갈구하면서 점점 아랫배까지 내려오는 감각을 상상했다. 그리고 몸 안으로 마구 파고드는…… 문득 제정신으로 돌아온 엠마뉘엘은, 방콕에 도착한 이후 삼 주 동안 배운 영어 실력을 그 손님에게 발휘해보려고 애를 썼지만 별 성과가 없었다.

그래도 상대방은 그녀에게 몹시 매료된 듯했다.

마리오는 중간에서 통역으로 나서려는 기색이 전혀 없었다. 그는 하인에게 설명을 해가며 음료를 혼합하고 있었다. 두 사람이 주고받는 사투리는 이제 막 태국어를 접하기 시작한 엠마뉴엘에게는 억양과 발음 모두 생소하기만 했다. 마침내 자리로 다시 돌아온 그는 엠마뉴엘이 앉아 있는 소파 앞양탄자에 앉았다. 그녀로부터 등을 4분의 3 정도 돌리고 앉은 상태에서 마리오는 손님과 마주 보며 이제는 영어로 대화를 나누기 시작했다. 영국인은 가끔씩 엠마뉴엘을 쳐다보며 대화를 함께 나눠보려고 시도했다. 얼마나 기다렸을까. 엠마뉴엘은 두 사람의 수작이 너무 오래간다고 판단했다.

"저는 이해를 못하겠어요."

마리오가 놀란 눈으로 그녀를 쳐다보며 대꾸했다.

"그건 중요하지 않습니다."

그러고는 엠마뉴엘이 무례함에 응수할 여유도 주지 않고 몸을 벌떡 일으키더니 그녀 곁으로 와 앉은 다음 한쪽 팔로 허리를 휘어감아 뒤로 약간 쓰러뜨렸다. 동시에 열뜬 기분을 감추지 못하고 남자를 향해 소리쳤다.

"정말 아름답지 않아, 친구?"

엠마뉴엘은 어이가 없었다.

마리오가 그렇게 유지시키고 있는 어중간한 자세에서 엠마뉴엘은 다리를 높이 들어올릴 수밖에 없었고, 그녀의 깊숙한 곳이 드러나 보이고 있었다. 그 상황을 지켜보며 엠마뉴엘은 오히려 재미를 느꼈다. 손가락으로 엠마뉴엘의 입술을 건드려보던 마리오가 조심스럽게 그녀의 목을 눕혔다. 그러고는 한쪽 어깨의 옷을 내리며 팔 윗부분과 젖꼭지만 드러나게 해놓고 입술을 오므린 채 바라보았다.

"정말 아름다워, 안 그래?"

남자를 향해 다시 물음을 던졌다.

영국인이 동의를 하자 마리오는 그녀의 젖가슴을 옷으로 다시 가렸다.

"다리도 마음에 들어?"

그는 불어로 질문했고, 손님은 눈을 찌푸리고만 있었다. 마리오가 재차 강조했다.

"아주 아름다운 다리야. 특히 발가락부터 허리까지, 이 부위는 그야말로 욕정 그 자체야."

그는 손가락 끝으로 정강이 선을 쓸었다.

"이 다리는 걸어가도록 만들어진 게 아니야. 그건 아주 명백해."

마리오가 이번에는 엠마뉴엘 쪽으로 몸을 기울이며 물었다.

"부인, 다리를 캉탱에게 맡기면 어떨까 하는데, 승낙하시겠습니까?"

엠마뉴엘은 마리오가 무슨 말을 하는 건지 이해가 잘 되지 않았고, 좀 어지러운 느낌이었다. 하지만 그녀는 어떤 요구를 해오든 간에 뒤로 물러나는 것처럼 보이고 싶진 않았다. 그녀는 태연하게 반응하기로 했다. 그걸 마리오는 만족해하는 것 같았다.

그의 손이 치마를 훨씬 더 높이 들어올렸다. 폭이 너무 좁아 그녀의 다리와 음부를 완전히 드러내기 위해서는 한 손으로 엠마뉘엘의 몸을 추어올려야 했다. 방콕에 도착한 이후로 그녀는 더위에도 불구하고 오늘 저녁 처음으로 스타킹을 신고 나왔었다. 고무 밴드와 사타구니의 마름모꼴 안에서 망사처럼 투명한 검은색 팬티가 부드러운 두덩을 얌전히 감싸고 있었다.

"와서 잡이." 마리오가 남자에게 말했다.

그녀는 캉탱이 가까이 다가오는 걸 느꼈다. 한 손이 그녀의 발목을 어루만지고, 다른 한 손이 더해졌다. 그리고 다시 한 손만 남겨두고 다른 손이 종아리를 따라 오르다가 다른 종아리로 옮겨가고, 허벅지가 시작되는 부분에 이르러서는 에워 돌기만 했다. 마치 절제의 마지막 구간 그 너머로 열리고 있는 공간에 놀란 듯이.

그러자 첫 번째 손이 위로 올라와 허벅지를 포위하도록 도왔다. 양쪽 손이 무릎 근처의 비교적 가느다란 그녀의 두 허벅지를 한꺼번에 감싸고 꽉 조였다. 그러고 나서 두 손은 나란히 허벅지 바깥쪽을 따라 오르다 아래쪽으로 방향을 틀고, 엉덩이 부분에 가 닿았다. 그곳에서 단호한 동작으로 그녀의 두 다리를 벌렸다. 남자는 이제 곧 그녀의 속살을 마음대로 스치며 다니게 되리라. 이미 민감해진 엠마뉴엘은 입술이 부풀어 오르는 걸 느꼈다.

마리오는 그녀를 지켜보고 있었다. 그러나 엠마뉴엘은 그를 볼 수 없었다. 그 사람이 뭘 기다리고 있는 건지 알아보려고 눈을 떴을 때, 그는 그저 웃음만 띠고 있었다. 그의 눈에서 아무런 의중도 읽을 수 없었다. 쾌감에 이르고 싶은 욕구와 동시에 도발적인 충동에 이끌린 그녀는 이미 말려 있는 치마를 더 위로 올린 다음 속바지를 끌어 내렸다. 그 즉시 영국인의 손은 더욱 대담하고 협조적인 양상으로 변했고, 그녀의 팬티를 벗겨 바닥에 놓았다.

거의 같은 순간, 이전보다 더 무겁고 둔한 마리오의 목소리가 엠마뉴엘을 놀라게 만들었다. 그는 영어로 말하고 있었다. 몇 문장을 계속 이어가던 그가 그녀를 위해 통역했다.

"한 사람에게 모든 걸 다 허락해주시면 안 됩니다."

마치 어려운 사실을 가르쳐주고 있는 듯한 말투였다.

"저 친구는 이미 부인의 다리를 차지했으니, 그 정도에서 만족하게 놔두는 게 좋습니다. 다른 곳은 딴 사람들에게 기회를 주셔야죠. 한 남자에게 한 부분씩만, 어떻게 나누느냐는 부인이 정하시고요."

엠마뉴엘은 그만 소리를 치려다가 참았다. '그럼 당신은,

당신은 도대체 뭘 원하세요? 내 몸의 어디가 당신 마음에 드
냐고요?'

그녀는 갑자기 가소로운 생각이 들었다. '그렇다면 마리
오 저 사람은 좀 전에 살짝 손을 스쳐간 젖가슴만으로도 충
분하단 말이야?'

마리오가 손뼉을 치며 외쳤다. "자, 이제 식사를 하면 어
떨까요? 가시죠, 친구들! 저는 여러분에게 육체를 미치게 해
주는 음식 맛이 어떤 것인지 보여 드리고 싶었답니다."

그는 한쪽 팔을 엠마뉘엘의 어깨 아래로, 다른 한쪽은
다리 사이로 넣은 다음 소파에서 들어올렸다. 그녀는 나체로
공중에 떠 있었고, 종이 갓등의 불규칙한 불빛에 의한 그림
자와 입체감으로 빚어진 그녀의 다리는 더욱 길어 보였다. 그
녀를 다시 땅에 내려놓았을 때 검은 치마가 바닥에 떨어졌다.
엠마뉘엘은 우아하게 몸을 숙여 치마를 집은 후 구겨진 부분
을 잡아당겨 폈다. 그러다가 양탄자 위에 떨어져 있는 얇은
흔적의 나일론을 발견하고는 어쩔 줄 몰라 했다. 마리오가
민첩하게 손끝으로 그것을 주워 입에 물었다. 그리고 누군가
의 시구를 인용했다. "현실적인 것들과 헤어지는 게 뭐 그리
대수로우랴. 하지만 추억들과는! 인간의 현실은 별로 없으니
꿈과의 이별에 가슴이 무너지는구나."

그는 향기로운 슬립을 비단 양복 가슴주머니에 꽂은 다
음 당황해 하는 엠마뉘엘의 손을 끌고 작은 원형 식탁으로

데려갔다. 식탁에는 중세 양식의 오래된, 등받이가 높은 나무의자 세 개가 놓여 있었다.

엠마뉘엘은 감히 캉탱과 눈을 마주칠 생각도 못하고 있었다. 그렇지만 방금 겪은 이상한 경험을 재미있어하면서 마리오에 대한 불만을 잊어버리기 시작했다. 생각해보면, 그녀에 대해 별 관심도 없는 미소년에게 엠마뉘엘이 온몸을 내맡기지 못하도록 막아준 그 사람이 아마도 옳았을 것이다. 자기 무릎에 손을 얹는다고 해서 누구를 막론하고 몸을 열어주고 잠을 같이 자고 그럴 수는 없지 않은가. 결혼 전까지만 해도 남자애들이 자기 몸을 손으로 만지는 것 이외에는 절대 못하게 하면서 기를 꺾어 놓던 그녀가 아니었던가. 하지만 비행기 안에서 한 짓만으로도 이미 충분하지 않은가 말이다. 그럼 마리오와는? ……그건 경우가 다른 것이다. 지나친 것이라곤 하나도 없었던 데다, 결혼한 여자가 남편 이외의 다른 사람과 애정 관계를 갖게 될 수도 있는 거라고 스스로 받아들였기 때문이다. 그 생각을 갖게 한 건 마리안느였고, 지금 그녀는 정말로 정부를 갖고 싶다는 마음이 들었다. 딱 한 명만! 그 정부가 마리오였으면…….

하지만 그녀는 이 이태리 남자가 너무 유리한 입장을 취하는 건 바라지 않았다. 그럼 그가 내세우는 철학의 교리와 관례를 한번 우스꽝스럽게 만들어줘 볼까? 그게 중요해서라기보다는 농담 삼아, 그리고 엠마뉘엘 자신이 그다지 숙맥이 아니라는 걸 보여주고 싶었다.

"저는 선생님의 그 '분할식' 사랑이 어제 저녁 주장하신 미학하고 어떻게 어울릴 수 있는 건지 이해가 잘 안 되네요. 옷을 벗고 몸을 내맡기는 행위가 그 자체로 중요하다면 어째서 오늘은 저한테 홍정을 하라고 부추기시는 거죠? 제 몸을 한 방울 한 방울씩 나눠주라고요?"

"그럼 단번에 다 주시든지요! 그래서 끝나고 나면?"

"끝나다니요?"

"장방형 초상화의 모델이 된 여인이 자신의 마지막 색깔을 주고 나면, 그리고 숨결을 다 비워내고 나면 말입니다. 그 다음 남아 있을 수 있는 예술은 뭡니까? 코미디, 그거죠! 쾌락의 마지막 외침과 생의 마지막 노래가 부인의 입술을 통해 지나가고 나면, 작품은 무효가 되는 겁니다. 꿈처럼 사라지게 되면 두 번 다시 존재하지 않게 될 거란 말이죠. 곰곰이 생각해 보면, 죽음에 놓인 이 세상의 가장 긴급한 임무는, 아니 유일한 임무는 '지속시키는' 것 아닙니까? 옷을 벗는 일이죠, 물론! 계속해서 말입니다!"

"선생님도 저의 머지않은 종말에 대해 충고하고 싶으신 거군요. 그렇다면 선생님의 제자인 마리안느와 의견을 일치시키는 게 좋지 않을까요? 그 애는 내 몸을 어서 소비하라고 재촉하고, 선생님은 내 몸을 아끼라며 말리고, 어쨌거나 인생이 짧다는 구실을 내세우면서 말이에요."

"친애하는 부인, 제 말을 완전히 잘못 이해하신 것 같습니다. 아니면 제 표현이 서툴렀겠죠. 마리안느가 제 생각을 더 잘 전달한 모양입니다. 소녀들에게는 우리가 나이를 먹어가면서 잃어버리게 되는 판단력이 있거든요."

"그런 문제라 아니라, 선생님의 교훈은 완전히 모순이란 말이에요. 그 논지로 따지자면 마치 절제가……"

"그것 참 더할 나위 없이 부당하게 생긴 비난이군요."

마리오가 유쾌한 어조로 말을 끊었다.

"그런데 부인의 화난 말투로 치자면, 부인이 우리에게 금욕을 강요하는 것처럼 들릴 수도 있겠는걸요!"

"네?"

"부인의 크루스타드(얇은 밀가루 반죽이나 빵 껍질을 이용해 고기나 채소 등으로 속을 채워 화덕에 바싹하게 구운 음식—옮긴이)가 다 식겠습니다."

엠마뉴엘은 약간 당황스러워하며 웃었다. 그는 곤란한 질문을 피해가는 솜씨가 보통이 아니었다.

한동안 그들은 음식과 포도주 같은 주제를 가지고 대화를 나누었다. 마리오가 이 나라 말에서 저 나라 말로 옮겨 다녔지만 캉탱이 대화에 끼어드는 경우는 별로 없었다. 엠마뉴엘은 준비해놓은 음식을 진심으로 칭찬했다. 자기는 먹는 것에 대해 별로 신경도 안 쓰고 아는 것도 없지만, 오늘 저녁 로스의 독특한 맛을 알게 되었다고 말했다.

"음식을 그리 중요하게 여기지 않으시군요. 그럼 부인에게 가장 중요한 건 뭔가요?" 마리오가 물었다.

엠마뉴엘은 대화의 흐름이 품위를 높일 수 있는 방향으로 가고 있다는 걸 알아챘고, 전채요리를 먹는 동안 미처 염두에 두지 않았던 격조를 만회하기로 마음먹었다.

'집주인의 괴팍한 성질에 말려들지 않으면서도 집안 분위기에 어울리는 대답을 해야 해. 어쨌거나 오늘 저녁의 목적은 분명한 거잖아? 내가 방탕에 빠지려고 온 거지 철학을 하러 온 건 아니니까.'

그녀는 최대한 자연스러운 목소리로 말했다.

"오르가슴을 많이 느끼는 거예요."

마리오는 그 밀을 듣자마자 다그쳤다.

"물론, 물론 그렇겠죠. 그런데, 아무렇게나 오르가슴을 느껴도 되는 겁니까? 오르가슴이 제일 중요하세요, 아니면 그 상태에 이르게 하는 방법이 중요하신 건가요?"

"물론 오르가슴이에요."

그녀가 정말 그렇게 생각하는 건 아니었고, 마리오를 도발하려는 의도로 그렇게 답했다. 하지만 겨우 그를 곤혹스럽게 만들었을 뿐인 것 같았다.

"하나님, 맙소사!" 마리오가 한숨을 내쉬었다.

"어머, 종교를 믿으세요?" 엠마뉴엘이 놀란 표정으로 물었다.

"내가 호소를 하는 대상은 미학의 신입니다." 그가 말을 바로잡았다. "부인이 더 많이 알아야 할 법을 지닌 신, 바로 에로스입니다."

"제가 그 신을 모르는 줄 아세요? 사랑의 신이잖아요."

"아니, 색정의 신입니다."

"그건 사람들이 임의적으로 그렇게 만든 거예요."

"한 이름의 신은 다른 모습을 가지면 안 된다는 겁니까? 내가 보기에 부인은 에로티시즘에 대한 이해가 그리 높지 않은 것 같은데요?"

"잘못 아셨어요. 전 찬성하는 편이에요."

"그러세요? 그럼 그 개념을 정확히 어떻게 정의하십니까?"

"색정주의란, 그…… 뭐랄까…… 모든 도덕을 넘어선, 감각적 쾌락에 대한 숭배죠."

"전혀 아닙니다." 마리오가 의기양양하게 받아쳤다.

"정반대지요."

"그럼 순결에 대한 숭배란 말인가요?"

"그건 숭배가 아니라, 신화에 대한 이성의 승리인 겁니다. 감각적인 진행이 아니라 정신적 훈련이죠. 쾌락의 지나침이 아니라 지나침에 대한 쾌락이고, 파격이 아닌 규칙입니다. 그리고 도덕이죠."

"멋지군요." 엠마뉘엘이 짐짓 찬사를 보냈다.

"정말 진지하게 이야기하는 겁니다. 색정주의는 함께 즐기기 위한 지침서 같은 것이 아닙니다. 그건 인간의 운명에 대한 독자적인 이해이면서 법령, 기호, 격식이고 하나의 예술, 학파죠. 학문, 아니 그보다는 선택의 결실, 또는 학문의 마지막 결실이라고 할 수 있습니다. 그 법칙들은 맹목적인 믿음이 아닌, 이성에 토대를 두고 있는 겁니다. 두려움이 아니라 믿음, 죽음에 대한 신비주의적 태도라기보다는 오히려 삶에 대한 애착을 근거로 하고 있다는 말이죠."

그는 엠마뉘엘이 무슨 말을 하려고 하자 손가락으로 그녀의 입술을 가로막으며 논술을 계속 이었다.

"색정주의는 타락의 산물이 아니라 진보, 바로 그겁니다. 왜냐하면 섹스에 대한 문제들과 친근해지도록 도와주는 정신적, 사회적 측면의 건전한 도구이기 때문입니다. 저는 그것을 정신적 수준 향상에 필요한 하나의 요소로 여깁니다. 왜냐하면 우리에게 개성을 길러주고, 환상적인 열정을 버리는 대신 명철한 열정으로 이끌어주기 때문이죠."

"참 재미있네요." 엠마뉘엘이 빈정댔다. "그래서 그런 그림이 선생님한테는 매력적인 모양이죠? 오히려 환상에 빠지는 게 더 기분 좋지 않은가요?"

"자기 혼자만 소유하려는, 아니면 누구 한 사람에게만 속하려는 열정, 지배하려는 의지 또는 노예근성, 매혹, 욕망, 고통과 죽음에 대한 사랑, 영원한 것에 대한 갈망, 이런 것들이 내가 환상이라 부르는 열정입니다. 어때요, 마음이 끌리세요?"

"썩 그렇진 않아요." 엠마뉴엘이 그의 말을 인정한다는 듯 말했다. "그럼 저를 유혹하게 될 것이 뭔지 좀 말해 주시겠어요?"

"나는 최상의 덕목이 미에 대한 열정이었으면 좋겠습니다. 그건 모든 것을 내포하기 때문이죠. 아름다운 것은 참되고, 아름다운 건 정당화되어지고, 아름다운 것은 죽음도 막아주니까. 미는 어떤 다른 곳에 있는 도시 같은 것입니다. 만약 우리들의 비겁한 생각과 따분한 마음에 그나마 대담하게 얹어놓은 지식이나 고갈되지 않는 영감이 있었기에 망정이지, 아니면 꿈도 꾸지 못했을 그런 도시 말입니다. 미에 대한 사랑은 짐승이나 다름없었을 우리를 다른 존재로 만들어주는 것 아니겠어요? 대지의 정수는 우리들 안에서 생각이 일어나게 해주었지만, 최초에 느꼈던 공포들을 한번 짐작해보세요. 신들이 마련해준 보잘것없는 영토에서 얼굴을 땅에 대고 꼬꾸라져서는 너무나도 허약한 사지를 끌고 다녔단 말이죠. 그러나 반항적인 호기심과 교만으로부터 일어난 미의 기적, 그건 우리 인간에게 비상의 기회였습니다. 왜냐하면 미는 세상의 날개니까요. 미가 없었다면, 정신은 바닥에 나동그라지고 말았을 겁니다."

한동안 가만히 있던 마리오가 엠마뉴엘의 표정에 고무되어 다시 말을 이었다.

"천사보다 더 세심한 인간의 재기가 우리를 그 날개로 품어 주고 있단 말입니다! 학문의 미는 우리를 마법의 추악함으로부터 지켜주고, 이성의 미는 신화들의 보기 흉한 허식을 헤아리게 해주는 겁니다. 정치와 폭로의 가면들이 고상한 인내심을 갖고 그림자놀이를 해가는 극장에서, 결국 우리가 가만히 앉아 있기를 거부하게 만드는 것이 미에 대한 사랑이죠. 살아 움직이는 세계는 그들의 확고부동한 주장을 비웃게 될 것이고, 인간은 지성의 꾸준한 발전 속에서 악몽과 망상에 대한 대책을 발견하고 또한 배우들의 성격을 통해 영혼을 치유하게 되는 것이지요."

그는 마치 캉탱을 증인으로 삼으려는 듯이 몸을 돌려 그를 바라보았다. 그러고 나서 명백성을 보여 주기라도 하듯 두 팔을 벌리면서 논제를 계속 풀어갔다.

"왜냐하면 우리의 삶은 놀랄 만큼 단순하거든요. 이 세상에 지성 이외의 다른 의무는 없고, 사랑 이외의 다른 운명도 없습니다. 그리고 선을 가장 잘 나타내 보여 주는 것은 오직 미, 한 가지뿐입니다."

그는 다시 엠마뉴엘을 마주 보고 손가락을 하나 세워 자신의 강경한 요구를 예고했다.

"기억해둬야 할 건, 미의 형태는 완성된 작품 속에서 부인을 기다리고 있는 게 아니라는 사실입니다. 그것은 결과도 아니고, 충직한 노동자에게 약속된 낙원도 아니며, 경건한 노동 이후에 맞이하는 노을의 평온함도 아닙니다. 오히려 창조를 시도하며 결코 가만히 있지 못하는 신성모독 같은 것이고, 어떤 것으로도 만족시킬 수 없는 물음이고, 지침 없이 앞으로 나아가는 걸음입니다. 도전이며 노력이죠. 도전의 긴급성, 그리고 노력의 무한성을 지니고 있다는 말입니다. 우연한 물질로 만들어진 우리들의 자멸적인, 불길한 재능에 맞서게 해주는 바로 그것이며, 우리들 운명의 영웅적 행위와 동일시되는 것입니다."

엠마뉴엘은 웃음을 지어 보였고, 마리오는 그녀의 심정을 파악하는 것 같았다. 그 또한 엠마뉴엘을 다정하게 바라보았다. 그렇지만 자신의 마지막 논지에 대해 그녀가 아무런 의심을 갖지 않도록 하려는 듯 설명을 계속했다.

"미는 신이 인간에게 준 것이 아니죠. 인간이 착상을 하고, 만들어낸 것입니다. 시(詩)와 똑같이 선동적인 이름을 지니고 있는 미는 자연의 질서가 아니라 그 반대적인 것입니다. 또한 사물의 법칙에 맞선 남녀의 불안한 희망이면서 우리가 천사와 악마를 추방시켜버린 세계 속에서 낯섦과 고독이 낳은 덕목이기도 하죠. 풀과 빗물 위에 약속된 승리이기도 하고요. 가상의 달빛, 바다의 추한 모습 위로 퍼지는 세이렌의 노래입니다. 따라서 나는 자연에 대한 꿈의 승리인 저 색정주의를 시의 정신이 갖는 고도의 피난처라고 말하고 싶습니다. 왜냐하면 불가능을 부정하는 형태이기 때문이지요. 그 모든 걸 할 수 있는 것이 바로 인간입니다."

"저는 그 능력을 제대로 수용 못하겠어요."

엠마뉴엘이 이의를 제기했다.

"여자들 간의 육체적 행위는 생물학적으로 불합리한 것이죠. 그건 불가능한 겁니다. 그런데 색정주의는 그 꿈의 허구성을 현실로 만들잖아요. 남자들 간의 성행위는 자연에 대한 도전이죠. 색정주의는 그것이 이루어지게 합니다. 다섯 명이 함께 성관계를 하는 건 자연적인 게 아니죠. 하지만 색정주의는 그것을 구상하고 결정해서 실행에 옮기는 겁니다. 그리고 그 각각의 성취는 아름다운 것이지요. 물론 색정주의가 그 모양을 완성하기 위해 반드시 예외적인 요소들을 필요로 하는 건 아닙니다. 단지 젊음과 정신의 자유, 진실된 것에 대한 사랑, 그리고 관습이나 관례와는 아무 상관도 없는 순수성을 요구할 뿐입니다. 에로티시즘은 대담한 열정, 바로 그것입니다."

"선생님 말을 듣고 있노라면 그 색정주의란 게 일종의 고행이 아닐까, 그런 생각이 드네요. 그러한 모든 어려움을 감수할 필요가 있는 건가요?"

"천 번이라도! 비록 그것이 우리의 흉측한 현실과 맞서는 즐거움에 불과하더라도 말이죠. 무엇보다도 가장 보기 흉한 인간들의 두 행태, 어리석음과 비열함을 무시할 수 있는 즐거움 말입니다! 토마스 홉스(사회계약론을 주장한 영국 철학자—

옮긴이)는 이렇게 외쳤죠. '내 인생의 유일한 열정은 두려움이 될 것이다!' 삼백 년이 지난 오늘날에도 아침마다 더욱 실감하게 되는 이 외침만큼 솔직할 수 없는 인간들이 얼마나 많은 줄 아세요? 다르게 보이는 것에 대한 두려움, 생각하는 것에 대한 두려움, 행복해지는 것에 대한 두려움…… 시를 멀리하게 만드는 이러한 모든 두려움이 만들어낸 세상의 가치는 또 어떻습니까? 보수주의, 금기와 의례의 중시, 상상력에 대한 혐오, 새로운 것에 대한 거부, 마조히즘, 악의, 질시, 인색, 위선, 거짓, 잔혹성, 수치심…… 한마디로 '악'이죠. 색정주의의 진정한 적은 악의 정신입니다."

"정말 훌륭하시군요!" 엠마뉴엘이 환호를 하며 기뻐했다. "저는 어떤 사람들이 간단하게 '악덕'이라 부르는 게 색정주의인 줄로 알고 있었어요."

"악덕이라고요? 색정주의도 인간의 다른 행위들보다 더도 덜도 아닌 결함, 실수 같은 걸 지니고 있기 마련입니다. 그렇다면 악덕이란 색정주의의 대가 또는 그림자, 과오를 의미할 수도 있겠죠. 하지만 있을 수 없는 것이 하나 있습니다. 수치스러운 색욕. 색욕적인 행위가 일어나려면 우선 논리적이면서 확고한 정신이 필요하겠죠. 무엇보다도 상상력과 유머, 대담성을 갖춰야 하고, 그 외에 설득력, 구성력, 건전한 취향, 미학적인 직감, 고귀함에 대한 감각이 수반되어야 하는 겁니다. 이러한 자질들로 인해 색정주의는 떳떳하고 관대하고 당당한 모습을 지니게 되는 것이죠."

"그런 까닭으로 저한테 색정주의를 하나의 도덕으로 설명하신 거예요?"

"아니, 그것보다 훨씬 더 많은 것을 포함합니다. 색정주의는 우선 체계적인 정신을 요구하는데, 그 애호가들은 원칙주의자이면서 이론을 만들어내는 사람들입니다. 시골 마을 잔치에서 술에 취해 춤추는 걸 좋아하는 하녀들 앞에서 자기가 몇 번이나 연애질을 했는지 숫자나 꼽는 난봉꾼이나 변강쇠가 아니란 말이죠."

"그럼 결국, 색정주의가 섹스를 하는 것과는 반대적인 거란 말이네요?"

"그건 좀 지나친 해석이고, 섹스를 한다는 의미는 반드시 색정적인 행위를 내포하는 건 아닙니다. 충동적이거나 습관 또는 의무에 의한 성적 쾌락은 색정주의와 상관이 없단 말이죠. 생물학적 본능에 대한 단순한 반응이나 정신적 쾌락이 아닌 감각적 쾌락의 추구, 또는 미에 대한 사랑이 아닌 자애심이나 애타심도 마찬가집니다. 다시 말해, 자연이 있는 곳에는 색정주의가 없습니다. 모든 도덕처럼 색정주의는 자연에 맞서면서 극복하고 초월하는 것이죠. 부인도 잘 알고 계시다시피 인간은 자신의 동물성을 변질시켜가는 과정에서만 인간적이 되는 것입니다. 인간의 가장 인간적인 재능인 색욕은 사랑의 반대인 형태가 아니라, 자연의 반대적 형태입니다."

"예술처럼 말이에요?"

"그렇죠. 도덕과 예술은 하납니다. 부인이 예술을 반자연적으로 이해한다니 기쁩니다. 미는 오직 자연의 패배 속에서만 드러나는 것이라고 이미 말씀 드리지 않았던가요? 시대를 거쳐 우리 인생의 벽 위에 그림자를 만들어 내는 사람들은 흔히 발길질로 인류를 설득시키려 들죠. 우리는 '자연으로의 회귀'를 통해서만 기계문명과 건축물에 지친 몸을 치유할 수 있을 거라고 주장하면서 말입니다. 이 얼마나 놀랍고도 역겨운, 혐오스러울 정도로 실추된 지성입니까! 그래, 부식토의 벌레들한테 돌아가는 것이 수학을 발명하고 발레리나의 타이츠를 만들어낸 인간에게 어울리는 미래라고 생각하세요? 만약 그러한 부류들이 한시바삐 종말을 맞이하고 싶다면, 차라리 핵 더미 속에서 아름답게 끝내는 게 더 나을 겁니다. 영장류로 가득한 지구보다는 천체 사이의 공간이나 마지막 순간의 오만한 노래에 대한 기억이 훨씬 더 낫지 않겠습니까? 나는 자연을 증오합니다."

마리오의 격앙된 모습에 엠마뉴엘이 웃음을 터뜨렸지만, 그는 열변을 계속했다.

"그런데, 정신이 우리를 창조의 세계로 인도할 때, 반면 파괴되어야 할 것이 있지 않겠습니까?"

갑자기 그는 한 손을 엠마뉴엘의 손 위에 놓으며 그녀가 아파서 거의 소리를 지를 정도로 꽉 움켜쥐었다. 이상하게도 그의 목소리가 아름답게 변해 있었다.

"오늘 우리가 밤을 함께하고 있는 이 나라로 오는 도중에 저는 코린트 만(灣) 위를 날고 있었죠. 오른쪽으로 펠로폰네소스의 산 정상은 눈으로 덮여 있고, 왼쪽으로 아티카 해변의 금빛 모래사장이 바다를 뜨겁게 데우고 있었습니다. 그런데 승무원이 가지고 온 신문이 잠깐 그 광경으로부터 내 시선을 돌려놓았어요. 왜냐하면 신문에 대문짝만 한 글씨로 '여태까지 인간이 지은 글 중에 가장 아름다운 시'라는 제목이 있더란 말입니다. 그때 지나고 있었던 곳이 바로 시의 고대적 뿌리를 지닌 땅이 아니었겠어요? 진줏빛 파도 위에서, 태양의 유혹에 걸려든 그 경이로운 입술을 나를 향해 내밀고 있는 딩. 오디세이의 아침에 나왔던 것처럼 오랜 기적의 세월 동안 무모한 호기심과 의심, 그리고 지혜를 지닌 세이렌 요정의 욕망으로 부풀려진 입술이었죠. 자, 여기 그 시입니다."

1월 3일 3시 57분, 흰 별 하나가 목동자리의 알파, 저울자리의 알파 그리고 처녀자리의 알파에 의해 만들어진 삼각형 한가운데 나타날 것이다. 별이 나타났다. 우주의 얼굴을 향해 던져진 돌팔매처럼, 인간에 의해 발사된 자그마한 금속덩어리 하나가. 이제 새롭게 시작된 시대는 영원히 우리의 것이다. 머지않아 우리들의 대지와 우리 인류의 육체는 사라지게 되리라. 그러나 우리의 손으로 만들어져 우주에 더해진 별 하나, 우리들의 숫자가 새겨지고 우리들의 언어로 말을 하는 별 하나는 그의 노래로 무한한 공간의 냉랭한 위엄을 파괴시키며 영원히 맴돌리라. 우리들의 아무런 후회 없는 정복을 밤새 살피는 오, 알파 별들이여! 생명에 대한 우리들의 갈망이 그대들의 불타는 광야 위에 발가벗은 두 다리를 내밀도다!

마리오는 눈을 감고 몇 분간을 말없이 있다가 다시 입을 열었다. 그의 목소리는 느릿한, 경멸적인 어투로 되돌아가 있었다.

"예술이라고 말하셨던가요? 가장 완벽한 예술 창작은 하나님의 형상으로부터 가장 멀리 떨어져 있는 것입니다. 아, 인간의 작품에 비한다면 신이 창조한 세계는 참으로 사소한 것이죠! 우리들의 행성을 보세요. 얼마나 아름답습니까! 우리가 빈 공간들을 메우고, 유리의 성으로 채우고, 칸타타의 선율로 대기를 전율시킨 이후로 말입니다. 인간의 빛으로 말미암아 신의 밤으로부터 벗어난 그 모습이란! 늘어나는 인간의 도시로 인해 신의 가시덤불과 뱀으로부터 구원받은 우리들의 행성이 얼마나 아름답습니까! 자연의 지나친 풍경은 잘라내 버리고 칼더(Alexander Calder)와 같은 작가들의 쇳조각 작품과 몬드리안(Piet Mondrian) 같은 작가들의 암흑적인 선과 피와 하늘로 장식된, 오, 아름다운 행성이여! 대지와 하늘을 인간의 왕국으로 만들어준, 오, 그대, 음악가, 화가, 조각가, 건축가들이여! 그 아름다운 모습에 취해 하나님의 왕국은 아직 안중에도 없다오!"

마리오는 엠마뉴엘을 바라보았다. 마치 그녀의 얼굴에서 자기가 사랑하는 대지의 그러한 형상들과 불길을 보고 있는 듯이. 그러고는 미소를 지어 보였다.

"사십 대의 남자를 야성으로부터 멀어지게 하고, 인간답게 만들어준 이러한 것들이 바로 예술 아니겠습니까? 우주 속에서 자신이 발견한 것보다 더 많은 것을 남겨놓게 될 유일한 실체죠. 그런데 색채와 곡선, 소리의 예술은 이미 창조적 열정을 만족시키기에는 충분치 않게 되어버린 겁니다. 옛날 자신의 꿈에서 압사라(천상의 여신으로 불리며 앙코르와트 곳곳에 부조되어 있는 상상의 인물―옮긴이)와 코레(고대 그리스의 소녀 입상―옮긴이)의 모습을 끌어낸 것처럼 예술은 이제 자신의 재능과 어울리는 고유한 모양, 고유한 생각을 빚어내고 싶어 하는 겁니다. 내 나이의 예술은 더 이상 차가운 돌이나 청동 또는 반죽을 재료로 하는 예술이 아닙니다. 살아 있는 육신의 예술, 삶을 양분으로 할 수밖에 없는 예술입니다. 우주적 인간에 어울리는 유일한 예술, 마치 오래전 황토와 숯으로 그려진 형상들이 동굴의 벽을 미래로 향해 열어주었던 것처럼, 우리를 별보다 더 먼 곳으로 인도해줄 유일한 존재는 색정주의, 바로 그것이죠."

마리오가 너무나 강한 어조로 말해서 엠마뉴엘은 마치 그의 선언문으로 몸을 얻어맞고 있는 것 같았다.

"한번 여쭤보겠습니다. 부인이 보시기에는 자연의 작품인 인체를 자신만의 고유한 작품으로 변화시키는 예술보다 더 감동적인 것이 있다고 생각하세요? 숙련공이 대리석과 선의 균형을 이용해 자연과 아주 유사한 물체를 만들어내는 건 쉬운 일이죠. 그럼 인간은! 인간을 두 손 안에 놓고 다룬다는 건, 진흙을 만지는 것과는 전혀 다른 겁니다. 조직이나 윤곽을 살피는 것도 아니고, 있는 그대로 받아들이며 사랑하고 즐기기 위한 것도 아니란 말이죠. 오히려 그 반대로, 형태와 근본을 반박하고, 세포의 미련한 감각으로부터 벗어나게 만들면서 자질 자체를 변화시키고, 마치 유전자 연구실에서 달팽이나 흰쥐로 둔갑시키는 실험동물을 구해내는 것처럼 인간이 자연적으로 지니고 있는 비천한 부분을 끌어내는 작업이어야 하는 겁니다. 인간을 다시 만들어내는 작업! 즉, 물질로부터 구해내 자신만의 고유한 법을 마음대로 지닐 수 있도록 만들어주는 것이지요. 그 법은 자신을 더 이상 유성이나 분자 같은 것과 혼동하지 않게 해주고, 에너지가 손상되지 않도록, 또 육체가 타락하지 않도록 막아줍니다. 그러니까 사실은 예술 이상의 것이죠. 정신 자체의 존재 이유라고나 할까요?"

마리오는 자리에서 일어나 운하로 이어지는 출입구 쪽으로 걸어갔다.

"보세요! 저 구덩이는 생명체와 비(非)생명체 사이에 있는 것이 아닙니다. 자각을 하는 존재와 그 나머지 세상 사이에 있죠. 저 회색 도마뱀이나 개는 나무나 미역과 다를 바 없고, 물 그리고 돌과 다를 게 하나도 없습니다. 하지만 누추한 옷을 입고, 머리를 짧게 자르고, 주먹을 움켜쥔 채 고집스럽게 노를 젓고 꿈을 꾸는 저 사람들, 바로 인간입니다! 자연을 제대로 미워할 수 있으려면 우리에게 인간의 열렬한 사랑이 필요한 겁니다. 사람, 아 사람들, 내가 여러분을 얼마나 사랑하는지! 당신들은 아주 멀리 나아갈 겁니다!"

엠마뉴엘은 거의 수줍어하는 기색으로 질문을 건넸다.

"그러면 선생님에게 유일하게 가능한 사랑은, 자연에 맞서는 사랑인가요?"

그녀는 물으면서 어색한 웃음을 지었다. 마치 그의 마음을 상하게 하려는 의도는 전혀 없다는 걸 보여주려는 듯이. 하지만 마리오는 평소나 다름없이 상대의 생각을 설득력 있게 풀어나갔다.

"자명한 이치죠. 사랑은 언제나 자연에 맞서는 것입니다. 절대적으로 반(反)자연적인 것이죠. 세계의 질서에 맞서는 범죄이며 멋진 반란이고, 천체의 음악 속에서 내는 불협화음입니다. 사랑은 곧 인간입니다. 웃음을 터뜨리며 지상의 낙원으로부터 빠져 나온 인간. 실패한 신의 계획이죠."

"선생님은 그걸 도덕이라 부르는 거잖아요!"

엠마뉴엘이 농담 삼아 말을 가로챘다.

"도덕은 인간을 인간답게 만드는 겁니다. 포로가 되어 양도된 육체나 거세된 노예, 속죄자 또는 어릿광대로 만드는 게 아니죠. 사랑은 상대를 비천하게 만들거나 종속시키거나 얼굴을 찌푸리게 하려고 만들어진 게 아닙니다. 가난한 자의 거짓말도 아니고, 정신질환자의 진정제도 아니고, 심심풀이나 놀이, 아편, 장난감 같은 것도 아닙니다. 사랑은, 육체적 사랑의 예술은 인간의 실체며 함정이 없는 기쁨이고, 굳건한 땅, 진정 유일한 우리의 조국입니다.

내게 사랑이 아닌 모든 것은 다른 세상, 유령의 세계에서 벌어지는 일들이다. 내게 사랑이 아닌 모든 것은 꿈에서, 흉측한 꿈속에서 벌어지는 일들이다…… 두 팔이 나를 품을 때 나는 다시 인간이 된다!

비록 자신들의 재능과 다른 형태이긴 하지만, 많은 사람들이 이 돈 주앙(Don Juan)의 예리한 외침을 듣고 이해했습니다. 좀 전에 부인께서 고행이라는 말씀을 하셨죠. 힌두의 몇몇 은밀한 종교에서는 색정주의가 바로 그런 의미를 지닙니다. 바로 의무로써 행해져야 하는 색욕인 것이지요. 그런데 재미있는 것은, 유사한 생각이 아마톤트(기원전 8세기 중반 페니키아인들에 의해 사이프러스 섬에 세워졌던 고대 도시국가―옮긴이)의 매혹적이고 성스러운 한 고급 창녀에 의해 더욱 다정하고 수줍은 어법으로 표현되었다는 것입니다."

당신은 사랑이 오락거리쯤 되는 걸로 생각하나요? 기린노(Gyrinno. 고대 그리스의 시인 사포의 시에 나오는 여인 중의 한 사람—옮긴이), 그건 의무 중에서도 가장 고된 것이랍니다.

"저는 그 생각에 동의하지 않아요." 엠마뉘엘이 반발했다. "저는 사랑을 쾌락으로 여기는 편이라서요. 게다가 사랑을 나누는 행위 때문에 피곤해한 적이 한 번도 없거든요."

마리오는 정중하게 몸을 숙이며 말을 받았다.

"그러시리라 짐작됩니다."

"사랑을 통해 쾌락을 추구하는 게 부도덕한 건가요?"

엠마뉘엘이 물고 늘어졌다.

"그 반대라는 걸 부인께 증명해 보이려고 지금 노력하고 있는 중입니다." 마리오는 참을성을 가지고 대답했다. "색정주의의 도덕은, 쾌락이 도덕을 만든다는 것이죠."

"도덕적인 쾌락이라고요? 제가 보기에 그 말은 이미 쾌락의 묘미를 상당 부분 상실해버린 개념 같네요."

"왜요? 이해를 못하겠군요." 마리오가 놀란 표정을 지었다. "부인에게는 도덕적 원칙이 욕구의 박탈이나 강제성을 띤 것으로 여겨지세요? 하지만 그 원칙이 부인께서 스스로 삼가지 못하도록 강요한다면 어쩌시겠습니까? 아, 이제 알겠습니다. 부인은 지금 도덕이란 개념과 금욕을 혼동하느라 뒤로 물러나고 있는 것 같은데…… 도덕적 행실, 그건 아마 이런 의미겠죠.

> 행동이나 생각으로 간음하지 말라.
> 육체적 교섭은 결혼을 통해서만 행할지니라.

　부인, 제발 그런 집단적 기만에 도덕이라는 고상한 의미를 끌어넣지 마십시오. 이미 오래전부터 변질된 역사적 기만을 구실 삼아 선과 악을 싸잡아 비난하거나, 아니면 한술 더 떠서 선과 악은 존재하지 않는다고 주장하지 마시라는 겁니다!"

　"선생님 말씀이 점점 더 알쏭달쏭해져요. 그러면 어떻게 제가 요지를 파악할 수 있겠어요? 색정주의부터 시작해놓고 단상의 목사님처럼 끝맺으려는 것 같다고요! 선과 악은 왜 불러내셨어요?"

　"그 까닭은 나중에 설명할 테니 염려 마시고. 우선 짚고 넘어가야 할 것은, 다른 사람들이 선과 악으로 구분하는 바로 그것이죠. 특히 겸손, 정조, 절제, 일편단심…… 이런 미덕들이 아마도 부인에게는 도덕과 하나를 이루는 것이겠지요."

　"그건 저한테만이 아니고 모든 사람들이 도덕이라 부르는 것 아니에요?"

　"압니다. 그래서 웃기는 거죠! 사람들이 정말 우스꽝스러운 것들을 믿으니까 도덕의 왕국에 들어가게 되는 것이고, 당치도 않는 법적 근거를 행사하는 것 아니겠습니까. 하지만 신권하고는 아무 관계도 없는 것들이죠. 게다가, 그 성격과 의도는 완전히 부도덕한 겁니다. 왜냐하면 순전히 세속적인 계산에서 꾸며진 말들이니까요. 예를 들어, 아이들의 소유권을 확보하려는 지주계층의 의도 같은 것들이죠. 옛날에는 아이들이 부싯돌, 곡괭이나 항아리를 대신하는 생산수단이면서도 외부적으로 부를 과시할 수 있는 표식이었으니까 말입니다."

마리오는 걸음을 성큼 옮겨 검붉은 조명이 희미하게 비치는 책장 쪽으로 갔다. 그리고 가죽과 철제 장식으로 된 표지의 두꺼운 책 한 권을 들고 왔다.

"자, 나는 웬만해서 원문을 들고 와 보여주는 사람이 아닙니다. 모세가 시나이에서 가져온 십계명 같은, 정말 반론의 여지가 없는 내용 정도만 그렇게 하죠. 여기 출애굽기 20장 17절을 한번 보실까요.

네 이웃의 집을 탐하지 마라. 네 이웃의 아내나 그의 남종이나 여종, 그의 소나 그의 나귀를 비롯해 네 이웃이 가진 아무것도 탐하지 마라.

이렇게 아무런 과장도 허식도 없는 글로 되어 있습니다. 여인이여, 영원한 분께서 그대에게 마련해준 자리가 어딘지 보세요. 나머지 일꾼들과 함께 곡간과 외양간 사이에 있지 않습니까? 첫 자리는 절대 아니죠! 여주인님, 그대는 그 첫 자리를 벽돌과 초가집에 양보하셔야 합니다. 여종이여, 그대는 농장의 하인들보다도 가치가 없는, 겨우 뿔 달린 가축 또는 당나귀보다 나은 정도일 뿐입니다."

마리오는 성경책을 덮은 다음 오른손을 그 위에 얹었다. 목사처럼.

"흔히 중세가 사랑을 만들어냈다고 말을 합니다. 그런데 오히려 우리가 사랑을 혐오하도록 만드는 데 거의 성공한 시대였죠! 만약 오늘날 사랑이 다시 살아날 기회를 얻었다면, 그건 우리가 신화를 몰살시켜버린 시대를 맞이했기 때문입니다. 중세의 성직자들은 우리에게 '도덕'이라는 독약을 선물하면서 우리들로부터 색욕을 영원히 잘라내버렸다고 생각했을 겁니다. 하지만 그들의 음모와 책략으로부터 살아남은 걸 보세요. 영주들이 자신들의 부인과 암탕나귀 허리에 채워놓았던 선과 악의 정조대는 녹이 슨 채 성벽 위에서 내던져졌습니다. 이제 그것들을 박물관으로 보내 명예롭게 해주어야 하지 않겠습니까? 그런데 우선 주목해야 할 것은, 그러한 장치들이 탄생했을 때와는 너무나 달리 도덕적이라는 것입니다. 진정한 도덕이란, 시간이 허위를 정당하게 바로잡아놓는 작업을 한 다음에서야 남아 있게 되는 모양이라는 사실에 우리는 감탄을 금치 못하는 겁니다."

마리오의 입에서 아이러니컬한 웃음이 터져 나왔다.

"그처럼 성적인 도덕성에 대한 가치가 정립되는 과정은

어린 동물을 뜻하는 라틴어 풀루스(pullus)에서 불어의 동정녀(pucelle)와 창녀(poule)라는 두 단어가 동시에 파생되어 나온 경우로 요약될 수 있지 않겠습니까? 자, 선과 악의 의미 선택이 이처럼 아무렇게나 이루어진다는 걸 이제 아시겠죠. 그러니까 반대의 의미가 될 수도 있었던 겁니다. 창녀라는 사실이 명예롭고 지고한 미덕으로 간주되고, 동정녀로 지내는 건 하나님과 교회에 대한 죄악이 되는."

엠마뉴엘은 생각에 잠겼다. 그녀는 전통적 도덕이 강요하는 사소한 가치들에 대한 마리오의 판단에 동의했다. 그렇다면, 왜 폐허화된 옛 윤리 위에 굳이 새로운 윤리를 다시 세우려고 시간 낭비를 해야 한단 말인가? 새로운 법을 공표하고 사방에 알리기 위해 골치 아플 것 없이 그냥 자유롭게, 마음 내키는 대로 섹스를 하면 안 되는 걸까? 법규를 갖추는 것 자체가 정말 필요한가 말이다. 비록 그것이 '색정'에 관한 것이라 해도, 도덕이 전혀 없는 것보다야 더 나을 수 있을 도덕이 어디선가 존재하긴 할까?

"하지만 의심스러운 악법을 무질서로 물리칠 수는 없는 겁니다." 마리오가 반론을 폈다. "그럼 정글로 되돌아가야 할까요? 아니, 적어도 현 사회가 우리를 억압하고 위축시킨다 해도 인간의 권력 중에서 그래도 정당한 것이 있다는 걸 인정해야지요. 분명 우리 인류에 행복의 수단을 제공하는 것들도 있으니까 말입니다. 새로운 법, 선량한 법은, 자유롭게 사랑을 나누는 행위는 아름답고 좋은 것이라고, 그렇게 단순히 선언하고 있습니다. 처녀성은 어떤 미덕이 아니며, 부부관계는 어떤 제한이 아니고 또 결혼은 감옥이 아니라고. 쾌감을 즐기는 예술은 결코 거부해서는 안 될 중요한 것입니다. 끊임없이 자신의 몸을 내맡기고, 바치고, 더욱 많은 몸과 항상 합쳐져야 하고, 누군가의 품에서 벗어나 지내는 시간들은 헛된 것으로 여겨야 할 것입니다."

마리오는 검지를 치켜든 다음 말을 계속 이어나갔다.

"부인이 기억해둬야 할 건, 만약 내가 이 위대한 법에 차후 덧붙이는 것들이 있다면 그건 소심한 영혼이나 권태로운 육신에게 원칙을 제대로 이해하게 해주려는 부차적인 조항들에 불과하다는 것입니다."

"그런데 만약 부르주아적인 도덕적 금기가 경제적인 배경에서 유래한다면, 선생님의 색정주의적 도덕은 진정한 혁명을 요구하는 것이네요. 그럼 공산주의적 유형에 속하는 것인가요?"

"전혀 아닙니다! 그보다 더 중요하고 극단적이죠. 변신과도 같은 겁니다. 그러기 위해서 언젠가 엠마뉘엘이라 불리게 될, 바다에 싫증난 물고기가 육지의 새로운 맛이 과연 자신에게 다리가 자라나도록 해줄 것인지 알아보려고 아직 돋아나지도 않은 젖가슴을 내밀며 숨을 쉬기 시작하는 것과 같은 것이죠."

엠마뉴엘은 장면을 연상하며 웃었다.

"그럼 색정주의적 인간은 새로운 동물이 되는 건가요?"

"인간 이상의 존재가 될 것입니다. 하지만 여전히 인간이 겠지요. 단지 더 성숙해진, 진화의 단계에서 좀 더 나아간 모습일 겁니다. 그건 좀 전에 상기시켜드렸듯이, 최초의 인간과 마지막 원숭이가 구별되는 순간을 알아보게 해주는 동굴 벽화시대와 같은, 예술의 출현입니다. 예술적 가치가 인간을 짐승으로부터 갈라놓았던 것처럼 분명히, 색정주의적 가치는 머지않아 영광스러운 인간을 수치스러운 인간으로부터 갈라놓게 될 것입니다. 나체를 감추며, 성기를 억압하며 현 사회의 구석진 골방에 틀어박혀 지내던 모습은 이제 없어져야 합니다. 초라한 인간적 시도에 불과한 우리는 아직도 빙하기 늪지대의 진흙을 뒤집어쓰고 있단 말입니다! 금기사항을 열심히 지키면서 아련한 고통을 즐기고, 복음주의의 온갖 난폭한 힘을 빌려 우리를 유년기에서 끌어내려는 희망의 기류에 맞서 무턱대고 반발하는, 그런 꼴이란 말이죠!"

"하지만 그 희망의 기류가 승리를 거두고, 선생님의 도덕이 법, 관습, 종교의 지지를 받는 도덕을 결국 물리치게 될 것이라고 믿는 근거가 무엇인가요? 그리고 만약 그 반대의 결과가 일어나게 된다면요?"

"그렇지 않을 겁니다. 그런 결과는 생각할 수도 없죠. 왜냐하면 우리 인간은 앞으로 더 나아가 다른 무엇이 되길 거부하면서 그만 이쯤에서 멈추려고 그렇게 멀리서, 그렇게 낮은 곳에서 온 존재가 아니기 때문입니다. 계속 나아갈 겁니다. 물론 주저하며 두려움에 몸을 떨기도 하겠지만, 되돌아 갈 리는 없습니다. 다른 생물체 사이에서 언제나 더 독특한 모습을 지닌 채로 살아갈 겁니다. 우리가 이미 고생대물고기 실러캔스에 비해 덜 어리석은 존재라면, 그건 앞으로 훨씬 더 현명해질 거라는 의미를 내포하는 것이죠."

마리오는 엠마뉴엘에게 잠시 생각할 틈을 준 다음 결론을 내렸다.

"우리가 할 수 있는 일은, 지성을 증대시키고, 행복해지기 위해 불가능한 것을 해내려고 시도하는 것입니다."

엠마뉴엘이 한마디 하려고 했으나, 입을 채 열기도 전에 그의 말은 계속 이어졌다.

"행복이라고 부를 수밖에 없는, 아직 알려지지 않은 그 세상을 찾게 되리라고 약속받은 적은 없습니다. 하지만 엘뤼아르가 한 말을 나는 믿고 있죠.

세상을 만들기 위해 온갖 것이 필요하다는 말은 사실이 아니다.
오직 행복만 있다면, 그 외 다른 어떤 것도 필요하지 않다.

하지만 그 목표에 이르기 위해서는 정말 용기가 있어야 하는 겁니다. 우리 인간이라는 동물은 이미 어린 시절부터 자기 주변의 신들을 극복하려고 부단한 노력을 기울여야 했지 않았습니까? 오늘날에도 여전히 우리는 유순하고 보잘것없는 자들이 보상받을 수 있는 왕국을 맞이하기 위해, 고독한 명상 속에서 기다리지 않고 거리로 나가 삶과 죽음의 기로에서 위험을 무릅쓰느라 얼마나 많은 용기를 내고 있느냐 말입니다."

"속을 수 있는 위험도 있잖아요." 엠마누엘이 말을 걸고 넘어졌다. "또한 본질을 착각할 수 있는 위험, 그리고 어떤 이념들의 권위와 중요성을 마치 자기 것인 양 여길 수 있는 위험성도 있는 거 아닌가요?"

마리오가 엠마누엘을 갑자기 의심스러운 눈초리로 뜯어보며 물었다.

"부인은 인간의 모험에 의미를 두지 않는 사람들의 편이십니까? 인류는 실패할 수밖에 없는 운명이라 여기세요? 고지식해서? 우리가 자신의 고유한 언어에 놀아나는 사람인 줄 아시는 모양인데, 그래서 파멸은 이미 예고되어 있다고 생각하시는 겁니까? 우리가 무슨 침대처럼 오로지 사라져야 할 목적만으로 만들어졌고, 그래서 존재하기만 해도 좋은 것이라고, 아주 거만하게 생각하시는 모양이군요. 아니면 요즘 유행하는 가부장적인 공평성에 입각해 비인간적이고 쌀쌀맞은 교양 수준에서 내려다보면서, 안 그래도 거슬리는 인간들의 멸종이 세상에서 일어날 수 있는 사건 중 가장 나은 것이라며 내심 기다리시는 건 아닙니까?"

"아니, 그렇게 생각하지 않아요. 그런데 선생님의 자신감 또한 일종의 신앙이고 종교라는 사실은 인정하셔야 해요."

"그건 사실이 아닙니다, 부인. 만약 내가 인간에 대한 확신이 있다면, 나는 그 존재를 작품을 만들고 있는 상태로 보기 때문입니다. 인간의 진보는 나의 진보이기도 하면서 점점 덜 신앙적이게 하는 반면 더욱 더 잘 볼 수 있게 해주는 것이죠. 우리의 모든 신들은 감겨진 눈꺼풀 안쪽에서 태어나는 법이니까."

"어쩌면 선생님은, 아인슈타인 같은 사람들만 보려 하고 범죄자들은 별로 눈여겨보지 않으시는지도 모르죠. 그렇지 않다면 선생님도 때로 두려움을 느낄 테니까요."

"아인슈타인이 아니라는 사실은 범죄가 아닙니다. 하지만 결함이라는 건 명백하지요. 그리고 만약 내가 사람들의 죽음을 치유해줄 수 없다면, 사람들이 나를 죽여도 불평할 이유가 하나도 없는 겁니다. 나는 죽게 되겠지만, 그건 나의 약점이지 행복이 아니라는 사실을 알게 되겠죠."

"세상 누구도 죽음을 치유할 방편을 찾지 못할 거라는 걸 잘 아시면서 그래요."

"난, 신화가 마치 인체의 종양 같아서, 정신의 행복한 공간을 차지할 때 그 정신은 죽게 되리라는 걸 압니다. 우리들에게는 현실의 기회였던 곳에 신화가 들어서면 비통함이 자리 잡게 되기 때문이죠. 죽음이란, 그것을 알게 되면서 깜짝 놀라게 되는 현상에 불과합니다."

마리오는 잠시 생각에 잠겼다가 말을 이었다.

"지성의 무한한 확장은 죽음에 닿을 듯하면서도 결코 닿지 못하는 것입니다. 따라서 우리의 미래는 무한합니다. 우리는 더 이상 영원히 의사의 환자들이 아닙니다. 우리들의 인내가 소진되었기 때문이죠! 우리는 덧없는 아침들을 잊어버리게 될 겁니다. 마치 고통으로부터 치유된 사람들이 고통을 잊어버리듯. 우리는 안식처가 될 어느 시공간에서 우리들의 세상을 찾게 될 테고, 그 세상은 곧 우리의 사랑과 이성이 될 것입니다. 그리고 우리는 오랫동안 퀘이사(보통의 별과 비슷하게 생겼으면서 상한 선파를 내는 천체—옮긴이)의 소음을 들으며 밤을 지새우는 담백한 삶을 살게 되겠지요. 우리는 행복하게 될……"

그가 갑자기 말을 멈췄다.

엠마뉴엘은 충분한 시간을 준 다음, 적잖이 조심스러운 어조로 마리오를 다시 화제로 끌어들였다.

"색정주의가 그런 새로운 세상을 발견하도록 우리를 도와줄 수 있을까요?"

"그 이상일 겁니다. 새로운 세상과 일체가 되는, 진보 그 자체입니다."

"좀 과장된 것 아닌가요?"

"잘 생각해 보세요, 내가 이미 말했잖습니까. 그건 사회를 개혁하는 문제도 아니고, 새로운 사회를 구상하는 것도, 음란 공화국을 건설하는 것도 아닙니다. 생물학적 진보, 변형, 아니면 인간의 두뇌 속에서 미래의 아침이 생겨나게 만드는 셔터소리 같은 겁니다. 빛이 번쩍 터지면, 자, 이제 된 거죠! 그러면 이제 생각하는 방식이 달라진, 또 다른 하나의 존재가 된 것입니다. 결국 감행을 한 거죠. 이전 종족의 무지, 공포, 속박 같은 건 더 이상 아무 상관도 없습니다. 이제 그런 말들이 무엇을 의미하는지조차 모르게 됩니다. 성행위를 하게 되면 어떤 식으로 해야 하지? 그런 건 중요하지도 않습니다. 새로운 사실은, 자유로운 정신으로 성행위를 하게 된 것이죠. 이렇게 간단합니다. 바로 그것이 색정주의의 선이고, 또한 색정주의의 악이죠. 색정주의의 도덕입니다. 그의 선은 아름다운 것, 자신을 매혹시키는 것, 발기하게 만드는 것입니다. 그의 악은 추한 것, 권태롭게 하고, 자신을 제한하고, 실망시키는 것이지요. 불안의 감미로움이나 독성, 신비주의적 희열은 더 이상 색정주의의 마음을 끌지 못합니다. 절망을 치유하기 위한 환각버섯, 철학자, 도사 같은 게 더 이상 무슨 필요 있겠습니까? 자신과 같은 부류의 사람들 취향만 가지고도 충분한데 말입니다. 부인에게는 그 새로운 인간이 고행자보다 더 진보된 모습으로 보이지 않으세요? 진보를 완성시킨 존재로 말입니다."

"네, 저도 동의해요. 하지만 그건 개인적인 진보잖아요, 그 사람에게만 해당되는. 선생님은 좀 아까 진보를 마치 인류에 관련된 것처럼 말씀하셨어요."

"물론 인류와 관련돼 있습니다. 인류의 진화는 대중이나 사회 전체를 통해서는 이루어지지 않습니다. 돌연변이는 언제나 소수에 의해 이루어졌거든요. 먹이를 나눠 먹으려 하지 않는 거대한 무리에 맞서 목을 꼿꼿이 세우고 눈을 부라리는, 사랑을 제대로 받지 못하는 소수 계층에 의해서였습니다. 그런데 인류의 나무에서 변종 가지가 떨어져 나오면 세상 전체가 바뀌는 결과를 초래하지요. 미래의 인간에게는 외설, 동성애, 근친상간 같은 말들이 아무 의미가 없게 됩니다. 알려고 노력해도 이해하지 못할 겁니다. 현재의 미덕은 시조새의 이빨이나 공룡의 머리와 함께 박물관 진열장 안에 놓이게 될 겁니다."

"그럼, 새로운 인간은 아직 나타나지 않았으니 색정주의 시대는 그저 미래의 전망일 뿐인 거네요. 그렇다면 선생님과 저는 참 운이 없죠. 너무 일찍 태어났으니까 말이에요!"

"혹시 또 모를 일이잖습니까? 진화의 법칙은 대부분 감춰져 있는 것이니까, 우리 스스로 세상에 나오려는 시도를 해 볼 수도 있는 것이지요. 어쩌면 우리는 아직 태어나지도 않았을 수 있지 않겠어요?"

"그럼 태어나기 위해 뭘 해야 하죠?"

"마치 우리가 삶의 주인인 것처럼 살아야 합니다. 우리가 살아 있는 것처럼 행동해야지요. 지금이야말로 파스칼에게서 그 방법을 빌려와야 할 때입니다. 우리에게 빛을 줄 수 있는 것은 성당의 성수가 아니라 삶의 규칙으로서 행하는 색정주의입니다. 그 빛은 단지 우리만 비춰주는 게 아닙니다. 상당히 많은 사람들이 선뜻 현명하게 색정주의적 가치를 유일한 도덕적 가치로 받아들일 겁니다. 다른 동물들이야 계속 똥 냄새를 맡으며 다니든가 말든가 신경 쓰지 않고 뒷발로 일어서서 걸어가게 될 네 발 짐승처럼 말이죠. 자칫 우리 인류에 그런 기회가 주어진다면, 두려움의 시대에서 이성의 시대로 넘어가기 위해 필요충분한 순간이 되는 것입니다."

그가 한숨을 내뱉었다.

"물론 우리가 백만 년 후에 태어난다면 정말 좋겠지만, 그런 이성의 시대에 다가가기 위해 최선을 다하면 되지 않겠어요? 그 순간에 기여할 수 있도록 행하고 말하고 글을 남기지 않으면 우리는 훗날 아무 가치도 없는 겁니다. 말 한마디, 동작 하나에도 조심해야죠. 사람들이 찾으려 했던 것들을 이미 발견했다는, 그런 어리석은 확신을 담은 말 같은 건 하지 말아야 합니다. 사람들의 사춘기를 더 이상 늦출 수 있는 건 아무것도 없습니다. 나는 나에게 주어진 의무가 뭔지 압니다. 그건, 육체는 정당한 것이며 육체의 능력은 무한한 것이라고, 삶의 감미로움도 살아가는 이유라고, 사람들에게 끊임없이 되풀이해주는 것입니다."

갑작스런 캉탱의 목소리에 엠마뉴엘은 깜짝 놀랐다. 그동안 옆에 있는 줄도 몰랐던 그가 마리오에게 예상외의 달변으로 열심히 말하기 시작했다. 집주인은 그의 말을 들으며 상당히 흥미로워하는 표정을 지었다. 때로는 즐거운 환호성을 지르기도 했다. 캉탱은 엠마뉴엘이 생각했던 것보다 훨씬 더 수월하게 불어를 이해하면서 대화의 핵심을 따라오고 있었던 것이다. 마침내 마리오가 그 내용을 엠마뉴엘에게 통역해주었다.

"우리 캉탱이 희망을 갖게 해주는군요. 좀 전에 말한 '변종 가지', 아니면 적어도 가지의 싹은 이미 존재하고 있는 것 같습니다. 게다가 전 년 전부터! 저 친구가 베리에 엘빈이라는, 이름이 잘 알려진 사회학자와 함께 인도의 한 부족마을에 초대를 받아 몇 달간 그곳에서 지냈답니다. 그런데 '문명화된' 힌두교도들이 미개인 취급을 하는 그 부족이, 실은 지성의 첨단을 이루고 있었다는 겁니다. 무리아라고 불리는 그 부족사회는 그야말로 우리들과는 완전히 반대인 성(性) 도덕을 중심으로 구성되어 있죠. 강제적이 아니라 교양적인 도덕입니다. 그들의 교육제도의 기본은 공동 기숙사인데, 거기서 아주 어린 나이의 아이들이 함께 지내며 연애술을 배우는 겁니다. 그 제도의 이름이 뭐냐면…… 뭐라고 했지?"

"고툴."

"그래, 고틀. 그래서 사춘기 이전의 어린 소녀들은 나이 많은 소년들에게 육체적 사랑에 대한 비결을 배우고, 나이 어린 소년들은 나이 많은 소녀들에게 배운다는 것이지요. 그렇다고 본능적이고 동물적인 방식은 전혀 아닙니다. 천 년 전부터 아이들에게 가르치는 색정적인 기교는 비할 데 없이 세련된 수준에 이른 모양입니다. 모든 아이들이 몇 년간 수행해야 할 그 실습은 예술교육과 병행되기 때문에 고틀 기숙사생들은 육체수업 외의 시간을 이용해 기숙사 벽을 장식하죠. 소묘, 회화, 조각들의 주제는 죄다 색정적인 겁니다. 한번 상상해보세요. 열두 살 먹은 남녀 아이들이 그 사랑의 미술관 벽에 그려져 있는, 세상에서 가장 노골적인 형상들을 모델로 생생한 그림을 그리고 있는 모습을. 문은 활짝 열어놓고, 자랑스럽게 여기는 부모들의 눈빛을 받으며 말입니다. 만약 유럽에서 그런 일이 벌어졌다면 그 아이들은 당장 소년원으로 끌려가지 않았겠습니까? 그 스캔들을 1면 기사로 내보낸 신문들은 불티나게 팔렸을 테고. 그런데 문득 내게 떠오르는 생각이 뭔지 아십니까? 무리아 부족 아이들은 천 년을 뒤진 세상을 살고 있는 게 아니라, 천 년을 앞선 세상에서 살고 있다는 거죠……."

　　마리오가 잠자코 있는 동안 캉탱은 보다 상세한 정보를 귀띔해주었고, 그 정보는 통역을 거쳐 다시 엠마뉴엘에게 전달되었다.

"가장 놀라운 것은, 부족의 모든 아이들에게 부과된 그
성 '실습'이 선천적 질환을 야기할 수 있는 풍기문란이나 도덕
적 무분별과는 상관없는, 엄격하게 정해진 규칙과 제도를 따
르고 있다는 사실입니다. 방종이 아니라 윤리를 따르고 있
는 겁니다. 고툴은 매우 까다로워서 어른들은 아이들에 대
해 책임을 지도록 되어 있죠. 그들의 '법'은 소년 소녀 간의 지
속적인 애착을 절대 용납하지 않습니다. 어떤 남자아이라도
'저 여자애는 내 거야'라고 말할 권리가 없고, 한 여자아이와
3일 밤 이상 같이 지내면 처벌을 받습니다. 모든 제도적 장치
가, 지속적으로 이어지는 애착을 방지하고 질투심이 일어나
지 않도록 설계되어 있는 겁니다. 혹시라도 한 소년이 어떤 소
녀에 대해 소유 또는 독섬 본능을 나타내 보이거나, 그 소녀
가 다른 아이와 성행위를 하는 걸 보면서 얼굴색이 변한다면,
책임자들은 그 즉시 아이를 끌고 가서 성격을 뜯어고쳐주죠.
소년은 자진해서 자기가 사랑하는 소녀가 다른 아이들의 사
랑도 받을 수 있도록 적극적으로 도와줘야 하고, 자기 손으
로 동료 아이들의 성기를 그 소녀의 몸 안으로 이끌어줘야 할
의무가 있습니다. 그런 과정을 통해 더 이상 질투심으로 고
통 받지 않는 것은 물론 자기가 원하는 바람직한 체위를 배
우고 즐길 수 있게 되는 겁니다. 무리아족 사람들에게 가장
큰 범죄는 강간이나 살인이 아니라—물론 그런 사건은 존재
하지도 않지만—, 질투심입니다. 그처럼 소년 소녀들은 세상

에서 유일한 성 지식을 터득하며 성장하는 것입니다. 지구상의 또 다른 시대에 속하는 사람들이죠. 우리 문명이 지닌 시기심, 불만, 절망은 그들에게 낯선 것들입니다. 그들의 현주소는 행복이니까(무리아족 풍습에 관한 묘사는 허구로 꾸며진 내용이 아니다. 그 사실을 확인하려면, 1958년 파리 갈리마르 출판사에서 나온 Elwin의 불어판 단행본 『무리아족의 청소년 수련관』을 참조할 것)."

엠마뉴엘은 깊은 인상을 받았지만, 이의를 제기했다.

"선생님, 그런 종류의 도덕은 어떤 자각이나 생각을 통해 금방 나타나는 게 아니잖아요. 오래전부터 그 사람들의 의식을 지배해왔을 그 형태는 타고난 은총일 거예요. 아까 선생님이 색정주의의 재능과 시의 재능을 동일시한 것 기억하세요? 그 의미는, 재능이란 의지나 노력으로 얻을 수 있는 게 아니라는 것이죠. 세상에 태어나면서 자연적으로 받은 것이 아니라면, 어떤 형태의 도덕을 부과하더라도 뚜렷한 결과에 이르지 못할 거예요."

"거참 다들 똑같은 착각을 하시는군! 시 역시 자연 속에서 인간이 부여하는 시 이외의 다른 시는 존재하지 않는다는 사실을 재차 말씀드려야겠습니까? 조화나 미도 마찬가지죠. 아무리 모든 걸 할 수 있는 인간이라도 철이 들기 전까지는 시든 재능이든 내놓을 수가 없는 겁니다. 그런데 무리아족의 경우를 보면, 비교적 어린 나이에도 철이 들 수 있다는 사실을 알 수 있지 않습니까? 처음부터 시인으로 태어나고, 선택된 민족으로 태어나는 법은 없습니다. 아무것도 아닌 상태로 태어나는 겁니다. 그 다음부터 배워가야 하는 것이죠. 현재 살아 있는 우리와 같은 사람이 되고, 다시 새로운 사람으로 변해가는 방식은, 우리가 가진 무지와 신화를 몰아내는 겁니다. 마치 소라게가 오래된 껍데기를 벗어 던지는 것처럼. 그리고 나서는 새 옷을 입듯이 진리 속으로 들어가야지요. 이런 식으로 우리는 끊임없이 태어나고, 다시 태어날 수 있습니다. '갑작스런 돌연변이' 때마다 우리들의 쾌락에 더 어울리는 세계를 만드는 사람들이 한층 더 많이 나타날 겁니다. 배운다는 건, 쾌감에 이르는 법을 배운다는 의미입니다. 오비디우스가 한 말, 기억하시죠?"

무지한 자는 아무런 욕망도 없다!

(Ignoti nulla cupido!)

엠마뉴엘은 라틴어가 기억나지 않아서 마음속으로 그 말을 나름대로 해석했다. 마리오는 개의치 않고 계속 말했다.

"우리가 배워야 할 게 얼마나 많습니까. 예술, 도덕, 학문, 다시 말해 진, 선, 미, 모두 다죠. 성스러운 시대는 지나갔으니 그 밖에 다른 것이야 어디 있겠습니까? 다행히 우리들의 노력을 수월하게 해주느라 그 모든 것들이 스스로 자식을 하나 낳았죠. 바로 에로스입니다. 그래서 우리는 색정에 관한 고찰, 경험, 통찰력만 있다면 시와 도덕, 그리고 지식에 이를 수 있게 된 겁니다. 그런데 여기서 지식이란 결국, 학교에서 '실물교육'이라는 명목으로 가르치는 인성교육, 오직 그 형태의 여러 다른 양상일 뿐입니다."

"선생님의 논증은 점점 더 추상적인 모양으로 돼 가잖아요. 우리가 할 수 있는 구체적 예를 좀 들어주세요."

"상상하고, 보고, 필요하다면 그런 예기치 않은 태도, 만남, 결합을 부추기는 것이죠. 그러한 과정이 없으면 시적 상황도 없는 것입니다. 이런 것들이 바로 색정주의의 근원을 이루는 한 예입니다."

"'예기치 않은'이라고 하셨는데, 그럼 이미 기대하고 있는 것에서는 쾌락을 얻을 수 없다는 말씀이세요? 색정적인 것이 당황스럽게 만드는 경우에만 해당되는 건가요?"

"적어도 습관과의 관계를 끊는 경우에는 그렇다고 봐야 합니다. 쾌락이 만약 일상적인 것이라면, 예술적 특질을 더 이상 갖지 못하게 됩니다. 오직 진부하지 않은 것, 예외적인 것, 이례적인 것, 다시 말해 '결코 두 번 다시 보게 되지 않는 것'만이 가치를 지니는 것입니다. 기이한 것만이 진정으로 색정적인 범주에 속합니다."

"그럼, 색정주의 도덕이 받아들여지게 될 때쯤이면 역설적으로 색정은 더 이상 매력이 없는 상태가 되는 게 아닌가요? 어쩌면 무리아족 사람들에게 성행위는 요리하는 일보다도 더 재미없는 것일 수도 있겠는데요?"

"캉탱이 얘기한 내용으로 봐서는 그럴 리가 없는 것 같습니다. 그 반대로, 어릴 적부터 연애술에서 전문가가 된 아이들이 평생을 살아가면서 성적 유희보다 더 중요시 하는 건 아무것도 없는 듯합니다. 인도에서 '가네샤(인도의 신화에 나오는 지혜와 학문의 신. 시바의 아들로 사람의 몸에 코끼리의 머리와 긴 코가 달렸고, 팔이 네 개 달려 있다―옮긴이)를 추종하는, 육체적 사랑의 열렬한 전파자'라는 평을 받고 있는 그들의 경험이 반드시 우리들에게 적합한 건 아니라는 사실은 인정합니다. 왜냐하면, 이미 우리들의 정신은 명백한 이성보다 더 강경한, 위선적인 성 노력에 의해 망가져 있기 때문입니다. 물론 우리를 위한 자연의 도약을 바랄 수도 있겠지요. 어쨌거나 우리는, 변종으로서의 우리 후손들이 갖게 될 심리적 상태를 미리 예측하고 유리하게 해석해서는 안 되는 겁니다. 그러니까 아직 '감행'하지 않은 상태의 우리에 대해서만 생각하는 게 좋겠습니다. 그리고 우리들 안에 갇혀 있는 색정적 감정을 해방시켜주게 될 기적은, 관습에 대한 도전이 시도되는 바로 그때, 가장 빈번히 일어난다는 사실을 알아야 합니다. 우리가 거짓된 도덕적 규칙들이나 사회적 관습들로부터 벗어나는 것은 쾌락을 더욱더 누리기 위한 일종의 복수라고 할 수 있죠. 치마의 길이로 정숙함의 정도를 재는 말도

안 되는 규범이 어떤 사람들에게는 그저 골칫거리가 되는 것
이고, 어떤 사람들에게는 변태적인 쾌락의 대상이 될 수 있
는 것 아니겠어요? 우리는 바로 그런 꼴들을 거부하면서 충
격적인, 충격을 줄 수 있는 힘을 갖춰야 한다는 겁니다. 잠들
기 전 침대에서 남편이 임신하게 만드는 아내는 색정적인 여
자가 아닙니다. 간식 시간에 아들을 불러 여동생에게 줄 정
액 파이를 준비시키는 엄마가 바로 색정적인 여자죠. 왜 색정
적이냐 하면, 그런 메뉴는 아직 풍습 속에 들어 있지 않기 때
문에. 부르주아가 그 메뉴를 선택하게 되면, 우리는 이제 또
다른 걸 찾아야 하는 겁니다."

"그러니까 만약 색정주의가 특별하고 참신한 것을 필요
로 한다면, 그 진보 자체가 스스로를 위험하게 만드는 것이
라고 말한 저의 생각이 옳았던 거군요. 결국 모든 처방은 고
갈돼버리는 거고요."

"그뿐만 아니라, 오래전부터 우리는 더 이상 아무것도 발
명해내지 못하고 있다고 주장하신다 해도 아무 문제가 되지
않습니다. 그런데 부인의 걱정은 괜한 겁니다. 왜냐하면 색정
주의는 상속되는 것이 아니라, 개인적인 시도이니까요. 오늘
날의 사회가 많은 비법들을 감추고 있기에 오히려 우리의 입
장을 유리하게 만들어주는 이런 상황을 우리는 마음껏 이용
하고 즐겨야 하는 겁니다. 그 비법을 훔치는 즐거움과 실행에
옮기는 즐거움을 동시에 느끼는 거죠. 그리고 걱정할 건 하

나도 없습니다. 색정주의는 성적 금기로부터 해방된 인류 속에서도 개인적인 공략이라는 가치를 누리게 될 것이니까. 시의 작법이 공식화되었다고 해서 시인 스스로 시의 비밀을 발견해내지 못한 적이 언제 있었습니까?"

엠마뉴엘이 고개를 끄덕이며 공감을 표했고, 마리오는 말을 계속 이어갔다.

"사회적으로 금지하는 것은 법을 통해 표명되죠. 윤리법, 종교법, 도덕법 같은. 하지만 조심해야 할 것은, 이러한 법들과 색정주의를 기술하는 추론적 법은 혼동하지 말아야 한다는 겁니다. 그럼 사회적으로 허락하는 것은 유행으로 나타난다? 아니죠! 여기서 '허락'이라는 단어는 적절한 것이 아닙니다. 양자물리학에서처럼, 집단적 규율 속에서 금지되지 않은 모든 것은 의무적인 것입니다. 유행은, 부인이 어떤 방식으로든 행동할 수 있도록 허락해주는 것이 아니라, 의무적으로 만드는 겁니다. 유행은 패션 속에서만 군림하는 것이 아닙니다. 부인의 모든 욕구, 불만, 두려움, 저속함, 애정을 다스리는 절대적 가치이기도 한 겁니다. 그제야 부인은 깨닫게 되지요, 관례의 감시망을 피하고 자유의 벽을 뛰어넘기 위해 치마 길이를 짧게 올리는 것만으로는 왜 충분치 않은가를. 물론 부인이 길거리를 반나체로 걸어가고, 해변에서 나체를 드러낼 때, 인생의 미학적 품격은 향상됩니다. 하지만 사람들이 나를 어떻게 여길까라는 생각이 부인의 머릿속을 지배하고 있다면, 편협한 공동체적 규범이 나쁜 행실에 대한 개념들로 부인을 세뇌시키고 있다면, 그리고 쾌감을 추구하려는 진정한 의지보다는 체념이나 절망감으로 규범이라는 잘못된 질서를 따르고 있다면 부인의 두뇌는 결국 노예 상태로 있는 겁니다. 자신을 묶어 매는 건 육체가 아니라 생각입니다. 부인의 생각, 관념, 감정, 판단, 그리고 사랑하는 사람에 대한 태도가 현 시대의 풍습이 요구하는 방식과 달라져야 하는 것이죠. 어느 날 갑자기 자유의 낙원에서 깨어날 수 있도록 해달라고 신에게 은총을 바라지 마세요. 지금 부인을 가둬놓고 있는 남자(또는 여자)를 뛰어넘는 것부터 시작하셔야 합니다. 그 행동을 관대함이나 정당함으로 극복하지 못하겠다면 이기심으로라도 하세요. 불가피한 불행들을 미리 방지하려면 말입니다. 늘 부인을 행복하게 해주는 수호자는 없습니다. 상대방의 자유가 예속보다 부인을 더 흥분시키게 되면, 비로소 부인은 밤이 자유로워질 것입니다. 다른 여자들이 남편을 만족시켜주는 걸 알면서 같이 만족할 수 있을 때, 부인은 정말 한 남자를 사랑하고 있다는 사실을 알게 되겠죠. 남자가 부인의 내연관계들을 해치지 않고, 부인이 사랑하는 사람들을 좋아하게 될 때, 그리고 그들과 지성을 나누고, 그들의 열정을 자랑하며 다니고, 그들이 부인을 쾌감에 이르게 할 때 같이 쾌감을 느낀다면, 부인은 그 남자의 진정한 사랑을 확신할 수 있는 겁니다. 만약 남자가 그렇게 후덕하기는커녕 오로지 다른 사람들과의 관계를 박탈하면서 부인을 소유할 수 있다고 믿는 사람이라면, 부인 또한 관습의 패배자가 될 수밖에 없습니다. 왜냐하면 부인은 하나의 다른 존재이기 때문이죠. 이 세상의 어느 누구도 누군가에게 예정된, 그리고 제외된 몫이 될 수 없습니다. 단일성이란, 영원성만큼 분명한 것입니다."

엠마뉴엘은 완전히 얼이 빠졌다. 그녀는 좀 쉬엄쉬엄 가자며 불평했다.

"좀 단계적으로 나아갈 순 없는 건가요? 한 계단씩 숨을 돌려가면서 말이에요."

마리오는 들은 척도 안하고 말을 계속했다.

"부인이 걸음을 돌려 지나가는 길을 스스로 감탄할 수 있는 시간은 다시 오지 않습니다. 소유욕에 맞선 인간의 투쟁은 현재든 미래든 승산이 없는 겁니다. 내가 부인께 권유하는 싸움은, 혼자서 모든 사람을 상대할 수 있도록 하기 위한 것이 아니고, 부인과 부인의 사랑하는 사람들이 한 생을 사는 동안 덜 비참하게 해주기 위한 것이죠. 부인의 아름다움을 찬미하는 사람들이 다른 사람들과도 그 매력을 지혜롭게 나누고 싶은 마음이 들도록 말입니다. 부인 자신의 기쁨은 물론 그 사람들의 기쁨을 위해서. 이건 결코 유행으로 끝날 행동방식이 아니라는 걸 부인에게 보장할 수 있습니다."

엠마뉴엘은 고집스럽게 처음의 주제로 되돌아왔다.

"결국 제 다리를 드러내 보이는 건 하나도 중요하지 않다는 건가요?"

"하나도 안 중요합니다. 만약 부인의 다리가 신체적 퍼포먼스에 불과하다면. 하지만 그것이 정신적으로 중요한 의미를 띤다면, 다시 말해 그런 행동이 다른 사람들의 정신을 고양할 수 있다면, 세상에서 제일 중요한 것이 됩니다. 정신은 쇠를 불에 달구듯 달궈져야 할 필요가 있으니까요."

"따라서 아무리 육신을 보여주며 돌아다녀도 제 자신의 존재를 정당화시키기엔 충분치 않다는 말씀이세요?"

"부인의 역할은 지구가 둥글게 돌아가도록 하는 데 있는 게 아니라, 지구를 동요하게 만드는 데 있습니다."

엠마뉴엘은 평소의 말솜씨를 되찾았다.

"만약 제 몸이 생겨나기도 전에 이 지구상을 흔들어대던 수십억 개의 다리가 아직도 대기를 무딘 상태로 내버려뒀다면, 오늘날 극소수의 구경꾼들한테 제 다리를 보여주면서 사회의 전복을 기대하는 건 너무 순진한 생각 아닌가요?"

마리오는 반복해서 말해줄 필요가 있다는 듯이, 상대방을 배려하는 선량한 교육자처럼 말투를 바꾸고 다시 말했다.

"예술가의 시도를 정당화시켜주는 건 역사를 위한 개혁이 아니라, 자기 자신을 위한 개혁입니다. 학문의 창의성과는 달리, 예술의 창의성은 이미 이루어진 것을 다룬다 해도 아무 문제없죠. 라스코 동굴벽화시대의 사람이나 옛 중국인들이 말(馬)을 그렸다 한들 내게는 하나도 중요하지 않습니다. 내가 본 광경의 아련한 느낌을 맨 처음 손으로 묘사하는 동안, 그 동물은 나를 태우고 끝도 없이 이어지는 신기한 세상을 가로질렀죠. 내가 손으로 가리킬 수 있는 만큼 먼 곳까지 말입니다. 조금 전에 우리가 몸을 감추기 위해 필요한 사회에 대해 말했지만, 이제 우리는 우리 자신을 들여다보기 위한 사회가 필요합니다. 관객이 없다면, 행복한 예술이 어찌 있겠습니까?"

마리오가 엠마뉴엘을 바라보면서 반응을 기다렸으나 그녀는 잠자코 있었다.

"무리아족 아이들은 학급 동료들 앞에서, 방문객들이 보는 앞에서 성행위를 합니다. 한 방에서 난둥이 시내다 보면 권태를 느끼게 될 가능성이 다분하죠. 만성이 되면 쾌감이 무뎌지지 않을까 하는 부인의 염려는 옳은 겁니다. 하지만 타인의 시선이 있기에 새로운 지평을 발견하게 되는 것 아니겠습니까?"

마리오의 목소리는 짐짓 꾸민 듯했다.

"바로 이 점에서 부인은 색정주의의 두 번째 법칙을 발견한 겁니다. 그건 비대칭의 필요성이지요."

"무슨 말씀을 하시는 거예요? 게다가 첫 번째 법칙은 뭐였던가요?"

"기이함의 법칙. 하지만 부인에게 이미 예고했던 것처럼,

둘 다 '작은 법'에 불과합니다. 오직 하나의 필요 충분한 큰 법은, 기억하시겠지만, 극도의 단순성입니다."

"새로 바뀐 품속에서 '예술적으로' 쾌감을 즐기는 것 이외의 소일거리로 보내는 시간은 쓸데없는 낭비, 이런 건가요?"

"거의 그런 의미입니다. 비록 '새로 바뀐'이라는 표현이 내게는 썩 마음에 들지 않지만. 마치 새로운 상대를 얻게 되면 지난 상대들은 버려야 한다는 의미로 들려서 말입니다. 그건 최악의 실수입니다. 쾌락의 질은 상대의 연속이 아니라 상대의 증식으로부터 나오기 때문이죠. 에로스는 마음이 변덕스러운 자들에게 비밀을 감춘다! 원래 상태로 되돌아간다면 아무리 몸을 내맡긴들 무슨 소용이겠습니까? 부인의 세계는 성장할 수 없을 겁니다."

엠마뉴엘은 눈썹을 찌푸리며 엄지를 깨물었다. 어떻게 표현하면 더 좋을까 고민하고 있는 표정이 역력했다. 그러한 화법 훈련이 엠마뉴엘에게는 매우 즐거웠고, 마리오는 그녀의 심정을 잘 읽고 있었다. 그가 말을 이어나갔다.

"'성적 쾌감'이라는 개념이 부인에게 얼마나 중요한지 잘 알고 있긴 하지만, 나라면 '예술'이라는 개념에 초점을 맞추겠습니다. 그래도 용서하시겠어요?"

"좋아요!" 그녀가 타협적으로 응수했다. "그럼 '예술적으로 쾌감을 즐기는' 대신 '쾌감에 이르는 예술'이라고 하죠. 이렇게 해 보면 어떨까요?"

항상 더 많은 남자의 품에 안겨 쾌감에 이르는 예술,

그 이외의 다른 소일거리로 보내는 시간은 모두 헛된 것이다.

"아주 좋습니다! 부인은 표현 감각도 있고, 요약을 잘 하시는군요. 계속 더 연습하면 좋겠습니다. 머지않아 부인께 격언 모음집이라도 청탁을 드려야겠는걸요."

마리오는 농담하는 것처럼 보이지 않았으나 엠마뉴엘은 깔깔거리며 웃었다. 그가 설명을 덧붙였다.

"물론 앞에서 말씀하신 '품속에서'라는 표현을 좁은 의미로 받아들여선 안 됩니다. 그 말이 얼마나 넓은 범위의 색정적 관계를 갖고 있느냐 하면, 부인의 품과 다른 사람들의 품뿐만 아니고 타인의 시선, 귀(비록 보이진 않지만 문 뒤에 있다거나 아니면 전화선 반대쪽에서 듣고 있는), 부인의 마음속 깊은 곳에 있는 비밀스런 얼굴들까지 포함하는 겁니다. 그리고 당연한 사실이지만, 품에 안길 때 이 '품'의 유형과 숫자는 그보다 훨씬 더 많죠. 그러니까 문법적인 형태 속에서 갈피를 못 잡고 있으면 안 되는 겁니다."

"어쩌면 '사랑에 이르는 예술'이 '쾌감에 이르는 예술'보다 더 우아할 것 같은데요?"

"더 우아할진 몰라도 덜 명확하겠지요. 부인은 내게 예술의 우선권을 양보했고, 나는 부인에게 쾌감을 양보하지 않았습니까? 그 부분은 이제 건드리지 말기로 하죠. 그리고 행여 배수진을 칠 생각은 안 하는 겁니다. 게다가 '사랑하다'라는 말은 너무 모호하고 또 너무 제한적입니다. 사랑하기 위해서는 두 사람이 필요하지만, 쾌감에 이르는 건 혼자서도 할 수 있으니까 말입니다."

"물론이죠."

"게다가 사실, 쾌감은 혼자서 즐겨야 하는 것이기 때문입니다." 마리오가 한술 더 떴다. "색정의 왕국은 자신의 고독을 위해 쾌락의 문을 열어줄 줄 모르는 자에게는 늘 닫혀있거든요."

그는 엠마뉘엘의 얼굴을 근엄하게 노려보았다.

"내가 보기에 부인은 혼자서도 섹스를 즐길 줄 아는 것 같은데, 그렇죠?"

엠마뉘엘이 긍정적으로 고개를 끄덕여 보이자 마리오가 더욱 밀어 부쳤다.

"만족하세요?"

"네, 아주 많이."

"자주 즐겨 하십니까?"

"무척 자주해요."

그녀는 바른대로 말하면서 아무런 수치심도 느끼지 않았고, 오히려 그 반대였다. 남편도 아내가 그렇게 하도록 부추기지 않았던가? 자위를 하든 목욕을 하든 그녀가 남편의 눈에 띄지 않으려고 한 적은 한 번도 없었을 것이다. 남편의 탐미적인 취향을 잘 아는 그녀였기에 오히려 자신의 행위들을 그가 볼 수 있는 순간에 맞춰 최선의 노력을 다하곤 했다. 그러한 연출을 부부간의 중요한 의무들 중의 하나로 여겼고, 같은 생각을 하고 있는 남편으로부터 좋은 점수를 얻고 있다는 걸 알고 있었다.

"그러면 부인이 비대칭의 법칙을 이해하는 데 별 어려움이 없을 겁니다."

"아, 잊어버리고 있었네! 솔직히 전 그 의미가 뭔지 잘 모르겠어요. 기이한 것은 그렇다 치더라도 비대칭은 왜 필요한 건가요?"

"다시 한 번 더 과학적인 현상을 근거로 말씀드려보죠. 어떤 형태의 생명이든 탄생에 필요한 조건들이 있듯이, 마찬가지로 색정주의가 태어나기 위해서는 어떤 조건들이 모여야 합니다. 활성세포의 발생이 거대 단백질분자의 존재를 전제로 한다는 사실을 부인도 배웠을 겁니다. 그런데 이 분자들의 특징은, 그 구조와 구성성분의 배열이 매우 높은 수준의 비대칭을 나타낸다는 겁니다. 초기의 어떤 불균형이 없이는 물질의 고단위 조직이나 생명의 가능성, 진보가 없다는 사실을 보여주는 거죠. 부적응 현상이 생물학적 진화의 결정적인 요인이었음이, 오랜 시간이 지난 후에 밝혀지는 것과 같은 맥락에서 이해하시면 됩니다. 색정주의도 당연히 똑같은 법칙에 의해 다스려지는 겁니다. 생명, 그러니까 색정주의는 균형을 끔찍이 싫어합니다."

마리오는 긴 손으로 허공에 궤도를 하나 그려 보이며 계속 말했다.

"그렇지만 만약 우리가 색정주의를 하나의 예술로 바라본다면, 대중을 확보하기 위해 그 형태로 필요한 것이 바로 비대칭이라는 사실을 확인할 수 있습니다. 예를 들어 섹스를 하는 사람의 수가 홀수여야 한다는 거죠."

"오!" 엠마뉘엘은 충격적이라기보다는 재미있다는 표정을 지었다.

"그건 확실한 겁니다. 예를 들어, 하나는 홀수죠? 자위를 하는 사람은 배우이면서 동시에 관객입니다. 그래서 자위는 근본적으로 색정적인, 예술 작품인 겁니다. 우리가 독점적인 위치를 차지할 수 있게 해주는 유일한 사랑이지요."

······스스로에게 안겨 시샘하는 숫처녀여······
그대는 누구에게 위기감을 느껴 시샘하는가?

마리오는 한순간 꿈을 꾸는 듯한 표정을 짓더니 다시 말을 이어갔다.

"간통 또한 색정적입니다. 짝수의 진부함을 보상해주는 삼각관계죠. 제삼자가 개입되지 않는 한 커플에게 가능한 색정주의는 없습니다. 그런데 사실 제삼자가 없는 경우는 드뭅니다. 직접 눈 앞에는 없더라도 두 사람 중 한 명의 생각 속에 늘 있게 마련이니까요. 부인은 정사를 나누는 동안, 무의식적으로라도 끌리는 다른 남자의 모습을 떠올린 적이 한번도 없으셨습니까? 부인의 감긴 눈 앞으로 집에 와 있는 손님의 얼굴이 떠오르고, 여자친구의 남편이, 길을 지나며 스친 어느 행인이, 영화의 주인공이, 어릴 적 애인이 떠오를 때 남편의 딱딱한 느낌은 한결 부드러워지죠! 말해보세요. 그런 상상을 좋아하시죠? 아닙니까?"

엠마뉘엘은 조금 전처럼 주저 없이 고개를 끄덕이며 인정했다. 남편의 품에 안겨 수없이 많은 남자의 포옹을 떠올렸던 그 잠깐의 기억만으로도 그녀는 강한 자극을 받았고, 그 회상 장면이 너무나 뚜렷해 마리오도 볼 수 있지 않을까, 하는 생각마저 들었다. 어젯밤만 해도 생각 속에서 바로 그 사람에게 몸을 맡기지 않았던가. 크리스토퍼가 도착한 날 저녁에 그랬던 것처럼, 때로는 아직 알지도 못하는 아리안느의 애인들에게, 장의 남동생에게…… 그리고 최근 몇 주 동안은 비행기에서 만났던 사람들, 그중에서도 특히 그리스 조각상 같았던 남자를 자주 떠올리곤 했다. 이처럼 연속적으로 이어지는 얼굴들이 몸을 뜨겁게 만드는 바람에 엠마뉘엘은 힘이 쪽 빠지는 걸 느꼈고, 손을 제대로 가누지도 못할 것 같아 움직일 엄두를 못 내고 있었다. 마리오가 비웃는 듯한 미소를 머금은 채 연설을 계속했다.

"만약 두 상대방이 그런 식으로 행동한다면 이제는 각자 흥분제가 필요하게 될 겁니다. 한 사람의 마음이 그렇게 달아나면 상대방은 그만큼 더 많은 욕구와 열정을 쏟으면서 즉각적인 쾌락을 모색해야만 하고, 상대의 배타적인 정열과 당찮은 마음의 폭력으로 막혀버린 자신의 상상력을 최대한 끌어내게 되는 것이죠. 그러면 일시적인 마음의 결함이나 불균형은 해소되고 균형이 맞춰질 수도 있지 않겠습니까?"

마리오는 두 팔을 올려 균형을 분명하게 잡아 보였다.

"물론 그런 문제에 있어서, 현실은 허구보다 더 나은 겁니다. 육신을 가진 한 명의 관객이 모든 가상적인 관객들보다 더 바람직하다는 거지요. 애인에게 어울리는 자리는 부부의 한가운데입니다."

엠마뉴엘은 마리오의 격언이 이번에는 상식에 좀 어긋난다고 여기며, 아무 반응도 안 보이는 것이 자신의 거부감을 가장 우아하게 전달하는 방식이겠다, 라고 속으로 생각했다. 하지만 그는 전혀 개의치 않고 오히려 자신의 첫 번째 주장을 더욱 강조했다.

"다시 한 번 말하지만, 진정한 예술가는 한 명보다는 여러 명의 관객을 더 좋아할 겁니다."

엠마뉴엘은 방종이 익살스럽게 다루어지는 대화 분위기가 오히려 더 편했다. 그녀는 좀 삐치는 듯한 말투로 물었다.

"우리가 이미 명확히 밝힌 바 있고 필요하면 또 보여주겠지만, 노출증 없는 색정주의는 없는 건가요?"

"허! 그런 이상한 상표를 가지고 뭘 말하려고 하는지 모르겠습니다. 하지만 늦은 밤 행인이 드문 길에서 섹스를 하는 건 정신을 북돋아주기 위함이라는 사실 정도는 나도 알고 있죠."

"왜 밝은 대낮에, 사람들이 가득한 광장에서 하면 안 되나요?" 엠마뉘엘이 빈정댔다.

"모든 예술이 그렇지만, 수준 높은 색정주의는 대중으로부터 멀리 떨어져 있는 겁니다. 법석거림이나 소란, 장터의 요란한 불빛, 천박한 분위기 같은 건 싫어합니다. 대신 미묘함, 태연함, 사치, 장식을 필요로 하지요. 그리고 연극에서처럼 나름대로의 기법을 지니고 있습니다."

엠마뉘엘은 생각에 잠겼다. 그녀는 순간적으로 진지하게 말을 받아치는 걸 좋아하는 편인데, 왜 지금은 그러지 못하고 있는 걸까?

"어쨌든 저는 할 수 있을 것 같아요."

"길거리에서, 호기심 어린 행인들의 눈앞에서 말입니까?"

"네."

"섹스의 즐거움을 위한 겁니까, 아니면 섹스를 하면서 보여지는 즐거움을 위한 것입니까?"

"둘 다일 거예요."

"부인께 흉내만 내달라고 부탁한다면? 남자가 부인을 겁탈하는 척하면서 추문을 일으키는 정도의 즐거움만으로는 충분치 않으세요?"

"충분치 않아요." 그녀가 단호하게 말했다. "그럴 거면 아예 하질 말든가. 안 그래요?"

엠마뉴엘은 그렇게 말을 덧붙이며 자신이 지금 현재의 욕구를 말하고 있다는 걸 깨달았다. 왜냐하면 그녀는 지금 당장 섹스가 하고 싶었고, 마리오를 갈망했고, 아니면 자위라도 하고 싶었기 때문이었다. 하지만 정확히 어느 것을 원하는지는 알 수 없었다. 어떤 선택이 더 나을까 하는 문제는 중요하지 않았다. 그녀의 음부가 누군가의 손에 맡겨지기만 한다면.

"저는 육체적인 쾌감도 원하니까요."

"오르가슴을 많이 즐기고 싶다, 그 말 아닙니까?"

"물론이죠. 안 될 것 없잖아요?" 엠마뉴엘이 공격적인 어조로 말했다. "뭐 잘못된 거라도 있나요?"

그녀는 희미한 기억 속에서 마리오의 비웃음을 떠올리며 지긋지긋해하는 기색을 내비쳤다.

그가 고개를 심각하게 끄덕였다.

"있을 겁니다."

잠깐 시간이 흐르도록 놔둔 다음 그가 말을 이었다.

"색정주의의 장애물은 육체적 쾌락입니다."

"선생님! 정말 피곤하게 구시네요."

"제가 부인을 짜증나게 만듭니까?"

"그게 아니라, 선생님은 너무 역설을 좋아하시잖아요."

"이건 역설이 아닙니다. 부인은 엔트로피가 뭔지 당연히 아시겠죠?"

"네, 알아요." 그녀는 공식을 떠올리려고 애쓰면서 대답했다. 하지만 정확히 기억해내지 못했다.

"엔트로피, 다시 말해 에너지의 소모 내지 쇠퇴는 마치 우주 전체를 노리는 것처럼 색정주의를 노리고 있다 이겁니다. 색정주의의 고유한 엔트로피 형태는 사회적 습관이라기보다는 육감의 충족이죠. 그리고 채워진 성 본능은 죽음을 향해 가는 것을 의미합니다. 돈 주앙의 심오한 말 기억하시죠? '나를 열광시키지 않는 모든 것은 나를 죽인다!' 내가 조금 전 부인에게 균형에 대해 말하면서 했던 내용과 똑같은 겁니다. 매 순간, 각 개인 속에서 포만감은 욕구를 위협하고 있다는 것이지요. 정지된 행복, 죽음에 이르게 하는 잠이 위협의 정체입니다. 마치 신부의 젖가슴 위에 말도 안 되게 큰 글씨로 '끝'이라는 영화 자막이 적혀 있다고 생각해보세요. 해피엔드의 뒤를 잇는 불길한 전망 아니겠습니까? 그에 대한 유일한 방어는 포만감의 유혹을 거부하는 것입니다. 아직 쾌감을 더 즐길 수 있으리라는 확신이 없을 때, 또는 오르가슴에 이른 후 다시 흥분할 수 있을는지 확실치 않을 때, 쾌감의 유희를 아예 받아들이지 않는 겁니다."

"선생님……."

그는 현학적으로 손가락을 세워 보이며 엠마뉴엘의 말을 가로막았다.

"색정적인 것은, 정액의 분출이 아닌 발기된 상태입니다."

엠마뉴엘은 기세가 꺾이고 싶지 않았다.

"지금 선생님의 지적은 여자들보다는 남자들한테 해당되는 것이잖아요. 그렇다면 신체적으로 여자들보다는 남자들이 더 유리하죠."

마리오는 동의하는 뜻으로 미소를 지어 보이며 문장 하나를 인용했다.

프시케(Psych)는 늘 품어주어야 하는 여인이로다.

하지만 엠마뉴엘은 그의 생각에 동의하지 않았다.

"결국 색정주의를 내세우는 선생님의 지론은, 더 이상 섹스를 할 수 없을까 봐 두려워서 미리 섹스를 멈춰야 한다는 거잖아요! 제가 예고한 대로 선생님의 논리는 교리문답 형태로 가고 있단 말이에요. 정신을 고양시키고 육감을 다스려라! 하지만 저는 처음의 제 관점에서 물러나지 않을 거예요. 도덕 같은 건 신경도 쓰지 않는다구요. 그리고 색정주의가 그렇게 복잡한 미덕들을 요구한다면, 제게 그따위 것들은 필요 없어요. 저는 원하는 만큼 또 할 수 있는 만큼 쾌감을 즐기는 게 좋거든요. 육체가 좋아하는 모든 쾌락을 주고 싶단 말이에요. 저의 저는 적당량을 정해놓고 싶지 않아요. 비록 저의 정신이 타락한 유혹에 빠지더라도 말이에요."

"좋습니다, 좋아요! 내가 얼마나 부인의 생각에 동의하는지 모르실 겁니다. 오직 관능에만 몸을 바칠 준비가 된 여인을 만난다는 건 정말 기쁜 일이죠. 내가 방금 전 부인에게 권해준 모든 것들은 그러한 욕구를 잘 이루도록 도와주기 위한 목적일 뿐입니다. 부인의 쾌락을 조절하십시오, 라고 말하고 싶은 마음이 전혀 없습니다. 그런데 한 가지 물어보죠. 만약 부인께서 육체뿐만 아니라 정신적으로 가능한 한 최대로 즐기길 원하신다면, 뭘 해야 한다고 생각하세요? 저는 다음과 같은 기본적인 법칙들을 지키라는 말씀을 드리고 싶습니다. 우선, 단번에 그치는 정사는 하지 않도록 주의하세요. 이는 곧바로 잠으로 이어지는 경우를 말합니다. 그리고 오르가슴에 이르렀다고 그냥 만족해하지 말고, 또다시 쾌감을 즐기도록 하시라는 겁니다. 쉽게 채워진 욕망으로 색정주의의 요구를 덮어버리면 안 됩니다. 마치 짐승들의 서글픈 교미처럼 끝을 맺는, 아무 생각도 없는 황홀경을 따라 하지 마세요. 성교의 개념과 커플의 개념을 혼동해선 안 됩니다. 커플의 개념에서 인간이 자부심을 가질 수 있는 이유가 뭐겠습니까? 그저 짝을 이뤘다고 해서 기린과 쥐, 이와 함께 노아의 방주에 실린 정도라면 흥분할 가치가 하나도 없겠죠."

마리오는 갑자기 소탈한 웃음을 터뜨리곤 말을 계속했다.

"그래서 부인은 나를 보러 왔고, 나는 부인에게 스스로 정신적 양식을 찾도록 권유하고 있지 않습니까? 나는 지금 부인에게 아무 경계도 없는 세계로 들어가는 문을 열어주고 있는 겁니다! 그런데 부인이 한 남자의 사랑만 기다린다면, 부인의 지평선은 늘 끔찍한 모양으로 닫혀 있게 될 테죠. 내가 알려드리고자 하는 것은, 한 사람 또는 몇몇 사람에 대한 사랑이 아니라, 가장 많은 수의 짝에 대한 사랑입니다."

엠마뉴엘은 입술을 내밀고 아직 떨치지 못하고 있는 의혹과 거부감을 드러냈다. 그 모습에 반한 마리오가 외쳤다.

"정말 아름다우십니다!"

그가 침묵을 지키고 있는 동안 엠마뉴엘은 선뜻 몸을 움직일 생각을 못하면서 기다렸다. 얼마 후 그는 입을 열고 중얼거렸다.

그대가 원한다면, 우리는 그대의 입술로 사랑을 나누리라.

아무런 고백도 하지 않은 채로!

엠마뉴엘은 긴 머리채를 흔든 다음 마리오를 향해 미소를 지어 보였다. 그는 여태 보여준 적이 없는 존중의 기색을 내비치며 그녀에게 화답의 미소를 보냈다. 엠마뉴엘은 일어나는 감정을 피하려고 억지로 말을 건넸다.

"그래서 뭘 해야 하나요?"

마리오는 대답 대신 다시 시의 구절을 인용했다.

누워 있어라, 오 나의 육신이여, 그대에게 주어진 관능에 내맡긴 채로! 나날의 쾌락과 기약 없는 정열을 즐길지어다. 아직 오지 않은 환희를 그대의 후회스런 죽음에 바치지 말아다오.

"이런 세상에, 제가 말했던 바로 그것이잖아요!"

엠마뉴엘이 의기양양하게 말했다.

"나도 그랬죠."

그녀는 더 이상 반증을 내세우지 못하고 웃어버렸다. 그의 말이 항상 옳아야 했던 것이다!

"그런데 내가 좀 더 자세하게 말했던 것뿐입니다."

"너무 자세하게 말이에요! 선생님의 모든 법칙은…… 제가 기억하기로는 처음의 두 이론이……."

"바로 전에 세 번째 이야기를 했습니다. 수의 이론. 다수성은 그 자체로 색정주의의 한 요소입니다. 역으로 말하자면, 제한이 있는 곳에 색정주의는 없다는 것이지요. 예를 들어, 둘로 제한된 곳. 필요하다면 난 부부라는 형태가 갖는 모든 해악적인 것들을 큰 소리로 외치고 다닐 겁니다."

"그럼 우리 그 해악을 무법자로 처리해버려요. 그런데 결과적으로 우리는 어떻게 해야 하는 거죠? 오직 한 남자와의 섹스는 거부해야 하는 건가요? 셋 또는 다섯, 일곱 명하고만 해야 할까요?"

"원한다면 말입니다. 하지만 반드시 그래야 하는 건 아니죠. 수는 공간 속에만 있는 게 아니라 시간 속에도 있으니까. 게다가 우리는 덧셈이나 곱셈 말고도 다른 것들을 할 수 있잖습니까? 예를 들어 나누거나 빼는 일. 오늘 저녁 모임에서 처음엔 내가 부인을 화나게 만들었었죠. 부인에게 몸을 나누는 방식 중의 하나를 가르쳐주면서."

엠마뉴엘에게 이제 그 기억은 거의 기분 좋은 느낌이 되었기에 얼굴에 짓궂은 기색마저 돌았다. 그녀는 무슨 말을 하려다가 그만뒀다.

"부인이 몸을 빼는 방식에 대해 말하자면, 때로 부인의 관능에 맞서 스스로 싸우도록 하세요. 관능에 몸을 내맡기기 전에 뒤로 물러날 줄 알아야 합니다. 마치 마법에 걸린 길 끝에 세워진 요정의 성처럼. 쾌락을 지속시키면서 욕망 또한 지속되도록 하세요. 그리고 스스로 자신이 닿을 수 없는 매력에 도취되지 않도록 해야 하는 겁니다.

순결한, 나는 그늘 속에 바쳐진 사랑스런 재물이었노라!

또한 부인께서 조금씩 내주던 것을 이제는 두 손 가득히 담아 공평하게 베풀도록 하세요. 성배의 기사처럼 부인의 마음을 얻기 위해 몇 달 간을 애타게 기다리며 싸워온 자에게, 만나는 첫날 온몸을 단번에 줘버리세요. 반면 가장 내밀한 애무를 오랫동안 자주 허락해주던 친구에게는 괜히 변덕을 부리며 '마지막 기부들'을 거절해버려야 합니다. 생전 처음 보는 남자에게는 함부로 부인을 다루도록 요구하고, 어릴 적부터 부인의 몸속으로 들어오길 꿈꿔오던 친구에게는 부인의 두 손을 빌려서만 쾌감을 즐기도록 해야 합니다."

"정말 끔찍하네요! 선생님은 제가 그런 방탕에 빠질 거라고 여기시나요? 하지만 다행히도 그냥 웃자고 하는 말이……"

"그렇죠. 어떤 말을 하더라도 우리는 웃고 넘어가야 하는 겁니다. 오직 수치심만이 슬픈 꼴을 하고 있지요. 그런데 내가 지금 막 제시한 것들 중에서 부인에게 혐오감을 일으키는 게 뭡니까? 두 손을 사용하는 방식인가요?"

"바보처럼 굴지 마세요, 선생님! 그게 아니라는 걸 잘 아시면서……"

"부인은 그 방탕의 도구를 잘 사용할 줄 아실 테지요?"

"그야 당연하죠."

"많은 여자들이 배와 가슴, 입의 능력을 믿고 있습니다. 그런데 손이야말로 우리를 인간적으로 만들어주는 것입니다. 우리 남자들에게 여자들의 손보다 더 우리를 남자답게 만들어주는 다른 것이 있을까요? 우리 남자들은 암사슴이나 암사자와 교미하면서 젖을 어루만진다든지 혀 안에서 전율할 수는 있을 겁니다. 그런데 오직 여자만이 손가락 사이에서 우리를 사정하게 만들어줄 수 있지 않습니까? 인본주의의 이름으로, 그런 방식의 성행위는 다른 어떤 방식보다 더 선호할 만한 가치를 지니는 겁니다."

엠마뉴엘은 존재의 모든 취향이 가질 동일한 권리를 인정한다는 뜻을 보여주기 위한 듯, 태연한 손동작을 해 보였다. 사실, 마리오가 대중적 견해와 정반대적 입장을 취하면서 느끼는 기쁨에 대해서는 더 이상 이견을 내세우지 않기로 작정한 터였다. 그리고 그렇게 하는 편이 훨씬 더 재미있을 거라고 생각했다. 그런데 엠마뉴엘을 거북하게 만드는 생각 하나는, 그 뚜렷한 이유를 파악하지 못하면서도 왜 그녀가 마리오의 '법칙'을 다른 것들보다 더 중요하게 여기느냐 하는 의문이었다. 그녀는 주제를 다시 끄집어냈다.

"사실 선생님은 제 몸을 공평하게 나눠줘야 한다는 명목으로 제가 많은 사람들에게 몸을 내맡겨야 한다는 암시를 주고 있는 건 아닌가요? 어떤 사람에게는 이것을, 또 다른 사람에게는 저것을, 이런 식으로 말이죠. 그러면서 선생님은 저를 헤픈 여자가 아니라고 격려해주지도 않으면서, 수많은 몸뚱이를 가져야 하는 신세를 모면하게 해줄 생각도 안 하시잖아요! 그러니까 제가 선생님을 타락한 사람 취급하는 거예요."

"부인은 모든 사람을 쾌락에 이르게 해줄 수 있는 몸을 가졌으면서 왜 많은 사람들, 수많은 애인들하고 나눌 생각을 안 하시는 거죠? 무슨 이론의 여지가 아직 남았습니까?"

"선생님도 잘 아시잖아요!"

엠마뉘엘은 그렇게 항의를 하면서 마리오가 무슨 뜻인지 충분히 알아듣길 바랐다. 하지만 그는 귀담아 들으려고도 하지 않았다. 할 수 없이 그녀는 다시 질문 공세를 폈다.

"제가 왜 그래야 하는 거죠?"

"이미 말했듯이, 색정주의를 위해서입니다. 색정주의는 숫자가 필요하니까요. 한 여자에게 애인의 숫자를 세는 것보다 더 큰 관능이 어디 있겠습니까? 어릴 적에는 손가락으로 숫자를 꼽죠. 소녀 시절에는 학기 동안의 개월 수와 방학 동안의 개월 수를 꼽습니다. 그러나 결혼해서는 상대의 이름이 히니씩 늘어날 때마다 비밀 수첩에 아무도 못 알아보는 표시를 하는 겁니다. 그러고는 '마지막 남자 이후로 한 달이 지났어?', '세상에, 일주일에 두 명이라니……' 이렇게 반성하는 거죠. 이 작업은 승리의 수준에 이를 때까지, 자랑스런 승전가를 부를 때까지 이어지겠죠. '그래, 이번 주는 매일 한 명씩이었어!' 그리고 여자친구를 끌어안고 귀엣말로 나직이 묻습니다. '너는 백 명 넘어?' '아직 안 돼. 너는?' '넘지.' 오, 쾌락, 쾌락이여! 부인의 몸이 담을 수 있는 육신은 수천, 수만도 더 될 겁니다. 색정주의에 대해 내린 정의 기억하시죠? 바로 과도함의 쾌락입니다."

엠마뉘엘은 머리를 설레설레 흔들었다.

"어쨌든 자세히 살펴보면, 수의 법칙은 단번에 욕망을 채우지 않도록 해야 한다는 또 다른 법칙의 당연한 귀결일 뿐입니다. 그 점에 있어서는 부인도 더 이상 반박하지 못하시겠죠? 왜 연애 자원의 다양성이 쾌락에 필수 불가결한 것인가는 쉽게 이해될 수 있는 겁니다. 부인의 육감이 타협의 희생물이 되지 않도록, 신물이 난 꼴이 되지 않도록 한 남자에게만 몸을 주지는 말아야 합니다. 만약 그 뒤를 이어 부인을 받아들일 준비가 된 다른 남자가 없다면 또 모르겠지만요."

"하지만 반드시 그런 식으로 끝나야 할 이유는 없잖아요!" 엠마뉘엘이 큰소리로 대들었다. "그렇다면 두 번째 이후에 또 한 명이 있어야 하고, 그리고 또 다른 한 명이 예비돼 있어야 한다는 논리 아니에요?"

"안 될 것 없잖습니까? 실제로 지향해야 할 방향인걸요."

엠마뉘엘이 소탈하게 웃었다.

"인간의 저항력에도 한계가 있는 법이에요."

"불행하게도 그렇죠." 마리오는 우울한 표정으로 그녀의 말을 인정했다. "하지만 정신은 그 한계들을 넘을 수 있습니다. 중요한 건, 정신은 결코 만족하지도 않고 채워지지도 않는다는 사실입니다."

"제가 이해를 제대로 했다면, 정신을 깨어 있게 하는 가장 확실한 방법이 끊임없이 성행위를 하는 거란 말이죠?"

"반드시 그런 건 아닙니다." 마리오가 다급한 어조로 대답했다. "중요한 것은 성행위를 하는 데 있는 것이 아니라, 어떻게 하느냐에 달려 있는 것입니다. 아무리 무한히 반복된다 한들 육체적 행위만으로는 색정적 가치를 만들어 내기에는 충분하지 않습니다. 만약 부인이 연달아 스무 명의 남자를 상대로 한다면 이루 말할 수 없는 쾌락이 될 수도 있겠지만, 권태로워 죽을 지경이 될 수도 있지 않겠습니까? 모든 건 앞서 있었던 상황과 그 뒤로 이어질 상황이 어떠냐에 따라 달라집니다. 그래서 만약 법칙이 있다면 규율은 없는, 그런 상태인 것이죠. 색정주의의 완벽한 경지에 도달하기 위해 부인은 어느 날 그 스무 명에게 동일한 방식으로 몸을 맡기게 될 겁니다. 마치 마술을 부리듯이 부인의 몸 안에서 굳이 누가 누군지 구별할 필요노 없이 그들의 뿌리가 이어지게 하면서 육신을 복제해낼 겁니다. 또 다른 어느 날 부인은 스무 명에게 각자 다른 방식으로 만족시켜달라고 요구할 테죠."

"서른두 개의 체위를 말인가요?" 엠마뉴엘이 빈정거렸다.

"그런 싸구려 색정주의보다 더 천박한 건 이 세상에 없습니다! 정 원하시면 그런 유행으로라도 무장을 하시든가! 부인에게 어울리는 색정예술은 자세에 관한 문제가 아닙니다. 그건 상황으로부터 만들어지는 것이죠. 부인에게 중요한 것은 오직 두뇌 회전의 형태일 뿐입니다. 두뇌로 섹스를 하세요. 이 세상의 모든 남성들이 줄 수 있는 것보다 더 많은 성기와 관능적 느낌으로 머릿속을 채우셔야 합니다. 매번의 포옹이 다른 모든 포옹을 내포하면서도 예측할 수 있어야 합니다. 다른 사람들에 의한, 즉 다른 사람들과 함께 치러졌던 과거의 관계를 회상하거나, 혹은 치르게 될 미래의 성행위들 중의 하나를 상상하는 포옹이 될 때, 부인의 포옹은 비로소 색정적 가치를 지니게 되는 겁니다. 마찬가지로, 어떤 남자가 부인을 품을 때 적절한 순간 최후의 배려를 베푸는 사람이 바로 그 남자가 아닌, 옆에서 부인의 손을 잡고 있는 남자, 또는 호머의 시를 읽어주고 있는 남자여야 하는 겁니다."

엠마뉴엘은 갑자기 웃음을 터뜨렸다. 그의 논리가 무척 인상적이었지만, 그렇다고 인정하고 싶지는 않았다.

"그럼 남편이 나하고 섹스를 하고 싶어 할 때 이렇게 말해야겠네요. '우리 둘밖에 없잖아, 안 돼요!'"

"지혜롭게 생각하면 되는 겁니다." 마리오가 진지하게 대꾸했다. "이미 말했다시피, 제삼자가 신체적으로 함께 할 수 없을 때 자리를 같이 하도록 만드는 건 부인의 두뇌입니다."

엠마뉴엘의 마음에 드는 논리였다. 사실, 장이 자기 몸 안으로 들어오는 그 순간 마음 내키는 대로 떠올린 다른 한 남자의 품에 안겨 있는 것처럼 느끼는 공상적 이동은, 그녀가 지금까지 알고 있는 방식 중에서 가장 큰 쾌감을 주는 것이었다. 그것은 그녀 스스로 찾아낸 첫 색정적 발견이었고, 아마도 남편과 사랑을 나누기 시작한 이후 네 번째 아니면 다섯 번째부터 시작되었을 거라고, 그녀는 속으로 생각했다.

처음에는 간간이 무슨 특별한 보상처럼 아끼면서 그 '엑스트라'를 즐기다가 점점 더 빈번해졌던 것이다. 참 기분 좋은 느낌이었다! 그것에 대한 기다림 자체가 쾌감의 한 요인이었으니까. 이 이후로 그녀가 남편과의 잠자리를 서둘러 마련했던 까닭은 단지 육체적 욕구 때문만이 아니었다. 어떤 거부감이나 수치심, 원칙 또는 관례를 극복해야 할 필요도 없이, 임의적으로 바라기만 하면 즉시로 나타나는 남자에게 자신의 가장 내밀하고 음란한 호의를 베풀어줌으로써 느끼는 쾌감, 그리고 그녀가 감히 현실에서 시도하지 못했을 행위들을 공상 속에서 그와 함께 겪으며 얻는 희열 때문이었다. 그녀의 쾌감은 열 배로 커졌고, 그 효과는 남편에게도 전달되었다. 그녀가 남편을 속이고 외도하려는 충동은 오히려 사라졌다. 날마다 엠마뉘엘은 남편에게 더욱 열정적이고 관능적인 정부가 되었다. 그녀는 앞으로 자동적으로 그러한 방식의 섹스를 하리라 다짐했고, 매번 이 '불균형 법칙'이 지켜질 수 있도록 하는 데 필요한 제삼의 상대를 소환하기로 했다. 이처럼 매우 세련된 관능에 생각이 미치기만 하면, 그녀는 남편이 자기를 품어주길 바라며 몸이 달았다. 다른 남자와 섹스를 할 수 있으니까 말이다.

'다른 누구와?' 엠마뉘엘이 속으로 자문했다. 물론 마리오는 아니지. 꽤나 우스꽝스러울 것이다. 캉탱이라면 몰라도.

"아마도 한꺼번에 두 유령을 제 침대로 불러내지 않도록 조심해야겠죠. 아니면 우리는 짝수가 되어 와지끈! 죄다 바닥에 나뒹굴게 될 테니까."

마리오가 빙긋이 웃었다.

"그렇지도 않습니다. 왜냐하면 짝수를 불규칙적으로 분배하면 다시 비대칭이 생기게 되니까요. 만약 같은 침대에서 두 명씩 나눠 짝을 짓게 되는 거라면, 넷이서 하는 관계는 결코 권해드리지 않을 겁니다. 그런 방식의 관계를 저녁 기도시간 후에 즐겨 행하는 부르주아들이 있기는 하죠. 그렇다고 해서 숫자 4를 금지시킨다면 곤란할 겁니다. 짝수는 때로 흥미로운 가능성을 보여주기도 하거든요. 예를 들어, 네모의 진부한 모양을 벗어나 셋과 하나로 나누어지는 경우처럼 말입니다. 그런 식의 나누기를 여덟에 적용해서 여섯 남자와 두 여자의 의미로 만들어내면, 더할 나위 없이 우아한 조합이 이루어지거든요. 한 여자마다 세 명의 남자가 시중을 드는 모양으로 시작해서 결국, 두 무리가 함께 뒤얽힌 모양으로 끝을 맺게 되는 겁니다."

엠마뉘엘이 그림을 머릿속에 그려보려고 애쓰는 동안 마리오가 선량하게 웃으며 말했다.

"단순성 또한 많은 매력을 지니고 있고, 좀 전에 부인이 지적했던 것처럼 두 남자에게 동시에 몸을 맡기는 형태가 여자에게 가장 유쾌한 섹스를 하게 해주는 방식으로 계속 남게 되리라는 걸 저도 인정합니다(그런 생각을 자기에게 떠넘기는 걸 보며 놀란 엠마뉴엘이 눈썹을 찌푸렸다). 그보다 더 완벽하고 조화로운 경험은 별로 없다는 사실을 감안할 때, 고상한 취미를 가진 모든 여인들이 그런 행위를 즐겨 하는 까닭을 이해할 수 있죠. 한 남자의 품에 안긴 것과 두 남자의 품에 안긴 것 사이에는 쌀 증류주와 포도 증류주 사이만큼의 차이가 있는 겁니다."

마리오가 매그넘 병을 들어 엠마뉴엘의 잔에 따랐고, 그녀는 설레는 마음으로 갈색 액체를 맛보았다. 그녀에게서 눈을 떼지 않고 있던 마리오가 자신의 주장을 다시 늘어놓았다.

"한 남자의 품에 안긴 여자는 이미 반쯤 버려진 상태입니다. 애인들의 긴 행렬이 부인의 정신적 요구에 부합하는 모양이라면, 나른 한편으로 남녀 양성의 근본과 순진한 성향 사이에서 구별이 안 되는 부인의 육신에 대한 정당한 보상이기도 하죠. 어떤 경우라도 부인의 한 부분이 다른 부분보다 더 소홀히 다루어지는 건 용납될 수 없습니다. 어떻게 부인의 몸이 반만 드러나고 반은 버려진 채로 놔둘 수 있겠느냐는 말입니다. 부인의 육감에 대한 접근은 모두 사랑에 버금가는 자격을 지니고, 동등한 미덕을 내포하고 있는 겁니다. 어떻게 오직 한 남자만이 부인의 시작이 되고 끝이 될 수 있겠습니까? 그러니까 적어도 두 명이 부인의 육체가 가지고 있는 딜레마를 해결하기 위해 공동으로 노력해야 하는 거지요. 두 사람이 동시에 각자 관능의 상징을 부인의 입 안에 넣게 될 바로 그때의, 그 충만감 속에서 부인은 여자여야 하는 이유와 여자의 아름다움을 알게 될 겁니다."

마리오가 정중하게 물었다.

"마음에 드세요?"

엠마뉘엘은 반짝이는 동공 위로 눈을 내리 감으며 잔기침을 했다. 그는 가차 없이 말을 이었다.

"다시 말해, 두 남자와 섹스를 하는 겁니다. 단지 공상이 아니라."

그녀는 솔직한 해결책을 선택했다.

"전, 자신이 없어요……."

"왜죠?"

마리오가 부자연스러운 목소리를 내며 놀란 얼굴로 말했다.

"한 번도 해본 적이 없어요."

"정말입니까? 그 이유가 뭘까요?"

그녀가 어깨를 으쓱했다.

"그렇게 하는 방식에 반대하시는 겁니까?"

그가 약간 비꼬는 말투로 물었다.

엠마뉘엘의 얼굴은 어떤 정확한 의미를 부여하기 어려운, 일련의 표정을 드러내고 있었다. 침묵이 이어지도록 마리오가 그녀를 내버려두는 동안 그녀의 어색한 기분은 더해갔다. 뭔지 정확히 알 수 없는, 정신에 대한 용서받지 못할 죄목으로 비난을 받고 있는 듯한 느낌이었다.

"왜 결혼하셨습니까?" 뜬금없이 그가 질문을 던졌다.

그녀는 어떻게 대답해야 할지 몰랐다. 마치 술래잡기를 하는 것처럼 누군가 그녀의 어깨를 잡고 방향을 잃어버리게 하기 위해 빙글빙글 돌리고 있는 느낌이었다. 두 눈을 붕대로 감고 두 손을 앞으로 내민 채, 그녀는 함정에 빠질까 봐 아무 쪽으로도 걸어 나갈 엄두를 못 내고 있었다. 그녀는 장에 대한 사랑 때문에, 또는 장과 함께 섹스하는 즐거움 때문에 결혼한 거라고 고백하고 싶은 마음이 들지 않았다. 다행히도 상황에 걸맞아 보이는 생각 하나가 그녀에게 떠올랐다.

"전 레즈비언이에요."

마리오가 눈을 깜박거리다가 입을 열었다.

"그러시군요!"

그러고는 다시 의심스러운 말투로 질문 공세를 폈다.

"언제나 그러신 겁니까, 어릴 적에만 그랬던 겁니까?"

"언제나 그래요."

그 말과 동시에 예기치 않던 비탄의 물결이 그녀에게 휘몰아쳤다. 정말 그랬을까? 그녀는 다시 한 여인의 몸을 끌어안을 수 있을까? 비를 잃으면서 그녀는 모든 걸 잃어버렸건만……

"남편이 부인의 취향을 알고 있습니까?"

"물론이죠. 게다가 모든 사람들도 다 알아요. 비밀이 아

니거든요. 예쁜 여자들을 사랑하고, 예쁜 여자들의 사랑을
받는 게 저는 자랑스러워요."

그녀는 이제 도전적인 말들을 외치고 다닐 필요성을 느
꼈다. 하지만 그 말들은 그녀 자신만 아프게 만들 뿐이었다.

마리오는 일어나 거실을 한 바퀴 돌았다. 적잖이 흥분된
모양이었다. 다시 되돌아온 그는 엠마뉴엘의 손을 잡고 소파
로 데려가 자리를 잡게 한 다음, 그녀의 발치에 무릎을 꿇고
앉았다. 놀랍게도 그는 엠마뉴엘의 무릎에 가볍게 입을 맞
춘 뒤 두 팔로 그녀의 다리를 감싸 안았다. 그러고는 열정이
담긴 목소리로 시구를 인용해 읊었다.

여인들은 모두가 아름답구나. 오직 여인들만이 사랑할 줄 아느니, 오,
빌리티스, 우리와 함께 머물러다오. 그대가 불타는 영혼을 가졌다면,
그대를 사랑하는 여인들에게서 아름다움을 보게 되리라.

엠마뉴엘은 자신이 운이 없다고 여겨져 우울하면서도
스스로에 대해 조소적인 기분이 들었다. 진정으로 그녀가 반
해버린 상대의 정체는, 동성애에 끌리기에는 충분치 않은 동
시에 지나친 동성애 기질을 지닌 한 남자였던 것이다.

침착성을 되찾은 마리오가 심문을 계속했다.

"부인에게 연인이 많았습니까?"

"그럼요."

그녀는 비에 대한 추억이 분위기를 망치게 내버려두지 않으려고 단호한 말투로 밀어붙였다.

"저는 상대를 자주 바꾸는 편이에요."

"원하시는 만큼의 짝을 찾으세요?"

"어렵지 않아요. 제안하기만 하면 되는걸요, 뭐."

"거절하는 사람은 없습니까?"

"별로 없어요." 엠마뉴엘은 최소한으로 둘러대면서도 문득 허세를 부리고 있는 자신이 지겨워지기 시작했다(그리고 서둘러 평소의 단순하고 솔직한 태도를 되찾았다). "물론 넘어가지 않는 여자들도 있어요. 뭐, 자기들만 손해죠."

"맞는 말입니다." 마리오가 동의한다. "그럼 부인은 어떻습니까? 쉽게 넘어가는 편입니까?"

"네. 절 내맡기는 걸 좋아하니까요."

엠마뉴엘은 스스로 우스워하며 말을 덧붙였다.

"대신 저를 원하는 여자들은 정말 예뻐야 해요. 저는 예쁘지 않은 여자들을 무척 싫어하거든요."

"훌륭한 사고방식입니다." 마리오가 그녀를 칭찬했다. 그리고 자신이 무척 궁금해하는 문제로 넘어갔다. "남편이 부인의 여자관계에 대해 알고 있다고 하셨는데, 그 사실을 받아들이고 있다는 겁니까?"

"권장하기까지 하는걸요. 저는 결혼하기 전에는 그렇게 많은 친구들을 사귀어본 적이 없어요."

"여자들의 애무가 자기로부터 마음을 멀어지게 만들까 봐 걱정하지는 않습니까?"

"말도 안 돼요. 여자와의 섹스는 남자와의 섹스와는 다른 것이잖아요. 서로 대체할 수 있는 행위도 아니고, 둘 다 필요한 거예요. 그래서 레즈비언 성향만 갖고 있는 것도 전혀 그런 성향이 없는 경우와 마찬가지로 참 유감이에요."

그 시점에서 엠마뉴엘의 견해는 명확해 보였고, 마리오는 그녀의 확신에 압도당한 것처럼 보이기까지 했다.

"내가 보기엔 남편 또한 그 여자들의 매력을 즐기는 것 같은데, 아닌가요?" 그가 정중하게 물었다.

"오히려 그 여자들이 그렇게 해주기를 바랄 거예요."

"질투 나지 않으세요?"

"질투라니요. 얼마나 꼴이 우습겠어요?"

"맞습니다. 나눔이란 부인의 쾌락을 더해 주는 것이니까 말입니다."

그는 기분 좋은 장면을 떠올리는 듯한 표정을 지으며 고개를 끄덕였다. 엠마뉴엘은 나름대로 여자친구들의 발가벗은, 너무나도 부드러운 촉감의 아름다운 육체를 상상하고 있었다. 그녀가 마리오의 마지막 논평을 들었는지 어쨌는지는 확실치 않았다.

"그럼 그 사람은요?" 한동안 침묵을 지킨 후 그가 물었다.

"그 사람?"

"네, 부인의 남편. 부인께 남자를 많이 소개시켜줍니까?"

"네? 그럴 리가 없죠!"

그녀는 얼굴이 화끈 달아오르는 느낌이었다.

"결혼한 이후에도 그런 적이 없었다는 말입니까?"

마리오가 끈질기게 물고 늘어졌다.

엠마뉴엘은 문득 화가 치밀어 올랐다.

"그렇다면, 결혼을 했다고 해서 부인을 위해서나 남편을 위해서나 이로운 게 도대체 뭔지 나는 잘 모르겠습니다."

그는 술 한 모금을 마시며 음미한 뒤 경멸적인 억양으로 질문을 던졌다.

"남편분은 부인이 다른 남자들과 섹스를 못하도록 막을까요?"

엠마뉴엘이 성급히 대답했다.

"아뇨, 전혀 그러지 않을 거예요."

그녀는 괜히 꾸며서 대답한 게 아닌가 하는 생각이 들었다.

"남편이 그래도 된다는 말을 했나요?"

그녀는 아주 난감한 처지에 놓였다.

"물론 분명하게 말하진 않았어요. 하지만 못하게 막은 적도 전혀 없었어요. 그리고 제가 외도를 하는지 안 하는지 묻지도 않아요. 그냥 자유롭게 놔둬요."

마리오는 유감스러운 표정을 지었다.

"바로 그 부분에 대해 남편에게 비난을 해야 하는 겁니다.

색정주의가 필요로 하는 것은 그런 식의 자유가 아니거든요."

"그런데 좀 전에 '행복한 수호자는 없다'고 하셨잖아요."

"'사랑하는 사람의 애정관계에 참여하지 않으면서 행복한 사랑은 없다'고도 말씀드렸을 텐데요."

그녀는 다시 의혹에 사로잡혀 고개를 숙였다.

"파리에서 혼자 있을 때, 남편한테 편지를 쓰면서 남자친구들과의 일을 연속적으로 적어 보내셨던가요?"

마리오의 일상적인 화젯거리가 엠마뉴엘을 지치게 만들고 있었다. 그녀는 고개를 흔들며 질문 내용을 바로잡았다.

"여자친구들에 관해서는 적어 보내곤 했죠."

마리오는 그 정도면 괜찮다는 의미로 해석할 수 있는 손짓을 해 보였다. 두 사람은 다시 침묵을 지켰다. 엠마뉴엘은 눈길을 돌려 캉탱을 바라보았다. 그는 놀라울 정도로 침착성을 유지하며 입가에 미소를 띠고 있었다. 엠마뉴엘은 그가 대화 내용을 정말로 이해하고 있는 건지 아니면 권태로운 심정을 감추기 위해 미소를 띠고 있는 건지 궁금했다. 그녀가 다시 말을 덧붙였다.

"특히, 남편이 질투할 거라고 생각하진 마세요. 저만큼 질투가 없는 사람이에요. 다리를 내놓고 다니라고 저한테 권하기까지 했다니까요. 그래서 저는 남편을 즐겁게 해주려고 폭이 좁은 치마를 입고 다녀요. 차에서 내릴 때 치마가 가능한 한 높이 올라가도록 말이죠. 아무리 격식을 갖춘 곳에서라도 저는 아주 야하게 앉아 있을 거라고 보시면 돼요."

그녀가 웃었다.

"나한테는 별로 놀랄 만한 일이 아닙니다. 그건 남편분과 내가 색정주의 취향을 비슷하게 갖고 있다는 증거 아니겠습니까?"

"맞아요. 그리고 가슴이 파인 옷도 남편이 골라주는 거예요. 아내의 젖가슴을 그처럼 관대하게 보여주도록 내버려두는 남편이 어디 그리 많겠어요?"

"부인은 젖가슴을 보여주는 게 즐거우세요? 신체적으로 말입니다."

"네. 남편이 그런 몸가짐을 가르쳐준 다음부터는요. 그 전까지는 누군가가, 다시 말해 여자 친구들이 제 몸을 만져주는 걸 좋아했죠. 몸을 드러내거나 감추는 건 아무래도 상관없었어요. 별다른 쾌감을 느끼지 못했거든요. 하지만 지금은 느껴요." 그러고 나서 그녀는 다시 용감하게 말을 덧붙였다. "저는 타고난 노출증 환자가 아니에요. 남편 덕분에 그렇게 돼버린 거죠."

"왜 남편이 그처럼 공공연하게 사람들이 부인을 탐하도록 만들며 즐거워하는지에 대해 생각해본 적 있으십니까? 단지 부인을 선정적인 여자로 만들려고 했다면 칭찬받을 일이 하나도 없지요. 그리고 무슨 부자 티를 내는 것처럼 부인의 아름다운 모습을 내세우기 위한 거라면 그것 또한 아무런 가치도 없는 겁니다."

"아니, 그렇지 않아요." 누구든지 남편에 대해 나쁘게 말하는 걸 못 견디는 엠마뉘엘이 항의했다. "절대 그럴 사람이 아니에요. 남편이 제 몸을 드러내고 다니도록 부추기는 건 오히려 남들이 그 모습을 즐길 수 있게……"

"내가 말하고자 했던 게 바로 그겁니다!"

마리오가 의기양양해했다. "남편이 부인을 통해 남자들의 욕망을 깨워주려고 애쓴다면, 그리고 남자들의 발기된 모습을 부인에게 보여주고 싶어 한다면, 그건 결국 부인이 그 남자들과 섹스를 했으면 하고 바라고 있다는 의미가 아니겠습니까?"

"하지만……" 그녀는 이의를 제기해보려고 했다. 엠마뉘엘은 그런 생각을 한 번도 해본 적이 없었고, 마리오의 논리를 반박할 어떤 구실도 찾을 수가 없었다. 그녀는 난처했다. 남편이 아내로부터 그런 상황을 기다리고 있다는 게 도대체 말이나 되는가? 그녀는 자신의 생각을 털어놓았다. "왜 남편이 제가 바람피우는 걸 바라겠어요? 다른 남자들이 아내의 몸을 갖는 걸 보면서 남편의 입장에서 어떤 종류의 쾌감을 느낄 수 있다는 거죠?"

"부인, 왜 이러시는 겁니까?' 마리오가 매섭게 다그쳤다. "색정적인 수준에서 세련되게 진화한 남자는, 자기 부인이 다른 남성들을 유혹하길 바랄 수 있다는 사실을 아직도 이해하지 못한다는 말인가요? 성직자들도 부인보다 그 사실을 더 잘 알고 있는데 말이죠. 자, 논리적으로 생각해 보세요. 부인이 다른 여자들과 정사를 나누는 걸 알고 남편이 즐거워한다면, 다른 남자들하고의 정사를 달리 평가해야 할 아무런 이유가 없잖습니까? 이성애와 동성애 사이에 부인의 입장에서 전제로 하고 싶어 하는 본질적 차이가 정말 있을까요? 나는 이 세상에 오직 하나의 사랑만 있다고 생각합니다. 상대가 남자든 여자든, 남편이든 애인이든, 남동생이든 여동생이든, 어린아이든, 사랑을 나눈다는 사실은 다 똑같은 겁니다."

"그런데 남편은 저의 처녀성을 차지하기도 전에 제게 약점이 하나 있다는 걸 알고 있었어요. 그 사람을 만난 첫날 제가 먼저 그 이야기를 했거든요."

마리오가 말을 가로채려는 찰나 그녀는 재빨리 설명을 덧붙였다.

"저한테 오빠가 있었다면 당연히 성관계를 가졌을 거예요. 하지만 전 외동딸이거든요."

"그래서요?"

"그래서……라뇨? 그래서 저는 여자들과 애무를 하면서 남편을 속이지 않는다고요."

마리오가 흥미로운 표정을 지었다.

"남편은 남자들을 좋아합니까?"

"아뇨!"

엠마뉴엘에게 남편이 동성애자일 수도 있다는 가정은
터무니없는 것이었다.

"공평하지 않으시군요."

엠마뉴엘의 생각을 읽은 마리오가 주의를 주었다.

"경우가 다르잖아요!"

마리오가 미소를 지었다. 엠마뉴엘은 남편이 다른 경우
에 속하는지 더 이상 확신할 수가 없었다.

"그럼 남편이 다른 여자들과 자는 게 부인의 입장에서는
더 낫겠습니까?"

"잘 모르겠어요. 아마…… 그럴걸요."

"그렇다면, 부인과 남자들에 관한 문제에 있어서 남편도
똑같은 방식으로 이해할 수 있는 것 아닙니까?"

엠마뉴엘은 그렇다고 생각했다. 마리오는 대답을 기다
리지도 않고 계속 말했다.

"다른 예로, 부인이 다리나 젖가슴을 보여주는 건 단순
한 습관이나 속된 유희 때문이 아니고, 몸을 베푸는 행위 자
체가 스스로를 흥분시키기 때문이죠. 동의하십니까?"

"몸을 베푼다…… 몸을 베푼다……."

엠마뉴엘이 말을 되풀이하면서 취한 어조는 마리오가
단어 선택을 잘못했다는 그녀의 생각을 나타내고 있었다. 아
니면 의미가 지나치다는……. 그러거나 말거나 마리오는 계
속 말을 이었다.

"남편이 지켜보고 있을 때 쾌감을 더 많이 느끼시나요?"

그녀가 잠시 생각을 가다듬고 나서 대답했다.

"그런 것 같아요."

"남편 곁에 얌전히 앉아 친한 남자 손님이 부인의 치마 밑으로 눈길을 던질 때, 그의 손 또한 안으로 미끄러져 들어왔으면 하고 바란 적이 있지 않나요? 물론 나머지 것도 말입니다."

"당연하죠." 엠마뉘엘은 기꺼이 인정했다.

하지만 남편이 똑같은 장면을 떠올리며 즐거워하리라고는 생각되지 않았다. 그녀는 오로지 마리오를 난처하게 만들 목적으로 일부러 까다로운 전통을 들먹였다.

"성경에서 '이웃의 아내와 정을 통하지 말'라고 했는데, 이 도덕률 역시 유효기간이 지나버렸나요?"

마리오는 그녀의 도발에 아무런 반응도 보이지 않고 차분하게 대답했다.

"만약 내 친구가 내가 갈망할 수 없는 여자를 부인으로 골랐다면, 나는 친구를 잘못 선택한 거죠."

"저는 의무에 대해 말하는 거지, 권한에 대해 말하는 게 아니에요."

"그렇다면 나는, 우리의 첫 의무가 우리가 할 수 있는 모든 걸 시도해보는 것이라는 사실을 부인께 이해시켜드리고 싶군요."

"따라서 선생님이 친구의 아내를 가질 수 없다면, 선생님이 죄인인 거네요?" 엠마뉴엘이 열뜬 목소리로 물었다.

"나는 아무도 가지지 않습니다." 마리오가 침착하게 그녀의 어법을 고쳐주었다. "어떻게 내가 누구를 가진단 말입니까? 인간은 소유의 대상이 아닙니다. 내가 사랑을 나눈다면, 그건 재산을 늘리려고 하는 행위가 아닙니다. 쾌락을 나누려는 것이죠. 친구와 쾌락을 나누면 안 된다고 생각하세요?"

엠마뉴엘은 의미론이 허용하는 국면 전환의 희박한 가능성을 붙들고 늘어졌다. "어떤 남자, 다시 말해 아내를 가진 남자에게 '나를 가져'라고 말하는 한 여자가 있다 치죠. 그리고 갈망하던 한 육체를 소유하면서 즐거워하는 또 다른 한 남자가 있어요. 그럼 둘 다 부도덕한 건가요?"

"시대착오적인 사람들이군요. 싸구려 언어를 구사하면서 세상을 뒤로 물러나게 하는. 작년처럼 생각하고 말하고 사는 행태는 어느 시대 사람을 막론하고 소통에 아무 도움도 안 됩니다. 서로 사랑하는 데는 더욱이 도움이 안 되죠."

엠마뉴엘의 침묵이 굴복을 의미하는 건 아니었다. 마리오는 그 의중을 짐작하며 한숨을 쉬었다.

"부인은 아직 배워야 할 게 많습니다. 단순한 성적 본능과 색정 예술을 구분하는 모든 것들을."

그는 다시 이전 주제로 돌아가며 엠마뉴엘이 사용한 단어를 빈정거리는 투로 되뇌었다. "부인이 남편을 '속이는' 걸 원하지 않는다면, 왜 그분은 부인을 오늘 저녁 이곳에 혼자

오게 내버려두었겠습니까? 남편의 반대 같은 건 없었나요?"

"없었어요. 어쩌면 남자 집에 가 식사를 하는 게 반드시 몸을 준다는 의미는 아니라고 생각했겠죠."

엠마뉘엘은 아주 자연스럽게 넘어갔지만, 제대로 효과가 있었는지는 알 수 없었다. 마리오는 명상에 잠겨 있는 것 같았다. 그녀의 생각이 다른 쪽으로 흘러가기 시작할 즈음 그가 질문을 던졌다.

"엠마뉘엘, 오늘 저녁 몸을 내줄 준비가 되어 있습니까?"

마리오가 그녀의 이름을 부른 건 처음이었다. 그런 질문을 아무렇지도 않게 던지는 걸 보며 엠마뉘엘은 충격을 받았지만 최대한 감정을 드러내지 않으려고 애썼다. 그리고 자신의 사유로운 입상을 내세우느라 일부러 목소리에 경쾌한 어조를 실었다.

"네."

"왜죠?"

하지만 뜻하지 않은 반문에 금방 난처해졌다.

"부인은 그렇게 쉽게 남자들한테 몸을 내줍니까?"

그녀는 온몸이 수치심으로 범벅이 된 느낌이었다. 마리오는 그녀를 괴롭히려고 작정한 걸까? 엠마뉘엘은 체면을 다시 세울 필요를 느꼈다.

"정반대예요." 그녀는 평소와는 달리 격렬하게 맞섰다. "저는 여자 애인들이 많았다고 했지 남자 애인들이 많았다고 말하지 않았어요. 솔직히 남자는 한 명도 없었어요(순간적인 충동으로 격해진 자신의 목소리에 그녀는 스스로도 놀랐다. 그녀는 거짓말하는 걸 좋아하지 않았고, 가능한 한 거짓된 말을 입에 담지 않는 성격이었다). 왜 제가 지금까지 그 문제에 관해 남편한테 아무런 고백도 안 했는지 이제 아시겠죠?" 엠마뉴엘은 대번에 알아챌 수 있을 정도의 정직한 미소를 지으며 말을 끝맺었다.

자신의 그러한 미덕을 확인하며 엠마뉴엘은 사실 마음에 거리낄 만한 게 없다고 생각했다. 왜냐하면 비행기 안에서 그녀를 유혹했던 미지의 남자들을 애인이라고 부를 수는 없지 않은가. 게다가 마리안느도 그런 사람들은 아무 축에도 못 낀다고 얘기 했던 터이니까. 그리고 그녀 자신도 그 사건의 객관적인 정황에 대해 조금씩 의심하고 있던 참이었다. 생각해보면 하늘과 땅 사이에서 일어난 일종의 깨어 있는 꿈에 몸을 내맡긴 행위는, 매일 밤 남편이 몸 안에서 쾌감을 느끼고 있는 동안 그녀가 공상 속으로 불러내 즐기는 다른 남자들과의 포옹과 별 다를 바 없는 것이었다.

엠마뉴엘은 처음으로, 비행기의 두 남자 중 누군가에 의해 임신이 되었을 것 같다는 생각이 들었다. 그렇다면 그 사실을 곧 알게 될 터였다. 하지만 그 또한 별로 중요한 문제는 아니었다.

그런데 마리오는 갑자기 엠마뉴엘에 대한 관심이 커진

모양이었다.

"지금 나를 놀리시는 건 아니겠죠? 부인 '역시' 남자들을 좋아한다고 말하지 않으셨던가요?"

"했어요, 물론. 그러니까 결혼한 게 아니겠어요? 그리고 오늘 저녁이라도 남편이 아닌 다른 남자에게 몸을 내줄 준비가 되어 있다고 대답했고요."

"그럼 처음으로 말입니까?"

엠마뉘엘은 고개를 끄덕이며 자신의 반쪽짜리 거짓말을 확신해 보였다.

'마리안느가 비밀을 떠벌리지 않았다면요!' 갑자기 불안해하며 그녀가 속으로 생각했다. 그러나 마리오는 아무것도 모르고 있는 게 확실했나.

"아마 옛날에도 오늘처럼 준비된 적이 있었을 거예요. 그런데 아무도 그 기회를 이용하지 않았을 뿐이죠." 엠마뉘엘이 재치를 발휘해 말을 덧붙였다.

하지만 마리오는 눈치를 챈 것 같았다. 그녀가 마음에 들어 하지 않는 특유의 미소를 띤 채 쳐다보고 있었으니까. 그가 역습을 취했다.

"왜 남편을 '속이고' 싶어 하는 겁니까? 육체적으로 불만스럽게 만들어서요?"

"천만에요!" 엠마뉘엘이 놀라서 소리쳤다. "그 사람은 근사한 애인이에요. 저는 전혀 실망스럽지 않아요. 그게 아니라 정반대로……"

"'정반대로'라고 했습니까, 지금? 그것 참 재미있군요. 그럼 '정반대로'가 뭘 의미하는 건지 말해줄 수 있으십니까?"

그녀는 마리오에게 무척 화가 났다. 그의 멋진 논리에 반해서 남편이 그녀에게 애인을 사귀라고 부추긴 사실조차 털어놓았건만, 벌써 기억도 못하고 있는 것처럼 말을 하다니……. 그런데 왜 오늘에서야 부정한 여자가 되려는 생각을 쉽게 해버린 걸까? 왜 갑자기 정부를 가진 유부녀가 되고 싶은 욕구가 생긴 걸까? 왜냐하면, 간통한 여자가 되고 싶기 때문이었다. 엠마뉴엘은 그렇게 되기를 원했지만 그렇다고 남편에 대한 열정이 식은 건 아니었다. 도대체 어떻게 된 일인가? 그녀의 입에서 자신이 내뱉은 말에 대한 의미를 되짚어보기도 전에 무의식적으로 이런 말이 새어 나왔다.

"왜냐하면 저는 행복하니까요. 왜냐하면…… 전 그 사람을 사랑하니까요!"

마리오가 그녀를 향해 몸을 기울인 채 또박또박 말했다.

"다시 말해 부인이 남편을 속이고 싶어 하는 건, 그 사람이 싫증난다거나 복수를 하기 위해서라든가 또는 나약함 때문이 아니라 정반대로, 그가 부인을 행복하게 만들어주기 때문이죠. 왜냐하면 그 사람이 부인에게 아름다운 것을 사랑하도록 가르쳐주었기 때문입니다. 남자의 몸이 부인의 몸 가장 깊숙한 곳으로 들어가면서 주는 쾌감의 경이로움을 사랑하도록, 그리고 사랑이란 남자의 나체가 부인의 나체를 으스러뜨릴 때 일어나는 육감의 눈부신 느낌이라는 사실을 가르쳐주었기 때문이죠. 우리의 삶에 끊임없이 다시 태어나는 광휘를 베푸는 것은, 어깨에 걸쳐 있는 드레스 끈을 허리춤으로 내리면서 젖가슴을 드러나게 하는, 그리고 허리에 걸쳐 있는 옷을 바닥으로 떨어뜨리며 꿈속보다 더 사랑스러운 조각상으로 만들어주는, 바로 부인의 손길인 것입니다. 아름다움이란 육체의 고독이 아니라, 육체의 풍부함이어야 합니다. 아름다움이란 누군가의 손이 부인을 발가벗겨주기를 기다리는 것이 아닙니다. 그건 부인을 어둡게 만드는 것으로부터 몸을 해방시키고, 부인에게 예정된 육체를 향해 마치 광명처럼 나이가게 만드는, 단순하면서도 신속한 부인의 손입니다. 그 외의 다른 아름다움도 행복도 없다는 사실을, 그리고 부인의 육체가 바라던 비상과 부인이 가진 권능의 조직화는 무한한 지성에 이르게 해주는 것이라는 사실을 남편이 부인에게 가르쳐준 것입니다. 지성이란 오직 반복의 무한성을 통해서만이 성취할 수 있는 것이니까요. 우리처럼 본능에 사로잡힌 사람들에게 있어 의식적인 행위란, 오직 그 순간—여자가 남자의 씨앗이 되고 재생이 되는 명료한 순간—에 대한 사려 깊은 탐색과 능란한 포옹입니다. 대리석이 조각상이 되고 곡조가 변해 교향곡이 되는 기적보다 더 창조적인 기적 아니겠습니까? 물질적인 유산보다 더 인간적인 그 실체는, 자유를 이루는 기적이자 육체적 정신성이며, 삶으로 이루어진 예술 작품입니다!"

엠마뉴엘은 언어의 무수한 가지들이 자신을 뒤덮고 자신의 새로운 삶을 결정하게 내버려두어야 할 것인지 잘 몰라 하면서 얘기를 듣고 있었다. 그럼에도 그녀는 반사된 불빛이 반짝이는 술잔을 들며 남자를 향해 단호한 시선을 건넸다.

"그처럼 몸을 내주실 겁니까?"

마리오가 확실한 다짐을 원했다.

그녀는 고개를 끄덕였다.

"그리고 부인을 자랑스럽게 여겨도 된다고 남편분께 말하실 거죠?"

침착성을 잃으며 그녀가 경고음을 냈다.

"아니에요! 곧바로는…… 아니에요."

마리오는 너그러운 표정을 지어 보였다.

"알겠습니다. 부인은 좀 더 배우셔야 할 겁니다."

"뭘 아직도 더 배워야 한다는 거예요?"

"속내를 털어놓는 즐거움, 그건 비밀의 즐거움보다 더 미묘하고 섬세한 거죠. 육체적 모험이 주는 묘미보다 더 매력적인 것이 뭔지 아세요? 그건 바로, 부인이 애무의 손길보다 더 자극적으로 쾌감을 느끼게 해주는 내용들을 섞어가면서 만들어낸 모험담을 남자한테 이야기해주는 관능입니다. 이때의 남자는 부인 자신이기도 하면서 동시에 부인의 가장 충실한 관객인 겁니다. 그리고 남자는 부인이 복합적인 존재임을 알아보며 부인 자신처럼, 아니 그보다 더 많이 행복해할 겁니다."

그는 온화한 손동작을 해 보인 다음 말을 이었다.

"급할 건 하나도 없죠. 지금 부인의 입장에서 감추는 편이 더 낫다면, 학습이 진전되는 동안은 남편이 모르게 그냥 놔두세요. 게다가 아직 학습이 제대로 진행될지 여부가 확실치 않으니 기다려보는 것도 좋지 않겠습니까? 남편은 나중에 놀라게 해주는 게 더 나을 겁니다. 그렇지만 시련을 겪는 동안에는 남편 또는 다른 사람의 지도를 받으셔야죠. 왜냐하면 색정주의에 이르는 길은 때로 험준하고, 자진해서 나서긴 했지만 낙심할 수도 있고 길을 잃을 수도 있으니까 말입니다. '시저의 것은 시저에게', 어떻게 생각하십니까?"

마리오가 요청하는 견해는 그저 형식적인 것일 뿐이라고 여긴 엠마뉴엘은 침묵을 지키는 것이 더 격에 어울리겠다고 판단했다. 마리오는 주장을 계속 이어갔다.

"잘 아시겠지만, 학생의 집요한 태도가 어떤 한계에 부딪혀서는 안 됩니다. 세상의 어떤 안내자도 부인의 의지를 대신해줄 수는 없어요. 누군가가 길을 안내해주더라도, 그 길이 어디로 이어질지 파악하면서 대담한 걸음을 옮겨야 하는 건 부인입니다. 예술에 대한 모든 비결의 전수 과정은 즐거움이라기보다는 오히려 고된 시간입니다. 인내심이 은총으로 보상받기도 전에 포기해버린 사람을 두고, 행복의 기회를 놓쳐버렸다고 측은히 여긴들 아무 소용없는 것 아니겠습니까? 먼 훗날이 되면, 고된 노력은 추억이 되어 달콤해지죠. 오늘 저녁, 결정의 자유는 부인에게 달렸습니다. 자, 모든 걸 시도해볼 준비가 되셨나요?"

"모든 걸 말이에요?" 그녀가 조심스럽게 물었다.

엠마뉴엘은 그 말이 얼마 전 마리안느가 한 말과 똑같다는 사실을 기억해냈다.

"그렇습니다. 모든 걸." 갑자기 그의 말이 간결해졌다.

그녀는 '모든 것'이 의미하는 형태를 짐작해보았지만, 마리오의 기분에 따라 자신의 몸을 내맡기는 장면 이외의 별다른 가능성을 떠올릴 수가 없었다. 어쨌든 엠마뉴엘이 마리오에게 몸을 내주려고 작정한 터에 그가 다루게 될 방식(그녀는 적당한 어휘를 찾아내지 못했다)이 뭐 그리 중요하겠는가. 만약 마리오가 자신의 경험을 토대로 엠마뉴엘을 바꾸어놓을 수 있으리라고 생각한다면, 그건 자신의 연애 방식에 대한 효력을 과대평가하고 있는 것이었다. 그녀가 남자들에 대한 지식이 거의 없다는 건 스스로도 인정하는 바였지만, 진보가 가능하려면 여자가 남자의 독특한 방식들을 넘어서야 한다는 확신은 가지고 있었다. 그러한 측면에서 엠마뉴엘은 남성의 자만심을 재미있게 여겼다. 하지만 행동을 실행에 옮기려는 마리오를 맥 빠지게 만들고 싶지는 않았다.

그런데 그녀에게 의식의 동요를 야기하고 있었던 건, 마리오의 보증에도 불구하고 왜 그와의 관계를 남편이 모르는 상태로 놔두고 싶어 하는 건지 그 이유를 설명할 수 없다는 점이었다. 그것은 마리오가 혹시나 남편의 의도를 오해하고 있지 않을까 하는 염려 때문은 아니었다. 어쩌면 사랑하는 남편을 '속인다'는 의미를 명확히 파악하지 못해서 그런 건지도 몰랐다. 그녀가 여태까지 생각해본 적이 없는 그 속임수는 매우 특별하고 감미로운 관능에 속하는 것이었고, 이제 그 유혹으로 인한 초조함이 그녀의 관자놀이를 두근거리게 만들고 있었던 것이다. 엠마뉘엘은 색정주의의 세계에서 남편의 공모와 간통에 대한 고백이 진화된 연애 행각으로 받아들여질 수 있는 가능성이 충분히 있다고 여겼다. 하지만 자신은 아직 그 단계까지 이른 건 아니었다. 그녀가 보기에는 자신이 겪은 모험들의 비밀이 쾌락을 감소시키기보다는 더욱 증가시켜줄 것 같았다. 마리오가 객관적으로 규칙을 설명해준 이 복잡한 예술을 배우기 전에, 엠마뉘엘은 단순한 것부터 즐기고 싶었다. 간통 하나만으로도 이미 경이로운 느낌을 발견하게 해줄 가능성을 내포하고 있지 않은가!

사실 추상적 색정주의는 자신도 모르는 사이에 그녀가 공상으로 즐겨 하던 단순한 관능보다 더 마음을 끌고 있었다. 그것은 몸을 내맡기도록 부추기면서 남자가 맛보게 해줄, 그녀를 까무러치게 만들 관능의 예측이 아니라, 원칙적으로 남편을 속이는 욕망에 근거하는 형태였기 때문이었다. 그 사람을 사랑하는 만큼, 긴급하게, 온몸으로, 완전히 벌거벗은 채, 그리고 낯선 남자의 정액이 흐르게 될 복부의 그윽한 촉감까지 전부 다 속이는 것이었다.

마리오가 그녀를 쳐다보고 있었고, 그 시선은 엠마뉴엘을 거북하게 만들었다. 그녀는 가죽소파 위에서 자세를 바꾸며 자신이 할 줄 안다고 내세웠던 것처럼 다리를 드러냈다. 마리오가 두 남자와 함께하는 섹스에 대해 말했던 것은 아마도 그가 엠마뉴엘의 남편하고 그녀의 몸을 나누고 싶어 하는 욕구 때문이었는지도 모른다.

'좋아, 그쯤이야 배우면 되니까.' 그녀가 속으로 생각했다. 그녀는 마리오만을 상대하길 바랐지만, 만약 어쩔 수 없이 캉탱이 참여해야 한다면 마리오가 몹시 중요시하는 관객의 역할만 맡아주었으면 했다. 하지만 그녀는 주인의 요구 사항들에 맞서지 않기로 마음먹었다. 어쩌면 은근히 캉탱으로부터 높은 평가를 받고 싶어 하는 건 아닐까? 아니면 두 남자와 함께 섹스하는 건 무척 매혹적이라고 마리오가 말했으니까……

"부인은 여러 여자들과 동시에 섹스를 한 적이 있습니까?"

그녀는 마리오가 자신의 속마음을 아주 수월하게 읽어낼 수 있다는 사실에 다시 한 번 황홀해했다. 그렇다면 엠마뉴엘이 그를 얼마나 원하고 있는지 알고 있을 터였다. 그는 노골적으로 그녀의 다리를 탐미했다. 엠마뉴엘은 대답하는 걸 잊고 말았다.

으레 그러하듯, 마리오는 떨리는 목소리의 독특한 어조로 시를 인용해 읊었다.

오, 너무나 순수한 내! 나의 두 다리는
저항할 수 없는 다리의 공포를 예감하는구나!

그녀는 자신의 육체가 뱉어내는 말을 민감하게 느끼는 마리오를 보며 행복해했다. 하지만 그는 눈요깃감에 쉽게 넘어가는 사람이 아니었다. 그가 다시 질문했다.

"여러 여자와 한꺼번에 섹스한 적이 있는지 물었습니다."

"있어요."

그가 흥미로운 표정을 지었다.

"흐음, 그렇게 무고하지도 않으시군요!"

"그래야 할 이유라도 있나요?" 그녀가 대들었다. "난 그렇다고 내세운 적도 없어요."

그녀에게 도덕적인 의심은 가장 심한 모욕이었다. 다리를 보여줘도 존중할 줄 모른다면 그녀는 소파 위로 똑바로 일어나서 옷을 홀딱 벗어 보일 작정이었다. 그녀는 충동에 못이겨 무릎을 꿇고 앉았다. 이렇게 시위를 해도 못 알아듣는다면 이제는 그 남자 앞에서 보란 듯이 자위를 할 참이었다. 그녀의 젖가슴이 뜨겁게 달아오르고 있었다. 어쩌면 마리오의 술이 그처럼 대담하게 만들었을 것이다. 그러나 이 이태리 남자는 여전히 태연했다. 그는 행위보다 언어적 색정을 더 탐하는 사람인 것 같았다. 그가 심문을 계속했다.

"두 여자하고 동시에 애무를 나눌 때 부인은 어떻게 대처합니까?"

초조해진 엠마누엘은 '구두 시험'을 서둘러 끝내기 위해 사실주의를 넘어서 공상적 장면까지 동원해야 했다. 그녀는 추억을 일일이 뒤적이는 대신 여기저기 약간의 창작을 가미하면 역사적으로 충실한 것보다 더 마리오의 마음에 들 거라고 생각했다. 하지만 그렇게 속아 넘어갈 마리오가 아니었다.

"죄다 어린아이 장난 같군요. 부인은 더 자라야 할 때가 된 것 같습니다."

기분이 상한 엠마누엘은 앙갚음이 될 만한 것으로 일격을 가하려고 마음먹었다. 그런데 괜히 상황에 맞지 않는 말을 내뱉어서 자신이 의도한 바를 망치지 않을까 염려하며 곧바로 입술을 깨물었지만, 이미 때는 늦었다.

"그럼 선생님은, 남자아이들하고 대처를 더 잘하시는 모양이죠?"

놀랍게도, 마리오는 당황해하는 기색이 전혀 보이지 않았다. 오히려 그의 목소리는 아주 기분 좋은 어조를 띠고 있었다.

"부인, 우리가 그걸 곧 보여드리겠습니다!"

그가 캉탱에게 영어로 한 문장을 건넨다. 엠마뉴엘은 설레는 마음으로 두 남자가 그 자리에서 시범을 보여주기를 기대했다.

삼 로

> 너는 아침부터 씨를 뿌리고 저녁에도 손을 놓지 마라.
>
> **전도서 11장 6절**

> 지혜의 나무가 나의 팔이었던 나뭇가지들로 그를 감싸고 있었다.
>
> **몽테를랑, 「돈 주앙」**

엠마뉴엘이 처음 와보는 그 지역은 그녀가 방콕에 도착한 이후부터 보아 왔던 콘크리트 건물들이 늘어선 대로와 정원의 초목, 열대 화염목 속에 가려진 빌라촌과는 전혀 다른 모습이었다. 꿈을 꾸고 있는 걸까? 보름달이 배경으로 더해주는 창백한 빛과 생생한 입체감은 모든 풍경이 사실적이도록 해주는 일종의 발레 무대를 연출하고 있었다. 말이 배경이지, 마분지 벽을 비롯해 엉성하게 조립해 놓은 구조물, 나무 단상, 발판 등은 원근감을 느끼게 하는 무대장치 같았다. 마리오와 캉탱을 앞뒤로 하고 엠마뉴엘은 뾰족한 무도화를 조심스럽게 디디며 겨우 한 발 너비의, 십여 미터 길이로 놓인 나무다리를 건너가고 있었다. 지나는 행인들의 걸음에 구부러지는 판자가 마치 점프대처럼 튀어 올랐다. 엠마뉴엘은 잠시 후 흙탕길이 나올 거라고 짐작했다.

운하 반대편의 사각대에 이르렀으나 길은 끝나지 않았고, 큰 걸음을 비스듬히 옮겨 지금 막 건너온 다리보다 더 삐걱거리고 낡아빠진 판자 길을 지나가야 했다. 그렇게 세 사람은 수백 미터를 가로질렀지만 괴상한 길은 끝날 기미를 전혀 보이지 않았다. 엠마뉴엘은 앞으로 나아갈수록 이미 알고 있던 세계로부터 점점 더 멀어지는 느낌을 받았다. 들이마시는 공기조차도 다른 농도와 다른 냄새를 지니고 있었다. 밤이 베푸는 침묵은 너무나 완전하였고, 그녀는 그 성스러운 느낌을 부정하게 만들까 봐 숨을 억누르며 말을 아꼈다. 사실 그 침묵은 한결같이 연속적으로 이어지는, 귀뚜라미들의 날카로운 울음소리라는 걸, 한순간 그녀는 깨달았다.

엠마뉴엘과 두 안내자는 삼십 분 전 통나무집을 나왔고, 마리오의 요청으로 수상 선착장으로 온 나룻배에 몸을 실었다. 한동안 운하를 거슬러 오른 다음 선착장에 내려, 큰 운하의 축을 직각으로 교차하는 나무통로로 접어들었던 것이

다. 그 아래의 좁은 수로는 깊이도 얼마 되지 않는 듯 아주 가
벼운 카누조차 눈에 띄지 않았다. 엠마뉘엘은 마리오가 우
연히 그 길을 택한 것인지 아니면 정확한 지표를 가지고 온
건지 알 수 없었다.

수로 양쪽으로 여기저기 나지막이 늘어선 오두막들은
녹슨 양철이나 시커먼 대나무로 벽을 세운 뒤 야자수 잎으로
지붕을 얹어놓았고, 네모나지 않게 다듬은 대들보로 엉성하
게 받친 도개교를 통해 왕래하도록 되어 있었다. 출입구 문
과 창문들은 마치 페스트를 막기 위한 것처럼 죄다 꽁꽁 닫
아놓았다.

'저러고도 어떻게 숨을 쉬고 살까?'

그녀는 조금 전 마주쳤던, 운하 양 둑을 따라 정박해 놓
은 수상주택—거룻배—에 사는 사람들의 생활방식을 더 잘
이해할 것 같았다. 비가 소강상태로 접어든 밤하늘의 별빛
아래 어른 아이 할 것 없이 오밀조밀 뱃전에 누워 잠이 들어
있었다. 그런데 이곳 사람들은 무슨 까닭으로 저렇게 습한
감옥 속에 틀어박혀 지내는 걸까?

괴상한 분위기는 풍경이 계속될수록 더 심해졌다. 고인
물과 썩은 나무로 이루어진 이곳에서 마치 외줄 타기 곡예를
하듯이 다리를 오가며 외부와 단절된, 폐쇄적인 삶을 꾸려
갈 수 있다는 게 믿기지 않았다. 대낮에 소굴에서 빠져 나온
사람들과 이 유일한 왕래 수단인 다리 한가운데서 마주치면

어떻게 할까? 엠마뉴엘은 지금 당장에라도 올빼미족들을 만나게 되면, 자신도 어쩔 도리 없이 곡예를 할 수밖에 없을 거라는 생각에 겁이 덜컥 났다. 그런데 한편으로는 두 남자가 그녀를 데려가고 있는 세계는 너무나 공상적인 곳이었기 때문에 실제 사람들이 나타날 가능성은 없어 보였다.

하지만 잠시 후 어느 오막살이에서 한 남자가 몸을 드러냈다. 매우 큰 키에, 근육질의 상체는 이글거리는 불빛처럼 붉었다. 가까이 다가오는 세 백인을 바라보면서 그는 생각에 잠긴 듯 허리에 두르고 있던 빨간색 천을 천천히 풀었다. 그는 이제 완전히 나체였다. 그리고 물 위로 소변을 보았다. 엠마뉴엘은 발기가 안 된 상태에서 그렇게 큰 성기는 사진에서 조차 본 적이 없었다. 이완된 상태가 남편의 발기된 성기 크기만 했다.

'아름다워라!'

남자의 전신은 무척 아름다웠다. 세 사람이 가까이 이르자 남자가 엠마뉴엘을 훑어보았다. 키가 그녀보다 일 미터는 더 커 보였다. 그녀는 오직 한 가지 생각밖에 없었다. 저게 발기된다면⋯⋯. 하지만 태국남자는 냉랭하게 서 있었다. 그의 눈길이 엠마뉴엘의 반쯤 드러난 젖가슴에 닿아 있었지만, 음경은 아무 움직임도 보이지 않았다. 남자를 뒤로하고 걸음을 옮기는 엠마뉴엘의 눈에는 주변의 풍경들이 눈에 들어오지 않았다. 그 공간의 부재 속에서 그녀의 어렴풋한 의식은 곡예를 하듯 달빛에 이르렀고, 쏜살같이 지나가는 고양이의 눈, 반딧불, 유성, 도랑의 반사된 빛들과 함께 나타나자마자 사라지는 순간성으로 잦아들고 있었다.

그 빛의 유희와 살색의 꼭두각시 인형들이 그녀 눈앞의, 질서 정연한 상상의 무대 위로 펼쳐졌다. 하지만 폴리치넬라, 아를르캥, 피에로, 콜롱빈 같은 이태리 대중극 주인공들은 하나도 없었다. 관객의 비평적 판단에 맡겨진 오직 유일한 인물은, 음경들이었다. 그들은 진정성과 전문성을 겨루며 사랑받기 위한 모든 준비가 된 배우들처럼 행동하고 있었다. 엠마뉴엘이 지금껏 본 적이 없는, 엄청나게 많은 수였다. 생각해보면 그녀가 지금껏 보았던 숫자가 너무 적었는지도 모른다. 그녀는 자신이 겪었던, 아주 가까이서 겪었던 음경들을 헤아려보았다. 신속하게 반응하는, 가상의 자막 위로 친근한 음경들이 실물 크기로 나타났다. 혼동의 여지없이 저마다 뚜렷한 특징을 지닌 음경들이 극적 형태의 음경에 어울리는 모양으로 대체되었다.

제일 먼저 남편의 것이 떠올랐다. 그녀의 처녀성을 앗아가던 날 기억 속에 넣어둔, 그리고 여전히 같은 모습으로 있는 그의 출연을 그녀는 반겼다.

'비견할 데 없는 나의 스타! 비록 어느 날 다른 스타들이 내 마음을 열광케 하더라도 내게 진정한 인생, 연기를 하며 살아가는 인생의 문을 열어준 첫 음경에 대한 애정은 결코 바꿔놓지 못할 거야. 내가 몸짓이나 인상을 쓰지 않고 연기하는 걸 좋아하는 것처럼, 그렇게 그는 자신의 역할을 계속해나갈 거야. 웅변, 멜로, 진부함, 군말 같은 건 나를 졸리게 만들거든. 이 음경은, 그래, 배우이긴 하지만 돈을 바라는 배우하곤 달라. 비극이나 무언극 배우도 아니야. 나를 감동시키기 위해 굳이 기교를 사용할 필요도 없지. 일시적으로 내게 외부세계를 잊게 해주고, 더 잘 이해하게 만들어준다고 해서 잘난 체하는 경우도 없어. 아무리 봐도 나를 지루하게 만들지 않아. 정말 멋지지. 그런데 왜 멋진 모습에 대한 나의 칭찬을 들으면서 어색해하고 얼굴을 붉히는 걸까? 대중 앞에 나서는 걸 싫어하는 예술가라서 그런 걸까? 그의 겸손함도 내 마음에 들어. 그런데 내 몸속으로 들어오면서 숨 막히게 할 때는 너무 거만하다고 말할 수밖에 없어. 내가 유일한 그의 관객이 되게 해달라고 요구하진 않겠어. 그렇지만 만약 그가 발레리노의 몸짓처럼, 뛰어올라 마주치기, 급강하, 찌르기, 몰아치기, 살짝 나아가기, 뛰어오르기, 사타구니 휘젓기, 공중에서 엇갈려 치기 같은 동작을 나한테만 해준다면 더욱 더 그를 자랑스럽게 여길 텐데 말이야. 남자들 중에 그런 걸 할 수 있는 사람이 얼마나 될까. 아니, 없는 게 낫겠어. 괜히 힘만 낭비하는 꼴이니까. 발레리노의 음경, 그게 훨씬 더 예쁘고 명확해. 적어도 안무에 뛰어난 암고양이한테는 말이야.'

남편의 것 바로 옆에서 비행기 옆좌석 남자의 음경이 자신을 뽐내고 있었다. 엠마뉴엘은 그가 너무 뜨내기라고 생각했다. 하지만 그 작은 결점은 한물간 난봉꾼이나 정복자 시대의 퇴물, 바람보다 더 빨리 해치워버리는 기사들처럼 너그럽게 봐줄 만한 부류에 속하는 것이다. 왜냐하면 각자 만족할 만한 이유를 갖고 있는 데다 적어도 그 만족한 기억을 동료들과 나눌 수 있게 해주었기 때문이다.

그녀는 세 번째로, 그리스 고전주의 시대의 조각상, 아이비 덩굴로 휘감긴 살아 있는 기념물 같던 남자의 음경을 다시 만났다. 그의 대리석 열기를 느낀 엠마뉴엘의 심장이 갑자기 거칠어졌다. 그녀는 폐허가 된 사원의 신에게 아직도 그처럼 반해 있을 줄은 몰랐다. 포옹을 하는 동안 그녀를 대지로부터 무한히 떨어져 있는 곳의 요정으로 변신시켜준 그 신은, 시간의 고리 속에 미래의 언어로 기록되어 있었던 걸까?

그녀는 별 어려움 없이 네 번째 성기를 알아보았다. 딱히 목록에 들어갈 자격이 있는 건 아니지만, 엠마뉴엘은 그 생김새로 보아 대사관의 떠돌이 여자들에 의해 납치된 미소년의 것으로 간주했다. 여성적인 느낌의 연한 살과 그와는 대조적으로 공격적인 기세는 꽤 충격적이었다. 아울러 부드러운 등불 아래로 드러난 뾰족한 음모 위에 균형이 맞지 않는 음경의 둔중한 크기(마치 날카로운 검은색 가시에 둘러싸여 흉측한 줄기 위에 자리 잡고 있는 용설란처럼)는……. 공식 만찬장의 그러한 비정상적인 모습들은 엠마뉴엘에게 깊은 인상을 남겼고, 아직도 기억에 생생했다. 그녀가 멀리서 바라볼 수밖에 없어 서운해했다는 걸 그 음경은 직감적으로 알고 있었던 걸까? 그래서 다시 돌아온 거라면? 하지만 소용없는 건 마찬가지였다. 여전히 만져볼 수 없으니.

그녀가 본 적도 만진 적도 없는 크리스토퍼의 대본은 당연히 자막 위에 나타나지 않았다. 마리오와 캉탱에 관해서도 언급할 것이 없었다. 그녀가 파리의 무도장에서 춤출 때 만났던, 부주의한 바지 사타구니, 그녀의 음부에 맞대고 허세를 부리던 뭉텅이, 그들 또한 충신의 대열에 낄 자리가 없었다. 엠마뉴엘은 얼굴을 드러내고 다가오는 사람 외에는 아무런 신뢰도 애칙도 주지 않는 심각이었다.

조금 전에 봤던 태국남자의 성기처럼 그녀를 무시하는 경우도 물론 실격이었다. 그냥 화보집이나 불법 사진첩, 또는 어릴 때 친구들과 수다를 떨며 보던 포르노모음집 정도에는 끼워줄 수 있을 만했다.

그녀는 재미 삼아, '뼈와 살이 있는' 음경은 별로 본 적이 없어도 귀로 얻어들은 건 많다고 말하곤 했다. 중·고등학교 시절과 대학 시절, 수영장, 테니스장에서 여자들이 그것을 주제로 이야기하는 걸 자주 들었지만, 주로 나쁜 평가들이었다. 여자들은 그 물건을 적응력이 모자라고, 추하고, 거칠고, 거만하게 여겼다. 남자들이란 크기에 집착하고, 자신들의 능력의 한계에 대한 열등감을 가진 존재들이라고 못을 박았다. 물론 잘못 생각하고 있는 것이다. 여자들은 모양을 그리 중요시하지 않을 뿐더러, 남자한테 이끌리기보다는 오히려 이끌어가는 성교를 바라고 있으니 말이다.

'내가 어떻게 발기된 성기의 아름다움에 무딘, 어린 여자애들의 생각에 동의할 수 있겠어? 나는 아직도 잘 모르는 그의 단단하고 부드러운 맛을 더 알아야겠어. 그것의 높이와 색깔, 굴곡, 유동성, 크기는 축축이 젖은 음순이나 사랑의 노래만큼 내 열정을 깨워주는 것들이거든. 나는 아직도 숫처녀가 될 수 있어. 나를 원하는 음경들을 멋진 허물벗기를 통해 개조해주는 숫처녀. 남자들의 나약함과 기력에 감사할 따름이야. 내 몸 안으로 들어오려는 남자들의 의지가 영혼이 되고 예술이 되는 그때, 그들이 느끼는 건 무엇일지 짐작해보곤 해. 나는 내가 열어주는 길목보다 그들의 몸이 더 커졌으면 좋겠어. 나는 그들이 지나치게 크다고 해서 야만스럽다거나 미개하다고 생각하지 않아. 끝도 없이 긴 그들의 몸뚱이가 내 안에서 어떤 생각처럼 나를 가로지르고, 나의 입을 통해 외침이 되어 나온다 해도 아무 원망도 하지 않을 거야.'

그때 한 가지 의혹이 일었다.

'아니면 내가 변하는 게 아닐까? 마치 새로운 오르가슴을 은밀히 꾸미는 음경처럼. 마리오가 밤을 반쯤 새면서 나한테 해준 강연 효과가 벌써 나타나는 걸까?'

그녀는 뭔가 돌출된 것에 발이 걸려 길을 벗어날 뻔하다가 마리오의 등을 겨우 붙들었다. 하지만 그는 걱정이 돼서 뒤를 돌아본다거나 도와줄 기미조차 보이지 않았다. 그 순간에는 그녀도 오직 태국남자의 성기만 생각하고 있었다. 그녀는 어떻게 해서든지 그를 흥분시키려고 애썼다. 현실에서는 흥분시키지 못했으니까. 마침내 그녀는 성공했다. 컴컴한 둑의 불룩한 짙은 남색 지면이 이루는 둔각이 관찰자의 의지에 의해 예각이 되었다. 실제 공간에서는 원통형의, 돌출부가 멀어지면서 가늘어지는 형태인 귀두는 이제 물렁하지도 않고 하강곡선을 그리지도 않았다. 흐릿하고 생기 없던 원래의 선은 냉소적이면서도 행복한, 그리고 팽창되어 부드러운 느낌이었다. 그 칭조물에 온 마음을 다하면서 엠마뉘엘은 스스로 음경이 되었다. 그녀는 자신이 무수한 가능성을 지닌 존재처럼 느껴졌고, 자신의 권능을 몹시 시험해보고 싶었다. 그녀가 원하기만 하면, 그리고 함께 자리하고 있는 두 성기가 때가 되었다고 판단하기만 하면, 엠마뉘엘의 음경이 그녀의 음순 안으로 들어갈 것이다. 그녀의 단단한 음경은 이윽고 그토록 바라던, 감미로운 구멍 속으로 들어가리라. 그곳에 머물고, 늙어가고, 결코 죽지 않으리라.

죽은 물가에서 발가벗은 채 꿈을 꾸는, 그 남자의 성기를 다시 봐야만 했다. 지금 엠마뉘엘이 의식을 불어넣은 그 남자의 꿈은, 그녀와 함께 저편으로 건너가는 것이었다. 그녀

는 갑자기 걸음을 멈추었다. 그러고는 길을 되돌아가기로 작
정했다.

마리오는 앞쪽으로 계속 걸음을 옮겼고, 뒤쪽에서 캉탱
의 그림자는 말없이 기다리고 서 있었다. 그런데 마치 운하의
물길에서 안개가 은밀히 일어나듯, 그리고 달빛이 싸늘해지
듯, 바로 한순간 전 그녀가 분명하게 품었던 소망이 점점 빛
을 잃으며 와해되었다. 그녀의 욕망에서 출현한 모습들은 희
미한 공기와 뒤섞이기 시작했고, 그녀에게 꺼져버린 섬광에
대한 일말의 아쉬움을 남기며 사라졌다.

네거리가 나타났다. 괴기스러운 길이 네 방향으로 갈라
져 있었다. 마리오가 머뭇거리며 캉탱에게 조언을 구하더니
결국 방향을 정했다. 계속되는 걸음은 여전히 멀었고, 엠마
뉘엘은 이 사람들이 길을 제대로 선택한 건지 걱정이 되었다.
그렇지만 선뜻 물어볼 마음이 일지 않았다. 나룻배에서 내
린 이후부터 한마디도 안 했던 그녀의 입에서 별안간 짧은 외
침이 새어 나왔다. 판자 길이 직각으로 꺾이며 넓은 마당 같
은 곳에 다다르고 있었다. 정글 속에서 길을 잃고 헤매는 것
같았던 엠마뉘엘은 그곳을 숲 속의 빈터로 여길 뻔했다. 눈
앞으로 이십여 미터 높이의 환상적인 모습이 나타났다. 멀리
서 지붕 위로 솟아나 있는 윤곽을 보며 나무인 줄 알았던 그
것은 칭기즈 칸이었다. 짙은 콧수염에 매서운 눈빛을 한 그는
허리춤에 칼을 꽂고, 두 손에 단검을 들고 있었으며 불끈 튀

어나온 근육들은 달빛 아래 한결 부드러운 느낌이었다. 엠마뉴엘의 심장이 마구 뛰기 시작했다. 마법이 시작된 모양이었다. 잠시 후 몽골족이 인상을 찌푸리며 소굴에서 튀어나올 것이고, 엠마뉴엘은 그들의 피비린내 나는 마법 의식에 바쳐질 것이다. 이성보다 더 빠른 그녀의 상상력이 공상의 세계를 만들어내는 그 순간 터져 나온 웃음이 그녀가 냉정을 잃지 않았다는 사실을 보여주었다. 정복자의 둔부 쪽으로 몸이 반쯤 쓰러지며 발레스커트를 입은 여인이(거인 옆에 인형 크기만 한) 별을 향해 운명의 미소를 보냈다. 마분지 옷을 입은 다른 인물들이 모여들고, 몇몇은 선 채로, 대부분은 넘어진 채로 뒤섞였다.

"이런 곳에 영화 광고가 있다니 참 이상해요." 엠마뉴엘이 자신의 목소리를 확인해보려고 말을 꺼냈다. "저런 것들을 어떻게 여기까지 가져왔는지 모르겠네요. 그렇다면 저 불편한 나무통로 말고 다른 길이 있다는 거예요?"

그녀는 괜히 쓸데없는 질문으로 안내자를 귀찮게 한 건 아닌가 싶었다.

"없습니다."

마리오는 더 이상 아무 말도 덧붙이지 않는 게 좋겠다고 생각한 모양이었다.

세 사람은 칭기즈 칸의 다리 사이를 지나 현수막들을 쌓아놓은 창고를 가로지른 다음, 구불구불한 양철울타리를 에

워 돌아갔다. 그러자 작은 안뜰이 나왔고, 열려 있는 문틈에
서 노란빛이 새어 나오고 있었다. 마리오는 문턱에 멈춰 서서
누군가의 이름을 부른 다음 대답을 기다리지도 않고 그냥 안
으로 들어갔다. 엠마뉘엘은 점점 더 불안한 예감이 들었다.
적대감을 불러일으키는 곳이었다. 뭐라고 규정할 수 없는 냄
새가 풍겨왔다. 먼지와 연기, 감초와 차 냄새가 뒤섞인 듯했
다. 그들이 들어선 실내는 창문이 하나도 없고, 두툼하고 질
긴 무명천으로 덮인 긴 쿠션의자 하나가 가구의 전부였다. 그
리고 끔찍하게 지저분한 파란색 커튼이 안쪽 벽에 드리워져
있었다. 이윽고 커튼을 걷어내며 한 여자가 나타났다.

　그녀의 모습에 엠마뉘엘은 약간 안심이 되었다. 백 살은
족히 된 것 같은 노파는 중국인이었고, 완벽한 타원형 얼굴
에 주름이 너무 많이 져 마치 크레이프 빵 같았다. 낯빛은 거
의 오렌지색에 가까운 아이보리였다. 윤기가 흐르는 백발은
정성스럽게 빗어 쪽을 지어놓았다. 눈과 입술이 어찌나 가느
다란지 피부 주름 사이로 겨우 구분될 정도였다. 노파가 옻
칠을 한 치아를 드러내며 떡따는 목소리로 말을 하기 시작할
즈음에야 엠마뉘엘은 입의 위치를 파악할 수 있었다. 그녀는
두 손을 풀 먹인 제복 상의 주머니에 넣고 있었고, 검은색 넓
은 비단바지의 대비 효과가 얼굴을 더욱 우윳빛으로 돋보이
게 했다. 그녀는 꽤 오랫동안 말을 계속했지만, 마리오는 그
다지 주의를 기울이지 않는 것 같았다. 마침내 말을 마친 그

녀는 놀라울 정도의 유연성으로 허리를 반으로 접어 인사를 한 다음 몸을 돌려 막사 내부로 들어갔다. 세 사람이 제일 먼저 통과한 골방은 완전히 깜깜했다. 엠마뉴엘은 그곳에서 그림자들이 움직이고 있는 걸 느낀다. 솔직히 그녀는 무서웠다. 그 다음으로 들어간 아주 작은 방에는 곰팡이가 슨 것처럼 매우 늙은 두 노인이 나무 침대 위에 나체로 누워 있었다. 하얀 반점이 있는 갈색 피부 아래 앙상한 갈비뼈와 멍하니 확장된 동공이 그녀의 눈으로 들어왔다. 노인들은 엠마뉴엘을 볼 수 없는 것 같았다. 그녀는 재빨리 주름진 성기와 쪼그라든 고환을 훔쳐보았다. 곧바로 이어지는 또 다른 방은 먼젓번과 별로 다를 바 없었지만, 텅 비어 있었다. 노파가 걸음을 멈추었다. 바로 이곳으로 세 사람을 데려 오려던 것 같았다. 그녀는 또다시 연설을 늘어놓더니 순식간에 사라져버렸다.

"어떻게 된 거예요?" 엠마뉴엘이 걱정스러워서 물었다.

"노파가 계속 무슨 소리를 해대는 거죠? 그리고 이 위험한 곳에서 우린 뭘 하겠다는 거예요? 온통 역겨운 곳이잖아요!"

"그건 부인이 만들어낸 생각일 뿐입니다. 낡아빠진 건 인정합니다. 그래도 깨끗한 곳이에요."

그때, 첫 번째 여자보다 더 젊기는 하지만 더 못생긴 여자가 한 명 나타났다. 그녀가 쟁반 위에 들고 온 것은, 엄지손가락 굵기의 유리로 만든 알코올램프, 주석으로 만든 작은 원형 상자들, 자수바늘과 비슷한 철침, 말려서 마름모꼴

로 잘라놓은 야자수 잎이었다. 그리고 처음 보는 도구 하나
는, 갈색 대나무를 팔 길이 정도로 다듬어 만든 관이었다. 언
뜻 보기에는 양쪽 끝을 고운 옥으로 막아놓은 것 같았지만,
자세히 보니 한쪽에 겨우 성냥 알 크기만 한 구멍이 나 있는
거였다. 그 전신에는 진홍무늬를 새겨놓았다. 구멍이 있는
끝부분으로부터 3분의 2 되는 지점에 부착된 팔각면체의 나
무는 납작한 형태로 엠마뉴엘의 주먹만 한 크기였고, 얼마나
매끄러운지 맑게 비치는 불꽃이 색깔을 바꿔가며 춤을 추고
있었다. 관의 균형을 이루는 것 같은 그 부분은, 호두알 반
만 한 크기의 오목한 은 도가니에 연결되어 있었고, 그 아래
쪽으로 장식해 놓은 상아조각 판은 오래되어 호박색으로 변
해 있었지만, 금과 상아를 박아 만든 용과 기분 좋은 호랑이
들이 머리를 뒤로 젖히고 가슴을 앞으로 내밀고 있는 모습이
뚜렷했다. 유일하게 불룩 튀어나온, 팔면체 윗부분부터 시작
해 뚫어놓은 진주알 크기의 빈 공간은 아래쪽의 아주 작은
구멍으로 이어져 있었다.

마리오는 제자가 묻기도 전에 먼저 대답해주었다.

"저기 아편 파이프 보이시죠? 참 아름다운 물건이지 않습
니까?"

"저게 파이프라고요?" 엠마뉴엘이 웃음을 터뜨렸다. "그
렇게 안 보여요. 그럼 담배는 어디로 넣어요? 저 말도 안 되게
조그만 구멍으로? 금방 없어지고 말 거잖아요."

"담배를 넣는 게 아닙니다. 아편 덩어리를 넣는 거죠. 그리고 한 모금만 빨아들이는 겁니다. 그다음에 다시 담배통을 채우는 거죠. 부인께서 직접 해 보시는 게 더 나을 겁니다."

"저 마약을 저한테 피워보게 하려는 건 아니시겠죠?"

"안 될 게 뭐 있습니까? 나는 부인이 저 놀음—아니면 저 예술—이 어떤 것인지 알았으면 좋겠습니다. 왜냐하면 모르는 게 하나도 없어야 하거든요."

"그런데…… 그 맛에 빠져버리게 되면요?"

"그래서 나쁠 게 뭡니까?" 마리오가 웃었다. "하지만 안심하세요. 부인을 아편쟁이로 개종시키려고 여기까지 모시고 온 건 아니니까. 이건 서곡에 불과합니다."

"그래서 그다음은 무슨 일이 벌어지는 건가요?"

"때가 되면 알게 됩니다. 성급해할 것 없습니다. 아편 의식은 완벽한 영혼의 균형을 요구하는 겁니다."

엠마뉴엘의 태도가 급변했다.

"마음에 들면 다시 와도 되나요?"

"물론이죠."

엠마뉴엘의 질문에 마리오는 기분이 좋은 모양이었다. 그는 온화하고 세심한 눈길로 그녀를 바라보았다.

"제가 알기로는, 아편 흡입이 금지돼 있는 것 같은데, 아닌가요?"

"맞습니다. 혼외정사도 그렇죠."

"만약 경찰이 여기로 들이닥치면 우린 어떻게 해야 하는 거죠?"

"감옥으로 가는 겁니다." 마리오가 입을 삐죽 내밀며 말을 덧붙였다. "하지만 부인의 매력을 경찰한테 건네면서 구워삶아 봐야죠."

엠마뉴엘이 회의적으로 웃으며 짓궂게 물었다.

"제가 결혼한 여자라서 다른 죄의 대가로밖에 양도될 수 없는 건가요?"

"그 죄는 부인과 법의 대표자들이 하나님의 도움을 받아 언젠가 저지르게 될 겁니다."

그는 집에서 했던 동작과 똑같이 엠마뉴엘의 한쪽 어깨와 한쪽 유방을 드러나게 했다. 그러고는 한 손으로 유방을 받쳐 든 채 물었다.

"그렇죠?"

엠마뉴엘이 의심과 함께 만족감을 나타냈다. 마리오가 자신의 옷을 벗기고 몸을 만져주는 게 행복했기 때문이다.

"우리가 그렇게 되도록 도와주실 거잖습니까?"

그녀는 마리오를 안심시켰다.

"그럼요."

그리고 나서 머뭇거리며 질문했다.

"저…… 이런 종류의 소탕 작전에는 경찰이 몇 명이나 출동하죠?"

"음, 많아야 스무 명 정도."

엠마뉴엘이 다시 웃음을 터뜨렸다.

여종업원이 쟁반의 물건들을 나무 침대 가운데에 놔두었다. 마리오는 엠마뉴엘의 유방에서 손을 떼고 나서 한 팔로 허리를 감싸더니 그녀를 한 발짝 다가서게 했다.

"여기로 누우세요."

"네? 이건 그다지 깨끗해 보이지 않는데요? 게다가 하나도 안 푹신해 보여요⋯⋯."

"뭐하러 매트리스 사느라 돈을 낭비합니까? 여기서는 연기가 모든 각도를 부드럽게 해주고, 거친 잠자리를 푹신하게 만들어주는데 말입니다. 게다가 불평할 이유가 없는 게, 매트리스보다 나무가 훨씬 더 세딕하기 좋은 겁니다. 자, 이만 하면 걱정 안 하셔도 되겠죠?"

엠마뉴엘은 꺼림칙한 마음으로 니스 칠을 한 나무 침대 끝에 앉았다. 반면 두 남자는 그녀의 양쪽으로 편안하게 누워 세 사람이 등잔을 중심으로 원형을 이루었다. 잠시 후 그녀는 불쾌감을 이겨내고 남자들과 똑같이 머리를 팔꿈치에 괴고 누웠다. 그녀는 두꺼운 유리 굴뚝 안에서 아무런 흔들림도 없이 길게 피어오르는 불꽃을 뚫어져라 바라보았다. 참으로 매혹적인 장면이었다. 중국인 노파가 나무 침대의 머리맡에 앉아 작은 상자 하나를 열었다. 반투명한, 거의 고체에 가까운 꿀이 가득 들어 있었다. 그녀는 기다란 침 끝으로 밀

알 크기로 꿀을 한 방울 떠낸 다음 등잔불에 잠시 가열했다. 그러고 나서 다른 손에 쥐고 있던 섬유질의 나뭇잎 조각 위에 놓고 동그랗게 말았다. 그 덩어리를 다시 불꽃 위에 위치시켰다. 불에 그슬린 방울이 지글지글 소리를 내기 시작하더니 점점 크기가 부풀며 두 배로 커졌다. 아름다운 색을 내며 타던 액체는 아주 맑고 눈부신 상태로 변했는데, 주변의 물체들이 그곳에 비칠 정도였다. 그 한 방울은 생명으로 가득 차 있었다.

"어머, 예쁘기도 하지."

엠마뉴엘이 중얼거렸다. 그 광경만으로도 여기에 다시 와볼 만하다고 생각했다.

'저 작은 덩어리는 아무리 봐도 지루하지 않을 거야. 뭔가를 말하고 싶어 하는 보석 같잖아. 세상에 저렇게 아름다운 보석은 없어.'

스무 명의 경찰…… 그녀는 곰곰이 따져보았다. 많은 숫자다. 하지만 마리오를 감옥에서 구해내야 한다면, 그녀는 분명히 그렇게 할 것이다.

노파는 마침내 아편 덩어리를 파이프 구멍의 크기에 꼭 맞게 반투명한 작은 원기둥 모양으로 만들었고, 그것을 깊숙이 집어넣은 다음 침을 다시 꺼냈다. 엠마뉴엘은 사라져버린 광경을 아쉬워했다. 노파는 지체 없이 도가니가 아래로 가도록 파이프를 돌려, 등잔 위쪽 뜨거운 유리 구멍에 거의 닿도록 했다. 마리오는 노파가 건네주는 파이프를 물고 숨을 들이마셨다. 불꽃이 호박색 진주 방울을 달구며 위로 올랐다. 엠마뉴엘의 눈에는 연기를 내뿜는 마리오의 숨결이 한없이 이어질 것 같았다.

"이제 부인 차례입니다." 마리오가 말했다. "코로 연기를 내보내면 안 됩니다. 그리고 급하게 들이마시면 기침을 하게 되니까, 천천히 지속적으로 빨아들여야 합니다."

"절대 그렇게 못할 것 같아요!"

"괜찮습니다. 그냥 재미로 하는 셈 치세요."

노파가 또 다른 파이프 하나를 꺼냈다. 다시 갈색 태양이 타올랐고, 마법의 막대 끝에서 마치 욕망에 사로잡힌 것처럼 부풀어 오르며 헐떡였다. 엠마뉴엘은 그 속에서 성기의 형상을 발견했다. 부풀어 오른 음순은, 자신을 가로지르며 불태우고 쇠진시키고 욕망을 실컷 채워줄 불의 전사를 찾았다. 아롱거리는 방울이 불길 위에서 관능으로 부풀어 오를수록 더욱 축축해지는 자신의 음순을 느끼며 기분이 참 좋다고 그녀는 생각했다. 불의 의식은 엠마뉴엘의 마음에 꼭 들었다. 마치 그다음 순서로 대중 앞에서 격식을 갖춰 보여주게 될, 성행위를 준비하는 기분이었다. 그녀는 손으로 자기 유방을 꼭 쥐고 있었다. 행복에 젖어 있는 그녀에게 한 가지 부족한 게 있다면, 여종업원이 천진난만한 얼굴에 몸을 기꺼이 내줄 수 있는, 훨씬 더 젊고 예쁘고 온순한 여자였더라면 하는 것과, 마리오와 캉탱, 엠마뉴엘 세 사람이 차례로 옷을 하나씩 벗어가며 차례로 각자의 취향에 맞게 쾌락의 끝까지 즐길 수 있도록 하는 각본이었다. 마리오가 거기까지 예측하지 못한 건 참으로 유감이었다. 그녀는 마리오에게 비난을 퍼부으려다 그만두었다. 한순간, 그녀는 자신의 다리에 다른 여자들의 다리가 뒤엉켜 있었으면, 그리고 손가락을 집어넣을 수 있는 여자의 음부가 있었으면, 하고 바랐다. 욕구가 얼마나 컸던지 중국인 노파의 얼굴이 예쁘게 보이기까지 했다.

파이프를 건네받은 엠마뉴엘은 아편을 들이마실 엄두를 못 내고 그냥 타도록 내버려두었다. 그러자 금방 흡입구가 막혀버려서 노파가 철침으로 구멍을 뚫어주어야 했다. 두 번째 시도에서 그녀는 약하게 한 모금을 마시는 데 성공했다. 그녀는 순진하게 웃었다.

"맛이 좋아요. 냄새는 더 좋고요. 약간 캐러멜 맛 같기도 하네요. 근데 목이 좀 까끌거려요."

"그럴 땐 차를 마셔야 합니다."

마리오가 여종업원에게 지시를 내리자 그녀는 일어나, 이내 손잡이가 없이 입이 벌어진 찻잔과 찻잔 크기와 엇비슷한 테라코타 찻주전자, 그리고 물 끓이는 주전자를 가지고 왔다. 그녀는 녹차가 가득 채워져 있는 찻주전자 안으로 뜨거운 물을 정확한 양에 맞춰 부은 다음, 즉시 찻잔에 다시 따랐다. 우러난 차는 벌써 구릿빛을 띠었다. 깊게 풍겨나는 향기는 녹차보다는 재스민 차에 가까웠다. 너무 뜨거워 혀를 데인 엠마뉘엘이 소리를 질렀다.

"뜨거운 걸 마실 때는 동시에 공기를 한 모금 들이켜서 차를 식혀야죠. 아무 탈 없이 뜨거운 걸 마시려면, 이렇게요."

마리오가 후루룩 소리를 냈다.

"그런 소릴 내는 건 예의가 아니잖아요!"

"중국에서는 이게 예의 바른 겁니다."

"아, 그럼 저도 다시 해 볼래요." 새로운 경험을 매우 궁금해하며 엠마뉘엘이 서둘렀다. "이번에는 분명히 멋진 기분을 느낄 수 있을 거예요. 어떤 꿈을 꾸게 될까요?"

"아무 꿈도 안 꿀 겁니다. 우선, 아편은 꿈을 꾸게 하는 것이 아니라 오히려 정신을 냉철하게 만들어주고, 부인을 육체적인 초라함과 정신적 구속으로부터 벗어나게 해주죠. 그리고 어떤 종류의 효과든 그것을 느끼려면 여러 번 흡입해야 합니다."

"그럼, 그렇게 할래요!"

"한 번만 더 하고 그걸로 끝입니다. 그 이상 한다면 오늘 저녁 부인이 느낄 감각은, 뒤틀린 위장이 되돌아올 때까지 내가 부인의 머리를 붙들어준 느낌뿐일 겁니다."

엠마뉘엘은 마리오의 금지령을 너무 유감스럽게 여기지 않았다. 왜냐하면 두 번째 파이프는 그녀에게 기침만 나오게 만들었을 뿐, 첫 번째만큼 맛이 없었기 때문이다. 마리오와 캉탱은 두 번째 흡입을 시도조차 하지 않았다.

"두 분께서는 중독될까 봐 그렇게 걱정되세요?"

그녀가 야유를 보냈다.

"부인, 아주 중대한 비밀을 하나 알려드리죠." 마리오가 맞받았다. "여자가 아편을 지나치게 흡입하면, 남자에 대한 열정의 상당 부분이 사그라든다는 사실입니다. 아시다시피 우리는 이곳에 정신적 쾌락이 아니라 육체의 쾌락을 위해 온 것 아닙니까."

"참, 그렇지요!"

그녀는 새삼 주변 분위기가 불편하게 느껴졌다.

엠마뉘엘은 이곳의 초라한 배경이 사랑의 유희하고는 참 안 어울린다고 생각했고, 여기서 자신이 어떤 역할을 맡을 수 있을지 짐작이 가지 않았다.

"그런데 부인, 우리가 젊은 남자아이들에게 어떻게 대처하는지 알고 싶어 하지 않으셨던가요? 그게 말입니다! 부인께서 좀 전에 보신, 여기 불법 흡입소를 다스리는 훌륭한 인물은 또한 아주 잘 다듬어진 위엄 있는 젊은이들을 키우고 있답니다. 그래서 우리한테 그들을 좀 보여달라고 부탁할 참입니다."

그가 여종업원에게 몇 마디를 건네자 여자는 자리를 떴다. 잠시 후 그녀와 함께 나타난 주름살투성이 노파가 허리를 숙여 인사했다. 마리오의 짧은 말에 즉시 몸을 굽힌 다음

그녀는 날카로운 소리를 질렀고, 아편 파이프를 준비했던 못
생긴 여자가 뭔가를 서둘렀다.

"남편 재산을 물려받은 저 노인은 중국말밖에 못합니다.
게다가 아무도 알아들을 수 없는 중국어를 한단 말이죠. 젊
은 여자를 통역으로 쓰고 있답니다."

"그럼 선생님께서는 어느 나라 말로 하세요?"

"태국말로 합니다."

그는 다시 두 여자에게 말을 걸었다. 복잡한 회로를 거치
면서 이어지는 문장들은 상황에 따라 억양이 변했다. 몇 분
정도 대화를 나눈 다음 마리오가 설명했다.

"할머니가 우리가 요청한 것 대신 다른 걸 제의하는군요.
뭐 비슷한 유형이긴 하지만."

"어떤 걸 제의했어요?"

"물론 여자들이죠. 그래서 야단을 좀 쳐주었습니다. 그랬
더니 성인영화를 보여주면 어떻겠냐는 겁니다."

"뭐, 안 될 것 없잖아요?"

"우리가 하찮을 걸 보려고 여기까지 온 게 아니잖습니까?
그리고 또 다른 제의는, 우리 앞에서 두 여자아이가 하는 라
이브 쇼입니다. 부인한테는 흥미로울 게 하나도 없는 것들이
잖아요?"

엠마뉴엘은 알아서 결정하라는 뜻으로 얼굴을 찌푸리기
만 했다.

다시 협상을 벌이던 마리오가 중간 보고를 했다.

"우리한테 열세 살에서 열여섯 살 정도의 사내아이들을 데려다 달라고 재촉했습니다. 혀가 민첩하고, 우아한 엉덩이에, 활력이 넘치는, 그리고 사지가 멀쩡한 녀석들로."

엠마뉴엘이 유방을 손으로 가렸다. 노파가 그녀를 계속 쳐다보고 있었다. 다시 입을 여는 그녀의 날카로운 어조는 엠마뉴엘에게 충격적인 것이었다. 여종업원이 마리오에게 통역을 해주었고, 그는 딱 한마디로 대꾸해주었다.

"왜 할머니는 저렇게 소리를 지르는 건가요?"

"저와 부인 중 소년들을 원하는 사람이 누구냐는 거죠."

"그래서…… 뭐라고 대답하셨어요?"

"우리 둘 다라고요."

엠마뉴엘은 벽이 빙글빙글 돌아가는 것 같았다. 아편 때문일까? 노파는 계속 읊조리고 있었다. 마치 예언자 예레미아와 같은 호흡으로 탄식하고 있는 것 같았다. 연신 몸을 숙이던 그녀가 마침내 두 팔을 허공으로 들어올리며 날카로운 음색으로 말을 끝냈다.

"여주인이 대기 순서를 바꾸기 전에는 상황 정리가 안 될 것 같습니다. 저 노인이 오늘 밤에 부를 수 있는 망아지는 하나도 없다고 계속 우기는데, 아마도 외국의 세도가들이 사육장을 이미 싹 쓸어간 모양입니다. 아니면 그냥 돈을 더 많이 달라는 것일 수도 있고요."

그는 다시 흥정을 하기 시작했고, 절망적인 손짓들이 이어졌다. 마리오는 계속 밀어 부쳤다. 그러나 얼마 후, 그는 포기한 듯이 보였다.

"저 여자가 고집을 꺾을 기미조차도 안 보이는군요. 다른 곳에서 찾아보는 게 낫겠습니다."

그는 캉탱과 오랫동안 말을 주고받은 다음 엠마뉴엘에게 설명해주었다.

"저 친구는 여기 남아 있어보자고 주장합니다. 결국은 자기가 요구하는 걸 얻게 될 거라면서요. 나는 아닌 것 같은데 말이죠. 정 그렇다면 그냥 저 친구에게 맡기고 우린 근처를 한 바퀴 돌고 오면 어떻겠습니까?"

막사의 분위기가 괴롭게 느껴지기 시작했던 엠마뉴엘에게는 반가운 제안이었다. 그런데 캉탱을 남겨두고 가려는 순간 그녀는 예기치 않던, 거의 회한에 가까운 감정에 사로잡혔다. '이건 좀 심하잖아!' 그녀는 속으로 자신을 엄하게 꾸짖었다. '저 사람을 불청객, 방해꾼으로 취급할 때는 언제고! 깜빡 잊고 있을 때만 빼고 내내 옆에 있는 걸 괜히 원망했으면서 말이야! 여태까지 기껏해야 두 마디도 안 나눴잖아. 그런데 지금은 마음이 완전히 뒤죽박죽이 되어서 저 사람 앞에서 맥을 못 추다니. 이건 너무해! 아무래도 내 머리가……'

그녀는 캉탱을 놔두고 나오면서 마음이 서글펐다.

두 사람은 피골이 상접한 사람들 앞을 다시 지나왔다.

"저 사람들은 선생님한테 아무 말도 안 해요?"

엠마뉘엘이 부드러우면서도 가시 돋친 목소리로 물었다.

그녀는 굳이 남자아이들을 공급받으려는 마리오와 캉탱이 미웠다. '왜 하룻밤쯤 나를 있는 그대로 받아들일 수 없는 거야? 정말로 여자들을 좋아하지 않는다면 왜 나한테 그토록 관심을 보이는 척하는 거지? 그리고 이 바보 같은 마리안느는 말이야! 분별력도 없지, 어떻게 호모들한테 나를 보살펴주도록 부탁할 생각을 해? 다시 만나기만 해 봐. 댕기 머리를 삼켜버리게 만들 테니까!'

"캉탱은 왜 그렇게 소년들한테 열정적인 건가요? 우리를 이렇게 내버려두다니 불친절하기 짝이 없어요."

그녀는 캉탱이 자기 다리를 애무할 때 보니 여자들을 그리 혐오하는 것 같지는 않더라는 말을 덧붙이려고 했다. 그런데 마리오는 틈을 주지 않고 말을 쏟아냈다.

"소년에 대한 사랑은 언제나 고상한 사람들의 취향으로 남을 겁니다. 그건 바로 비정상이 되려는 특성으로, 여자들에 대한 사랑에서는 보기 드문 성질들을 띠죠. 어리석은 사람들이 소년과의 정사를 '자연을 거역하는 것'이라고 주장하는 반면, 나는 그 행위를 색정적으로 간주합니다."

"그 반대로, 단순히 그저 선생님의 본능 속에 있는 거라면요? 아니라고 확신하세요?"

"확신합니다. 나도 여자들을 좋아하는 사람입니다. 그래서 남자하고 같이 잔다는 행위를 오랫동안 이해하기 힘들었습니다. 곰곰이 따져보았죠. 그리고 작년에 처음으로 시도를 해 본 겁니다. 아주 만족했다는 사실을 굳이 덧붙일 필요는 없겠죠? 나한테도 정신이 찾아오는 데 꽤 많은 시간이 걸렸다는 사실을, 부인은 이제 알게 된 겁니다!"

엠마뉘엘은 모순된 감정들 속에서 부대꼈다. 특히 마리오의 주장들 가운데 어떤 걸 믿어야 할지 몰랐다.

"그래서 첫 경험 이후 선생님은 그…… 예술을 자주 실행에 옮기셨어요?"

"나는 항상 사건들 속에서 희귀성을 간직하려고 애쓰는 편입니다. 두 번 반복된 것은 이미 희귀성과 거리가 멀죠!"

"그럼 지난 일 년 동안 여자들과 정사를 나눈 적은 있으세요?" 엠마뉘엘이 물고 늘어졌다.

마리오가 웃음을 터뜨렸다.

"무슨 그런 질문을! 내가 정조의 본보기라도 되는 줄 아세요?"

"많나요?"

"내가 만약 운이 좋게도 아름다운 여자로 태어났다면 가지게 되었을 남자 애인보다는 적을 겁니다."

그는 존경의 미소를 지어 보이며 말을 덧붙였다.

"남자 애인에다 여자 애인을 더한 숫자보다는!"

그의 대답은 엠마뉘엘을 만족시키기는커녕 짜증스럽게

만들었다.

"어느 쪽을 더 좋아하시는 거예요, 도대체?"

마리오가 걸음을 멈췄다. 두 사람이 도착한 빈터는 나무 판자 다리로 이어지는 곳이었다. 그는 엠마뉴엘의 어깨를 잡아 자기 쪽으로 끌어당겼고, 그녀는 마리오가 입을 맞추려고 하는 줄 알았다.

"나는 아름다운 것을 좋아합니다!" 그가 힘차게 말했다. "그리고 아름다운 것은 이미 이루어진 모양이나 수월한 형태가 결코 아닙니다. 생전 처음으로 자신의 몸짓과 다른 사람의 몸짓을 가지고 만드는, 그것이 죽은 형상을 갖기 전에 우리가 무한을 향해 던져버리는, 바로 그 모습입니다.

남자와 여자 - 창조된 세계 한가운데 있는 또 다른 하나의 세계다.

아름다운 것은, 부인이 있기 이전에는 존재하지 않았고, 부인이 없다면 존재하지 않았을 터이고, 부당한 죽음이 부인을 찾아와 부인이 사랑하고 있었던 대지 위에 쓰러뜨리게 될 때 더 이상 부인의 권한 속에 있지 않게 될 그것입니다.

고독한 지식을 뽐내고, 남다른 의도를 내세우는 자들이여.

아름다운 것은, 하찮았던 순간을 잊을 수 없는 느낌으

로 만들어놓은 것이고, 하찮았던 존재를 일으켜 세워 무정형의 다수와 운명에 맞서는 독특한 형태로 만들어놓은 모습입니다.

이미 만들어진 길들의 지도를 폐지시키는,

길 잃은 자들과 길을 잃게 만드는 자들이여.

아름다운 것은, 국가와 시대에 대한 경애심, 다수의 입소문과 나쁜 평판에 대한 두려움을 극복하는 것입니다. 대담하지 못한 아버지들과 얼굴이 없는 어머니들, 위선적인 형제와 무기력한 자매들을 닮지 않으려는 반항으로부터 새로운 인종이 태어나도록 말입니다.

유별나지만 추한 자들

어리석은 탈선자들

정체 모를 무리의 이방인들

헛된 보복을 위한 희생자들

미래가 없는 망명자들!

아름다운 것은, 발견하고 싶어 서두르고, 위험을 따지지 않고, 달콤한 추억에 집착하지 않으면서 도약을 시도하는 것입니다. 아직 감행되지 않았던 것, 부인이 새롭다고조차 느끼지 않아도 될 무엇을 해 보는 모습입니다. 왜냐하면 부인의 낮과 밤은 오직 부인이 비범한 행위를 통해 가치를 부여한 낮과 밤이 될 테니까요. 천지간에 어느 누가 부인의 잃어버린 낮과 밤을 되돌려줄 수 있겠습니까?

달빛은 그들을 빚어내고,
마리오의 석상은 두 손안에 여인의 형상을 받쳐들었도다.

아름다운 것은, 모든 걸 시도하고 아무것도 거부하지 않고 모든 것—우리를 닮은 남녀의 무수한 육체들—을 알 수 있는 것이라고, 석상이 말합니다.

지옥이든 하늘이든 무슨 상관이겠는가……
미지의 세계 깊숙한 곳에서 새로운 것을 찾기 위해서라면!

교차로의 네거리, 텅 빈 통로들, 곧은 길, 비현실적인 길,
모두가 닮았으니.

아름다운 것은, 결코 똑같은 맛을 지니지 않으며, 그 외의 다른 맛은 지니지 않는 것입니다.

용병 대장의 손에 잡힌, 드러난 어깨 위의 검은 머릿결이여.

아름다운 것은, 우리가 태어난 짐승의 모습—부화뇌동하고, 겁에 질리고, 게으른 모습—의 반대적인 존재가 되는 것입니다.

타타르 영웅의 넓은 어깨가 달을 감추는구나.

아름다운 것은, 멈추지 않으며 자리에 앉지 않고 잠들지 않으며 뒤돌아서지 않는 것입니다.

밤의 시간들은 지나갔으니,
강철의 별들이 어딘가 눈부신 하늘에서 맴도는구나.

아름다운 것은, 부인을 마비시키고, 얽매이게 하고, 제한시키는 유혹에 맞서는 용기입니다. 그리고 아무리 싫증나더라도 부인을 고양시키고 앞으로 나아가게 하는 것이라면, 그리고 다른 사람들의 만족 이상으로 정신을 쏟게 만드는 것이라면 언제나 받아들이는 마음입니다.

노란빛 위로 반쯤 열린 문—
그림자들이 들어가고, 그림자들이 나간다. 잠이 없는 밤.

아름다운 것은, 매일 놀라울 정도로 새로운 주제를 찾

고, 이 주제를 경이롭게 여겨야 할 이유를 찾고, 기득권에 대한 유혹, 포만감, 나이의 서러움을 이겨낼 수 있는 명분을 찾아내는 노력입니다.

나의 마음은 그대 목소리에 열리고……

아름다운 것은, 꾸준히 변하는 것입니다. 왜냐하면 모든 변화는 진보이고, 모든 지속성은 무덤이기 때문이죠. 만족과 체념은 동일한 하나의 절망입니다. 멈춰서는 사람, 다른 것이 되기를 거부하는 사람은 이미 죽음을 선택한 거나 마찬가집니다.

절간의 목탁소리에 곤충들의 소리가 희미해진다.

물론 부인은 언제든지 비석과 같은 평화를 즐기고, 마치 보석으로 치장된 성골함의 밀랍 성모상처럼 욕망을 모르는 존재의 평범함 속에 오래 머물 수도 있지요.

그늘에서 나온 두 아이가 손에 손을 잡고 지나간다.

하지만 나는 부인을 죽음이 아닌 삶에서 이기도록 해주고 싶고, 그럼으로써 부인이 태어난 것이 태어나지 않은 것보다 훨씬 더 낫지 않느냐고 말하려는 겁니다. 왜냐하면 제자리에 굳어 있는 인생은 지구상에서 인류의 진보를 더디게 만들기 때문입니다.

그들은 자매였고, 사랑을 나누게 될 것이다.

엠마뉴엘, 알아두어야 할 것은, 지구의 내일은 부인의 육체가 지닌 창조적 능력을 통해 만들어지게 될 것이라는 사실입니다. 만약 부인의 꿈이 어두워지고, 날개가 접혀버린다면, 불행히도 부인의 호기심이 지쳐버리고, 부인의 명철함과 일관성이 쇠진하고, 발견과 새로움에 대한 의지가 흔들린다면, 인류의 희망과 기회는 끝나게 되는 것이죠. 그리고 미래는 한결같이 과거를 닮아 있게 될 것입니다.

하얀 발레리나는 전사의 다리 사이에서

사랑의 행위에 대한 애착은 부인을 세계의 약혼녀로 만들어주는 것입니다. 그러면 인류의 운명은 부인의 열정과 용기에 달려 있게 됩니다. 만약 부인이 어떤 한 남자한테라도, 또는 어떤 한 여자한테라도 그의 애인이 되길 거부한다면 그것은 곧 그들의 혈통이 우주의 성운과 광년에 대한 정복을 포기하도록 만드는 것이란 말입니다."

마리오의 목소리가 귀뚜라미들의 노래를 잠재웠다.

"이해하시겠습니까? 내가 부인에게 가져다 주려는 건, 순간의 쾌락이 아니라 가장 먼 곳의 쾌락입니다. 행복은, 부인이 지금 있는 자리에 있지 않고 부인이 닿으려고 꿈꾸는 그곳에 있습니다.

언제나 더 많은 수의 품 안에서

그리고 엠마뉘엘! 나는 부인을 환상으로 채워주려는 게 아니고, 부인에게 현실을 갈망하게 만들어주려는 겁니다.

목동자리의 알파, 천칭자리의 알파 그리고
처녀자리의 알파에 의해 만들어진 삼각형 한가운데서

나는 부인에게 가장 편리한 것이 아니라, 가장 무모한 것을 가르쳐주려 한다고 보시면 됩니다."

엠마뉘엘이 말했다.

"저를 안아주세요. 선생님께서는 아직 저를 잘 모르시잖아요. 제가 선생님께 새로운 맛이 되어 드릴게요."

그녀는 자기를 상당히 좋게 평가하는 듯한 마리오의 눈빛을 읽으며 놀랐다. 그가 고개를 끄덕이며 말했다.

"그건 너무 쉬운 일이고, 나는 그보다 더 나은 걸 생각하고 있습니다. 저와 함께 가시죠."

마리오가 그녀를 앞세우며 등을 밀었다.

엠마뉴엘은 다소곳이 앞장서서 걸어갔다. 두 사람이 네거리에 도착했을 때, 마리오는 먼젓번에 지나왔던 길이 아닌 다른 통로를 택했다.

"부인께 범상치 않은 것을 보여드릴까 합니다."

머지않아 넓은 운하, 혹은 자연 그대로의 강의 기슭에 다다랐다. 꾸불꾸불해 보이는 기슭에는 풀이 무성했다.

"아직 우리 방콕에 있는 건가요?"

"한가운데 있죠. 그런데 외국인들은 이곳을 잘 모릅니다."

두 사람은 초원을 걸었다. 무른 땅에 신발 굽이 자꾸 빠지자 엠마뉴엘은 신발을 벗어버렸다.

"스타킹이 찢어지겠습니다. 그냥 벗어버리는 게 어떠세요?"

그녀는 마리오의 배려심에 끌려 근처의 잘려져 있는 나무둥치에 앉았다. 그리고 치마를 걷어 올렸다. 공기의 차가운 느낌에 그녀는 순간, 자기의 팬티가 마리오의 주머니 속에 있다는 걸 기억해냈다. 달이 너무 밝아서 그녀가 고무밴드를 벗기는 동안 음부가 뚜렷이 드러났다.

"부인의 아름다운 다리는 아무리 봐도 지루하지 않죠. 늘씬하고 탄력 있는 그 허벅지는······"

"선생님은 뭐든지 금방 싫증 내는 분 아닌가요?"

그는 웃기만 했다. 엠마뉴엘은 움직이지 않고 그냥 가만히 있고 싶었다.

"기왕이면 치마도 벗어버리시죠 왜? 그러면 걷기도 더 편하실 테고, 저는 부인의 모습을 보며 즐거울 테니 말입니다."

잠시 머뭇거리던 그녀는 일어나 허리띠를 풀었다.

"이건 어떻게 해요?"

그녀가 손끝으로 치마를 내밀며 물었다.

"나무에 걸어놓으세요. 돌아오는 길에 챙기면 되니까. 어쨌든 우리는 이쪽으로 지나가야 합니다."

"누가 훔쳐가면요?"

"그럼 어떻습니까? 치마가 없어서 집에 못 들어가겠다고 우기기라도 하시려고요?"

엠마뉴엘은 더 이상 왈가왈부하지 않기로 했다. 두 사람은 다시 걸음을 옮겼다. 검은 비단 스웨터 아래 햇살에 그을린 그녀의 엉덩이와 다리는 오늘 밤 유난히도 맑은 빛이었다. 마리오는 그녀 곁을 따라가면서 손을 잡았다. 얼마간의 시간이 지난 후, 그가 입을 열었다.

"다 왔습니다."

반쯤 허물어진 낮은 벽이 두 사람 앞에 나타났다. 마리오는 엠마뉴엘이 벽돌을 기어올라 반대편으로 뛰어내리도록 도와주었다. 그녀는 머리를 드는 순간 소스라치고 말았다. 사람의 형체 하나가 바로 가까이에 있었던 것이다. 그녀는 마리오의 손을 꽉 움켜쥐었다.

"겁내지 마세요. 온순한 사람들이니까."

'내 옷은!' 하마터면 그녀는 소리를 지를 뻔했다. 그러나 행여 또다시 마리오의 빈정거리는 소리를 들을까 봐 감정을 억눌렀다. 그녀는 한 발짝도 앞으로 나가지 못하고 있는 자신에 대해 매우 부끄러운 생각이 들었다. 마리오가 그녀의 손을 잡더니 인정사정없이 끌고 갔다. 두 사람이 남자를 정면으로 마주치며 지나쳤고, 남자는 이글거리는 눈으로 그들을 쳐다봤다. 엠마뉘엘은 몸이 떨려서 못 견딜 지경이었다.

"저길 좀 보세요." 마리오가 손가락을 뻗으며 말했다.

"저런 것 본적 있으십니까?"

그녀의 시선이 손가락이 가리키는 방향을 따라갔다. 수많은 뿌리와 제멋대로 자란 칡넝굴로 뒤덮인, 엄청나게 큰 나무에 이상한 열매들이 매달려 있었다. 그녀는 주의를 기울이며 시야에 적응했고, 매달린 열매들의 형상이 음경이라는 걸 알아챘다. 그녀의 입에서 찬탄에 가까운 소리가 새어 나왔다. 얼마 전 자신의 환영이 현실화된 것일까? 아니면 선 채로 꿈을 꾸고 있는 건 아닐까? 마리오가 설명을 해주었다.

"정력이나 다산을 기원하며 신에게 바치는 봉헌물들입니다. 신자들의 재산 정도에 따라, 또는 기도의 긴급성에 따라 크기가 달라집니다. 알아두셔야 할 건, 지금 우리는 사원에 들어와 있다는 겁니다."

엠마뉘엘은 자신의 단정치 못한 옷차림을 떠올렸다.

"승려가 이 꼴을 보시기라도 하면……"

"내가 보기엔 그리 나쁘지 않은 걸요. 여기는 프리아포스 신에게 바쳐진 성소니까요. 여기는 그가 주관하는 범주에 관한 한 모든 것이 허용되고, 권고되는 곳입니다."

"저런 것들을 링감(통속 힌두교에서 시바신을 상징하는 남근상—옮긴이)이라 부르는 건가요?"

"좀 다른 겁니다. 링감은 힌두교의 전통으로 모양이 대개 양식화되어 있지요. 특히 땅 위에 수직으로 서 있는 기둥 모양으로, 그 의미를 알아보려면 대부분 신앙인의 눈으로 보아야 하는 형태들입니다. 보시다시피 여기 있는 것들의 기법은 상상력하고는 거리가 멉니다. 예술 작품이라기보다는 자연의 복제품들입니다. '천사들의 도시'에 있는 종교 기념품 거리라고나 할까? '천사들의 도시'란, 이미 들은 바 있는지 모르겠지만 방콕의 원래 이름입니다. 더 정확히 말하면, 축약된 이름이죠. 온전한 형태로 부르려면 이렇습니다. '꾸룽텝 프라—마하—나컨 아몬 라타나꼬신 마힌트라 보로마라타니…… 보로민벳…… 마하 사한 부리롬, 라.' 이 이름도 의미적으로 요약된 형태에 불과합니다. 거룩한 도시, 천사들의(어원상으로는 '신들의') 도시, 인드라 보배 중의 보배, 인드라 신의 위대함, 지고한 왕의 거대한 도시, 장엄한 고장, 지상 최고의 영역, 성지, 기쁨의 도시…… 대략 이 정도죠. 장황한 표현을 어리숙하게 끝내는 마지막의 '라'는 그 밖의 것들, 그러니까

'등등'을 의미하는 말입니다. 왜냐하면 이 도시의 신분을 완전히 설명하려면 그 양이 족히 서너 페이지는 되기 때문이죠."

나뭇가지에 매달려 있는 음경들은 그 크기가 바나나만 한 것부터 시작해서 바주카포만 한 것까지 다양했지만, 사실적인 형태는 모두 비슷했다. 전부 나무를 깎아 색을 칠해놓았다. 그리고 작은 선홍색 점이 귀두의 입구를 장식하고 있었다. 포피는 귀두 아래쪽의 깊은 주름으로 표현해 놓았고, 발기된 성기의 굴곡은 생동감 있었다.

그런 식으로 매달아둔 모양이 수백 개는 될 것 같았다. 음경 과수원, 여기저기 나무 촛대에 꽂아 놓은 양초들도 눈에 띄었다. 대부분 불이 꺼져 있는 반면, 불상 앞이나 선조들을 모시는 세난에서는 수많은 향이 타고 있었다. 막대 끝의 붉은 점이 밤을 찌르고 있었다.

엠마뉴엘은 그중에서 움직이고 있는 심지들을 발견하고는 불안한 마음으로 그것들을 지켜봤다. 한참을 바라본 다음에야 향을 들고 있는 사람들의 손을 구분할 수 있었다. 한 사람이 아니라 넷, 다섯, 여섯, 적어도 열 사람은 될 것 같다. 처음에 만났던 사람처럼 다들 무릎을 꿇고 앉아 있었다. 한 사람이 일어나더니 그녀가 있는 쪽으로 다가왔고, 몇 발자국 앞에서 다시 꿇어 앉았다. 그리고 차분한 시선으로 엠마뉴엘을 흥미롭게 쳐다봤다. 그러더니 거의 동시에 두 사람이, 그리고 네 사람이 합류했다. 그들 중 한 명은 아이처럼 어려 보였다. 대부분은 성인들이었고, 노인에 가까운 사람도 한 명 눈에 띄었다. 그들은 깍지를 낀 손에 막대 향을 계속 들고 있었다.

"자, 아주 기분 좋은 무대가 만들어졌습니다. 뭘 보여주면 좋을까요?"

그는 비교적 작은 크기의 음경 열매를 하나 떼어냈다.

"불경한 짓을 한 건 아닌지 모르겠지만, 그냥 저질러보죠 뭐. 어쨌든 저 사람들이 기분 상해하는 것 같진 않습니다."

그는 나무토막을 엠마뉴엘에게 건넸다.

"감촉이 참 좋지 않습니까?"

그녀가 나무를 만져봤다.

"이 모형을 실제라 생각하고 평소에 부인이 손으로 해주던 것을 저 사람들한테 한번 보여주세요."

엠마뉴엘은 아무런 이의 없이 시키는 대로 했다. 그녀는 적잖이 안심이 되었다. 왜냐하면 꺼칠꺼칠하고 더러운 느낌이 혐오감을 불러일으켰는데, 마리오가 몸 안에 집어넣어보라고 할까 봐 순간 겁이 났기 때문이다. 그녀는 경건한 물건이 실제로 쾌감을 느끼길 바라는 듯이 애무했다. 행동 재연에 열중하면서, 그녀는 입으로 해주지 못하는 게 아쉽기조차했다. 그런데 사실 그 물건은 너무 더러웠다!

그녀는 남자들의 시선이 불타고 있는 걸 의식했다. 그들의 얼굴은 상당히 긴장돼 보였다. 마리오가 몸을 움직였고,

엠마뉴엘은 나무 음경보다 더 크고 붉은 그의 성기를 발견했다.

"이제 환상이 현실에 자리를 양보할 때가 된 것 같습니다. 무생물을 다루던 부인의 부드러운 손길을 육신의 살에게도 베풀어주셔야죠."

엠마뉴엘은 숭배 대상물을 차마 땅에 놓지 못하고 나뭇가지의 파인 부분에 올려놓았다. 그리고 나서 마리오의 성기를 얌전하게 잡았다. 그는 남자들이 더 잘 볼 수 있도록 몸의 방향을 똑바로 틀었다.

시간이 멈춘 것 같았고, 모두가 숨을 죽이고 있었다. 그녀는 마리오가 통나무집에서 설파했던 인본주의를 열심히 실행에 옮겼고, 손 안에서 느껴지는 박동이 마리오의 것인지 자신의 것인지 구분할 수 없었다. 그녀가 자신의 규범을 떠올렸다. 한없이 계속되도록! 그리고 지속되는 기적을 일으키려고 애썼다. 그럼에도 불구하고, 매 순간마다 엠마뉴엘이 발명해내는 애무의 세련된 기교에 결국 굴복하고 만 마리오가 더 빠른 손놀림으로 마무리해 달라고 부탁했다. 그녀는 마리오의 몸이 끌려오도록 만드는 동작으로, 못 견딜 정도로 긴 최후의 몸부림을 연출시키며 그를 관능으로 경련하게 만들었다. 그녀가 날렵한 손놀림을 멈추지 않도록 재촉했던 마리오가 목 안의 신음 소리를 억누르며 작게 외쳤다.

"그만!"

그와 동시에 그는 프리아포스 과일이 매달린 나무를 향해 돌아섰다. 흔하지 않은 농도와 길이로 분출되는 액체가 밤을 가로지르며 목각 음경들 위로 뿌려졌고, 충격에 흔들리는 형상들이 덩굴 끝에서 빙그르르 돌았다.

"이제 우리의 관객들을 위해 뭔가를 해야죠." 마리오가 이내 제 목소리를 되찾았다. "저 사람들 중에 누구한테 제일 마음이 끌립니까?"

깜짝 놀란 엠마뉘엘은 무슨 말을 해야 할지 몰랐다. '싫어요!' 그녀는 그 남자들을 만지고 싶지 않았고, 그들이 자기 몸에 손대는 게 싫었다.

"저 꼬마 아이, 사랑스럽지 않습니까? 나라면 기꺼이 끌려들겠는데요. 하지만 오늘 밤은 부인께 양보하죠."

그는 더 신중하게 엠마뉘엘의 견해를 물어보지도 않고 소년에게 신호를 보내며 몇 마디 말을 건넸다. 아이는 전혀 위축된 기색 없이 천천히, 그리고 당당하게 일어나 두 사람 곁으로 왔다.

마리오가 뭔가를 더 설명해주자 아이는 반바지를 벗었다. 발가벗은 몸은 생각보다 더 아름다웠다. 그리고 엠마뉘엘은 혼란스러운 중에 위안을 얻었다. 아직 미숙한 음경이 그녀의 눈앞에 수평으로 뻗어 있었다.

"빨아 마시세요."

마리오가 태연하게, 평소의 어조로 지시를 내렸다.

엠마뉴엘은 빠져나갈 궁리를 하지 않았다. 마음이 너무 혼란스럽고 어지러워서 그런 행위를 하는 것 그 자체는 별로 중요하지 않았으니까. 방금 전 판자 길에서 만났던 긴 음경의 남자였더라면 더 좋았을 거라는 생각을 했을 뿐이다.

그녀는 촘촘하고 부드러운 잔디 위에 무릎을 꿇고 앉았다. 그러고 나서 손으로 소년의 성기를 잡아 귀두를 반쯤 덮고 있는 포피를 밀어 내렸다. 금방 부피가 커진 귀두를, 우선 맛이 어떤지 확인해보려는 듯이 입술 사이로 넣었다. 잠시 그 상태를 유지하면서 한 손으로 음경을 훑어 내려갔다. 그러다 갑자기 단호하게 입 안 깊숙이 집어넣었다. 입술이 소년의 배에 닿고, 코가 듬성듬성한 음모에 묻힐 때까지. 그렇게 한동안 머물렀다. 그런 다음 그녀는 신지하게, 예술적으로, 머리를 앞뒤로 움직이기 시작했다.

하지만 이 실험은 그녀에게 고난이었다. 구강 애무를 시작했을 때, 그녀는 목 안으로 치미는 구토를 억누르느라 힘겹게 버텨야 했다. 알지도 못하는 소년과 성행위를 나눈다는 사실 그 자체를 퇴폐적으로 여기는 건 아니었다. 같은 행위라도 만약 마리오가 파리에 있는 여자친구 집의 근사한 살롱에서 엠마뉴엘을 상큼한 금발소년에게로 떠밀었다면, 아마도 은근히 즐거운 마음이었을 것이다. 파리를 떠나기 전, 그녀는 한 여자 애인의 영악한 남동생의 돌진에 견디지 못하고 하마터면 처음으로 남편을 속일 뻔했었다(아니, 속이는 것 같지도 않았을 것이다. 어린아이하고의 그 짓은 장난삼아 하는 것처럼 보였을 테니까). 그녀는 정신뿐만 아니라 신체적으로도 아주 동조한 상태였다. 그 이후 더 이상 그런 기회는 찾아오지 않았었다. 곰곰이 따져보면 그때는 아주 자연스러운 일탈이었다고, 지금 이 순간 그녀는 생각했다. 축축한 그녀의 음부 안으로 막 들어오려던 단계에서 멈춰야 했던 그 소년과 그녀는 상상 속에서 아마 열 번쯤은 정사를 나누었을 것이다. 하지만 여기 이 소년과는 경우가 달랐다. 그는 엠마뉘엘을 전혀 흥분시키지 않았고, 오히려 무서운 느낌이 들게 만들었다. 게다가 처음에는 그의 몸이 청결하지 않을 수 있을 거라는 생각에 움찔하기도 했었다. 그러나 이들 부족이 하루에도 몇 차례씩 목욕재계를 하는 습관이 있었다는 사실이 기억나 그나마 안심이 되었다. 그래도 어쨌든 오늘 이 경험은 그녀에게 아무 즐거움도 주지 않았다. 마리오의 기분을 맞춰주기 위해 몸을 맡기긴 했으나 그녀의 육감과 취향은 거부하고 있었다.

'과격하게라도 임무를 수행해야지!' 그럼에도 불구하고 일종의 자부심이 일면서 엠마뉘엘은 소년에게 잊지 못할 추억을 남겨줘야겠다고 생각했다. 그녀의 남편은 이 세상의 어떤 여자도 엠마뉘엘만큼 구강 애무를 잘할 수는 없을 거라고 하지 않았던가?

차츰차츰 그녀는 제 스스로의 유희에 빠져들며 지금 이 성기가 누구의 것인지 잊어버렸다. 음경의 힘과 열기가 좋아지기 시작했고, 귀두가 목 안으로 마음대로 들어오도록, 원하는 곳에 사정할 수 있도록 해주었다. 그녀는 자기 몸의 음순과 음핵이 예민해지는 것을 느꼈고, 결국 눈을 감으며 육감에 사로잡혔다. 그녀의 애무가 목표에 달했을 때, 혓바닥 위로 분출되어 나오는 정액이 남편과 있을 때만큼의 쾌감을 불러일으켰다. 그래도 그 맛은 달랐다. 아주 좋은 느낌이라고 생각했다. 남자들이 쳐다보든 말든 이제 그녀는 자신도 쾌감에 이르고 싶은 욕구에 사로잡혔다. 음경이 입 속을 빠져나가기 전에 그녀는 손가락으로 음핵을 어루만지기 시작했고, 마리오의 품에 안겨 오르가슴에 이르렀다. 마리오가 처음으로 엠마뉴엘과 입을 맞추었다.

"제가 부인께 세부 사항을 알려주겠다고 약속했었죠?" 허물어진 벽을 넘으며 그가 말했다. "만족하십니까?"

그녀는 만족했다. 그렇다고 그녀의 거북한 느낌이 사라진 건 아니었다. 그녀는 침묵을 지켰고, 마리오가 꿈을 꾸듯이 중얼거렸다.

"다양한 원천의 정액을 많이 마시는 건 여자에게 중요한 일입니다."

그의 목소리가 갑자기 격렬해졌다.

"부인은 그렇게 해야 됩니다! 왜냐하면 아름다우시니까."

"예쁘면서 정숙하게 있을 순 없는 건가요?"

"물론 그럴 수 있죠. 자신을 희생해가면서 말입니다. 하지만 예쁘게 태어나지 못한 수많은 여자들이 평생을 두고 원해도 얻지 못하는 걸 부인 같은 사람은 얻을 수 있잖습니까. 미의 권력을 사용하지 않는다면, 용서받을 수 있을 거라고 생각하세요?"

"선생님께서는 모든 여자들이 방탕한 것만 원하고 있다고 생각하시는 것 같아요."

"그럼 다른 좋은 게 있다고 생각하십니까?"

아무도 치마를 훔쳐가지 않았다. 그녀는 옷을 다시 입으며, 벗고 있었을 때의 편했던 느낌을 아쉬워했다. 마리오는 왔을 때의 방향과는 다르게 난 길을 택하여 계속 걸었다. 그녀는 아직도 더 많이 걸어가야 하는 건지 궁금했다. 참다 못한 그녀가 불평을 늘어놓으려고 할 즈음에 길다운 길이 나타났다.

"지나가는 삼로(바퀴가 세 개 달린 태국의 대중교통 수단. 자전거 택시라고도 부른다—옮긴이)가 있으면 잡아타도록 하죠."

그 교통수단을 한 번도 이용해본 적이 없는 엠마뉴엘은 마리오의 제안에 귀가 솔깃했다. 사륜 택시를 타고 커브길마다 죽을 위험을 감수하는 것보다 밤하늘 별빛 아래 느릿한 박자의 자전거 택시를 타고 가는 게 더 좋을 것 같았다. 길을 따라 수백 미터를 걸어간 두 사람은 빈 차를 한 대 만났다. 운전수(마리오의 설명에 의하면, 사람들이 그를 자전거 택시와 동일시하여 똑같이 '삼로'라고 부른다고 한다)는 땅바닥에 앉아 생각에 잠겨 있었다. 두 사람을 발견하자마자 그는 붉은 모조 가죽이 덮인 길고 좁다란 의자를 가리키며 초대의 손짓을 했다.

마리오는 승차 요금을 흥정하는 듯 남자와 잠깐 대화를
나눈 후 엠마뉘엘에게 앉으라는 신호를 보냈다. 그녀가 앉
자 그도 그녀 곁에 나란히 앉았다. 두 사람 모두 아주 날씬한
몸매였음에도 자리는 여유 없이 꽉 찼다. 자전거 택시가 덜
컹 흔들렸고, 마리오는 엠마뉘엘의 어깨를 한 팔로 감싸주었
다. 그녀는 행복감에 몸을 지그시 기댔다. 자전거에 오를 때
그녀는 치마를 위로 바짝 올렸었다. 그가 그녀의 다리를 좋
아한다고 말했으니까. 불현듯 그녀에게 좋은 생각이 하나 떠
올랐다. 자신이 보기에도 너무 요상하고 무분별한 것이었다.
그녀는 여태까지 자발적으로, 그것도 길 한가운데서 그런 행
동을 해본 적이 없었다. 하지만 하고야 말 것이다. 그녀는 자
신의 모든 용기를 다 끌어냈다.

그녀는 마리오를 향해 몸을 약간 틀었다. 그러고 나서
자신의 확고한 의지를 보여주려고 애쓰면서 손으로 단추 하
나를 풀었다. 이어 성급히 아래쪽으로 내려가면서 나머지 단
추들을 풀었다. 바지 속으로 손을 밀어 넣은 그녀는 잠자고
있는 성기를 거머쥐었고, 그때서야 숨을 겨우 내쉬었다.

"잘하셨어요, 엠마뉘엘! 부인이 자랑스럽습니다."

"정말이에요?"

"그럼요. 부인의 손놀림은 색정의 왕국에 들어갈 자격이
충분합니다. 왜냐하면, 통상적으로 남자들이 주도를 하고

여자들은 끌려가기 마련이잖습니까? 그런데 남자가 별로 기대를 하지 않고 있을 때, 선수를 치는 여자는 가장 높은 가치의 색정적 상황을 만들어내기 때문이죠. 브라보! 아니 좀 더 적절하게 모국어로 말하면, 브라바!"

그녀는 성기를 거머쥔 자신의 손을 통해, 마리오의 칭찬이 순전히 정신적인 것만은 아니라는 걸 느꼈다.

"다른 상황들 속에서도 방금 말한 공식은 기억해두세요. 물론 규칙에 의하면, 당연히 새로움에 관한 조항은 지켜야하는 겁니다."

"어째서지요?"

그녀는 마리오를 다정하게 애무하기 시작했다.

"만약 부인이 한 남자의 마음을 사로잡은 정부인 상태에서, 권하지도 않는데 남자 앞에서 옷을 다 벗어버린다면 그런 행동을 의외적인 것 아니면 색정주의라고 말할 수 있을까요? 반면 프랑스 대사가 오찬 중에 출장 나온 외교관을 소개해 주면서 와불 사원이라도 좀 안내해 주십사 하고 부인에게 요청한다면, 그래서 같이 시내를 한 바퀴 돌아다니다가 좀 쉬었다 갈 겸 집에 들러 차라도 한잔 하시라고 부인이 초대를 한다 치죠. 하얀 비단 소파에 그와 나란히 앉아 차를 마시던 부인이 머리채를 한 번 흔들어 넘기며 태연하게 블라우스를 벗는다면, 그 즉흥적인 동작은 손님의 기억 속에 지울 수 없는 흔적이 될 겁니다. 아마도 임종의 순간 그 사람의 머릿속에 마지막으로 떠오르며 위안을 해줄 장면이 될 겁니다. 그렇게 시작을 한다면 이제 모든 종류의 가능성이 부인에게 주어진 거나 다름없습니다. 그리고 일단은 블라우스를 벗은 그 상태에서, 젖가슴을 맨살로 드러낸 채 외교관에게 정중하게 차를 따르면서 설탕을 보통 몇 개 넣는지, 하나 아니면 둘? 하고 물어보죠. 그 순간 남자는 자기가 몇 개를 넣어 마시는지도 분명히 기억 못할 겁니다. 그러한 반응은, 부인이 앞으로 취하게 될 가장 적합한 조치를 결정하게 해줍니다. 그 남자가 정신을 못 차리면서 여덟 아니면 열네 개, 아니면 일 미터…… 횡설수설하면, 그 사람이 나서서 뭘 하겠거니 기다릴 필요가 없죠. 그냥 두 개를 집어서 가까이 바짝 다가가는 겁니다. 그러고 나서 방금 전과 같은 손동작을 감행한 다음, 그가 어떤 걸 선호하는지 물어보는 거죠. 차를 마시기 전에, 아니면 마신 후에? 손 아니면 입, 아니면 질 속에서? 어떤 방식으로 즐기고 싶어 하는지 말입니다. 그 순간 이후부터 나머지는 별로 중요하지 않습니다. 분위기는 이미 만들어진 거니까. 그리고 부인이 즐겨 말하는, 걸작을 향한 길로 접어드는 겁니다. 만약 그 반대로 손님이 냉담한 척한다면, 그가 편한 대로, 예를 들어 부인이 유발시킨 야성적인 모습을 보이며 달려든다거나 행동하게 내버려두세요. 어쨌거나 부인은 유리한 입장에 있게 될 테니까요. 변화를 주기 위해 다음번에는 블라우스만 벗을 게 아니라 홀딱 다 벗으세요. 한시도 멈추지 말고, 한치의 감정도 숨기지 말고 세계의 여인이 되어야 합니다. 치마를 벗어 왼손에 들고는 무용수처럼 긴 다리로 원을 그리며 한 바퀴 돈 다음, 쿠션의자 위에 단정하게 떨어뜨리세요. 그리고 팬티는—만약 입고 있다면—벗어서 안전하게 난초 화분 위에 놓으세요. 그런 다음에 다시 손님의 왼쪽에 앉으며 비스듬히 몸을 눕히는 겁니다. 아주 다정한 친구처럼 미소를 지으며. 만약 남자가 놀라서 거의 마비 상태로 있다 치면, 긴장을 풀어주기 위해 전날 밤 칼을 들고 나타난 두 흑인한테 강간을 당하면서 부인이 얼마나 쾌감을 느꼈는지, 그 악당들의 성기가 어떻게 생겼고 얼마나 자유롭게 부인의 몸을 탐했는지 얘기를 좀 해주세요. 그래도 반응이 없으면 그 사람 앞에서 자위를 해 보이는 겁니다. 그러고 나서 세 번째 만남에서는, 고상한 손님을 초대한 다음 옷은 벗지 마세요. 대신 찻주전자를 들고 설탕이 몇 개 필요한지 물어보기 전에 뜬금없이 제안하는 거죠. '차를 마신 다음에 우리 섹스할까요? 남편은 한 시간 정도 지나서야 들어올 거예요.' 남자가 발뺌을 할 수도 있겠죠. 옛 사랑의 상처를 구실로, 아니면 카르멜회 수녀로 있는 대모의 임종을 지켜보며 한 맹세를 핑계로, 아니면 일몰 전에 육체를 탐하지 말라는 함무라비 법전을 내세우며 말입니다. 그럼 부인은 정의로운 말투로, 전혀 기분 나빠하는 기색 없이 말하는 겁니다. '선생님이 옳아요. 도대체 내머리가 어떻게 된 거지? 사실 저도 결혼하면서 남편에게 충실하리라고 맹세를 했거든요. 그 후로 남편을 속인 적이 한 번도 없었답니다. 오늘은 그런 짓을 저지르지 않는 게 좋겠어요.' 이렇게 되면 그 바보 같은 남자는 부인같이 보기 드문, 다 잡아놓은 진주를 놓쳐버렸다는 생각에 후회가 막심할 테죠. 그래서 돌연히 마음을 바꾼다면, 이제 부인은 끄떡도 안 하는 겁니다. 그래도 부인의 무고함을 범하려고 달려들면, 경찰을 부르세요. 법정 최고 형을 받게 만들어야죠. 그 사람이 자기변호를 하느라 말도 안 되는 주장을—진실을!—아무리 외쳐봤자 믿으려는 배심원은 하나도 없을 겁니다."

엠마뉴엘은 자신의 손길에 의해 엄청나게 커진 마리오의 성기에 매료당해 있었다. 하지만 그녀는 그렇다고 덜 빈정거리거나 힐 말을 인하고 넘이갈 여자기 이니었다.

"선생님, 제 기억이 틀리지 않는다면, 제게 권고해주시는 말씀들이 한 시간 전쯤에 제가 해드린 내용하고 아주 똑같은데요. 그때는 저를 모멸적으로 밀쳐내셨으니까 제일 먼저 만나게 되는 경찰한테 선생님을 넘겨야겠어요."

마리오가 흐뭇하게 웃었다.

"내가 부인의 손을 얼마나 좋아하는지 아십니까? 그 방식을 바꾸지 마세요. 지금 부인의 모습보다 더 바보스럽게 굴지 않도록 하시라는 말씀입니다. 내가 묘사하는 상황과 우리 두 사람의 관계 사이에는 아무런 공통점도 없다는 걸 부인도 잘 아시잖아요."

엠마뉴엘은 무슨 차이가 있는지 도무지 분간이 안 갔다. 다만 찻잔이 놓여 있지 않다는 사실만 빼고. 그렇지만 그녀는 농담이나 논쟁을 할 기분이 아니었다. 그녀가 마리오를 애무하는 동안 자신의 육감이 달아오르고 있었기 때문이다. 고르지 못한 지면을 달리는 자전거 택시의 불규칙한 진동이 그녀의 쾌감을 더해주고 있었다.

"저 삼로는 지금 무슨 광경이 벌어지고 있는지도 모르나 봅니다." 마리오는 주의를 환기시켰다.

그가 휘파람을 불자 운전수는 이내 고개를 뒤로 돌렸다. 두 사람을 차례로 둘러보던 그의 얼굴에 환한 웃음이 일었다.

"우리가 재미있는 모양이에요."

"네, 우리한테 공모자가 한 명 생겼습니다. 놀랄 것도 없죠. 저 친구도 미남이니까. 세상에는 미를 숭배하는 국제프리메이슨단이 있거든요. 그리고 어떤 것들은 아름다운 사람들에게만 허락되어 있습니다. 그런 측면에서, 어느 날 몽테를랑이 피에르 브라소에게 적어 보낸 글은 아주 적절하다고 봅니다. '음란한 행위는 전혀 천박스러운 것이 아닐세. 얌전한 체하는 쪽이 오히려 천박하지.'"

"그 작가보다 앞서 쿠르틀린은 이렇게 말했어요." 엠마뉴엘이 뒤지지 않으려고 끼어들었다. "진짜 부끄러운 건 아름답지 않은 것을 숨기는 것이다."

"그래서 부인은 자신의 젖가슴이 부끄럽습니까?"

"아, 그렇지 않아요!"

엠마뉴엘이 마리오를 애무하고 있지 않은 손으로 스웨터를 잡아당겨 머리 위로 벗겨내려고 안간힘을 쓰자, 그가 도와주었다. 한순간 그의 발기된 성기를 손에서 놓아야 했지만 그건 아주 짧은 순간에 불과했다.

"이제 우리 새로운 사람들을 좀 만나보는 게 어떨까 싶습니다."

"삼로는 증인으로 충분하지 않다는 거예요?"

엠마뉴엘이 무의식 중에 불평했다.

"저 친구는 증인이 아닙니다. 배심원 겸 우리 편이죠."

마리오가 운전하는 태국남자를 다시 소리쳐 불렀고, 그는 안장에 앉은 채 몸을 뒤로 돌렸다. 여자 승객외 반나체에 제대로 놀란 듯 자전거 택시가 갑자기 길을 벗어났다. 그리고 세 사람은 동시에 크게 웃었다. 엠마뉴엘은 약간 취한 기분이 들었다. 샴페인 때문이라고 하기에는 마신 후 시간이 너무 오래 지났다.

마침내 마리오의 소망이 이루어졌다. 그들의 자전거 택시 앞을 가로질러 가던 승용차 한 대가 갑자기 브레이크를 밟았고, 엠마뉴엘은 차가 그대로 멈추는 줄 알고 가슴이 덜컹했다. 하지만 금방 다시 속도를 내며 지나갔다. 차 안에 있는 사람들의 얼굴은 확인할 수 없었다.

"어쩌면 부인을 아는 누군가가 아니었을까요?" 마리오가 괜히 사납게 굴었다.

　그녀는 아무런 대꾸도 하지 않았다. 목이 꽉 죄는 느낌이었다. 그녀는 애무만 계속 더 잘하려고 노력했다. 그때 다른 삼로 한 대가 가까이 다가왔고, 그 안에 타고 있었던 두 명의 미국 해군이 옆에서 벌어지고 있는 광경을 발견하곤 날카롭게 외쳤다. 마리오와 엠마뉴엘은 본 척도 들은 척도 하지 않았다. 뒤따라오는 차들이 절망적으로 손을 휘두르며 앞의 두 자전거 택시를 멈추게 하려고 애썼지만, 두 운전수는 태연하게 똑같은 박자로 계속 페달을 밟았다.

　"어디서 오르가슴을 느끼고 싶으세요?" 엠마뉴엘이 그에게 물었다. "제 손에서요? 아니면 입? 아니면 질 안에서?"

　마리오의 대답이 곧바로 나오지 않자 그녀는 허리를 숙여 성기를 입 안으로, 아주 깊숙이 넣었다. 그녀는 마리오가 시를 읊는 소리를 들었다.

　"입술에서요. 자, 여기 그 시입니다."

> 내가 그대에게 수없이 고하노니
> 그대의 고운 입술이 물러날 때
> 무슨 재미로 삶을 견디겠는가!
> 맙소사, 어떻게 견디겠는가!
> 죽어 남기는 애절한 노래로
> 나는 그대와 한 몸이 되리라.

호기심에 못 이겨 그녀는 동작을 잠시 멈추고 몸을 일으켜 물었다.

"그 연애시는 선생님께서 지으신 건가요?"

"그럴 리가. 15세기 프랑스 시인 레미 벨로의 〈전원시의 첫날〉 중에 나오는 구절입니다."

"그렇구나!" 엠마뉘엘이 웃음을 터뜨렸다.

그녀가 다시 원위치로 돌아가기 전에 자전거 택시는 마리오의 집 앞 철문에 도착했다.

엠마뉘엘의 손을 빠져나간 마리오는 바깥으로 껑충 뛰어내린 뒤 옷매무새를 고쳤다. 그녀는 뒤따라 내리며, 가방과 함께 손에 들고 있는 스웨터는 다시 입을 필요가 없겠다고 판단했다. 그녀의 젖가슴이 달빛 아래 근사한 굴곡을 그려내고 있었다.

마리오가 철문을 열었다. 삼로는 발을 땅에 디딘 후 별다른 표정 없이 요금 지불을 기다리고 있었다. 갑자기 마리오가 안장 위로 뛰어오르더니 운전수가 무슨 몸짓을 취하기도 전에 정원 안으로 사라졌다. 마리오는 전속력으로 페달을 밟았고, 엠마뉘엘과 운전수는 마주 보고 서 있다가 동시에 깔깔대며 웃기 시작했다. 이 젊은 친구는 마리오의 해학을 좋게 받아들이고 있는 것처럼 보였다. 그리고 현재로서는 자기 요금을 받아내는 것보다 엠마뉘엘의 몸매를 감상하는 게 더 중요한 일이라고 판단한 것 같았다. 엠마뉘엘이 먼저 나서서 도망자를 뒤쫓아갔고, 나무둥치 계단 앞에서 매우 즐거운 표정을 하고 있는 마리오를 만났다. 그는 자전거 택시의 핸들을 잡고 서 있었다.

"정말 미쳤나 봐요!" 엠마뉴엘이 심하게 꾸짖었다.

"나는 부인의 젖가슴도 좋아합니다." 그는 마치 오랜 생각 끝에 하는 말처럼 말했다.

"난 참 운도 좋네요!"

엠마뉴엘은 너무 우쭐한 기분이 들어 그의 진심을 그대로 받아들이고 싶지 않았다. 곧이어 유쾌한 얼굴의 삼로가 어슬렁거리며 도착했고, 마리오는 그에게 말을 건네기 시작했다. 그 억양과 적절한 침묵, 웅변의 효과를 섞어가며 하는 것을 보아 그야말로 연설이었다. 엠마뉴엘은 도대체 무슨 말을 저렇게 할까 궁금했다. 저 태국인의 얼굴에선 어떤 추측을 일으키게 해줄 만한 표정도 없었다. 그러다 별안간 그가 반박을 하면서 엠마뉴엘의 얼굴을 쳐다봤다. 마리오는 다시 연설했고, 그제야 청년이 고개를 끄덕이며 긍정의 뜻을 내비쳤다.

"자, 이렇게 합의가 됐으니, 이제 우리의 영웅이 나타난 거죠." 협상을 마친 마리오가 말했다. "문 앞에서 찾을 수 있는 걸 괜히 먼 곳까지 갔지 뭡니까!"

"뭐라고요? 그러니까……"

"그렇다니까요. 부인께서는 저 친구가 내 호의에 어울리지 않는다고 생각하세요?"

엠마뉴엘은 눈물이 쏟아질 것 같았다. 돌아오는 길 내내 다정했던 그의 모습 때문에 매정한 기억을 다 잊어버렸건만…… 그녀는 그의 집에 도착하는 대로 다시 안아주었으면 하고 은근히 바라고 있었고, 그가 원한다면 밤새 머물 생각이었다. 그래서 자기 집으로 돌아갈 생각조차 하지 않고 있었다. 마리오는 그녀를 마음껏 다룰 수 있었을 것이다. 그런데도 그는 엠마뉴엘에게 아무것도 원하지 않았다. 그의 머릿속에 든 유일한 생각은, 자기 침대로 들일 남자애를 찾는 것뿐이었다! 그녀는 눈물을 글썽거리며 태국남자를 바라보았다. 그의 모습은 명확하지 않았다. 정말 미남 청년일까? 그의 용모가 복싱선수 같다는 느낌을 받았던 기억이 났다.

"친애히 는 부인! 또다시 지레짐작으로 상심하지 마세요." 마리오가 그녀의 우울한 심사를 가로막으며 쾌활하게 소리쳤다. "내가 얼마나 거창한 생각을 하고 있는지 보게 될 겁니다. 그러면 감사하게 여기실 테죠. 자, 빨리 들어가세요."

그가 엠마뉴엘의 허리를 감싸 안으며 문을 열고 들어갔다. 그리고 그녀는 계속 투덜거리며 끌려갔다. 마리오의 구상이 이제 지겨웠지만, 그녀는 명암이 조화를 이루고 있는 거실과 붉은 가죽침대 의자와 운하의 강렬한 냄새를 다시 만나는 게 기뻤다. 지나가는 나룻배들이 뜸해진 것 같았다. 너무 늦은—아니면 너무 이른!—시각이었다. 별안간 잠이 쏟아졌다. 참 별난 밤이었다.

마리오는 초록색 액체 속에서 크리스털이 반짝거리는 커다란 잔을 가져왔다.

"매운맛 박하의 온더락입니다. 내 사랑하는 여인의 마음에 다시 불을 당겨줄 겁니다!"

내 사랑하는 여인? 엠마뉴엘은 씁쓸한 미소를 지었다. 삼로는 약간 어색한 모습으로 거실 한가운데 자리 잡고 있었다. 그는 마리오가 건네는 술잔을 거북스러운 듯이 받아 들었다. 세 사람은 말없이 잔을 기울였다. 너무 갈증이 났던 엠마뉴엘은 잔을 단번에 들이켰다. 마리오의 말이 옳았다. 그녀는 원기를 되찾는 느낌이었다. 그가 불쑥 옆으로 다가와 앉으며 그녀를 껴안더니 왼쪽 젖가슴에 입을 맞췄다.

"내가 안아드리죠."

그는 어떤 반응이 나오는지 보려는 듯 기다렸다.

엠마뉴엘은 너무 어이가 없어서 어찌할 바를 모르고 있었다. 게다가 그의 말에 확신이 서지 않았다.

"저 목동의 몸을 통해 부인을 안아드리려고 합니다." 마리오가 계속 구슬렸다. "말 그대로, 통해서. 다시 말해 부인의 몸에 닿기 위해 저 친구의 몸을 통과하겠다는 겁니다. 나는 지금까지 여자를 차지해본 적이 없고, 부인은 지금까지 소유당해본 적이 없으니 이제 내가 부인을 차지하려는 겁니다. 우리는 아직 아무도 누군가에게 속했던 적이 없었으니까 부인은 더욱 더 나에게 속하게 될 겁니다."

마리오는 마치 그녀를 품으려는 듯이 한 손을 허공으로 들어 안쪽으로 휘어 감았다. 그리고 설명을 이어갔다.

"그런데 나는 '갖다', '차지하다', '속하다' 이런 말들을 그냥 재미로만 사용할 뿐이지, 하고 나서는 바로 취소해버린다는 걸 부인도 잘 아시잖습니까. 왜냐하면, 내가 원하는 건 부인을 갖는 것이 아니라, 부인을 주는 것이니까. 나는 부인을 아낌없이 주고, 하나도 남김없이 다 써버릴 겁니다. 마치 착하고 운 좋은 사람이 자기가 발견한 보물을 혼자만 가지고 있지 않으려는 것처럼 말이지요. 나는 부인을 보유하려고 여기 있는 게 아닙니다. 수천 년 전부터 부인과 내가 틀어박혀 있는 감옥의 쇠창살을 줄로 갈아 없애려고 있는 것입니다. 부인은 내게 어떤 소유물이 아닙니다. 앞으로도 언제나 그럴 겁니다. 우리가 함께 정사를 나눈 다음이라도 부인은 나한테뿐만 아니라 다른 어떤 남자나 가족, 종교, 규칙에도 속할 수 없는 존재입니다. 모든 것들은 그저 부인의 고유한 꿈, 혼자 꾸는 게 싫어서 선택한 꿈에 속할 뿐이지요. 그 꿈을 삼로와 내가 부인과 함께 지금 꾸려는 겁니다. 하룻밤 사이에, 한 번의 포옹을 나누는 사이에, 우리는 셋이 함께 스스로 만들어 내게 될 삶을 겪을 겁니다. 그건 바로 우리들의 사랑이고, 영원한 삶이 될 것입니다."

마리오의 눈이 그녀의 눈 속으로 빠져들어갔다. 마치 그가 엠마뉴엘에게 보여주려는 무한의 바다 속으로 잠겨 들듯이. 그의 목소리는 이미 먼 바다로부터 들려오고 있는 듯했다.

그녀는 대답했다. 하지만 그 음성은 마치 자기 자신에게 건네고 있는 것 같았다.

"밤이 돼서야 우리는 새로운 별들을 다시 알아볼 수 있게 되나 봐요."

마리오는 갈대지붕의 처마 쪽으로 보이는 맑은 하늘을 향해 고개를 들었다.

"아마도 저 별들 중의, 가장 멀리 있는, 가장 잘 알려져 있지 않은 별 하나가, 부인의 이름을 지니려고 기다리고 있을 겁니다."

그녀가 마음을 정했다.

"우리 함께 찾으러 가요!"

그가 두 번째로 엠마뉴엘에게 입을 맞췄다. 그녀에게 오늘 밤은 더할 나위 없이 밝은 순간들이었다.

그녀는 준비가 되었고, 조바심이 났다.

"부인은 첫 정부를 지금 가지게 되는 겁니다."

그녀는 비행기에서 일어났던 사건들을 고백하지 않은 것이 잠시 부끄러웠다. 하지만 그게 중요한 걸까? 어쨌든 지금 그녀는 처음으로, 전적으로 동의를 한 상태에서, 그리고 뚜렷한 의식과 상황 판단을 거쳐 고의적으로, 간통을 범하려 하고 있었다. 지금 벌어지게 될 다수의 합체는 그녀의 몸을 첫 정부에게 넘겨주게 될 것이었다.

"다른 많은 정부들 중의 첫 번째란 말이겠죠?" 마리오는 자신의 교훈을 그녀가 잘 이해했는지 떠보려는 듯이 질문을 던졌다.

"네."

완전히 욕망에 몸을 맡긴다는 건 얼마나 경이로운 일인가! 오직 한 남자에게만 매여 있는 여자는, 처음으로 여럿의, 그리고 무한한 수의 남자들에게 몸을 내어주기 위해 내딛는 첫 걸음이 어떤 것인가를 알 도리가 없을 것이다. 그리고 어떤 여자도 결코 지금의 그녀보다 더 중요한 간통을 범할 수는 없을 것이다. 이 세상의 어떤 다른 여자가 엠마뉴엘처럼, 남편을 처음으로 속임으로써, 앞으로 그녀를 원하게 될 모든 남자들과 함께 남편을 계속 속이게 되는 기적을 만들어 낼 수 있단 말인가?

"더 이상 거부하는 일은 없겠죠?"

마리오가 재차 그녀의 마음을 확인했다.

그녀는 고개를 끄덕이며 그렇다는 뜻을 나타냈다. 그리고 그녀는 생각했다.

'혹시라도 저 사람이나 내가 마음이 더 엉뚱해지면, 오늘 밤 나는 열 명한테라도 몸을 줄 거야.'

엠마뉴엘은 자기가 삼로한테만 몸을 주게 될 것인지 정확히 알 수 없었다. 그녀는 치마를 벗고 긴 의자에 앉은 다음, 푹신한 쿠션에 기댔다. 태국 청년이 조심스럽게 그녀의 몸 안으로 들어오기 시작했을 때, 그녀는 발뒤꿈치를 모직 양탄자에 받치고 남자의 허리를 두 팔로 감쌌다. 그가 몸 안으로 완전히 들어오자, 옆에서 그녀를 껴안고 있던 마리오가 일어나더니 삼로의 뒤쪽으로 가 자리를 잡았다. 그의 두 손이 남자의 허리를 얼싸안으며 엠마뉴엘의 손과 마주 닿았다.

그녀는 마리오의 입에서 새어 나오는 쾌감의 신음 소리를 들었다. 때로 그 소리는 외침에 가까웠다.

"이제 부인한테로 갑니다." 마리오가 말했다. "보통 남자들보다 두 배 날카로운 칼날로 부인의 몸을 꿰뚫을 겁니다. 자, 느껴지세요?"

"네, 행복해요!"

태국 청년의 단단한 성기가 엠마뉴엘의 몸에서 잠시 물러나오다가는 다시 가차 없이 파고들었고, 점점 속도를 붙여가며 같은 동작을 반복했다. 그녀는 마리오가 삼로에게 쾌감을 더해주고 있는지는 굳이 알려고 하지 않았다. 이윽고 그녀가 소리를 내질렀고, 그녀의 몸이 부드러운 가죽 위에서 경련을 일으켰다. 두 남자의 외침이 그녀의 외침과 합쳐졌다. 그렇게 뒤섞인 절규는 밤을 갈라, 멀리서 개들이 끊임없이 짖어대며 화답하고 있었다. 그들은 전혀 개의치 않았다. 세 사람은 다른 세계에 있었던 것이다. 내적인 조화가 마치 시계의 톱니바퀴처럼 그들의 몸을 맞춰주고 있는 것 같았다. 그들은 부부가 이룰 수 있는 것보다 더 완벽하게, 아무 결함도 없는 심오한 일체에 이르고 있었다. 청년의 손이 엠마뉴엘의 젖가슴을 주무르자 그녀는 쾌락에 못 이겨 오열했다. 그가 몸속으로 더 깊이 들어오도록 허리를 꺾어 올리며 그녀는 행복에 못 견뎌 헐떡였다. 서슴없이 헤집고 들어와 차라리 몸을 찢어놓아 달라고 애원했다.

마리오는 지칠 줄 모르는 삼로의 힘을 느꼈다. 하지만 그는 더 이상 버틸 수 없었고, 마치 무슨 신호를 보내는 것처럼 손톱을 상대의 살 속으로 박아 넣었다. 두 남자는 동시에 사정했다. 삼로는 엠마뉴엘의 몸 깊숙이, 마리오는 마지막 기력을 다해 또 다른 입구를 통해 진액을 쏟아냈다. 엠마뉴엘은 자기 몸에 넘쳐나는 정액의 사나운 맛이 목구멍으로 넘어오는 걸 느끼며, 여태까지 실러본 적이 없는 커다란 외침을 마음껏 내뱉었다. 그녀의 목소리가 운하의 검은 물 위로 튕겨나갔다. 그 외침이 누구를 향한 것인지는 아무도 알 수 없었다.

"아…… 좋아, 좋아! 좋아요!"

(『엠마뉴엘 2 – 순결에 반하다』에 계속)

엠마뉴엘 1
육체에 눈뜨다

초판   1쇄 인쇄 2014년 12월 23일
초판   1쇄 발행 2014년 12월 29일

지은이   엠마뉴엘 아산
옮긴이   문영훈
펴낸이   정상준
편집   이민정 정희정 심슬기
디자인   박수연
마케팅   한정덕 이삼영
관리   김정숙

펴낸곳   (주)그책
출판등록 2008년 7월 2일 제322—2008—000143호
주소   서울시 마포구 동교로13길 34(121-896)
전자우편   wisdomsimsim@naver.com
전화번호   02-333-3705
팩스   02-333-3745
          facebook.com/thatbook
          facebook.com/openhousebooks

ISBN   978-89-94040-53-0 04860
         978-89-94040-34-9 (세트)

그책 은 (주)오픈하우스의 문학·예술 브랜드입니다.

「이 도서의 국립중앙도서관 출판예정도서목록(CIP)은 서지정보유통지원시스템
홈페이지(http://seoji.nl.go.kr)와 국가자료공동목록시스템(http://www.nl.go.kr/kolisnet)에서
이용하실 수 있습니다. (CIP제어번호: CIP2014034351)」